HERMANN BROCH

DERTOD
DES

ウェルギリウスの死 下

第三部・第四部

Deutsche Literatur
ドイツ文学

ヘルマン・ブロッホ
川村二郎 訳

EINSCHRITT
VERLAG
あいんしゅりっと

目次

ヘルマン・ブロッホの『ヴェルギールの死』

第Ⅲ部　地—期待

めざめには、なすべきことを怠ったという感情がこびりついていた。眠りに落ちたときと同様、この感情も、もちろん非常に唐突なものとはいえ、一種の感知にすぎなかった。だれかがベッドのわきにいるのを感じとりながら、同時に彼は、そのために何かがはたされずに終ったことを感じていた。その感知がもう一歩前進したとき彼は識閾《しきいき》をこえた、急いで朝まだきの浜辺に出て、『アエネーイス』を焼かねばならなかったのだ、いまではもう手おくれなのだ、という思いが頭にひらめいた。天使にふたたびめぐりあうことを念じながら、彼は眠りの中に逃げもどった、先ほどからずっと自分にそそがれているだれかの視線は、消えうせた天使の視線なのではないか、そんな希望に似たはかない思いにさえ、彼はとらわれていたのかもしれなかった。もちらん、そんなことのあろうはずはなかった、自分のわきに立っている存在の気疎さは、痛いほどありありと感じとられた、そして、天使の現前への一縷《いちる》の望みをまだつないではいたものの、実はこの存在を追いのけるつもりで、彼はなかば眠ったまま問いかけた。「リュサニアスかね?」

答えは何やらはっきり聞きとれなかった、しかもそれはリュサニアスの声とは似ても似つかなかった。

彼のうちで吐息をつくものがあった。「リュサニアスではないのか……行っておくれ」

「御前さま……」おずおずとした、ほとんど懇願するような調子の声がひびいた。

「後にしてくれ……」夜は終ってはならなかった、彼は光を見たくなかった。

「御前さま、お友だちのかたがたがお見えでございます……みなさまお待ちになっておいでです……」

どうしようもなかった。光は痛かった。胸の中では咳がいまにもほとばしり出んばかりになっていた、口をひらくのは危険だった。「わたしの友だち？……だれが……？」

「プロティウス・トゥッカさまとルキウス・ウァリウスさまが、ローマからご挨拶に見えているのでございます……陛下にお目通りする前に、御前さまにお目にかかりたいと申されてでございます……」

光は痛かった。南の空から九月の太陽の光が降りそそぎ、出窓の隅を強烈に照らし、あたたかさでいっぱいにしていた。九月の朝の光とあたたかさ、そして室内も、まだ光がさしこんではいなかったにもかかわらず、その影響を受けていた、光のためにしらじらと味気なくなり、あたたかさのために醜くなっていた。モザイクを張りつめた暗い鏡のような床は汚れ、花は凋《しお》れ蠟燭も燃えつきた大きな燭台は荒涼とさびれて見えた。部屋のむこうの隅には便器があった、やむをえない必然であり誘惑だった。すべてが痛かった、痛みはじめていた。友人たちは待たせておかなくてはならなかった。「何はともあれまずからだを清めなければ……手をかしておくれ」

両脚をまわしてベッドの縁から垂らし、ふかぶかと身をこごめ、背をまるめて咳の発作と戦いながら彼は坐《すわ》っていた。発作はまたしても痛いほどのはげしさとともにおそってきたのだった。発熱の味気ない疲労感も新たにおとずれていた、まず下に垂らした脚からそれははじまり、そこから上昇しながら、かすかにうねり寄せては波だつ帯のような動きとなって全身にひろがり、ついには頭にのぼりつめて眩暈《めまい》を感じさせるのだった。疲労感にとらえられたまま、ものうげにゆったりとした持続的な注意力をこめて、彼は視線をはだしの足の爪先にこらしていた、ここにこそ肝要なものが、おそらくは熱の出発点さえもが見いだされるはずだとでもいうかのように。なかば物を捉えるような爪先の機械的な動きは、いつになっても静止する気配はなかった——、ああ、ではまたしても肉体の器官と感覚が、自律的な生活を営みはじめることになるのだろうか？　奴隷から内密の教示を受けることなどできようはずはなかったのだが、それにもかかわらず彼の視線は、説明をもとめるようにそこに立っている男のほうにさまよって行った。ほとんど無意識な、というよりほとんどわが意に反した視線の問いかけは、いうまでもなくたちどころに幻滅を味わわねばならなかったのだが、それというのも、東洋人めいていささか傲慢な、その奥をうかがうよしもない仮面のような、年齢もさだかならぬ従僕の顔には、答えにふさわしいようなものは何ひとつ現われていなかったのだから。そこにあるのはただきびしい恭順と恭順にみちたきびしさばかり、いらだつようすは見せずしかしよそよそしく、下知を受け入れる用意をととのえ、主《あるじ》の殿が命をくだし起床にふみきるのを今やおそしと待ちうけているのだった。だが、肉体の内部ばかりではなくいたる所に不調和が露呈してきた現在、まさにこれこそ不可能以外の何ものでもなかった。世界の不調和、それがとり除かれないうちは、指一本も動かすことはできないのだった。起きようと思う者、犠牲をささげるために浜辺へ急ごうと思う者は、不調和と紛乱のもとでその営みについてはならないのだ。犠牲を十全の権威に到達せしめようというならば、犠牲をささげる者もささげられる犠牲も、ひとしく完全無欠なものでなくてはならないのだ。そしてさらには、草稿の巻き物がまだそのままそっくり行李の中にあるものかどうか、したがって、作品全体が焼却の運命を待ちうけているものやら、それとも夜のうちにそのうちの一巻がどこかへ行ってしまったものやら、しかとたしかめることさえできないのだった——、だれにそれを答えることができよう？　たしかに、行李の蓋は申し分なく堅固に締め金で閉ざされていた、一度もあけられたはずはないとしか考えようのないほどだった——、しかしではだれが、この供犠の品にあえて手をふれて、革紐をほどこうとするだろう？　不調和な肉体、その四肢、不調和な世界——、いま一度統一を希求すべきだったろうか？　彼は待っていた、そして奴隷も彼とともに待っていた、ふたりともいらだつようすは見せずに。だがやがて、かなり荒々しく部屋の戸がひらかれ、プロティウス・トゥッカとルキウス・ウァリウスがずかずかと室内に歩み入ってきた、おそらく待ちくたびれてか、それとも外で彼がめざめた気配を聞きとったからでもあったろう。彼は脚をベッドの中に引き入れた。

部屋へはいるなりすぐさま、プロティウスはいつものように、声高に大仰な親愛の情を披《ひ》瀝《れき》しはじめた。「きみがここで寝ていると聞いたものだから、夜っぴて車で飛ばしてきたのだ、そしてちょうどきみがこっそりベッドから逃げだそうとしているところを、みんなととり押さえたというわけだな。だが、きみをつかまえることができてまったくよかった、だいたいきみのやりかたときたらいつでも……まあ、それはそれとして、まじめな話、どんなぐあいなのかね？　ありがたいことにどうやら至極元気そうじゃないか。十年前とまるで変わっていないぞ、きみはまったく丈夫な革のような人間だよ……もちろんまた咳の発作がおこったり、熱が出たりしているのだね、それはわかっている……もしきみが友人に相談しさえしたら、だれだってけっしてこんな気ちがいじみた旅行にきみを立たせはしなかったんだが！　きみが出かけたあとでわれわれは、ホラティウスから話を聞いたのだ。彼にだけはきみも旅行の話をうち明けることができた、つまり、彼なら旅立ちの邪魔をするはずがないと、知っていたからなんだな。ホラティウスは自分の詩のことしか頭にないやつだ！　はっきり聞きたいが、いったいアテーナイにどういう用があったのかね？　もちろんきみにもいいたくないことはあるだろう、ともかく、手おくれにならぬうちに陛下がきみをとらえて、ここへ連れもどされたのは実にきみの幸運というべきだ……アウグストゥスさまはいつも変わらず賢明であられる、そしてきみは、そう、きみはいつも変わらず無鉄砲だよ……つまり、きみをまた高みへ引きあげるのが、われわれ友人の義務なのだからな！」騒々しい音を立てて彼は大きな図体を安楽椅子の中にめりこませた、腕を曲げ、拳をかため、まるで舟の漕ぎ手か御者のような恰好をして彼は腰かけていた。たっぷりとして脂ぎった、そばかすだらけの、二重顎の赤ら顔は、友情に光りかがやいていた。

いっぽうルキウス・ウァリウスは、さらりとながれる長衣《トーガ》の襞《ひだ》の美しさを気にかけるあまり、けっして腰をおろそうとしない人間だったが、今もいつもの通り、片手を腰にあてがい、もういっぽうの手を教えを垂れでもするように直角にあげて、威容にみちた痩身を佇立《ちょりつ》させていた。「われわれはきみのことを非常に心配していたのだよ、ウェルギリウス」

どれほど死の覚悟ができていたとしても、だれしもまぬがれることのできない病者の不安がめざめてきた。「いったいわたしがどんなぐあいだと聞いたのかね？」答えを待つ間もなく、久しく怖れていた咳の発作が、だしぬけにはげしく彼をゆるがした。

「咳《せ》くだけ咳いたらいい」と、元気づけるようにプロティウスがいい、徹夜の旅で赤くなった眼をこすった、「朝は、咳が出るものだ」

ルキウスのことばのほうが、気をおちつかせるにはまともなようだった。「われわれがきみについて知った最新の情報は、実はもう一週間も前に聞いたものなのだ……アウグストゥスさまからマエケーナスへのお便りに、病気のきみに会った、きみを故郷へ連れもどす手配をしたとしるされてあったのだ、ところで元老院では、誕生日の祝典について議するために今日会議をひらく、それでマエケーナスもお迎えに参ずることができないというわけで、われわれがかわりに彼の用むきをアウグストゥスさまにお伝えする役を買って出、ついでにきみにも会いたいと考えた……と、まあ、こういったわけなのだよ」

まともでもあり、もっともらしくもあることばだった、しかしプロティウスがいった「咳くだけ咳いたらいい」のほうが、気をおちつかせるにはより効果があった。「ふう」とプロティウスは息をついた、「夜っぴて車を飛ばしてきたのだ。ろくろく眠れたものじゃない、馬をかえるごとにおこされるのだからな……われわれの一行だけでも少なく見つもってざっと四十台の車があった、しかもそれだけならともかく、昨日からここへやってきた車の数は、優に百台をこすと見ていいのだからな……」

プロティウスは農夫の荷車に乗ってきたのだろうか？　彼は老いた農夫のようながっしりした人のよい顔つきをしていた、そんな顔つきのままで彼が荷車の上に腰をおろしているのを想像することも十分可能だった、いや、思い浮かべぬわけには行かなかった、首をぐらつかせ、顎を胸に埋め、たえまなく大いびきをかいている彼の姿を。「そういえば、きみたちの車の音が聞こえたよ……」

「それでやっとたどりついたというわけだ」とプロティウスはいって、また舟を漕ぐような恰好をした。

「たくさん車が通ったな……随分たくさん……」

「咳が出るときに口をきいてはいけない」とルキウスが、夜旅のために皺になった長衣の襞をととのえながらいった、

「口をきいてはいけない……いつも医者からとめられていたのを忘れたのか！」

ああ、なるほど、忘れてはいなかった、そしてたしかにルキウスの意見は、気取った身の

こなしにもかかわらず、誠実な善意にあふれたものだった、だがその身ぶりを見ていると、いつものことながら逆らわずにはおられなくなるのだった。「なんでもないよ。陛下のお伴をしてメガラ（ギリシャ、アテーナイ西部の小都市名）へ行きさえしなかったら、だいたい病気になることはなかったのだ……祭典のあいだ陽に照りつけられたせい、ただそれだけのこと……」この長談義のむくいは新たな咳の発作だった、口の中に血の味がした。

「黙りたまえ」とプロティウスがいった。

しかし彼は黙ろうとは思わなかった、プロティウスが坐っているのは、先ほど少年が眠っていた安楽椅子だと気がついてからはなおのことだった。唐突な質問が彼の口を突いて出た。

「リュサニアスはどこにいる？」

「ギリシャ風の名前だな」とルキウスが考え深げにいった、「だれのことかね？　この男か？」と彼は、戸口に引き退いて、あい変わらず身じろぎもせずにそこで待っている奴隷を指さした。

「いや……その男ではない……少年だ……」

プロティウスが聞き耳を立てた。「するときみはギリシャの少年を連れてきたというのだな……それじゃ、ほんとうに、たいした病気ではないのだね……いや驚いた、ギリシャの少年とは！」

　少年は——、少年は消えうせていた。しかし盃《さかずき》はまだ卓上にあった、彫刻をほどこした象牙に銀をかぶせた盃、その中には飲み残しの酒さえたたえられていた。「少年……がここにいたのだ」

「ではもどってこさせなくては……呼べばよい、ここへこいといえばよい！」

　姿を消した人間をどうして呼ぶことができたろう?!　少年をここへこさせるつもりも毛頭彼にはなかったのだ。「わたしは彼を連れて浜辺へ行かなくてはならない……」

「乾ける海の砂《いさご》に身を投げ臥してわれらは肉体の疲れを医《いや》す、そのとき眠りは四肢をつたいてながれ行く」とルキウスは吟誦《ぎんしょう》したが、もちろん次のようにことばをつづけるためだった、「だが今日はだめだ、ウェルギリウス、その楽しみは全快した日のためにとっておくんだな……」

「そうとも」と出窓からプロティウスが相槌をうった。

　ふたりは何をいっていたのか？　およそ辻褄《つじつま》のあわぬことばかりだった、彼はほとんど聞いていなかった。「リュサニアスはどこにいる？」

　奴隷のほうにむき直ってプロティウスが命じた、「少年を連れてこい」

「御前、この館にはどこにも少年はおりませんが」

その戸口の所から、夜には少年の声が彼に語りかけ、彼にささやきかけていたのだった、しかし今は奴隷がそこに立っていた。近くかつはるかな声を否認するためにこの奴隷がはたしてくれた助力を感謝しながら、彼は奴隷を招きよせた。「きておくれ。おきようと思うから」

「やめておけ」とプロティウスがきっぱりいった、「医者がもうくるころだろう、そうすればきみをベッドに寝かせておくにきまっている。無茶をすればからだに悪いだけだ……われわれに少年を引きあわせまいと思って、出かける用があるようなふりをしてもしかたがないぞ」

この奴隷はひょっとすると少年の代理人ではなかったか？　供犠の品を海岸へはこぶにふさわしい強力な朋輩《ほうばい》を、少年がここへよこしたのではなかったか？「行李をもっておくれ」と自分がいうのを彼は聞いた、われとわが声に愕然としながら、とっさに友人たちのほうをうかがって、このことばがなんらかの衝撃をあたえたかどうか、たしかめようとした。

たしかに衝撃はあった、あの鈍重なプロティウスが文字どおり椅子からはねあがり、いっぽうベッドにもっと接近していたルキウスは、すぐそばまで歩みよってくるなり、まるで医者のように病人の脈をさぐろうとした。「きみは熱がある、ウェルギリウス、じっとしていたまえ」

プロティウスは奴隷に指図した。「医者はどうしたか聞いてこい……急げ……」

「医者に用はない」このことばも意志に反して口を突いたのだった。

「用があるかないか、きみがきめることではない」

「わたしはもう長くないのだ」

沈黙が生じた。自分が真実を語ったのだと彼にはわかっていた、しかし奇妙なほど平静な気持ちだった。おそらく今夜までもたないだろうと自分でわかっていた、しかも、無限にゆたかな時を目前にしてでもいるように、ゆったりとおちついた心地なのだった。真実を語ってしまったことに彼は満足だった。

どうやらふたりも事態のただならぬことを悟ったらしかった。それは気配から感じられた。かなり時がたった後、ようやくまたプロティウスが口をひらいた。「不謹慎なことをいうな、ウェルギリウス、きみはわれわれ両人同様、まだまだ死なぞとは縁がないのだ……それではいったいわたしはなんといったらいいのかね、きみより十歳も年長で、おまけに卒中の気《け》のあるこのわたしは……」

ルキウスは何もいわなかった。彼はベッドのわきの椅子に腰をおろして黙っていた。腰をおろすときに長衣の襞を指でつまもうともしなかったことが、切なく心にふれた。

「わたしは死ぬだろう、おそらく今日のうちにも……しかしその前に『アエネーイス』を焼いてしまいたいのだ……」

「もってのほかだ！」腹の底から突きあげる叫び声、その声の主はルキウスだった。

そしてふたたび沈黙がおとずれた。室内は九月の静けさと明るさにみちていた。ひとりの騎者が、おそらく皇帝の使者のひとりが、外の通りに馬を走らせて行った。蹄《ひづめ》の音は鋪石に甲高く鳴りひびき、しかしやがてその四拍子ははるかな町のざわめきの中に消えうせてしまった。どこかで何ごとか叫んでいる女の声がした。子どもの名前を呼んでいるようだった。

プロティウスは、長衣の裾をひきずりながら、どっしりと大股に室内を行ったりきたりしはじめた。突然、彼は堰《せき》を切ったように大声をあげた。「死にたいというなら、それはきみの勝手だ、われわれがどうするわけにも行かぬ。だが『アエネーイス』はいまでは絶対にきみ一個の問題ではないのだ。ばかげた考えはふり捨てろ……」盛りあがった脂肪で小さくなった眼の中には、荒々しい光がきらめいていた。

プロティウスがこれほど粗暴な態度をとったのは妙なことだった、というのも、以前から彼とのあいだには、たとえ双方とも全幅の信頼をおいていたわけではなくとも、ともかくある種の黙契が成立していたのだから、何時間ものあいだ彼とふたりだけでする収穫や家畜についての話のほうが、芸術や学問を話題にするすべての談話――それはルキウスやマエケーナス、そのほか大勢の仲間がいるときの話題だったが――よりもはるかにたいせつなのだという黙契が。プロティウスが今、『アエネーイス』を焼くべきか否かという問題を、これほどまでに重要視するのは、明らかに黙契にそむくふるまいだった、豪農プロティウス・トゥッカという一人物に象徴されている、一片の良心の安らかさにそむくふるまいだった。これを黙って見すごすことはできなかった。「世界は片々たる詩によって富みもしなければ貧しくもならない。その点に関してはわれわれはいつも同意見だったはずだが、プロティウス」

ルキウスはきびしい面持ちで首をふった。「きみは『アエネーイス』を片々たる詩と呼ぶことはできない」

「ではなんだろう?」

するとプロティウスが笑った。いかにもわざとらしい笑い方だったが、それでも笑いにはちがいなかった。「謙譲によって称讃を盗みとろうというのは古来詩人の悪習だぞ、ウェルギリウス。昔ながらの悪習にふけっているかぎり、詩人には何ひとつ恐るべきものはないのだ」

ルキウスがことばをつけ加えた。「きみはほんとうにもう一度聞きたいのか？　自分でいちばんよく知っているはずではないのか、ローマの偉大さときみの詩の偉大さとはもはや切りはなしえないものだということを？」

不満に似た気持ちがわきおこり、しだいに濃くなった。ひとりの少年が理解したことが、このふたりにはいっこうわからない。しかしこうと思いさだめた決心の変えようがないうえは、そのことを彼らにはっきり悟らせるよりほかなかった。「非現実的なものはあとに残ってはならないのだ」

しっかりおちついた口調で、嚙《か》んで含めるように彼はこういった、するとルキウスも何が問題なのか、わかったらしかった。「ではきみの考えだと、『イーリアス』も『オデュッセイア』も非現実的だということになるのかね？　おお、神のごときホメーロスよ！　そしてアイスキュロスはどうなんだ、エウリピデスは？　こういったすべては現実ではないのかね？永遠の現実性をそなえた名前と作品を、このうえまだどれほど数えあげたら気がすむのだろう？」

「たとえば、ルキウス・ヴァリウスという御仁の作になる『テュエステス』（紀元前二〇年のアクティウムの勝利記念日に初演された、ルキウスの代表的悲劇）とか『カエサル物語』とか」と、プロティウスは口をはさまずにはいられなかった、そして彼の笑いはまた肥った人のよい男の笑いにもどっていた。

痛いところを突かれてルキウスは、しょうことなしに苦笑を浮かべた。「『テュエステス』が十七回上演されたからといって、それはこの作品の永遠性の保証にはならないかもしれない、しかし……」

「……しかし『トロイアの女』（エウリピデスの悲劇）よりは寿命が長いかもしれんぞ……きみもそう思わないか、ウェルギリウス？……ああ、笑っているね、きみがまた笑うことができると思うと、わたしは嬉しいよ」

そう、彼は笑っていた。もちろんまともに笑うことはできなかった、そうするには胸の痛みがはげしすぎた。そればかりではなくこの笑いが、ルキウスの困惑に乗じたものであること、ルキウスが本来は『アエネーイス』の永遠性を擁護しようとしていたのに、それにおかまいなしにわき出てきた笑いであることに、彼は恥じ入りたい気さえしていた、だからこそまじめな話にもどる必要があったのだ。「ホメーロスは神々の告知者だった。彼は神々とともに現実性をうしなうことがない」

自分にむけられた笑いに気を悪くしたようすもなく、ルキウスが答えた。「そしてきみはローマの告知者だ、ローマとともにきみは現実性をうしなうことがないのだ。きみはローマのあるかぎり……永遠なのだ」

永遠？　彼は指環を指に感じ、おのれの肉体を感じ、過去を感じた。「いや」と彼はいった、「地上のものは何ひとつ永遠ではない、ローマといえども」

「きみ自身がローマを神のごとき存在に高めたのではないか」

そういってもよかったが、しかもそれは誤りだった。ルキウスは何をいっているのか？　これはマエケーナスの邸《やしき》の宴席でかわされる会話と同じことではないか、現実の上をすべりながらけっして現実にふれることのないことばではないのか？　あたりが暗くなるのを感じながら彼は語った――「地上においては何ものも神にひとしくはない。わたしはローマを飾った、そのわたしの仕事は、マエケーナスの庭園に立っている彫像以上の価値をもってはいないのだ……ローマは芸術家の恩恵によって生きるのではない……彫像は倒壊するだろう、そして『アエネーイス』は火中に投ぜられるだろう……」

まだ笑い興じていたかったプロティウスが、歩きまわるのをやめた。「芸術家諸君が近年どれほどの芸術作品をでっちあげてきたか考えてみると、きみは今後何年もかかる結構至極な大掃除を準備したことになるぞ……焼いたりひっくりかえしたりしなければならないものが、いったいまあどれほどあることだろう……きみがもくろんでいるのはヘラクレス的な大事業だな……」

大掃除というイメージが、不意にルキウスを陽気にした。威厳を保った文士の顔がくずれて楽しげな皺が満面にひろがった、すぐには口をひらくことさえできないほど、一切の書物の焼却という想像が彼を愉快がらせたのだった。

「ソシウス兄弟がホラティウスから『世紀の歌《カルメン・サエクラレ》』の出版権を手に入れた。もしきみがホラティウスの作品も焼いてしまうつもりだと、ソシウスは莫大な損害をこうむることになるぞ……もちろんホラティウスは別、というわけには行くまい……」

「わたしがアテーナイに旅立ったとき、ホラティウスは告別の詩（『歌唱集』第一巻第三歌）を船に送りとどけてくれた」

「そのことだ」とプロティウスが、至極上機嫌でルキウスに同調した、そうやって死の声をかき消してしまおうとでも思っているかのようだった、「まさしくそのことだ、それが彼の罪なのだよ、だからこそ彼の長短句詩篇《イアムブス》（いわゆる「エポードウス」）や、歌唱《オーデ》や、これまでに書きなぐった一切合財が、是非なき運命に甘んじなければならんのだ……」

いったいどうしてホラティウスは、あの美しい祈念の詩を船に送ってよこしたのだろう？

『アエネーイス』に対する嫉妬をそれで鎮めようと思ったのだろうか？　嫉妬深い友人、しかしそれでも友人にはちがいなかった。

しかしルキウスはいった。「選集をわたしに編ませてもらわなくてはね。そうしたらホラティウスは火刑から免除してやるよ、彼はほんとうに才能があるからな……だが凡庸なものは一切容赦しない、さしたる能もないのに栄達して、時を得顔《えがお》にふるまっているものは一切……なんという頽廃《たいはい》だろう、おお、なんという澆季《ぎょうき》だろう！　雄弁もなく、劇場もなく、芸術もなく……たしかに、われわれは末世《まっせ》の人間なのだ、あとにつづくものはもう何もありはしない……だからこそ大掃除の必要があるのだ、恐ろしいことになるぞ！」改めて哄笑が彼をとらえた。

「死の穹窿《きゅうりゅう》にひびく笑いよ、そのとき死は巌《いわお》と化してきらめく海にくだり行く」

ルキウスは愕然とした。「すばらしい一行だ、ウェルギリウス。つづけて吟じてくれ、いやそれより、書いてくれたまえ」

きわめるすべもないどんな深みから、この一行が浮かび出てきたのか？　どこから生まれたのか？　しかしいずれにせよ、この一行は彼自身の心にもかなった、ルキウスが認めてくれたことは嬉しかった、といっても、詩の美しさを讃美することは許されなかったのだが。

そう、たいせつなのは美それ自体ではなかった、何かまったく別なもの、より大きなもの、それこそが真に賞讃にあたいし、賞讃を望んでいるのだった。おお、今こそ彼にはわかった、いまはじめてわかったのだ！　真の同意にふさわしいのは、いつでもただ詩の意味するもの、詩の背後にたかまる到達しがたい十全の現実ばかりなのだ、ひとつのことばがその核心に肉迫し、その石のようにすべらかな表面にはねかえるばかりでないときに、この現実はその財宝をひらいて見せるのだ。詩をただ詩そのものとして、それが意味する現実には一顧も払うことなしにほめたたえる者は、生みだす力を生みだされた結果と混同しているのだ、意識すると否とにかかわらず、彼は現実を否認し現実を破滅させる誓約違反の罪に連坐し、すべての破約者の共犯者となるのだ。おお、怖るべき現実の岩山、いかなる侵略のこころみをも頑としてはばみ、たかだか手さぐりにふれることを許すにすぎない難攻不落の岩山よ。おお、怖るべき現実の巌よ、道とてもないそのなめらかな表面にしがみつき、たえず顚落《てんらく》の危険におびやかされながら、人間はただそこを這って通ることしかできないのだ。ルキウスは顚落のなんたるかについて皆目知らなかった。彼にとっては表面がすでに現実だったのだ。おお、すさまじくそそり立ち、しかもかぎりなく深く陥没し、透徹しがたいなめらかさをそなえ、しかもその本質をひらき見せている現実の岩山よ、そして顚落する者はがばと口をひらいた奈落の底へ落ちこんで行くのだ。

プロティウスは休息している漕ぎ手のように腕を振った。「よし、ではホラティウスは火刑を許して、詩作をつづけさせるとしよう……ところできみ、たとえ全部焼いてしまったとしても、きみも同じことをするだろうな。もちろんきみも詩作をつづけるだろうな……」

ホラティウス！　そう、彼は兵士としてローマのために戦った、ローマの現実のために彼はみずからを犠牲に供した、まさにそれゆえにこそ、彼の詩には驚くべき真率《しんそつ》さがたえず発現するのだ。プロティウスさえそのことを知らなかった、彼さえも、詩人はけっして奉仕の営みからまぬがれえないということを知らなかった。「おお、プロティウス、奉仕のわざだ、その現実性だ……それなしには詩も存在しえないのだ」

「アエネーアスが存在する」とルキウスが確証するようにいった、プロティウスはそれにただうなずいただけだった。

アイスキュロスは重甲兵としてマラトンとサラミスで戦った。プブリウス・ウェルギリウス・マロは何もののためにも戦わなかった。

しかしあたたかく元気づけるように、プロティウスは自分の意見を述べつづけた。「それに、詩作をつづけなければならん理由もあるぞ、なぜといって、きみは『アエネーイス』を焼く前にまず完成させる必要があるのだからな……未完成のものを焼くことはない、二、三カ月もあれば、いや、二、三週間もあれば、きみはその仕事を簡単に片づけてしまうことができるだろう……死ぬのをお急ぎかしらんが、ともかくそれまでは生きていなければならんのだよ」

完成させる？　完成？　彼がほんとうに完成したといえるものは何ひとつなかった。サルルスティウスが書いたような真のローマの歴史にくらべれば、『アエネーイス』にどれほどの意味があったか、いわんや、リウィウスがいまやその構築にとりかかった巨大なローマ史とは同日の論でない。ありとあらゆる学者の中でももっとも博識な、尊敬すべきテレンティウス・ワルロが、ローマの農業にもたらした真の知識にくらべれば、『農耕詩《ゲオルギカ》』にどれほどの意味があったろうか？　これら真の業績のかたわらには、いかなる完成もありえない。彼がこれまでに何を書いたとしても、これからさらに何を書こうと、すべては未完の運命を負うていたのだ！　いうまでもなく、テレンティウス・ワルロもガイウス・サルルスティウスも、一切の苛酷な現実の相においてローマ帝国に真の奉仕をはたしていた、プブリウス・ウェルギリウス・マロはなんぴとにも奉仕したことはなかった。

話の決着をつけるようにプロティウスがきっぱりといった。「おお、ウェルギリウス、きみは『アエネーイス』をどうやら作ることはできた、なんとかそれをしとげるだけの力がきみにはあった、だが、きみにこの作品の意味がわかると思ったらまちがいだぞ。きみはこの詩の現実についても、ウェルギリウスという男の現実についても何ひとつ知らぬ。そのどちらもきみはただ人づてに聞いて知っているにすぎんのだ」両手を腹に組みあわせ、彼はふたたび窓にむかって安楽椅子に腰をおろした。

ウェルギリウスという男！　そう、その男はここに寝ていた、それが彼の現実であり、ほかには何もなかった。そしてまたマエケーナスや、アシニウス・ポルリオや、アウグストゥスから贈り物を受けとり、扶持をあてがわれ養われていたのが、これまでの彼の現実だった。ローマのために戦った彼ら、ローマに奉仕し、みずからの存在とみずからの労作によってローマの現実を築きあげ、現に築きつつある彼らが、その仕事をよそおう浮薄な装飾のために彼に報酬をあたえ、しかも自分たちが買いとっているのは単なる瓦礫《がれき》にすぎないということさえ知らないのだった。プブリウス・ウェルギリウス・マロの現実はこのような相貌を呈していた。彼はいった。「わたしは『アエネーイス』を完成しないだろう」

するとルキウスが微笑した。「だれかほかの人間がきみにかわってこの仕事をはたせばよいとでも、思っているのかね？」

「ちがう！」と彼は叫んだ、ルキウスがその仕事を買って出るのではないかという不安に、ほとんど心をみたされて。

ルキウスの微笑はいよいよ濃くなった。「わたしもそうだと思った……だからこそきみは、きみがわれわれに対し、芸術に対してどんな負債を負うているか、自分で知っているはずなのだ」

負債を負う？　その通り！　彼は負債を負うていた、負債をまぬがれることはできなかった——下の貧民街を通ったときすでにあの女たちは、彼の負債について知っていたのだ——そう、彼は生に対してわれとわが身を返済しなければならなかった、にもかかわらず、いまはもうその返済は不可能だったのだ。視線も到達しえぬかなたに彼は海を見た、はるかな天にまで伸びひろがって、海はさながら青くきらめきつつ太陽をのせている熔けた巌に似ていた、くまなくかがやきにみたされたその巨大な深みにあっては、海はさながら山にうがたれた穹窿に似ていた、一切の現実を呑吐《どんと》する受容と生産の穹窿、昼夜をわかたず青銅のどよめきにみちた穹窿、このどよめきの中から、鳴りわたっては反響する声の象徴を彼は聞きとった、反響しては鳴りわたる一切の現実の象徴を聞きとった。「わたしが書いたものは、現実の火に焼かれなくてはならぬ」と彼はいった。

「いつからきみは現実と真実とのあいだに一線を画するようになったのだ？」とルキウスが口を入れ、いつものように議論をはじめる態勢をとって少し居《たた》ずまいを正し、さらに講釈をつづけようとした。「エピクロスはこういっている……」

プロティウスがさえぎった。「エピクロスには好きなことをいわせておけ、われわれ両人の関心事は、『アエネーイス』が現実の火に焼かれてはならないということなのだ」

だが、ルキウスはあっさりと引きさがりはしなかった。「美と真実とは、現実と一体なのだ……」

「だからこそさ」とプロティウスはおだやかに調子を合わせた。

午前の光は強くなり、窓から見える空は紺碧のかがやきを増し、窓の前の燭台の枝はいよいよ黒ずんだ。プロティウスは腰もあげずに椅子ごと幾度かからだをゆすって、陽をあびた出窓から影になって涼しい室内の一隅に身をずらした。どうしてふたりは真の現実を理解しようとしないのか？　三十年も前から深い友誼《ゆうぎ》をむすんできたこのふたりは、彼に気疎い疎遠な印象をあたえようがためにわざわざここへやってこなければならなかったのか？　さながら鋭い光がいよいよ鋭さを増しながら存在の諸圏を貫透するかのよう、存在の表面と存在の現実とがいよいよ明らかにへだてられるかのようだった。だれもが真の現実をもとめているのではないとは、まさに不可解きわまることだった。プロティウスは答えねばならなかったろう。世間に参入して有能な活動を見せ、おのずからその中で重きをなすプロティウスの成熟した性格、それは以前から非常に好ましい威圧感をあたえていたので、その陰にいると、まるで幼児のときこのかたつづいている無限の安息のように感じられるほどだった、無骨でやさしい現世のひそやかなあたたかさが、人をさからいがたく地上の物に結びつけ、圧倒的な快癒への勇気を人にそそぎこむ、そんな安息のように感じられたほどだった。そう、プロティウスは答えねばならなかったろう。だが、彼は答えねばならぬとは思わなかったのだ。幾分気づかわしげな顔つきではあったが、彼はゆったりと腰をおろしたままだった、親指と親指とをからみあわせ、時おり心配そうな視線を送ってよこすだけだったのだ、そして——もう前からのことだったが——寄る年波につれてむっくりとふくれあがった善良な彼の顔から、かつての青年の面ざしを見いだすことはほとんど不可能だった。

　いっぽうルキウスは熱弁をふるいつづけていた。「ルクレティウスはきみもわれわれ同様尊敬する詩人だったね、ウェルギリウス、きみに劣らず偉大な、といってもきみより偉大とはいえないが、このルクレティウスは現実の法則をとらえた、そしてその法則をうたいあげた彼の詩（『物の本性について』であろう）は、まさしくそれゆえに真実となり美となったのだ。美が現実にあたって砕けることはありえない、美が現実の火に焼かれることはありえない、むしろその逆のことがおきるのだ、というのも、現実世界における無常性は、現実の法則が認識され美において示現するやいなや、たちまちかき消えてしまうのだからね。美だけが永劫不壊《ふえ》なのだ、唯一無二の現実となって永劫にとどまるのだ」

ああ、このいいまわしにはおぼえがあった、茫漠とした文学と哲学との夢想のことば、死以前の死にとらわれた未生の硬直したことばのいいまわしだった。かつては彼にとっても口あたりのよいことばづかいで、それが表現している事実を彼はたしかに信じていた、あるいは信じているつもりだった、それが今は、よそよそしい、ほとんど理解しがたいほどのひびきをともなっているのだった。法則？　法則はただひとつしか存在しない、心の法則しか存在しないのだ！　現実とは、愛の現実よりほかにないのだ！　このことを今彼は大声で叫ぶべきではなかったろうか、叫ばないでよかったろうか？　このことをはっきり口にして、彼らに理解させるべきではなかったろうか?!――ああ、たとえ口にしたところで彼らには理解できなかったろう、理解しようという意欲さえもっていなかっただろう。そこで彼はただこういっただけだった。「美は称讃なしには生きることができない。だが真実は称讃を拒否するものだ」

「幾百年、幾千年にもわたる称讃は、昨日今日の称讃とはちがう、お安く熱狂する大衆の他愛ない喝采とはわけがちがうのだ……不死の存在に化しながら、いや、不死の存在と化してしまったとき、芸術作品は真実の認識となるのだ」ルキウスは意気ごんで答えながら、次のようにむすんだ。「不死のうちにあって真実は美と合一する、きみの場合にもまさしくその合一が成就しているのだよ、ウェルギリウス」

ルキウスがそこに築いた不死は地上のものだった、地上のもの、したがって時を超えているとはいえず、たかだか永劫にわたって不壊というくらいのことだった、いや、不壊とさえもいえなかったのだ！　というのも、かぎりなくひろがるサトゥルヌスの沃野が永劫に持続するのは、ただ永劫の回帰がひきおこす神聖な忘却のうちにおいてなのだが、今ここで問題になっているのは栄誉だったのだから。とはすなわち、不死なる者にとっての残酷きわまりない死滅の不可能ということを意味するのではなかったか?!　それは呪いを意味するのではなかったか?!　真実を永劫に持続する美と同列に据える者は生ける無時間を廃棄してしまう、声のもたらす救済と恩寵《おんちょう》を廃棄してしまうことになるのだ！　そうなればホメーロスとアイスキュロスも、ソポクレスもエウリピデスも、これら威力ある老人たちはすべて見るも忌まわしい存在となることだろう、時ならずして永遠の眠りについたあのルクレティウス（ルクレティウ

（スは媚薬のために発狂し自殺したとつたえられる）さえ含めて、彼らはみな見るも忌まわしく永劫の地上の死のうちに生きて行くことになるだろう、その死は、彼らの詩の最後の一行が人間の記憶から抹殺される日まで、いかなる人間の口ももはや彼らの詩句を誦さず、いかなる舞台ももはや彼らの作品を上演せぬ日までつづくことになるだろう。百千の死が彼らにあたえられるだろう、永遠にくりかえし彼らは下界から呼びおこされ、地上における不死という奇怪かつ滑稽な中間領域に呼びこまれるだろう。もしそういう事情になっているとすれば——それはありえないことではなかった——彼らとても、きわみない不死のうちにある彼らとても、万人に先立ってみずからの労作を破棄しなければならなかったのではないか、さらに浄福の沃野のために、その沃野に住まうためにそうしなければならなかったのではないか？　おお、エウリュディケーよ、おお、プロティアよ！　そう、まさしくこのことばの通りだった——「アポロの征矢《そや》は死にいたる傷《きず》を負わす、されどそは死をあたうることなし」

「そうとも」とプロティウスはいった、「もし毎月欠かさず刺胳《しらく》をしていなかったら、わたしはもうとうの昔に地下のご先祖たちの仲間入りをしていることだろうよ」

ルキウスがいかにもといったようすでうなずいた。「アポロゆえに永劫の傷を負い……だから、不死のまま傷を負うていかねばならぬ者が、大いなるエピクロスを範として生きようと思うならば、彼はただ均斉をそなえた品位ある態度を選ぶよりほかないのだ」――ルキウス自身がこのうえなく純粋な態度をとっていた、つまり、脚を組み、上にひきあげた片脚に肘をつき、掌《てのひら》を上にむけて手をかざしながらこの講釈をすすめていたのだった――「いったい、高貴な純粋な形式の美と均斉を、何とひきかえにすることができるというのだろう、人間の生活はその視覚や聴覚やそのほかの感覚より以上のものではないのだからね。美しいものを見たり聞いたりすることは、アポロに許された最高の幸せなのだ、そしてそのような神の賜を受けとるべく選びだされた芸術家は、そう、芸術家はおのれの運命に耐えて行かねばならないのだ……」

「きみは耐えるのが辛いかね、ルキウス?」とプロティウスが問うた。

「わたしは自分のことをいっているのではない。芸術家一般のこと、とりわけわれらのウェルギリウスのことなのだ……彼も認めると思うが、これは何もエピクロスの教えの必然的な帰結というばかりではない、プラトンの美についての考えにも非常に近しいのだ、それどころかわたしの思うところでは、これはプラトンの考えよりさらに徹底していて、けっしてその立場から反駁《はんばく》をこうむるようなものでもないのだ……」

「それは認めよう。きっとその通りだろう」ルキウスのいうことはおそらく正しかったろう、しかし、どうでもよいことだった。

だが、しかもなお。たとえ人間の生がその視覚と聴覚を超えるものでないとしても、たとえ心臓がその鼓動以上にひびきつづけることができないとしても、それゆえに、均斉がさながら終極の品位と価値のように人間の前に立ち現われ、運命によってさだめられた純粋な形式となるとしても、しかもなお単なる美のために生ずる一切は、むなしい無にとらわれたまま重い呪いを負うていなければならないのだ。なぜならば、均斉の冷ややかさのうちにあってさえ、それは陶酔のとりことなっており、逆転を意味する単なる表象にすぎず、唯一の神々の宿りである認識をめざすことはついにないのだから。おお、金色にきらめく存在の美をとらえる眼の悲しさよ、それは鉛のように重い盲目のうちに幽閉されているばかりなのだ！　おお、美にみちあふれ、美に飾られた世界よ！　その世界の中にローマは築かれていた、おびただしい庭、おびただしい宮殿、都市の影像、そそり立つ影像、それが間近にせまってきた、みずからのうちに消え入りながら、しかも近々と、紺碧の空いっぱいにみちあふれていた――アウグストゥスの宮居《みやい》、マエケーナスの館、そこからほど遠からぬエスクイリヌス（ローマ七丘の一つ）の上には彼自身の家、街路の両脇には列柱が立ちならび、宮殿と庭は彫像に飾られ――そして彼の眼には、荒々しい風琴の音にわきかえる円形闘技場と劇場がうつり、美のために闘士たちが咽喉《のど》をごろごろ鳴らしながら息を引きとり、野獣どもが人間にけしかけられるさまがうつり、楽欲に熱狂した群衆が歓呼しながら十字架のまわりにおしよせるさまがうつった、その十字架には、主の命に逆らったひとりの奴隷が釘づけにされ、苦痛にうめきむせび泣いているのだった──血の陶酔、死の陶酔、それすらも美の陶酔にほかならないのだ──、さらに彼は見た、十字架がいよいよ数を増すのを、松明《たいまつ》にかこまれ焔《ほのお》にかこまれ、十字架が幾重にもかさなりあうのを、ぱちぱちとはぜる木から、群衆の咆哮から立ちのぼる焔、ローマ全市を覆いつくす焔の海、その海が干たあとにはただ黒く変色した廃墟と砕けた柱、倒れた彫像と原野に化した大地があるばかりだった。彼は見た、見ながら知っていた、この幻がやがて実現するだろう、と、なぜなら、現実の真の掟《おきて》は、一切の美の生起より巨大であるにもかかわらず、もしこの美と混同され、したがって侮辱され、無視によっていやしめられることになるならば、かならず人間に報復するはずなのだから、と。美の掟よりはるかに高く、ただ共感のみをもとめる芸術家の掟よりはるかに高く、現実の掟が存在している、存在の移ろいを統べるエロスが──おお神のごときプラトンの叡智《えいち》よ──、心情の掟が存在している、この終極の現実を忘却した世界の災いはいかばかりであろうか！　どうして彼ばかりがこのことを知らねばならないのか？　他の人たちは彼以上に盲目なのか？　友人たちにさえそれが見えず理解できないのはどうしたわけなのか？　どうして彼は、それを友人たちに理解させることもできないほど弱りおとろえ、語るすべも失ってしまったのか？　それともそれができないのはほかならぬ彼の盲目のせいなのか？　眼の前には血が見えた、口の中には血の味がした、ざわめき鳴る溜息が胸から衝《つ》きあげ、咽喉を鳴らした、彼は頭を枕に沈めねばならなかった。

不死なるものはただ真実のみ、真実のうちに宿る死のみ。眼を閉ざす者は洞視する盲目を予感し、運命の超克を予感するのだ。

なぜなら、たとえ掟は常にただ運命によってさだめられた、永遠に変わることのない形式においてのみ把《とら》えられるものであるとはいえ、そしてこの形式は、それに伴ってさらには運命さえも、サトゥルヌスの領する国に冷えびえと永劫の幽囚をかこつものであるとはいえ、プロメテウスのたえまない営みは、いずれも相似た上方と下方の深淵に燃えさかる火を一途《いちず》にめざすものなのだから。うつろな形式の牢《ひとや》、回帰の牢を衝き破りつつ、この営みは運命を超え、形式を超えて、最奥の深みに君臨する遠つ祖《みおや》のもとにまで迫って行く、その祖の双手のうちに、掟の現実性が、掟の窮極の真実が宿っているのだ。

まさしくそれゆえにこそ、現実の末端の縁辺において死と睦《むつ》びあいながら、一切の暗黒と一切の深淵の上方に怖ろしげに哄笑がかかっているのだ、怖るべき平衡を保ちながら宙にかかる哄笑、生への欲求と寂滅の願いとのあいだに浮動する境界、火山のどよめきをさながらに咆哮するときは現世に接し、夕まぐれの海にほほえみを浮かべるときは彼岸の俤《おもかげ》を宿す笑い、世界にかけわたされ、世界をうち砕く笑い。だが今はもはや哄笑は聞こえなかった、微笑をうかがうすべもなかった。プロティウスは真面目な顔をしていった。「医者はもうとうにきていなければならないはずなんだが……アウグストゥスさまにお目通りするついでに、われわれが呼んでくるとしよう」ふたりは立ちあがった。

しかし彼は、まだふたりに立ち去ってはもらいたくなかった、立ち去らせるわけにはいかなかった。何ひとつ見えぬ彼らの盲目を、そのままにしておいてはならなかった。自分たちには何ひとつ見えないのだということを彼らに思い知らせなければ、彼らとの関係が疎ましくならぬためにも、そのことを理解させなければ、という欲求がとめどもなくたかまった、彼らにいおう、彼らが理解せず、理解しようとすら思わなかったことをいってやろう、という欲求が抑えがたくたかまった。実は自分でもその意味をはかりかねたのだが、こんなことばが口を衝いて出た。「現実とは愛なのだ」

耳に聞こえるやいなや、このことばはたちまち不可解なものではなくなった。というのも、あだな欲望の痛みを鎮めるために、神々が人間に恵んだ贈り物が愛なのだから。そしてこの贈り物を恵まれた者には現実が見えるのだ。彼はもはやみずからの意識の空間に閉じこめられているわびしい客人《まろうど》ではない。もう一度そのことばは口を衝いた。「現実とは愛なのだ」

「その通り」とルキウスが相槌を打ったが、別段感動したようにも、なにがしかの驚きを感じたようにも見えなかった。「たしかにそれはきみがわれわれに教えてくれたことだ。ところで、ティブルルスとかプロペルティウスとか、例のおそろしく趣味の悪い若僧のオウィディウス（ウェルギリウスの歿年にはオウィディウスは二十四歳）とかいった連中をながめると、きみがそのことをあまりむきになって説きすぎたのではないかとさえ、いいたくなるほどなのだ。なぜといって、このひよっこどもは、及びもつかぬきみをその点でならなんとか追い抜くこともできるのではないかと思って、あくせくきみの手つきをまねながら、愛という主題のほかには何ひとつ目にはいらなくなっているのだからね。正直なところ、わたしは少々うんざりしているのだ、愛そのものに嫌気がさしたということではけっしてないが……それはそれとして、きみがさっきいっていたギリシャの少年は、いったいどこへ行ってしまったのだろう？」

　失敗だった。またしても、現実の表面をかすめて、浅薄な文学の世界へすべり落ちてしまったのだ、それはまるで、彼自身もひとつ穴のむじななのだということ、文学の無何有郷《ニルゲントヴォー》に身をおいているのだということを思い知らせようとでもするかのようだった、何ものにも境を接していない表層、天の深みにも地の深みにもつらならず、たかだか美の空洞に接しているにすぎない表層、文学の無何有郷《ニルゲントヴォー》とはその表層の最上層ですらなかったのだ。災厄にみちた逆転の道をたどり、たえずただ美にのみ酔いしれ熱狂していた彼、心の惑いのままにみずからの無力を偉大な外界によって覆いかくそうと願っていた彼、不易の存在を人間の心のうちにもとめることもかなわず、そのかわりに星辰や蒼古の時やありとあらゆる神々の営為を呼び集めねばならなかった彼、その彼はかつて一度たりとも愛したことはなかった、彼が愛と思っていたのは単なるあこがれにすぎなかった、失われた風土への郷愁にすぎなかった、遠い昔、おお、遠い昔には、その風土のただなかに、あてどもなくさまよいながら、幼時をも忘れはて、彼岸をも忘れはてていた彼、その彼のためにも愛が存在していたのだった。ただこの風土にのみ彼の詩作はささげられていたのだ、プロティアのための歌が彼の口にのぼったことはかつてなかったし、アシニウスの恩顧によってアレクシスが彼の寵童となり、この少年の美しさに魅せられてその頌歌《しょうか》をうたったつもりだったときでさえ、愛の歌が生まれたわけではなかった、それはアシニウス・ポルリオにささげる感謝の歌、ほとんどいうにもたりぬほどかすかに、あこがれの地における愛とかかわりあっている感謝の歌になってしまったのだ。いや、かつて一度も愛したことのない彼が、それゆえ真実の愛の歌に一度も恵まれたためしのない彼が、若い恋愛詩人たちになにがしかの影響を及ぼした、などと考えるのは誤りだった、いわんやそれらの若い詩人たちの精神的な始祖となりえようはずはなかった。彼らは彼から出発しているのではなかった、彼らは彼より正直だった。「おお、ルキウス、あの人たちにはわたしなどより立派な先人がいるのだ、カトゥルルスという先人がね。彼らはわたしのまねをしたこともないし、またそれはすべきことでもなかったろう」

「連中の世話をするのがもういやになったからといって、そうあっさりふるい捨てるわけにもいくまいよ。まさしくきみの『牧歌』の一句のように――もはやわれはうたわじ、もはやわれは汝らが牧人にあらず――、きみはこの連中を見かぎってしまったのだがね。いや、ウェルギリウス、きみが彼らの始祖だという事実は動かしようがない、もちろん彼らが逆立ちしても及びもつかぬ存在ではあるけれどもね」

「わたしはひどく衰弱しているのだ、ルキウス、考えてみれば、今までにしても元気潑剌《はつらつ》としていたことはなかったのだ。この虚弱という点にかぎってなら、わたしはあの人たちの始祖と呼ばれていいかもしれない、あの人たちは、ともかくこの点に関してはわたしと同じことなのだからね……短命がわたしたちの唯一の共通点なのだよ……」

「わたしの知るかぎりでは、カトゥルルスとティブルルスは三十代で死んだはずだ、しかしきみはもう五十路《いそじ》の坂をこえている」と、プロティウスが確証するようにいった。

ああ、たとえ文士が虚弱さゆえに自己欺瞞にふけろうとも、おぼろなあこがれの的なる幼時の風土をかぎりないサトゥルヌスの沃野と思いなし、そこから天と地の深みをうかがうことができるかのようにみずからを思いくらませようとも、彼の真の郷国は徹頭徹尾浅膚軽薄の領する国なのだ、彼には何ひとつうかがい取ることができない、死をうかがうことなぞそもそも論外なのだ。「ティブルルスが死んだのはいつだったろうか、プロティウス？　まだ何週間もたっていないと思うが……プロペルティウスはわたし同様死の床についているはずだ……わたしたちの虚弱さが明らかにもう神々の御心にかなわないのだ、それで神々は、わたしたちを今こそ根絶やしにしようとはかっておられる……」

「親切でもの静かなわれらのプロペルティウスはまだ生きているよ、彼にとってもわれわれにとっても喜ばしいことだが。いわんやきみの元気さは彼をはるかに上まわっているんだから……二十年たつと彼は五十、きみは七十だが、いくら病気が長引いてもきみたちは、いまとすこしも変わらず、若い連中が束になってかかってきてもびくともしないだろうよ、相手がオウィディウスであれ、だれであれ……」

「そして今、『牧歌』と『農耕詩』をぬきにして彼らの存在が考えられないように」とルキウスがことばを引き取った、彼にとっては文学上の厳密な規定のほうが大事なのだった、「今きみが彼らに道をさし示してやったように、牧歌への道、田園の世界への道、テオクリトス（ウェルギリウスの『牧歌』はギリシャ詩人テオクリトスを模したものとされる）への道を教えてやったように、二十年後にもきみは、彼らの前に立って新しい道をきりひらいて行くだろう……」

「わたしはテオクリトスをまねたわけではない、それはむしろカトゥルルスのほうだ、といっても、その点についてはいろいろ議論もあるだろうが……」

ルキウスは、未来の文学の予想図を縮小するのは気が進まなかった。「しかしいずれにせよカトゥルルスはきみの同郷人だよ、ウェルギリウス、共通の風土が共通の立場と嗜好へみちびくのはよくあることだ……」

「カトゥルルスだろうがなかろうが」とプロティウスが大声をだした、「テオクリトスだろうがなかろうが、そのまた後つぎの連中がどうだろうが、きみはウェルギリウス、きみはきみだ、二十年たったところでわたしにとってきみは、といってもわたしがまだ生きていればの話だが、連中のだれより身近な人間に変わりはないだろう、実のところ、連中のだれ彼なしに全部ひっくるめても、きみひとりには及ばない。わたしにとっては、あの連中ときみとはなんの関係もないのだよ」

彼を過大評価し若い詩人たちを過小評価することによってプロティウスは、有無をいわさぬ明確な一線を双方のあいだに画した。プロティウスが彼を一人前の人間に数えてくれたのは、夭折《ようせつ》の憂いもない強健な人間のうちに数え入れてくれたのは嬉しかった。だがしかし、評価の誤りは正さねばならなかった。「若い人たちに不公平な見方をしてはいけない、プロティウス。彼らは彼らなりに誠実なのだ、わたしなどいつにもなかったほど、誠実でさえあるかもしれないのだよ」

またもやルキウスがわりこんできた。「芸術における誠実という議論は、いつもどこかおかしなところがある。先人から伝えられた芸術の永遠の法則を忠実に守っている芸術家が、誠実だといわれることもあるが、ほかならぬこの態度が、伝統の影に本来の自己を隠している不誠実な態度だといわれることもある。ホメーロスの形式をわがものとしたら不誠実だろうか？　ウェルギリウスを一心に模倣する若い詩人は不誠実だろうか？　それとも、悪趣味をぶちまけたら誠実だということにでもなるのだろうか？」

「ルキウス、誠実と不誠実の問題は、実はもう芸術の問題ではないのだよ。それは人生におけるもっとも本質的な事柄をめざしている、この場合には芸術はほとんど第二義的なものになってしまうのだ、たとえそれがいつも変わらず人間性を表現していようともね」

「いったいきみたちはなんの話をしているのだ？」とプロティウスがたずねた。「ご承知だろうが、そんなきれいごとめかしたおしゃべりの仲間入りは、わたしはご免こうむりたいな」

「ウェルギリウスは、若い連中のほうが自分より誠実だといっているのだ、そんな意見を黙って聞きすごしておくわけにはいかないだろうが」

「どうでもいいことだ」とプロティウスは、友を思うあたたかさゆえに、依然として問題をはっきり見さだめようとはしなかった、「わたしにとってはウェルギリウスは文句なしに誠実な人間なのだ」

「ありがとう、プロティウス……」

「そりゃあきみが好きだからさ、ウェルギリウス……だが、なんならお礼ついでに、ルキウスのご機嫌をとってやったらどうだい。若い連中より自分のほうが誠実なのだということを認めたまえよ」

「そんなことをしたら、いよいよもって不誠実というものだ……わたしの見るところでは、あの若い人たちはその愛の歌でもって、わたしにはどうしても到達できなかったような根源の深みにまで突き進んでいるのだ……ルキウスは認めようとしないが、すべての現実は愛にもとづいているのだし、彼の好まないあの人たちの愛の歌の背後には、巨大な、根源的な現実がひそんでいるのだよ……現実とは誠実のことなのだ……」

ルキウスはすこしむっとしたらしかった。はねつけるように指が振り動かされた。「芸術にとってはそんなお安い誠実さはなんの役にも立たないよ、ウェルギリウス。きみが築きあげたような崇高な愛、ディドとアエネーアスとのあいだにかわされたそれが模範を示している愛、ただそのような愛のみが、お若いみなさんがせっせと詩の中に盛りこむ安直な情事とは反対に、芸術の世界で市民権を獲得するのだ」

するとプロティウスがにやりとした。「連中の恋歌などどうでもいいが、しかし、読んでみると案外おもしろいぞ」

「きみの誇張癖はよく知っているのだがね、ルキウス、しかしきみが、わたしたち同様、カトゥルルスの詩才を疑っていないこともわかっているのだ……それともわたしは、オウィディウスといえども生粋の詩人なのだということを、わざわざきみに証明して見せなくてはならないのかな？」

「生粋の詩人？」――ルキウスはいかめしげに顔をひきしめた――「生粋の詩人とはなん

だろう？　才能だけではない、才能をもった人間はどこにでもいる、才能などお安いものだ、愛ときてはいよいよもってお安いとしかいいようがない、ご面々がどれほど御手前の詩を磨きに磨こうとも、愛とは十中八九、おそろしく安直なたわごとにしかならないのだ……もちろんわたしは、人前で公然とこんな宣告をくだしはしない、よかれ悪しかれ、われわれ文筆にたずさわる者はひとつ穴の住人なのだからね。だがここでなら、なんの遠慮もいらないこの仲間うちでなら、歯に衣着《きぬ》せずにものをいってもいいだろう……ともかくわたしは、あけっぴろげな淫らさが、生粋の芸術と生粋の詩を決定するあの誠実さと同じものだとは、どうしても考えることができないのだ……」

ルキウスは正しかったろうか？　彼が正しかろうはずはなかった。彼のいうことはたしかにもっともだった、いかにも専門家のことばにふさわしくもっともらしかった、しかしまさしくそれゆえに、その意見は専門家の領域を一歩も超えることができず、ほかならぬこの領域を突破しようとする努力に対してはおよそ無理解であるよりほかなかったのだ。カトゥルスはその突破を志していた、彼は新しい道をきりひらいた最初の人だった、そのことを認めないのは公正を欠いていた。「生粋の芸術とは境界を突き破るものだ、境界を突き破って、未知の新たな魂や、観点や、表現の領域に踏み入るものだ、根源の、直接的な現実の中へと突き進むものだ……」

「なるほど、きみはほんとうに今いわれたような特性が、例の、一見はなはだ正直めいた愛の歌にそなわっていると考えたいのだね……それではまるで、『アエネーイス』のどんな一行にでも、それ以上の真の現実性が見いだされることを否定するようなものではないか！」

ルキウスは済度しがたかった。

「きみと口論するつもりはないのだ、ルキウス。わたしの詩をほめてくれるとき、きみはある意味では、きみ自身の詩の弁護もかねているのだからね……わたし自身のことをいえば、たしかにわたしは、きみより幾分受けた打撃が軽いのだろう、だからわたしが新しい芸術はもはやわれわれの軌道を走りつづけるわけにはいかないとか、それは、より直接的な、より根源的な存在を見いだすようにと命ぜられているとか主張するのは、もっぱらわたし自身と『アエネーイス』にかかわることなのだと思ってもらって結構だ、今いった命令とは、現実の窮極の基盤をさし示しているものなのだが……そう、その通りなのだ、この命令に服した者は、窮極の基盤に帰らねばならない、現実の根源に帰らねばならない、そしてふたたび愛の営みにつかねばならないのだ……」

プロティウスがここでルキウスに加担した。「まともなものならなんでもわたしは喜んで読むのだがね、しかし、きみが今いっているような根源性となると、あの無力な若僧たちの手に負えるものではあるまいな。ほんとうに生きている人間だけがほんとうに愛することができるのだ。調子よくへらへらしてみたところでどうなるものでもない」

「手に負えないって？　無力だって？　肥沃な牧場に生い茂るみずみずしい草と、岩のすきまから生え出なくてはならないみすぼらしい茎と、どちらが余分の成長力を必要とするというのかね？　岩間の茎はいかにも見た目は力なげだが、それにもかかわらず萌えでる力であり、草なのだ……ローマは石だ、われわれの都市は石だ、それにもかかわらず根源的なものがそこから芽ぐむということは、これほとんど奇蹟《きせき》と呼んでもいいのではなかろうか、たしかに見た目には力なげだが、しかも根源性であり、現実であり、詩なのだ……」

プロティウスは笑った。「わたしの知るかぎり、草が自分の育つ場所を自分で選んだというためしはないぞ、よしんばそれが、美しい牧場で牝牛《め》に食われたいと望んでいたとしてもね。岩に生えた草は岩にとりついているよりどうしようもない、だがあの若僧どもはまったくなんのさしさわりもなしに、根源的なものの成長する場を、人間が根源を育てる場所をたずねることができるのだ。実際の話、だれも連中に、都会の石のあいだに住んでくれと頼んだわけではないのだ、連中を都会にしばりつけておくのは、連中自身の欲望や嗜好よりほか何もあるわけがない、つまりもちろん彼らとしては、ローマ市内をうろつきまわり、市内の随所に夜をすごし、かわしたけちな接吻をけちな韻文に作り変えることのほうが、はるかに安楽というわけだ。彼らにはまず何より、牛の乳のしぼり方や、馬の梳《くしけず》り方や、鎌の使い方をたたきこんでやったらいいのだが」

都会育ちのルキウスは、鉾先《ほこさき》が自分にむけられてきたのを感じた。「偉大であろうとなかろうと、とにかく芸術家としての天賦をさずけられている者は、生まれながらの農夫とはちがうのだ。きみの説は十把《じっぱ》ひとからげの暴論だよ、プロティウス」

「わたしはただ、草どものへなへなした愛とやらが、ウェルギリウスの主張するように生命のあるものだとは認めないだけさ。つまり、草とかそういったことなら、わたしは多少心得ているのだからな……力がないものにはないというまでだ」

「わたしが異議をとなえるのは、きみたちがあの若い詩人たちを、彼らにふさわしい公正さでもって処遇しないということなのだ」

ルキウスははげしく手を振り動かして、プロティウスの喝破に賛意を表した。「その通り。彼らは無力だ、だからこそ先人の模倣以上に出ることができないのだ……どうしてこれが不公正な意見だろうか！　テオクリトスを模倣し、カトゥルルスを学び、われらのウェルギリウスからも取れるものは遠慮なく取っているのだ！」

ああ、ふたりとも説得を受け入れる余地はなかった、ふたりともそれぞれの思念と言語の圏内に閉じこもったまま薄明にひたされ、この圏をうち破り突きつらぬく力もなければ、長らくなじんできた言語の世界から脱却することもできなかった。ひとりはそれを草どもの愛と呼び、無力ときめつけ、もうひとりは模倣と呼んだ、どちらの言い分にも理由はあったが、どちらも気づかなかった、というより気づきたがらなかったのはこういうことだった。すなわち、大都会の壁と石とのあいだに衰弱して行くこの無力な愛、せせこましく貧しく、地上の人間の運命にとらわれ、時としては淫らなまでに露骨なこの愛さえも、人間存在を統べる巨大な不可思議な掟につつまれ、神の影にかすめられることがあるのだ、ただしそれはこの愛が、みずからの自我を他の自我へとひろげ、愛人にみずからを感じ、みずからのうちに愛人を予感し、愛人との結合において無常を超脱することに成功した場合にかぎられるのではあるが。そう、これが、ほかならぬこのことが、若い詩人たちの詩句から感じとられるのだった、これこそが、時おり彼らの詩からひびき出る新たな人間的な真の現実なのだった。もしも彼らがほんとうに彼の弟子だったとしたら、この現実への道を見いだしえようはずはないのだった。というのもこの愛の現実、死をみずからのうちにつつみながらそれを止揚し、真の不死へと化してしまうこの現実こそ、彼、不当に高い評価を受けている詩人ウェルギリウスには、およそ到達するすべもない世界だったのだから。彼のうたった一切は空疎だった、『アエネーイス』さえも空疎だった、詩も詩人もともにみずからの冷ややかな圏内に閉じこもっていた、その彼に何ひとつ教える力はなかった。ケベスにさえ、このうえなく心やさしくまめやかに彼の弟子となることを望んだケベスにさえ、彼が心をひかれたのはただ、この若者にうつされたおのれの影をいとおしんだからにすぎなかった、そしてその結果は——ああ、それはさながら魔霊の下知によって生じたかのようだった——、彼と生き写しの、美に憑《つ》かれた冷ややかな文士の誕生だったのだ。カトゥルルス、ティブルルス、プロペルティウス、彼らは愛するすべを知っていた、そしてその愛からは、地上を超えた世界へとみちびく現実、いかなる美の均斉よりも強大な現実の予感が生まれでてきたのだ。そのような予感から生ずるもののみが、薄明のうちに沈む人間の心を鳴りひびかせることができる、鳴りひびきながら用意をととのえさせることができる、来るべき声の告知への用意、やがて吹く風に触れてうたう竪琴にも似た用意を。いわばプロティウスに、真の現実を認めよと今一度促しでもするかのように、プロティウスのやみくもに甲斐甲斐しい友情に対する感謝のしるしででもあるかのように、語りくたびれた呼吸はふたたびことばを形づくろうと努力した。「心の清らかさ、それのみが不死なのだ」

理解こそしなかったが、ともかくあふれる好意を見せて、プロティウスは今耳にしたことばの正しさを保証した。「まったく同感だ、ウェルギリウス。不死なのはきみの清らかさなのだからな」

「もしそうでないとしたら」とルキウスがことばを添えた、「あの連中は、今のように熱狂的にきみの後を追いはしないだろうよ。きみの心に浮かぶ根源的なもの、直接的なもの、新しいものとは、常に真実の純粋な均斉なのだ、きみはその真実を、今の世ばかりにではなく、後の世の目にもまざまざとうつしだして見せたのだ。この真実をめざして努力する者はきみにつき従うことを願う。《新しき世の大いなる秩序、今こそおこれ》、こう、きみは告げ知らせているが、この新たな世の牧人がきみなのだ」

愛の現実と死の現実、それはひとつのものだ。若い詩人たちはそのことを知っている、それだのにここにいるふたりは、死がすでにこの室内の、彼らのすぐわきにたたずんでいることさえ気づかない――、彼らを呼びさましてそのような現実認識へみちびくことがまだ可能だったろうか？　彼らを正気に帰らせる必要はあったが、それはほとんど不可能だった、ただこう答えておくよりほかはなかった――「そう、ルキウス、以前わたしはそう書いた……

だがわたしは何も告知したわけではなかった、ただ岩を手さぐりしたにすぎなかったのだと思う……おそらくわたしは投げ落とされたのだろう……よくわからないが」

「きみは自分で自分をさいなんでいる、そして謎の影に身をかくそうとしている。そんなことは人間にとってはよくないことだ」とプロティウスがいった、「暗闇はよくない」寒気でもするかのように、彼は長衣をしっかりと身に巻きつけた。

「いいにくいことなのだ、プロティウス、わたしにうまくいえないというだけのことではないらしい、おそらく窮極の現実を現わすには、そもそもいかなることばも存在しないのだろう……わたしは詩を作った、軽率なことばを……わたしはそのことばが現実だと思っていたのだが、実はそれは美だった……詩は薄明から生まれる……われわれが営み作りだす一切は薄明から生じる……だが現実の告知の声は、さらに深い盲目を必要とする、あたかも冷ややかな影の国の声でもあるかのように……さらに深く、さらに高く、そう、さらに暗く、しかもさらに明るいのが真実なのだ」

ルキウスがいった。「真実ばかりが問題だとはいえまい。狂人でさえ真実を語る、あらわな真実を告げることができる……真実が力をもつためには、それは制御されねばならない、まさしく制御されてこそ、真実の均斉が生ずるのだ。詩人の狂気ということがよく語られる」――ここで彼は、わが意を得たりといわんばかりにうなずいているプロティウスを見やった――、「しかし詩人とは、みずからの狂気を制御し管理する力をそなえた人間の謂《いい》にほかならないのだ」

「真実……その恐ろしい狂気……真実にこもる災厄」女たちの声、それはあらわだった、彼らが告げるべきだった真実のようにあらわだった、しかもそれは災厄だったのだ。

「とんでもないことだ」とルキウスは自説に固執した、「制御された真実は狂気ではない、いわんや災厄であろうはずはない」

盲目のうちなる真実、善も悪も知らず、深みも高みももたない平らかな真実、サトゥルヌスの領する国に永劫回帰するあらわな真実、しかもこの真実は現実性を欠いているのだ。

「おお、ルキウス、たしかにその通りだ……、だが、きわみなく純粋な現実の真《まこと》を告知することができるのは、詩ではない……詩には審判の力はない……もちろんわたしにも……わたしはただ手さぐりしただけだ、口ごもりながら呟《つぶや》いただけだ……」――熱がたかまってきた、胸を熱がひたすと、声は声にならず、息もつまらんばかりな喘《あえ》ぎとしか聞こえなかった――、「最初の一歩を踏みだすこともなく……口ごもり、手さぐりし、しかもこのことさえ思うようには……清らかさどころか……」

「たとえきみがそれを口ごもりと呼ぼうと手さぐりと呼ぼうと」――ルキウスの声は非常に低く、常ならぬあたたかさにみちていた――、「いつも変わらずそれは均斉のうちにあった、そしてまさしくそれゆえに、きわみなく純粋な告知だったのだ」

「何はともあれ、きみに今必要なのは医者だ」とプロティウスがきっぱりといった、「さて、もう行かねばならぬ。ちょっと出かけて、すぐまたもどってくるよ」

暗く重く、音ならぬ音がざわめきのぼった。ふたたび不安がおそってきた。結局理解することもなしに、彼らは立ち去ろうとしている。またもどってくるというのだが――、そのときにはもう手おくれではなかろうか？　その前に得心させなくてはならなかった、今はもう、会得してもらわなくてはならなかった――おお、起きよと呼ばわる声も聞かず薄明のうちにまどろむ人間の魂、その薄明の眠りの中にこそ魂の一切の災厄がひそんでいるのだ――、咳と戦いながら、ほとんど聞きとることもできないかすれた叫び声で、ようやく彼はこういった。「きみたちはわたしの友人だ……わたしは手を清めなくてはならない……最初と最後は清らかでなくてはならない……『アエネーイス』は無価値なものだ……真実に欠け……単なる美にすぎない……きみたちはわたしの友人だ……焼いてくれるだろうね……わたしのために『アエネーイス』を焼いてくれるだろうね……約束してくれたまえ……」

いいながら彼はプロティウスの顔を食い入るように見つめたが、その顔は重く沈黙したままだった。そこには愛と怒りがみちみちていた。雀斑《そばかす》だらけの赤らんだ皮膚、そこから青黒い髭が突きだしている顔の中央に、それがまざまざと見てとれた。愛は眼の中にたたえられ、さながら希望のようだったが、唇はかたくなにおし黙っていた。

「プロティウス……約束してくれたまえ……」

プロティウスはふたたび部屋の中を巡回しはじめた。大股でずしりと床を踏みしめながら、行きつもどりつすると、腹はせりあがって長衣の襞をいっぱいにひろげ、円い後頭部の禿《はげ》のへりをめぐる白髪は心もち逆立った。筋骨たくましい人びとの多くがそうであるように、彼も腕を軽く曲げ、軽く拳を握っていた。六十歳という年齢には思えぬ、怒り立った生の形象だった。

急いで返事をする必要などないのだということを、見せつけようとでもするかのように、怒った男はなおかなり長いあいだ巡回をつづけていたが、やがて足をとめると、いかにも気に染まぬようすで返答にとりかかった。「よく聞けよ、ウェルギリウス」と彼は、成熟した人間の確乎たる口調でいった、命令を下さねばならぬときに彼はいつもそのような口調になるのだった。「よく聞けよ、きみにはまだたっぷり、ありあまるほどの時間があるのだ……

さし迫っての必要など、何ひとつあろうとは思えん……」

急ぐ必要はないというこの確乎たる断言には、有無をいわせぬ力がこもっていた。今までと同様、この確乎さは、命令的な威圧感のためにかえって安堵をもたらし、快癒への勇気をもてと命ずるその口調を素直に受け入れることができた。命令に服するのはこころよかったが、もちろんそうするよりほかはないのだった。心がおちついたので、話すほうもまた楽になり、おだやかになった。「これがわたしの遺言なのだ、プロティウス、きみとルキウスに一刻の遅滞もなく『アエネーイス』を焼いてもらいたい、というのが……すげなく断らないでほしい……」

「おお、ウェルギリウス、何度いわねばならんのだ、きみにもわれわれにも、たとえ何をするにしたところで、まだたっぷり時間はあるのだぞ！　つまりきみは、ありあまるほどの時間をかけて、そのきみの目論見をゆっくり検討することができるのだ……だが、これだけはいっておきたいが」——いつもなら人に急《せ》くなと戒める彼が、いまはありありと焦燥の色を見せながら、こういいかけたまま早くも扉の引き手に手をかけていた——、「種にするための穀物まで食いつくしてしまう百姓を、穀つぶしというのだぞ」

こういったと思うと、騒々しい男は、明らかに彼に劣らず威圧され抗弁も異議もさしはさむ余裕のなかったルキウスをひきつれて、部屋から姿を消してしまった。いささか手荒に扉が閉じられ、戸口の外では足音がしだいに遠くなって行った。

贈り物をあたえもしたが奪いとりもして、彼らは彼を置きざりにした、彼をひとりにして行った。親切で怒りっぽい友人は彼に心の安らぎをあたえ不安を取り去った、しかし取り去られたのは不安ばかりではなく、いわば彼自身の一部でさえあった。まるでプロティウスが、彼を成人の世界から追放してまた幼児にしてしまったかのようだった、メディオラニウムですごした青年時代、ふたりともどもに未熟な夢をえがき、その夢からプロティウスだけはほんとうに脱けだすことができたのだが、このかつての未成熟の世界に彼はふたたび投げもどされたかのようだった。あまりにも退行の印象が強かったので、たとえ友人がそのがっしりした肩の上に『アエネーイス』を載せて、不安といっしょにはこび去ってしまっても、なんのふしぎもないと思われたほどだった。行李はまだだれにも手を触れられぬまま、厳重に鎖《とざ》されたままそこに置かれていたのだろうか、それともそう見えるのは単なる錯覚にすぎなかったのか？　たしかめずにおくほうがよい、そう思うのは無防備の安らかさゆえでもあったが、もちろん恥ずかしさゆえでもあった。しかもいよいよ恥ずかしいことには、彼自身がこのように奇妙に小さくなった、その一部始終は、ほかでもないリュサニアスの眼の前で経過したのだ、なぜなら少年は――驚いたことに、といっても不意を打たれたという感じではなかったが――夜のあいだと寸分変わらず、今もなお安楽椅子に腰をおろしていたのだから。安楽椅子がいきなり二人掛けになるなどということがありえたろうか？　つい今しがたまで、プロティウスもそこに腰をおろしていたのだ。まったくのところ、この部屋にプロティウスなぞ足を踏み入れないほうがよかった、そのほうがむしろ正しいことでさえあったろう。はるかにうららかな陽を浴びた海がとよもし、眼の前には甘い忘却につつまれて、少年が椅子に凭《よ》りかかっていた、苦悩からまぬがれ苦悩を医《いや》す姿だった。眼をこらして見つめると、それは無骨で敏捷な農家の若者の顔だった、しかしさらに瞳をこらすと、その顔はふかぶかと夢にひたされ、こよなく美しかった。少年の膝の上には、昨夜彼が朗誦した詩稿がおかれていた。

催促されるのを待ちうけでもしていたかのように、少年は読みはじめた。

「眠りの門にはふたつの構えあり。そが正夢ならば角の門よりまことの物の像《すがた》を出《いだ》し

そがもし祖《みおや》の霊たちの送り来しまやかしならば

かがやく象牙の門より　あだなる幻はひらめき出《い》ず。
この門へアンキーセスはその子と巫女をみちびき
象牙のかがやきのさなかに別れを告げぬ。
アエネーアスは急ぎ船におもむき　郎党ともどもうちつれて
潮おしわけひとすじにカエータ（ローマ近傍）の港にむかう。
錨は舳《へさき》より音高く投げられ　艫《とも》は磯辺にもやわれぬ」

カエータを讃えるために、彼はこううたったのだった。この一節がどこだったか、彼はすぐ思いだした（地獄めぐりをうたう第六歌の最後の部分である）。「そうだった……この後でカエータが葬られるのだ、乳母のカエータが（第七歌の冒頭ではアエネーアスの乳母カエータの葬礼が語られる）……アエネーアスは地獄から帰ってきたのだから……帰ってきて、成長したのだ……新たな生をむかえた人間なのだ……」あたりの空気が澄明な液体と化したかのように、自分でも驚くほど滑らかに語ることができた。
「アエネーアスがたどったのは、ウェルギリウスさま、あなたの道でもあったのではありませんか？　あなたも暗黒をめざして進まれた、そしてそこから帰還して、きらめきふるえる海の光の中に船をだされた……」

「たしかにわたしは暗闇に駆りたてられはした、しかしそれはわたしの本意ではなかったのだ。暗闇の中に、その胎内に衝き進みはした、しかしそこに身をひたすことはなかった。洞窟はこごしい岩根にみち、つらぬきながれる河とてもなく、凝然たる夜の眼の底の深みに湖をたずねだすこともできなかった…… わたしはプロティアには会った、しかし父を見いだしはしなかった、そしてプロティアも消えうせてしまった……わたしは新生をむかえはしなかった、だれもわたしの道案内をしてはくれなかったのだ。しかしそれからわたしは声を耳にした、そして今は明るく……」

「……そしてあなたご自身が案内者におなりになったのです」

「運命のままに駆りたてられて、自分自身をさえみちびくことができなかったのだ、それがどうして他人の案内をつとめることができよう」

「たとえどこへ駆りたてられようと、それはいつもあなたがお示しになった道だったのです」

「吼《ほ》えたける夜の路地を通りぬける道を見いだしたのは、わたしだったろうか？ それはおまえではなかったのか？」

「道案内をなさるのはいつもあなたでした、これからもあなたはいつも案内役をおつとめになることでしょう。わたくしはいつもあなたのおそばについていたので、先に立って行くようにに見えたのは、ただそう見えただけのことなのです。ときにはお眼の前から姿を消しもいたしますが、時を知らぬ時の移ろいの中でお呼びを受けて、このようにまたおそばにもどって参るのです、その時ならぬ時を静かにみちびかれるのがあなたなのです」

微笑しないわけにはいかなかった。人間の指導者になること、将軍や司祭や国王になること、それはかつて少年の日の願いだった、その願いをこの少年が今口に現わしているのだった。プロティウスは彼をほんとうに少年にしてしまったのではなかったか？

しかしリュサニアスは語りつづけた。「将軍にも、国王にも、いいえ、詩にさえも、永劫の摂理にゆだねられた時を通じてみちびく力はありません。その時の中でたえずみちびきつづけながら永遠に主宰の役をつかさどるのは、清らかな心が断乎たる意志をもっておこなう行為なのです」

室内は明るくなった、空気は軽やかに、神の息吹きは晴れやかにただようた。そしていわばさらに親しみを増したかのように、もとめえた成就のように親しげに、陽をあびた岸辺が、たどりつくよすがもない神さびた森がかがやきはじめた。ほのかにきらめく太陽神の娘が、太陽への讃歌に身をかえて、恒常にうたいやめぬ口からひびきでた。

「リュサニアス、あの眼が見えるかね、金色のかがやきを帯びた紫紺の大空が？　真昼が眼をひらく、その眼の奥のきわみには、かがやく夜がひそんでいるのだ」

「あなたが案内者としてめざしておられたのはアポロでした。太陽の光に溶け入ってアポロはあなたとともに大地となり、今はあなたとともに真昼となっているのです」

「アポロの眼は金色、由々しいその弓は銀、その認識はさながら光のごとく、それがもたらす死も光りかがやく。アポロの聖なることば（予言のこと）とアポロの聖なる征矢《そや》はかがやきながらひとつに化し、この合一の力によって聖なる根源へ回帰するのだ。おお、アポロみずからには見えぬ、眼の奥処《おくか》の泉なる夜よ、神のまなざしのうちに安らう夜よ、征矢に射られ、光につらぬかれた者の前でのみ、暗黒の薄紗は裂け、おぼろにかすむ眼は早くも盲におちいりながら、しかもなお、総体の根源にそばだつ穹窿をしかと捉え、発端と終末をくまなく見通すのだ、存在の根源の穹窿、夜めいてしかも同時に光にみちた根源の穹窿を見通すのだ」

「無敵の日の神」――、かすかな叫びが聞こえた、ふたたびここに姿を現わした奴隷の口からもれたのだった。

「無敵、そう、だが父には従順なのだ、牡羊の角を生やした真昼の神、ユピテルには。強大な手に雷《いかずち》をうちふるいながら、神々の運命を支配する神、運命を掟しながらしかもみずから運命に捉えられ、永劫にクロノス（クロノスはユピテルの父だが時の神ともされるから、時の呪いをまぬがれないということ）からのがれもあえず、主権の呪いにかたくいましめられているクロノスの子には」

「けれども、受けわたされてはまた奪われる主権の呪いは」——と奴隷は語った——「神々の族《うから》のうちに、処女の生んだ子が現われるとき消えさるのです。それは謀叛を企てぬ最初の子です。子は父とひとつになり、父は子とひとつになる、父と子は精霊において合一し、こうして三者は永遠に一体となるのです」

「おまえはシリアびとか？　ペルシャ生まれか？」

「まだ幼かったときに、アジアから連れてこられたのでございます」

　そっけなく鄭重《ていちょう》な答えだった。そしてたった今まで太陽にむかってひらいていた男の顔は、何を考えているのかわからない召使の表情に逆もどりしてしまっていた。どうしてこういうことになったのか？　このために、いままでつづいてきた事態が、いわばぷつりと断ち切られたかのようだった。リュサニアスは突然部屋から姿を消してしまったらしかった、まるで追い立てられでもしたかのようだった。呼吸はまたしても苦しくなってきた。「おまえはだれだ？」

「アウグストゥスさまのお館にお仕えする奴隷でございます、御前様、アウグストゥスさまに神々のご加護がありますように」

「だれからその信仰を教わったのだ？」

「奴隷は主《あるじ》の神々を敬うものでございます」

「おまえの親たちの信仰は？」

「わたくしの父は奴隷として十字架にかけられて死にました、母とは生き別れのまま、消息もさだかではありません」

暗い苦しみがわきおこって涙になった。おお、眼をくもらせ、胸を痛く圧しひしぐ涙、人間性がたえずそこからよみがえる、広大無辺な湖の涙。しかし奴隷の顔にはなんの変化も見られなかった。それは深淵の上に、あらわに、しかも閉ざされたまま横たわっていた。

数刻が過ぎ去った。「何かおまえにしてやれるだろうか？」

「御前様、取るにたらぬものにお情けをかけられませんように。わたくしは自分の運命に満足しております。何もほしいものはございません」

「だがおまえはここへきたではないか」

「ここへ参るように命ぜられたのでございます」

この奴隷はほんとうに単なる傀儡《かいらい》にすぎなかったのか？　客人には何ひとつ知らしめぬよ

うに、もっぱら口をつつしめよと命ぜられていたのか？　何を彼はつつみかくしていたのか？　孤児の悲境に甘んじなければならなかった人間の態度からは、一切うかがい知るよすがもなかった。冷ややかなマントが彼の魂を覆って、幾重にもかさねられた戦慄の層をつつみ、恐ろしいほど天涯孤独な奴隷の姿であった。この男がここへつかわされたのは、『アエネーイス』と少年を彼から奪いとるためだったのか？　リュサニアスを自分と同様の孤児にするためだったのか？　出窓の椅子にはだれもかけていなかった、姿を消した者をもとめてさしのべられた手は何ものをも見いだされなかった、孤児の運命から彼を救うすべとてもなかったのだ！　このとき恐怖の叫びが生まれでた。「おまえが彼を追いたてたのか！」

「もし何かお気にさわりましたなら、どうぞ罰をお与えください、それとも、お見すごしいただけますか、そのつもりではなくいたしたことでございますから。あなたさまをお助けし、ご命令を承るのがわたくしのつとめでございます」

不信の念はまだ氷解しなかった。「おまえは彼の代理なのか？　彼と交替にここへよこされたのか？　彼の名を受けついだのか？」

「奴隷にはわがものと呼べるものはございません、御前様、奴隷には名はございません。裸のまま鎖につながれているのでございます。なんとお呼びになろうと、それがわたくしの名になるのでございます」

「リュサニアスか？」

これは問いだった。しかしこの名に呼びだされて、リュサニアスはまたしてもその場に現われた。出窓に凭《もた》れたまま、奴隷のかわりに素早く彼が答えたのだった。「わたくしを見いだすためにいつもあなたはご自身をもとめられた、そしてご自身を見いだしながらわたくしをおもとめになったのです」

もとめた、おお、もとめた——、おお、根源よ！　おお、またしても失われた存在は示現し、深い泉はつぎつぎにほとばしり立ちのぼった、記憶の空間、無辺の過去の深淵、それは世界を巻く蛇にいだきすくめられ、未聞の事象の呼びおこす異様な雰囲気にひたひたとひたされていた。見るも恐ろしくわがねりうねる蛇の輪から、けっして行くえ知れずになることはなく、たえず想起のうちによみがえる巨人《ティタン》の筆頭、クロノスが身をもぎはなし、足音もとどろにはじめて大地を踏み鳴らすのだった。

——そして記憶のどよめきの中から奴隷の答えが聞こえてきた。「自分の名前を自分で選ぶ者は、運命に逆らうのです……」

——もとめた、おお、もとめた——、巨人は打ち倒された、半神の族と人間の族は、神々に仕えながら、生きかわり死にかわりしてかぎりなく系譜をつらねながら、義務をはたし死におもむくべく教えられながら、巨人の血統を忘れはてていた。しかしついに、この血はまたしてもにわかに奔騰し、強大な怖るべき巨人の性《さが》に生まれついた末裔（プロメテウスであろう）は、始祖と同様にふたたび創造の沃野を踏み荒らし、かつての日の罪業を瞬時に記憶のうちによみがえらせながら、天にむかって叫ぶのだった、この記憶はあまりにもなまなましく、おのがうちにその血脈を感ずる遠つ祖《みおや》の仇《あだ》を、世にも恐ろしい手だてで報いんものと、末裔に思い立たせるほどだった。光の神を盲とし、王座につく神々の父を放逐するために彼は高みへよじ登った。神の眼からかがやき燃える火を奪ったとき、この企てはほとんど成就せんばかりだったのだが、しかもなお、またしても勝利はゼウスの手に帰した、ゼウスは巨人を追い落とし、岩根こごしい大地に打ち倒したのだった、かくして義務はさらに支配をつづけ、太陽神の御するままに火炎の車は高みを駆けり、弓たずさえた光りかがやく射手を載せて、くる日もくる日も大空をわたり、天頂をめぐっているのだ――

――明るい光につつまれて奴隷はさらに語りつづけた。

「御前様はわたくしをお呼びになったことはございません、たとえ、お呼びになったおつもりのときでも。わたくしはただおもとへ参るようにさだめられていたのでございます。あなたさまのお眼にとっては、わたくしは義務とうつりましょう、なぜならわたくしはお仕えする身なのですから……」

——もとめた、おお、もとめた——、巨人はのがれ去った。だが、甲斐もなくのがれ行く者の背後には、奪いとられた火のはなつ赫灼《かくしゃく》たる光、数知れぬ星々のみちわたる天界がかっと燃えかがやいていた。よし巨人に神の弓を手に入れることはかなわなかったにせよ、父をめがけてその弓に矢をつがえること、みずからを始祖とし、時を静止にもたらすことはかなわなかったにせよ——もしそれが成就すれば、生あるものはみな時をまぬがれ圧制から解きはなたれ、自己自身の名もその名を負う者もともに義務を知らぬ不死の境に入ったはずなのだが——、おお、よしこのことはかなわなかったにせよ、このとき以来、一面の星のきらめきをあびて天界はやわらぎの色をたたえていた、義務も圧制も死も、星の掟に従いつつやわらいでいた——

——少年が口をひらいた。「リュサニアスです、ウェルギリウスさま、あなたの生涯のはじまりは、苦しみからまぬがれ幼時に守られていました、母上がいいようもなくほほえまれながら、苦しみを医《いや》し消しながら、あなたを腕にいだかれたのです……」

——それにつづけて奴隷がいった。「わたくしには名前がございません、ウェルギリウスさま、たとえどのようにお呼びになりましょうとも。名前をもたぬ存在は偉大です、それは裸のままいつもお身のまわりにただよい、あなたさまを覆いつつみ、おかくししようとしているのです……」

――もとめた、おお、もとめた――おお、帰郷――終末は発端につながれ、発端は終末につながれ、神々はなお支配し、義務をさだめている。光を与える神はこう命じていた――生のうちに死をとらえよ、死が汝の生をかがやかさんがために。ただ発端にまで突き進む者のみが――おお、探求よ、神の記憶よ――、発端よりさらに古い根の領域をくりかえし想起する者のみが、終末と発端との結合を経験することができる、そして、過去の深みにおいて保証されたありとあらゆる未来を想起することができるのだ。ただながれ去るものを確保する者のみが、ながれ失せたものの中において死を圧しひしぐのだ。過去の深淵はかぎりも知らず、名をもたない。美神たちは死に仕え、ウェスタ(かまどの女神)の斎女《いつきめ》のように、こよなく神聖な火を、アポロの金色の光耀を守っている。

少年の面ざしをながめ、奴隷の面ざしをながめているうちに、失われたものが姿を現わした、生は死を蔵しながら壮麗に、真実の認識を悟り、愛のうちなる愛を悟っていた、無から奪還された真実の意味、狂気を遠ざける真実の、いかなる狂気の影も宿さぬ意味、変容しつつしかも変わらぬ、現実の大いなる奇蹟の示現。おお、帰郷！

それは奴隷だったのか、少年だったのか？　奴隷がかさねて口をひらいた。「いつもわたくしをお守りくださった、そのお方のもとに参れましたからは、お役に立つようお仕えするばかりでございます、けっして押しつけとお感じになるような仕業はいたしません」

つづいて少年が、幾分声を高めたような口調でいった。「眼に見えぬ手があなたをみちびきました、そしてその手のわざがあなたのわざになったのです。目的地に達した今、それはあなたを案内者の任から解いた。もとめながらあなたは、あなたをもとめていた者を見いだされたのです」

これに応える声はさらにきびしかったが、それにもかかわらず、やはり慰めの声だった。

「ひたすらに仕えるべくさだめられた者には、地上のいささかな痕跡もとどまらぬように。その人みずからは何ひとつ所有しない、名もなければ、意志ももたない。子としての境遇へ押しもどされて、運命すらももたないのです。けれども、あらわになり、所有を失えば失うほど、直接にとらえられるものはいよいよその人の手に帰する。裸のまま鎖を引きずっている者にのみ、つつましやかに恩寵を受けようとする純朴な思いがわき出るのです。その人のみがふたたび泣くすべを知っている、奇蹟は彼のために貯えておかれる、幼児にまで引き下げられたとき、彼はだれよりも先に光を眼にするのです」

ただひとつの声がこだまし、声はからみあい、そしてそのふたつの声のもつれから少年の声がひときわ高くひびいてきた。「出口と入り口はひとつなのです、発端にも終末にも子としての世界がある、そして子は愛へとのがれるのです」

しかし諸圏をつつむ苦悩からひびき出る涙のこだまのように、奴隷のことばが聞こえた。

「このうえなく苛酷な圧制のもとに孜々《しし》としてはたらき、父にも呼ばれず、母の手にも守られず、過去から歩み出たのでもなければ未来に踏み入ることもなく、鎖につながれた孤児と孤児、わたくしたちはありとあらゆる奴隷の群れなのです。運命を奪い去られたわたくしたちを、かぎりない連鎖へとつなぎながら、運命はわたくしたちに、兄弟のうちなる兄弟を知るという幸せを恵んでくれたのです」

「人間性がほとばしり出るとき、それはいつも裸形のままなのです。その発端も裸形なら終末も裸形、あらわな傷ついた皮膚を義務の鎖がこすりひき剝《む》くのです。けれど裸形といえば巨人さえもそうなので、彼の英雄的な勇気とは裸形のいいにほかならない。彼が父なる神に立ちむかったのは、赤手空拳の仕業でした、あらわなまま熱く燃える双手の中に奪いとった火をつかんで、彼は地上へ降り立ったのです」

たがいに答えをかわすかのよう、しかもひとつのことを語っているかのように、少年の声と奇妙に和しながら奴隷がことばをつけ加えた。「その昔、武器が遠つ祖を打ち殺しました。それから後は、鳴りひびく武器の力を借りて、たえず殺戮をくりかえしながら、人間はみずからを根絶やしにしてきました、人間を奴隷におとしめ、おとしめた当の人間も武器の奴隷となり、創造を爆破して炎々たる火につつみ、やがて冷ややかな硬直に化してしまう。武器を捨て徒手に甘んずる者こそ、はじめて英雄の名に値するのです」

「たしかにあなたは武器をおうたいになりました、ウェルギリウスさま、けれども怒れるアキレウスではなく、信厚いアエネーアスにあなたの愛はむけられていたのです（このことばは、『アエネーイス』第一歌第一行にかけてある）」

「わたくしたち奴隷には武器がありません、わたくしたちは武器をもたぬ屈辱に甘んじなければなりません。けれども、武器を捨てたまま辛抱強く待ちうけているわたくしたちの前では、墓窖《ぼこう》も口をひらいて死者をよみがえらせ、硬直したものはその硬直から解きはなたれ、わたくしたちの手が触れれば石もおだやかに身を曲げるのです」

「終末には武器はなく、ふたたびおとずれる発端にも武器はない、そして夜の石の領域から神はなごやかに天頂へ登り、創造は幼時の世界へと変容するのです」

「なぜならあなたはわたくしたちをごらんになったのですから、ウェルギリウスさま、鎖をごらんになって、あなたは眼に涙を宿された、そのときあなたのお眼には、わたくしたちの涙がになわねばならぬ発端が、ありありとうつったのでした」このように語り終えると、男はふたたび――何を考えているのかはかりがたい――召使になり、いつでも手をさしのべることができるように控えているのだった。

「あなたは発端をごらんになりました、ウェルギリウスさま、けれどもご自身はまだ発端ではない、声をお聞きにはなったが、ご自身はまだ声ではない、創造の核心が脈うつのをお感じにはなったが、ご自身はまだ核心ではない、あなたは永遠の先導者なのです、みずからは目的地に到達なさらない、案内者なのです。不死の栄誉をあなたは得られるでしょう、先導者として不死のうちに入られるでしょう、イマダナオ、シカモスデニ、ソレガスベテノ時代ノ転回期ニオケルアナタノ運命ナノデス」

「あなたはわたくしたちとともに鎖をになわれました、ウェルギリウスさま、けれどもあなたの鎖は、それと知れぬほどではありますが、もう弛《ゆる》んでいるのです」

静寂がおとずれた。三人は黙って耳をそばだてた。ひろがる光にみなそろって耳をかたむけた。光はざわめきのようだった。穂波のざわめきのようだった、やさしく力強く、金色にざわめき降りそそぐ太陽の雨、それは名状するすべもない声音で告げ知らせていた、何ひとつ失うことなく、それ自身もけっして消え失せることのないたしかさで、告知の声を告げ知らせていた。暗黒の上にかがやきつつただよう白日の歌だった。

それから少年がこういって手をあげた。「ごらんなさいあの星を、道しるべの星を」陽にあまねく照らされた深紅の空に、夜の星がひとつ出ていた、ほのかな光をはなちながら、その星は東方に移って行った。

祈りをささげるためにがばとひれふし、顔を床に押しつけ、しばらくそのまま身じろぎもせず、やがて手を上げ跪坐《きざ》の姿勢をとり、膝を軸にして軽く前後にからだを揺り動かしながら、奴隷は祈った――

「無限のうちに君臨したもう、知られず、見えず、およそことばにつくすよしもなき神よ、おんみはまばゆきまでに射そそぐ眼《まなこ》によって、みずからを告げ知らせたもう、その眼の明さはかぎりなけれど、しかもそは隠れたるおんみが実在の影にすぎず、おんみが闇の反照、反照の反照にすぎず。さてわが眼、わがまなざしは、おんみが反照の反照よりさらに照り返したる影の影にして、おんみの反照にまでたかまることは得べけれども、おんみのうちに安らうすべはなく、惆帳《ちょうちょう》として予感に帰来するよりほかなすべきわざを知らざるなり。獅子と牡牛はおんみの御足がもとにうずくまり、鷲はおんみをめざして舞いあがる。おんみの眼はおんみの声なり、おんみの眉は怒りにふるえつつ雷をはためかす。何人もおんみに抗《あらが》いえず、おおけなくも天の火を奪わんとする者、牡牛を取りひしぐ者、みずからを始祖となす者、ことごとくおんみに抗うよしもなし。されど逆らわぬ者をおんみは浄福の道へさしつかわす。かしこき使命の反照のうちにおんみの光耀より幼児のごとく星は現われいで、おんみの命のままに、かつておんみのとどまりし所、夜のひきあけとともにふたたびとどまりたもうならん所へと立ち帰り行く。おんみはわれを死のために創りたまえり、われは死の形象《かたち》なり。さはあれど、われを創りたまいしうえは、おお見えざるものの中にもすぐれて見ることかたき神よ、おんみは帰郷をも創りいだしたまえるなり、さて星の降《くだ》り来《きた》るとき、おお名もなきものの中にもすぐれて名なき神よ、おんみが名を呼ばわりてそをわがものとなし、地上をさすらい、地上に死するとき——地上の眼には権化の姿を現じ、その姿のままにふたたびわが本体をめざして昇り、おのが光へ帰入するおんみ、星はまたしても力伸びひろがりて太陽に化し、ただひとつの眼となる——、そのときはわれをも、おんみの無名のいやはての影、奴隷のうちなる奴隷、われをもかかわらしめたまえ、御名に、御顔に、御光にかかわらしめたまえ、おお、知られず、見えず、およそことばにつくすよしもなき神よ、われはおんみのものなり、今日の日もまたいつの日も、永久《とこと》におんみを讃《たた》えまつるなり」

真昼の風が立った、熱烈な生の息吹きの接吻、ほとんどそれと知られぬほどに南方から吹きよせ、かすかにながれて行く潮、日々にその岸をこえてあふれる世界の息吹きの海、何ひとつ成就せず、みずからもけっして成就されることのない時の気息、その上を移ろい行く星辰——実りゆたかな大地の息吹き、オリーヴの、葡萄の、麦畑の息吹き、まめやかな質朴な育成の息吹き、家畜小屋と搾木《しめぎ》にかけられた果実の息吹き、連帯と平和の息吹き、国また国、畑また畑の息吹き、愛しつつ奉仕する労働の息吹き、真昼の息吹き。おお真昼の偉大さよ、さながら日輪が天頂に静止して聖なる憩いに入っているかのように、もろもろの世界の上にやすらうことなく神聖な偉大さよ。吊りランプは微風の中でかすかに揺れ、鎖はさわやかな銀のひびきを立てた。

ひとりの人間の生涯ではたりぬ。何ごとのためにもせよそれではたりぬ。おお記憶よ！おお帰郷よ！

そしておよそ知られず、見えず、ことばにつくすよしもなく、神さびたはるか彼方に、その影さえも光である存在が領している、たえず予感のうちに現われながらたえて知られることはなく、なんと名づけるよしもないこのうえなくひそやかな存在が領している。農夫たちが恐れかしこみ、カピトリウムの千古の森に鎮座する神と仰いだのは、実はこの存在ではなかったか？　いかなる肖像《にすがた》も彼のためには作られぬ、作ることはそもそも不可能なのだ、彼はわれとわが身の象徴なのだから。しかし声という象徴において彼はみずからを告知するのだ。おお、愛に眼をひらけ！　変わらぬ暖かさをさらにそそぎつづける真昼の歌の息吹きの上高く、大地への人間のまめやかな愛にみち、人間への大地の残酷な愛にみちた真昼の歌の上高く、夜の星は移ろい進んで行った、この星も象徴だった。地上の存在を太陽の領域へと高めるために降下しようとする、名づけるすべもない愛の象徴だった。こうして真昼は上の世界と下の世界との息吹きのうちに安らっていた、焔の車の輓馬《ばんば》は憩い、車輪は憩い、太陽神は憩うていた。

彼が感じたのは幸福だったろうか？　それはわからなかった、わかろうとも思わなかった。しかしそれは疑いもなく希望だった。あまりにもはげしいために、強すぎる光や強すぎる音同様耐えがたいとしか感じられない希望、宇宙の生起のこの静止状態が突如として破れたときには、深い安堵をもたらしたほど強烈な希望だった。この静止状態がどれほど長くつづいたのか、それも彼にはわからなかった。だが、それが破れたとき、真昼がふたたび運動を開始し、かがやく車輪がふたたび回転をはじめたとき、轅馬がふたたびその軌道を走りはじめ、遊星はぬぐうように大空からかき消えてしまったとき、そのとき部屋の扉があいた、あたかもその瞬間にすばやく逃げだした少年を室外へ脱出させようとでもいうかのように、しかし実は、幾分肥満ぎみの顎鬚を生やした男が把手をまわしてあけたのだった。その男は親しげな微笑を浮かべ、いわば自分自身を祝いの品としてさしだしながら戸口に立っていた、脇をすり抜けて行く少年には一瞥もくれず、手をさしあげて挨拶するのだった。この男がお待ちかねの医者だということは一目瞭然だった。態度といい、身仕度といい、容貌といい、それに違いのあろうはずはなかった。とりわけ鮮明な印象をあたえたのは、手入れの行き届いた短い学者風の顎鬚で、その金髪には、まるで人工的に植えつけたように銀色の毛がまじりあっていた。信頼感をいだかせる年齢にふさわしい銀髪だった。もしまだ疑問の点があったとすれば、どうやらいっそう重々しげに彼の後から現われた、器具をたずさえた従者の姿によって残りなく氷解したことだろう、そうなれば、職業柄いかにも人あたりのよいお愛想が、微笑を浮かべた先導者の口からなめらかにながれ出たのも、もうなんのふしぎもなかった。

「快方にむかわれたお人じゃと思うておりましたが、お見かけするところ、もうすっかりよくなられたごようすですな」

「まったく、その通りです」自分で思いもかけなかったほど、確信にみちた答えがとっさに口をついて出た。

「見立てに間違いないといわれるほど、医者にとってよろこばしいことはございませんな、しかもそれが、大詩人のおことばとあってはな……だが、もし医者からお逃げになる口実に、元気じゃといわれるのであったら……それ、御作に出て参るメナルカスもこう申しておるではありませんかな？《今日は汝、われよりのがるることを得じ、いずこへむかいて呼ばわらんとも、われ必ずきたるべし》と！」

この宮中医の如才なさは快いものではなかった、といっても、医術の神秘的な魅惑からどんな病人も完全にまぬかれることはできないのだが。しかしまともな田舎医者のほうがもっと感じがよかったろう――それだったらいろいろと話すことができたろう。今はよかれ悪しかれともかくこの男と折り合いをつけなくてはならなかった。「あなたから逃げるわけではないが……それはそれとして、詩のことなど忘れていただきたい」

「詩を忘れるですと？　あなたのお顔がそれと反対のことを申しておるのでなかったら、お熱のせいかと思いかねませんぞ、ウェルギリウス殿！　いや、あなたがわたしからお逃げになるのもご無用なら、わたしが詩を忘れることもない、第一、わたしらがもろともに祖と仰ぐテオクリトスとヒポクラテスは、いずれもコス（エーゲ海南部の島名）生まれの縁つづきなのじゃから、わたしはあなたの縁者となる光栄に浴しておりますのじゃ……」

「では親戚としてご挨拶しましょう」

「わたしがコス生まれのカロンダスです」名乗りの口調の重々しさは、いかにも世に知られた名前にふさわしかった。

「おお、あなたがカロンダス殿……ではもうあちらでは教えておられないので。さぞかし残念がる者が大勢ございましょうな」

これは非難ではなかった、せいぜいのところ、教師としての務めをいつも高い及びがたい目標と考えていた男の驚きにすぎなかった。しかし宮中医の良心にとっては痛いところを突くことばだった。自己弁護の必要があった。「収入のことを考えてアウグストゥスさまのお招きに従ったわけではありませんのでな。金が問題なら、わたしの患者にはいくらも裕福な御仁が見えたのでな、その診療をつづけて行きさえすればよかったのじゃ。だが、いともかしこきアウグストゥス皇帝陛下にじきじきお仕えするとなれば、だれが金のことなど考えましょうや！　しかも、現在わたしが些少のかかわりをもたぬでもない、この国政の中枢におりますと、学問のために、民衆の福祉のためにいろいろと有益な仕事ができるように思いますのでな、ひょっとすると、教職の身がなしえたよりはるかに上まわるかもしれぬ……われわれがアジアやアフリカに都市を建設することになる、すると臨床医の助言は欠くべからざるものとなろう、これはほんの一例にすぎんが……むろん、教職を抛《なげう》つのはわたしにとってはかなり辛いことであったし、今も辛いに変わりはないのです。何せ、四百人以上の学生を育てあげた年もありましてな……」——こういった無駄話で、なかば率直に、なかば得々として自己紹介をこころみながら、友人に胸襟《きょうきん》をひらく友人のように、彼はベッドの上に腰をおろし、助手のひとりが合図に応じてさしだした小さな砂時計を手にしながら脈を数えはじめた——「……じっと黙っておってください、すぐ終りますからな……」

ガラスの容器の中の砂は、糸のように、音もなく、不気味に、いわばせわしげな緩慢さでさらさらとながれ落ちた。

「脈など、どうでもよいでしょう」

「おっと、もう少し待って……」——砂時計はちょうど落ちきったところだった——、「さて、……どうでもよいとはちょっと思われんのですがな……」

「そういえば、ヘロピロスがわれわれに脈の重要性を教えてくれましたね！」

「あの偉大なアレクサンドレイアびとは、もしコスの学派に加わっておったなら、どれほどの業績をはたしたことだったか。まあ、遠い昔の話だが……ところであなたのお脈について申すと、さて、あまりよろしくない、と申しあげるところだが、それは、だいたいにおいてよくなる見通しじゃということですな」

「それでは何もいったことになりますまい……わたしは熱のせいで多少弱っている、それが脈にも出ているので……そんなことはなんとも思いませんよ。まだ医学についてはいささか心得があるのです、すっかり忘れてしまったわけではない……」

「同業者というのは実に始末の悪い患者でな、いっそ詩人のほうがましですわい、何も病気の場合とはかぎらんが……ところで咳はどうですな？　喀血は？」

「痰には血がまじっています……だが、おそらくそうなる必然性があるのでしょう。体液がそうして平衡を回復するのです」

「ヒポクラテスに敬意を表しましょう……だが、医学と詩学との結合を、しばらく忘れていただくわけには参らぬものかな？」

「そう、詩学は忘れて結構ですね。わたしは医者になるべきだったのかもしれない」

「お元気になられたらすぐにも、わたしとかわっていただきたいものですな」

「わたしは元気です。もう起きたいのだ」またしてもだれか別人が彼の口を借りて語ったようだった、ほんとうに健康なだれかが。

この瞬間医者の顔から人あたりのいい世なれた表情が消えうせた、真情のこもらぬ如才なさのために、その表情は実に不快な感じをあたえていたのだが。たっぷり肉のついたまるまるした笑顔の中の眼、金色の光をやどした黒い眼は、非常に鋭く観察する、というよりまさしく憂慮にみちた眼つきになった、そしてこのような眼つきとひどくちぐはぐに、ほとんど陽気なといってよい饒舌《じょうぜつ》が口からながれでた。「あなたがもうすっかり元気だとお考えなのは、まったく結構至極、欣快《きんかい》のいたり、だが、こうしたときには、急がばまわれと仰せられるのがアウグストゥスさまの常でな……病気の恢復《かいふく》にもいろいろ段階がありましてな、どのあたりまであなたがこられたのか、それは医者が決めなければならんことで……」

さぐるような眼つき、陽気な饒舌、そのどれもが不安を覚えさせるに十分だった。「わたしの恢復が進みすぎているとお考えなのですね……わたしの恢復感が完全すぎると……つまり病的爽快感だとお考えなのですね？」

「いや、ウェルギリウス殿、もしそうとすれば、その爽快感ができるかぎり長く十分につづくよう、お祈りいたすでしょうな」

「これは病的爽快ではないのです、わたしは健康なのだ。わたしは浜辺へ出たいのです」

「おっと、海辺へおだしするわけにはいきませんな、それより逆に、一時も早く山へ行かれたほうが……もしわたしがアウグストゥスさまにお伴してアテーナイに行っておったなら、すぐにもあなたをエピダウロス（ギリシャ、アルゴリス地方東部の町。医神アスクレピオスの聖域があった）の湯治場へお送りしてしまったのだが。いや、何をさておいても養生なさる必要があると、力説したにちがいないのですがな……今はともかくここでできるかぎりのことをしてみなくてはならん……だが、医者と息者が心を合わせて恢復への努力をつづけるなら、何ごとも不可能ということはないのですぞ……朝食はどうなさいますな？　空腹をお感じになりますか？」

「空腹なままでいたほうがいいのです」

「それもよろしかろうが……家つきの奴隷はどの男かな？　熱い牛乳からはじめるとしよう……家つき奴隷は厨《くりや》へ行ってもらいたい……」

なんの表情も見せぬまま従者たちの後に控えていた奴隷は、いわれた通りに行動しようとした。

「その男ではない、いや……その男は行かせないでほしい……わたしの入浴の用意をしてもらいたいのだ」

「今日は入浴はいけませんな……さきになれば沐浴療法もこころみようとは思うが。クレオパントスが二百年前に沐浴の効果について教授したことは、今もって通用しますのじゃ……人間の本性は不変のものでな、一度見いだされた真理は、われわれが現在恩恵をこうむっておるようなありとあらゆる新薬をもってしても、やはりくつがえすことはできませんのでな……」

「老アスクレピアデス（ギリシャ、ビテュニア生まれの医師。紀元前九一年よりローマで貴人の侍医となる）も、わたしの聞いたことが正しければ、この点ではクレオパントスの信奉者ですね」

この差し出口は、予想通り、というより実はひそかに待ち望んでいた通り、相手の憤激を触発した、ただしその口調は極度に抑制されてはいたのだが。「さよう、あのビテュニアの古狐めは、水や空気や太陽を、手前の領分としてひとり占めできるかのような顔をしくさっておる……だがわたしは白面の医学徒の頃、とはつまり、まだアスクレピアデスの名もさして高まらぬ頃すでに、沐浴療法と大気療法によって十分な効果をあげておりましたのでな……もちろん彼に敬意は表しておりますよ、あの頃彼がわたしの治療の成果をかぎつけたという事実が、ありえないことではなかったとしてもな。わたしはいつもこう考えておるのです、われわれ医者は病人を医すために存在しておるのだ、だれが先鞭をつけたかなどと争うのは、およそ無意味な仲間うちのそねみ沙汰にすぎぬ、かたく禁じられねばならんことだ、となぜ……医者はおのれの経験を十分に成熟させねばならんのです、むやみに仰々しく、おれが最初にはじめたのだなぞとわめきたてるものではない、残念ながら、何かといえばすぐわめきたがる手合いも少なくないのだが……その気になれば、わたしは三十年前に沐浴の効果についての学説を発表することができたのです、だが、わたしはしなかった……早い話、ほかならぬこのアスクレピアデス老が、酒の効用についての論文でいったいまあなんという害悪を惹きおこしたことか！　乱暴にいってしまえば、彼が沐浴療法を必要としたのは、酒療法の害を償うためにすぎんのです……」甲高いすべっこい哄笑が演説をしめくくった。笑いのひとつの表面が鏡のようになめらかなままほかの表面に打ちあたり、なおしばらくそれをこえてすべりつづけて行くかのようだった。

「それであなたはけっして酒を処方なさらないわけで？」

「ほどほどにならら、いくらでもいたしますよ。ただわたしはな、患者を飲んだくれにしようとは思わんのです……この点でアスクレピアデスは根本的に誤っておる……まあ、やめておきましょう、あなたは酒をあがられるわけでも入浴されるわけでもない、熱い牛乳を召しあがるのですからな……」

「牛乳を？　薬としてですか？」

「朝食と呼ばれようが薬と呼ばれようがご自由です、何かほかのものをお望みなのでなければな」

幼児のように牛乳をながしこまれようというのだ。医者までも彼を子供扱いしようとしているのだった。おめおめとなすがままになる法はなかった。抵抗しなければならなかった。

「昨夜は気分がよくなかったのです、暑すぎて……」――熱のために乾いた指が機械仕掛けのように動いて、水が必要なのだということをはっきりと告げ知らせていた――、「……入浴する必要があるのです」

だが、抵抗は空《むな》しかった。奴隷は彼の抗弁を耳にもしなかったかのように、その場から姿を消していた。裏切り者だったのか？　おお、盃は卓上から消えうせていた、少年は疑いもなく追い払われたのだった。何が起きたのか？　指は放恣《ほうし》な自動的な戯れをさらにつづけていた、指環は突然小さくなったかのようにかたく締めつけた。どうしてこういうことになったのか？　どうしてあのふたりとだけにしておいてくれなかったのか？　どうして彼は人間に充満した孤独の中に幾度も幾度も突き落とされるのか？　便器を用いることさえ彼には許されなかった。

「わたしはからだを清めなければならない。入浴する必要があるのです」

「もちろんあなたはおからだを清潔になさる必要がある。あなたばかりでなく、この部屋も清潔にしなければな、つまり、わたしからあなたにお伝えするようにとのことなのだが、間もなくアウグストゥスさまご自身がここであなたに挨拶なさろうというおつもりでな……わたしの助手がすぐあたためた酢でおからだを洗うてさしあげますぞ……」

これは一切の抵抗を放棄せよということだった。「アウグストゥスさまがじきじきお見えとは……手落ちのないように用意をととのえてください」

「用意にかかっておるところです、ウェルギリウス殿。だがまず、この薬をおあがりいただきたいな」透明な液体をみたしたグラスを医者は彼の眼の前にさしだした。

液体は何やらえたいの知れぬものだった。「これはなんです？」

「柘榴《ざくろ》の種を煎じた汁でしてな」

「では別段害はないですね」

「害など、あるものですか。胃の働きをまた活発にするための、それだけのものですわい。あなたがすごされたような辛い夜のあとでは、こうしたものが是非必要と存じましてな」

その飲み物はおそろしく苦かった。「客人は主の家のしきたりに従わねばならない、わたしも従わねばなりますまい。あやまちを犯した者は服従しなくてはならない」

「病気のときにはだれでもおとなしく服従する必要がある。それは患者に対する医者の第一の要求ですな」

「もちろんです、病気とはすべて過失なのですから」

「自然の、ですな」

「病人の、です……自然はあやまつことがありません」

「医者の過失とおっしゃらないだけ、ありがたいが」

「医者は病人に手をかすことによって、どのみち共犯者となるのです。医者はいつわりの救い手なのだ」

「甘んじてそのお咎《とが》めを受けるとしましょう、ウェルギリウス殿、あなたご自身が医者になろうとお考えなら、なおのことな」

「そんなことをわたしがいいましたか?」

「そう、おっしゃったのだが」

「わたしは一生病気だったのです。いつわりの救い手がいつもわたしの中にいた……わたしはあやまちばかり犯していたのです」

「あなたはわれわれの畏友アスクレピアデスの論文を、まったくのところ、度をすごすほど精密に研究されたようですな、ウェルギリウス殿」

「どうしてです?」

「つまり、正しい生活態度によって一切の病気を避けることができる、そう彼は説いておるのだが、これは、過失が病気となって現われるというあなたのお考えと、どう見てもよく似ておりますのでな……どれほど彼に敬意を払おうとも、この意見ばかりは不条理、無意味としか申しようがない、これでは魔術師どものいかさま医術と紙一重というものですわい……アスクレピアデスによれば、人体の中には自由にあちこちと移動する原子があるそうだが、この原子説からすればそれもふしぎとするには当たらんことですて……」

「あなたはそれほど魔術を敵視なさるのですか、カロンダス殿? 魔術なくしてそもそも快癒がありえましょうか? わたしには、われわれが正しく術を用いることを忘れてしまっただけのことだと思えるのですがね」

「わたしが信ずるのはあなたの女魔術師の愛の呪《まじな》いばかりですな、例の、ダフニスを呼びもどす呪い(『牧歌』第八歌)をな、ウェルギリウス殿」

忘却に沈んでいたものが奇妙なぐあいに浮かびあがってきた。ダフニス! 女魔術師の牧歌! あれを書いた頃すでに彼は、愛が一切の魔術に先行することを予感していたのではなかったか？　一切の災厄、一切の過失は同時に愛の欠如であることを予感してはいなかったか？　愛を欠いた者は疾病に打たれる、ただふたたび愛にめざめる者のみが、恢復への道を歩むのだ。「カロンダス殿、まことの治癒の魔術を会得した医者ならだれでも、患者をその過失から解放するのですよ、あなたもおそらく、ご自分ではそれと知らずにそうなさっているのだ」

「知りたいとも思いませんな、だいたいわたしは、病気を過失と見ることはできんのですから……動物でも子どもらでも病気にはなる、しかし彼らが過失を犯すとは申せますまいが……この点でもアスクレピアデスは、そのほかの業績はさておき、根本的に見立て違いをしておるのです」

幼児にまでおとしめられ、動物にまでおとしめられ、病気によっておとしめられ、病気の力を借りてなお深く逃亡し、動物や幼児の世界よりさらに深く横たわる境界にまで逃亡し――「おお、カロンダス殿、ほかならぬ動物こそ、その病ゆえの恥ずかしさのあまり、こそこそと大地の穴に逃げ隠れるのですぞ」

「わたしは獣医ではありませんのでな、ウェルギリウス殿。いずれにせよ、わたしの患者たちを見ておるかぎりでは、おおよそみな自分の病気をえらく自慢にしておりますわい」顎鬚の手入れを中断することができなかったので、この答えは幾分気のない投げやりな口調だった、というのも宮中医は目前にせまった皇帝の訪問にそなえて身づくろいをしなければならなかったので、手鏡と櫛を長衣の折り目から取りだし、ちょうどぐあいよく光が鏡面にあたるように心もち斜めにかまえ、学者風の金色の顎鬚をひときわ美しく見せる作業に没頭していたのだ。手を片時も休めることなく、皮膚が引っ張られるために下唇を上へおしあげ、口をもぐもぐさせながら彼は説明をつけ加えた。「患者の病気に対する自負は、医者の治療に対する自負によって、やっとなんとか乗りこえられるといったものですな」

もちろんこのことばは正しかった。いかなる病気の羞恥といえども、病気の自負に場をあまさぬほど巨大ではありえない、病気の自負とは思いあがった犠牲の自負、病気が性の営みを免除し、病人の顔からは一切の欲望も、欲求にあたいするものも消えうせてしまうという理由で、ひとかどの仕事をなしとげたつもりでいる自己破壊の自負なのだ。まさしくそれゆえに、あるいは、それにもかかわらず――

「鏡を見せてください」

「あとで、あなたをきれいにしてさしあげてからな。今はまだ、少々乱れたごようすですからな」

「わたしにも病気の自負を認めていただきたい。どうぞ鏡を」

そして鏡が手わたされたとき、なじみ深く同時に気疎いおのれの顔がその中からのぞき出ているのを見たとき――きびしく拒否するようでしかも切なく乞いもとめているようでもあり、オリーヴのように褐色の、久しく剃刀《かみそり》をあてたことのない皮膚の下に層々とかさなり、黒いくまにふちどられた眼は底意が知れず、小さくすぼまり、接吻の味も忘れてしまった口はなかなか秘密を洩らそうとしない顔――、このくぼみ落ちた顔はいわば奴隷のように恭順に、人生のすべての顔を、過去の顔の深淵をになっており、その深淵の中にひとつひとつの顔はつぎからつぎへと落ちて行き、しかも永遠にその中に貯えておかれる、たとえ母の澄んだ眼を子が受けつがなかろうとも、母の顔は子の顔にうつされて行くのだが――おお、この顔のつらなりに彼が見入ったとき、最後の顔が見えた、さらにこの連鎖に加わることになっておりすでに輪郭を現わしていた彼の希望の顔、病気の力を借りて変貌を成就しようと望んでいた顔が見えた、それは父の死に顔だった、粘土を形づくる手を少年の頭においていた、臨終《いまわ》の陶工の顔、名を呼ばわる声に答える顔だった。ふしぎな慰めがこの顔からながれ出ていた。その背後にほかの顔はうすれ消えて行った。その顔がどんなぐあいにして得られたのか、病気がそれを得る正しい途《みち》だったのか、今となってはもうどうでもよいことだった。

「あなたが医者なら、死ぬことができるようにわたしを治療してください」

「あなたご自身がうたっておられたではないか、なんぴともすべてをなすあたわず、となウェルギリウス殿。わたしにできることはただ、あなたを治療して生の世界へ立ちもどらせることばかりじゃ、そのことを、アスクレピオスのお力を借りていたそうと思っておりますのでな」

「ではアスクレピオスにささげる犠牲の鶏《にわとり》を用意させましょう（プラトン『パイドン』の末尾を参照されよ）」

「神があなたを不死の世界へ呼びさまされることを願ってかな？　いや、ウェルギリウス殿、あなたは今さら、不死を得るために死なれることはないのじゃ、むしろわれわれとしては、皇帝がお見えにならぬうちに、あなたのおからだを清めたり、お髭を剃ってさしあげたりしておきたいのでな。もう時間もあまりないことで」

「わたしの髪も短くしないといけませんね」

「鏡をお返し願いたい、ウェルギリウス殿。さもないとあなたの自惚《うぬぼ》れがどこまでふくらみあがるか、見当もつかぬことですからな。なるほどあなたのお髪《ぐし》は宮中理髪師の手入れを受けてはおらぬ、だが、今それを刈るのは、わたしの好みから申せば余計なことと思われますのでな」

「犠牲は前髪を切るのです。それがきまりです」

「熱が出てきたのかな？　それともそうおっしゃるのは、魔術の医法を認めるというだけのお気持ちですかな？　もしそれが役に立つものならわたしとしてもありがたいことで、というのも、わたしの治療法はけっして一方に偏ったものではございませんのでな。いや、はばかりながら、それこそわたしの療法の美点のひとつと、いささか自負しておるしだいですわい……じゃから、その、あなたのおっしゃる犠牲のために、髪を刈らせようとなさるならそれも結構、ただし、そうなればいよいよ手順を早めねばなりませんぞ」

幼児のいうことを開くような顔をして、あやしつけなだめすかすような声の調子だった。犠牲という考えが無意味であるにせよそうでないにせよ、今は従うよりほかはなかった。医者の指図によっておのが身になされることを、唯々諾々と受けているばかりだった。熟練した手が彼を持ちあげ、便器の所へはこんだ、そして医者は、幼児の面倒を見でもするように、一部始終を観察していた。「さて」と声がした、「それではしばらく陽なたぼっこをしていただきますかな、ゆっくりと牛乳を召しあがれるようにな」

そこで彼は、毛布にくるまったまま、陽のさしこむ窓ぎわの安楽椅子に腰をおろし、一口ずつ熱い牛乳をすすった。牛乳は小さなあたたかい波になって、暗い体内にしたたり落ちて行った。奴隷は彼のそばにたたずみ、飲み終えしだい器を受けとろうと待ちかまえていた。しかし彼の眼は窓の外にそそがれていた、きびしく拒否するような、しかも恭順なまなざしだった。

「びっこの男が見えるかね?」

「いえ、御前さま、どこにもびっこの男は見えませんが」

室内は今や活気にあふれていた。甘く凋《か》れた匂いを放ちながらぐったりと燭台にかかっていた花々はとり片づけられ、蠟燭はつけ変えられ、床はふき清められ、敷布ははこび去られた。医者はふたたび鏡と櫛を手にして、彼のそばに歩みよってきた。「びっこというのは?」

「夜なかのびっこの男です」

心配そうに、なんとか相手のことばを理解しようと努力しながら、医者は質問をつづけた。

「はあ、ウルカーヌスのことでしょうかな? あなたが『アエトナ山の歌』にうたわれた、あの火の神のことですかな?」

この気づかいはほとんど感動的だったが、理解への努力はほとんど滑稽といってよかった。

「おお、詩のことは忘れてください、カロンダス殿。わたしの詩のどれひとつを取っても、記憶を煩わせるにはたりないのだが、とりわけこの不完全な若書きのこしらえ物はね、ほんとうなら書き直しをしなければならないところでしょうね」

「『アエトナ山の歌』は書き直す、そして『アエネーイス』は焼いてしまおうといわれるので？」このことばのいかにも気づかわしげな無理解な調子は、いよいよもって滑稽としかいいようがなかった。だが、ひょっとしたら、『アエトナ山の歌』にもう一度手をつけてみるのは、ほんとうに骨折り甲斐のあることだったかもしれない、あの頃にくらべれば進歩した才能と、視野のひろがりと真剣さでもって、改めてびっこの鍛冶師（ウルカーヌのこと）をその魔神の跳梁する青銅の深みにうかがうことは、意味があったかもしれない、冥界の酷薄な光に眼をくらまされ——おお、伶人《うたびと》の盲目——しかもその盲目ゆえにありとある高みの光をうかがいとること、ウルカーヌスに化身したプロメテウスを、災厄のうちなる浄福をうかがいとることは。

「いや、カロンダス殿、わたしがいったのはただ、あの詩もこの詩も忘れていただきたいということなのです」

理解の橋がわたされたとたんに医者の顔がぱっと明るくなったのは、またしても感動的な光景だった。「ああ、ウェルギリウス殿、不可能を望むのは詩人の特権かもしらぬが、忘れよといわれてもそうおいそれと記憶が消えうせるものではないですて……いや、ウェルギリウス殿、かつてアポロがうたい、エウロータスが心楽しく聞き惚れしすべての歌、そをかの人はうたいぬ……」

「さて山々はそのこだまを大空へとはこびぬ」と、こだまのひびくはるかかすかな声が後をつづけた、消えうせた少年の声をうつして、その声さえひとつのこだまだった。

大空にひびくこだまとなって音は立ちのぼった。白日のざわめき、営々たる労働のざわめき、数かぎりない仕事場の、家庭の、商店のざわめき、たがいに融けあいくすぶり、すべての町の臭いとひとつになってぶすぶすといぶる町のざわめきが、白日のただよう茂みが大空に立ちのぼった。もはやそこには不安の感じはひそんでいなかった、その中に入りまじる鳩の咽喉を鳴らす声や雀のさえずりと同様に、恐怖の影も宿ってはいなかった。黒い縞《しま》のはいった、あるいは完全に漆黒の瓦屋根は、ちらちらとふるえる薄い靄《もや》の層に覆われ、無色になった太陽の光のもとでここかしこに銅や鉛や青銅がきらりとかがやいた。真昼の光の中では空さえも無色になっており、雲こそなかったがしかも紺碧の堅牢さも消えうせて、ふるえる真昼の世界の上にひろがっていた。

もう一度医者を不安におとしいれるために、眼に見えぬ透明な世界の中にかき消えた星のことをたずねてみるべきだったろうか？　どことありかを見さだめることはできなかったが、まぎれもなく星は東にむかって進んでいた、大空をわたりながら、しかも同時にすべての穹窿のかなたにひそみ、空また空のこだまがその深みに世の末まで貯えられているあの大洋の鏡にひたされているのだった。諸圏をつなぎながら移り行く星！　一切の言語を通じて、見いだすすべもない光の征矢の根が下の世界にまで達し、一切の言語を通じて、見いだすすべもないまなざしの光の枝が上の世界にまで達している、だが、およそかぎりも知らずわれらの中に侵入して、かぎりも知らぬ眼となる光芒とともに、われらはおのが窮極の深みに立ち帰らねばならない、大洋のうちなるこだまの深みに到りつくことを願わねばならない、その深みからわれらの姿は空また空のかなたへ、神の眼へと光にのせて投げ返されるのだ。大地に身をこごめてことをはたし、屈従の姿勢でことをはたさねばならぬわれら、そのわれらの営みはすでに深みをうかがうわざなのであろうか、上なる世界の像を見いだそうとするあの探知の努力なのであろうか？　大地にむかう営みによってわれらは、あの、一切の地下の世界よりも奥深い無限の深み、しかも同時に最高の天の深みにほかならぬあの深みへと到達するのだろうか？　それともわれらは待たねばならないのだろうか、最後の光の征矢とともに、死をもたらす最後の光の矢とともに神みずからが死と化してわれらのうちに侵入し、われらの没落のうちに永劫の王たちの階《きざはし》を回復しひらかれた空間にむかいつつ、その身のかえすこだまもろとも聖なるみずからの実在にわれらを連れもどすまで、待たねばならないのだろうか? 道をしるべするあのさまよう星はどこに行ったのか?!

安楽椅子にからだを沈めたまま、無色のかがやきにむかって彼はそっと薄眼をあけた、何かしてはならないことをするように控え目なしぐさだった。苦痛な、しかも中途でやめることもできぬこのまばたき、ひとつの行為でもあれば同時に、唯々諾々たる甘受でもあるこのまばたきのうちに、奇妙にひき歪みしかもくっきりした輪郭をえがいて——ここにか、それともかしこにか?——手鏡の中に現われたと同じような映像が浮かびあがった、無愛想で幾重にもたたみかさなり、しかも完結してはいない、かすかな照りかえしのさらに照りかえし、それが鏡の奥底の平面に、その深みの暗くはるかな光芒の基底に、さながら影のように浮かびあがっていた。どう見てもそれは永劫の階段をはこびあげられたのではなかった、それどころかむしろ、このうえなくささやかな裏手の小門からそっと忍びこんだかのようにさえ思われた、心の疚《やま》しさからほんのいっ時またたいたかのよう、ああ、どう見てもそれはかがやかに射そそぐ光ではなかった。

そのとき、器を受けとって下におき終った奴隷がいった。「御前さま、お眼を大事になさいませ、陽ざしが強うございます」

「余計な口出しをするな」と医者は奴隷を一喝し、ついで助手たちのほうにむき直った。「酢はあたたまったか?」

「はい、そろそろ、先生」と部屋の小暗い隅から返事がもどってきた。

そこで彼は師匠の指図によってふたたび影の中にはこびもどされ、ベッドに横にされた。しかし彼の視線はあい変わらず窓枠の中の空に釘づけにされていた、明るい光の魅力は、こんなことばがおのずからながれ出てくるほど強烈だった。「泉の奥底から白日の空を仰ぎ見る者には、空は暗い、そして彼は大空に星を見ることができる」

とたんに医者がそばに寄ってきた。「視覚障害をおこされたのかな、ウェルギリウス殿? 心配なさることはありませんぞ、たいしたことはない……」

「いや、視覚障害など、おこしはしませんよ」なんとこの宮中医は眼が見えなかったろう、盲目のうちにあってよりよい盲目を待ち望んでいる者が視覚障害をおこすはずのないことも、彼にはわからなかったのだ。

「星とかおっしゃったではないかな」

「星? ええそう……もう一度星が見たいのです」

「まだいくらでも見ることができますとも……このわたしが、コス生まれのカロンダスが請けあいますわい」

「ほんとうですか、カロンダス殿？　病人の願いとは、実のところ、それ以上のものではありえないのですよ」

「いや。そう控え目にお考えなさるな。わたしはまだいろいろなことを、信念をもってお約束できますぞ……たとえば、二、三日たてば、というより、二、三時間たてばもうすっかり気分がよくおなりだろう、といったことをな、と申すのも、あなたが昨夜経験なさったような大変な危機のあとでは、まずかならずといってよいほど、容態が急激に快方へむかうものなのでな……われわれ医者からすれば、実はそのような危機ほど願わしいものはないのでして、場合によっては、この種の危機を人為的に生ぜしめることが望ましいことさえあるのですな、わたしのこの意見は、学界全体から支持されておるわけではない、そのおかげでわたしは傍流の位置に立たされてもおるのだが、しかしこの考えにはしかるべき根拠があるので、主流からはずれておることなど、わたしには痛くも痒《かゆ》くもないですよ……」

「もう今でもわたしはすっかり気分がよくなっているのです」

「いよいよ結構、いよいよもって結構ですな、ウェルギリウス殿」

そう、彼はすっかり気分がよくなっていた。咳の発作を防ぐためにおかれたいくつかの枕に背を支えられ、裸のままベッドに長々と寝そべって、彼はていねいになまぬるい酢でからだを洗われ、あたためたタオルでそっとぬぐい清められるのだった。酢とタオルとのなごやかな交替がつづくにつれて、発熱のための疲労が全身からひいて行くのが感じられた。枕もとで仕事にかかっている理髪師の剃刀に顎と首をゆだねるために、頭は枕のへりからのけぞっていた。なすがままになっているこの受け身の姿勢からは、ほのかな安堵が生まれた、ぴんと伸ばした皮膚の上を、剃刀がやわらかに確実にすべって行くのも、熱くなっている剛髭《こわ》をきれいに剃り落とされるのも安堵の思いに誘うことだったが、さらに、蒸しタオルと冷やしたタオルを素早く交互にあてがわれ、きれいに剃られた顔をつつまれるとなると、もはや安堵以上の、心地よい刺激とさえ感じられるのだった。だがそれから、この作業を終えた理髪師が頭髪の手入れにとりかかろうとしたとき、彼はふっと相手をおしとどめた。「まず最初に前の毛を切ってもらいたい」

「かしこまりました、旦那さま」

鋏《はさみ》が冷たく額にふれ、かちかちと短く音を刻みながら、こめかみにむかって冷たく進んで行った。かちかちという音は空中でも鳴った、というのも理髪師が、ひと刈りするごとに鋏をあげ、いかにも名人芸らしく、顫音《トレモロ》をひびかせながら勢いよく刃を開閉するからだった。

理容師の美的感覚は均斉を要求するので、頭頂や後頭部も刈りこまれる必要があった。そのあとではじめて香油とアルカリ溶液を用いた洗滌《せんじょう》がおこなわれ、それについでさらにくりかえし冷水がそそぎかけられたが、この洗滌のために特別に作られた洗面器が項《うなじ》の下にさしこまれていた。こうした一切が秩序正しく慎重におこなわれている一方では、医者の助手たちが彼の四肢を、足指から順次に、注意深く巧みにもみほぐしはじめていた。

洗髪が終ると理髪師がたずねた。「髪油は百合と薔薇と木犀《もくせい》と、どれがよろしゅうございましょうか、旦那さま？　それとも竜涎香《りゅうぜんこう》をお好みで？」

「どれもいらない。櫛を入れてくれ、髪油はつけずに」

「匂い油の香だになき女こそ、こよなくかぐわしけれ、こう、キケロが申しておりますな」と医者がいった、「ただしやつめは、自分でも信じておらなんだ御託をごまんと並べおった男でな。あなたには木犀がうってつけじゃと思いますぞ。木犀は心をおちつかせる」

「たとえそうでも、カロンダス殿、わたしはつける気にならないのです」

外では雀がさえずり、窓蛇腹《じゃばら》の上では青灰色の鳩が一羽、羽を逆立て咽喉を鳴らしながら、首を振り振りつたい歩きしていた。そのまわりには明るい空のかがやきがただよい、ひらけた空の光があたりにはるかな感じを与えていた。

医者は笑った。「もしわたしが髪油をつけるなと申したら、あなたはつけたいとおっしゃるのじゃろう。あなたのような患者は、われわれにとっては別段珍しくもないのでしてな、ただそういった患者をどうあしらったらよいか、これは心得ておかねばならん。率直に申して、わたしはこの点で、十分というにもあまりあるほどの研鑽をつんだものでしてな……おわかりと思うが、わたしは最初に持ち札をみなさらけだしてしまう、しかも結局勝負には勝つ男ですわい。まあ、それはそれとして、さしあたりあなたのおっしゃることが尤《もっと》もとしておきましょう、つまり実のところ、いまあなたに必要なのは安静ではなくて、神気を撥剌と躍動させることなのですからな。実は、効力絶大な強精剤をさしあげたらどうかと、思案しておるしだいですよ。いやまったく本気で申すのです、あなたの場合にはあえてお薦めしたいほどの気持ちでな、それはなぜかと申すと、われわれの生気、生活欲、活力なぞというものは、完全にとはいえぬまでもともかく非常に強く――わたしの考えではそれはわれわれが望んだり感じたりするよりさらに強いのだが――われわれの有機体組織の下方の中心に規定されておる、ときにはなはだ愉快なこの下方の中心が、快癒への意志を形成するためにかなり重要な役割をはたしておると、われわれ医者は認めざるをえんのですよ……さて、こんなことはあなたもわたし同様よくご存じのことかもしれん、わたしとしてもただ、あなたの生と健康への意欲がいくらか増したところで、けっして悪いことはあるまいと申したかっただけのことでしてな……」

「わたしの生への意志のためには、強精剤など不必要でしょう、この意志はなんの助けを借りなくても、それだけで強すぎるくらい強いはずです……わたしは生をこのうえなく愛しています……」

「片思いということはありませんかな？　もしそうとすれば、十分に愛しておるとは申せんわけですぞ！」

「わたしは苦情はいわぬことにしています、カロンダス殿」

いや、生への意志のためには強精剤は不必要だった。愛するために身を横たえる者は眼を閉じる、さながら死の床に横たわる者のように、双の眼は気疎くなつかしい手によって閉ざされる、だが、生きようと願う者、生へむかって立ちあがる者は、大空にひたと眼を据える、そこから生への、一切の希望、一切の意志が生まれてくるひろびろとひらけた大空のかがやきにむかって、大きく双の眼を見ひらいている。おお、いつもくりかえし空の青さをながめておられるということ、明日も、明後日も、幾年も幾年も、そして身を横たえずにすむこと、外にはかがやかな紺碧の空がひろがり、鳩のくっくと鳴く声がみちみちているというのに、もはや見ることも聞くこともかなわず、かすんだ眼を閉じ、顔を土色に硬直させたまま棺台の上に身を横たえずにすむこと。あの日はこうだった、明るく青い日、父が棺台に横たえられた日はこうだった。おお、生きておられるということ！

理髪師がみごとな調髪の出来ばえを感嘆してもらうために、鏡をもってやってきた。「お髪のぐあいにご満足でしょうか、旦那さま？」

「結構……改めて見ないでも、あんたの腕を信用している」

「実にごりっぱにみえますぞ」と、カロンダスは熱狂的なようすでほめたたえながら、右手の三本の指で左手のふっくらした掌を軽くたたいて拍手した。「実にごりっぱじゃ、ご気分もぐっとさわやかになられたことと存じますぞ。まったくのところ、体液と脈搏を活気づけるには、その道の人間が十分に考慮しておこなう全身按摩術よりすぐれた方法はありませんのでな。もうその効果をお感じになられてよいはずじゃ、いや、もう効果が現われておるのがわかりますぞ！」

外には星影もなくうちひらけたかがやかしい青空があった。おお、いつもこの空をながめておられるということ！　たとえ永遠につづく病気と疲労を代償としようとも！　おお、見ることが許されているということ！　どうして饒舌な医師カロンダスは答えを待つことができたろう！　とはいえ、実のところ彼のいったことは正しかった、ほんとうに気分の爽快になったのが感じられた、もちろんそれは一種のさわやかな疲労感にすぎなかったのではあるが、ともかくさわやかさに変わりはなかった。それは不安からの解放だった。疲れた四肢は活気づき、それらの固有の生は不安から解放されていた。もみほぐす手の下であるいはより意識的になったのかもしれないが、それはかつての不安からまぬがれていた、さながらもはやひとつの事象ではなく、ただ事象をめぐる知覚にすぎないかのよう、鏡の中で生起するばかりで、もはやわれとわが身に即して生ずる事象ではないかのようだった。しかもこの鏡にうつる影こそは、肉体そのものにほかならなかったのだ、肉体は鏡にうつる影であり、しかも同時に鏡だった、鏡となって生起する事象ばかりかその知覚までも掬《すく》いあげたので、その結果不安から解脱した知覚は忘却にゆだねられ、それにもかかわらず肉体のすぐそばにとどまっていることになった。ほろびを知らぬ、肉体に即した新たな知覚、たとえ彼、もはや何ひとつ知覚せぬ彼が、どれほど一切のはるけさのうちに消え去ろうと願い、また消え去ったとしても、この知覚は無瑕《きず》のまま存続していたのだ。あたりはひそやかにかすかになった、ひそかに鼓動する世界、ひそやかに鼓動する内界と外界、昼と夜の潮の満ちひき、静かにざわめきたつ大いなる存在の秩序、この秩序の根底では満潮と干潮さえひとつの流れとなってしだいに静寂のうちに沈み、夜々の鐘の音は白日の陽光の嵐と融けあってひとつになるのだった。ひそやかに鼓動しつつ息するもの、その息吹きはひそかにおだやかに、上下する胸の中に行きかよい、眼に見えぬひそやかななんぴとかの手によって、もみほぐし撫でさすられ、静かに活気を回復して行くのだった。肉体のうちなるこの体験のよみがえりは、苦悩を解脱しながらしかも苦悩にあふれ、知覚を解脱しながらしかも知覚にあふれ、音ひとつせぬ静寂に帰一したのだが、なめらかな沈黙をたたえたこの静寂は、まさしく鏡にうつった影の静寂にほかならず、さながら鏡の中でのように、室内での営みは、音をうしなった医者の声にみちびかれながら進行していた。奴隷たちは音もなく忙しげに部屋を出入りし、清潔なリンネルを入れた籠が奇妙にかるがるとはこびこまれ、かるがると持ちあげられたからだの下にはたちまち清潔な敷布が敷かれ、清潔な長衣がからだを覆い、みずみずしい花が燭台をかざり、その香りが酢の匂いとまじりあい、つかのまにあわただしく掠《かす》めてすぎるしっとりとさわやかな香りとなった、壁の噴泉のさらさらとながれる音にはこばれる香りのせせらぎ、ひとしずくずつ滴り落ちる魂の呟きだった。ふしぎな安らぎがひろがった。いかにも、あれこれとまめやかに手をつくされた彼の肉体は、崩壊にゆだねられた肉体、今まさに崩壊しようとしている肉体だった。しかしそれが鏡にうつる影なのだという知覚ゆえに、この肉体は形態を保ちつづけていた、過去と未来とのあいだに安らかにただよい、この両者といとも平和に合一する、はかなげなゆらめく形態、それ自体が鏡であり、平和であり瀕気さながらの現在であり、息吹きにはこばれながら恒常にひらけた青空をながめているのだった。いかにも、こうした一切、ここに生ずる一切、音もなくあわただしげにおこなわれる一切の営みは、単なる透明性のためにのみ仕えているかのようだった、明るく大気のようにとりとめもない足場が築かれたにすぎないかのよう、軽やかさそのものよりほかには何ひとつ載せることもない足場が築かれたかのようだった、そう、さながらここでは、莫大な、まさしく荒唐無稽ともいうべき経費が、ある保全事業のために支出されているのに、守るべきものは何ひとつ存在しないかのよう、きわめておぼろげな茫漠としたものよりほかには、無の鏡像よりほかには何ひとつ確保することができないかのようだった。しかしそうした事情をこえて、まさにここにおいて、おぼろげにかすむ鏡の影、とらえるすべもなく遺棄されて行くこの鏡像が、みずからを放下しようとするその意図にもかかわらず、さながら奇蹟のように最後の瞬間、支離滅裂に解体する直前に、崩壊から救われそれみずからのうちに確保されたかのよう、ある知覚から形式と形態を受けとっていたかのようでもあったのだ。その知覚は、それ自体鏡の中の知覚にすぎないのではあったが、それにもかかわらず、かぎりなく透明なとらえがたい像をその保護下に収め、この保全によってもう一度それを現実の形態へと還帰させるにたるほどの、地上的な力をそなえているのだった。というのも、たとえその消えなんとする最後のかがやきにおいてすら、愛しつつ仕える行為は現実を築く力をもっているのだから。たとえこの場合のように、わずかにはかなげな鏡像となって現われるとき、もはやいかなる救いでもない救済のたわむれとなって、はかなげに死の門口にはこばれるときですら、愛の行為は眼に見えぬもろもろの世界の内容をなしているのだ。それは創造的にはたらきながら知覚を知覚される対象に変え、保護する力を保護される対象に変え、包摂する力によって包摂される対象を生みいだし、いちじるしく変容した形においてそれを地上の創造へ連れもどす。この変容の力の大いさゆえに地上の創造界は――そのふしぎなほど厳密な存在は、異常性と日常性の双方によって規定されているのだが――それみずからの鏡像となり、同時に人間の鏡像となる、内界と外界の鏡像をひとつにあわせ兼ねることになるのだ。彼が感じていたのはまだ自分の肉体だったろうか？　それとも肉体の鏡像にすぎなかったのか、それどころかあるいは感覚の鏡像でしかなかったのか？　平和な安らぎにみちて彼をかこみ、しかも彼自身にほかならなかったこの存在の現実性はどこにあったのか？　答えが与えられようはずはなかったし、実際に与えられもしなかった、しかし与えられなかった答えさえも、周囲の一切と同様に平和にあふれた存在と化していた。ただ一度の呼吸のうち、ただ一回の鼓動のうちにひそむ実在にして非在、原像と模像のあいだにただよいながらそのいずれにも触れぬ、いわばその両者の象徴、想起されたものと眼に見えるものとのあいだにただよい、両者の鏡となりながらそれらと平和な安らぎのうちに合一する、さながら灝気にも似た現在。そして、現在と現実にふかぶかとひたされた鏡の奥底、平和の奥底に、白日のはるかに暗い奥底にあの星がきらめいていた。

このままであって、いつまでもこのままであってどうしていけなかったろう？　なんの努力もせずに得られたこの幸福な状態を、どうして変えねばならなかったろう？　実際のところ、何も変化らしいものは起きなかった。室内の営みはさらにつづけられてはいたが、それさえなんの変化をも見せていないといってもよいくらいだった。にもかかわらずこの営みはゆたかになり、いよいよ規模を拡げて行った。花の香りにむせかえり、酢の匂いにみちあふれながら、存在は依然として平和な息吹きをかよわせていたが、しかも同時にその息吹きはさらにたかまり、世界のさまざまな序列はあたたかなさわやかさにみちたささやきと化していた。それは余すところない完成だった、今までそうでなかったということ、今までこれと違った状態でありえたということがふしぎに思われるほどだった。今や一切はその所を得、永遠に現在の場にとどまるように思われた。荒々しく、しかもなごやかに室内と土地は合一し、野には荒々しく花が生い立ち、ありとあらゆる家よりも高くなり、木々の梢をつらぬき、木々の枝にいだきすくめられていた。植物のあいだに人間たちは小さくうごめき、その影にたむろし、茎に凭りかかり、植物同様およそ名づけるすべもない透明さと朗らかさのうちにあった。あい変わらず窓の前に立っていた医者のカロンダスも、実はそこで女精《ニュンパエ》たちの輪舞にかこまれているのだった。宮廷人らしく優雅なもの思わしげなそぶりで、ふっくらした顔の金色の顎鬚に櫛を入れながら、鏡をあれこれと操作していたのだがその鏡の面に一切が影をうつしていたのだ。さらになごやかな眠りからわきおこる苔に覆われた泉、真昼の陽光の中にほてり乾きながら、ちらちらとふるえるわずかな影を投げかけて、しっとりと湿った苔を彩る緑濃い檀《まゆみ》の木、こうした一切が鏡の面にあった、杜松《ねず》がうつり、刺だらけの実を鈴なりにした栗の木がうつり、たがいに反映しあいながら葡萄の実ははちきれんばかりに熟して葡萄の若枝から垂れさがっている——、おお、鏡にうつるものの間近さよ、鏡にうつるものの軽やかさよ、おお、なんと手近な、なんとたやすいことだったか、みずからもそこに存在する者たちに加わり、その一員となることは、彼らとともに畜群を飼い、酒倉の石の円屋根の下で彼らとともに熟れきった葡萄をしぼることは。おお、透明な存在は透明な存在へと移行し、しかも固有の実体をうしなわなかった。人間の皮膚と衣装は弁別しがたく、人間の魂は外界の表層にもかかわれば、およそ眼にするよしもなくしかもまざまざと眼にうつる、人間の心の故郷の深みにもかかわっており、その心のかぎりない鼓動からふと顔をのぞかせるのだった。かぎりない邂逅が成就した、いつはてるとも知れぬ邂逅が心をおののかせつつ誘《いざな》っていた。月桂樹の香り、花の香りが河をこえて穹窿をえがき、森から森へとかけわたされ、楽しげに心をかよわせあう人びとの小さな叫び声をはこんでいた、そしてはるかな光の中にかすむ町々はその名をうしない、さながらほのかにそよぐ風のようだった。奴隷はまだ牛乳を手もとにおいていたのか、一鉢の乳をしきたりのままにプリアプスの金色の像に供えたいと願っていたのか？　乳にひたされて赤く灼熱する黄金のように、神の像は鏡のうちに現われ、それをめぐって河岸にならび立つ、ヘラクレスにささげられた白楊の木、バックスの陶酔へ誘う葡萄の木、アポロの月桂樹、ウェヌスの愛《め》でる桃金嬢《てんにんか》が影をうつしていた。しかし楡の木々は水の面に身をこごめ、葉先を水にひたし、そのひともとの幹からプロティアが姿を現わし、橋をわたってこちらへ歩いてきた。蝶々や、声もなくさえずる小鳥たちをお伴につれて、足どりも軽く彼女は近づいてきた、手鏡の表面を、ひらいてはまた閉じるこのなめらかな平面を通りぬけ、金色に燃えかがやく虹のアーチをくぐり象牙のように白い乳の小道をこえ、燭台の楡の枝にもたれかかっている彼からややはなれた所に彼女は足をとめた。――「プロティア・ヒエリア」と彼は鄭重な口調で呼びかけた、彼女に会うのはなんといってもこれがはじめてだったのだから。会釈するように彼女は頭をさげ、彼女の髪には夜空の星がちりばめられてきらきらとかがやいていた。ふたりのあいだはかなりへだたっていたのだが、それにもかかわらず彼らは手を握りあった。ふたりの生の流れがかなたからこなたへ、こなたからかなたへとながれたほど、心のこもった直接の握手だった。だが、ひょっとするとこれも幻覚かもしれなかった、たしかめる必要があった。「きみがここへきたのは偶然かしら?」――「いいえ」と彼女は答えた、「わたくしたちの運命は、はじめからひとつに結ばれているのです」手はひとつに結ばれていた、彼の手は彼女の手の中に、彼女の手は彼の手の中におかれていた、どれが彼の手であるか、どれが彼女の手であるか、はっきり決めることもできないほどだった。だが、さながら彼自身が楡の木同様、数多《あまた》の枝を生い茂らせているかのように、握手をかわしながらもなお手の指は、木の花や実を何気ないたわむれのようにとらえることができたのだから、彼女の答えは十分なものとはいえなかった、さらに質問をつづける必要があった。「しかしきみは別の木から生まれたのだ。そしてこの木にたどりつくまでに随分な道のりを経なくてはならなかったのだ」――「わたくしは鏡の中を通って参りましたのよ」と彼女はいった、この説明で満足しないわけにはいかなかった。いかにも彼女は鏡の中を通ってきたのだった、光を倍加する鏡の中を通ってきたのだ、そして倍加された光の根は合一した運命の根源にまで到着し、この根源からふたたび新たな統一の多様、新たな多様の統一、新たな創造へとむかって脈動をはじめたのだ。おお美しい大地の表面よ！　そこではいたるところ真昼と夕暮れが同時にあり、上下にゆれ動く緩慢な歩調で家畜の群れがさまよい、動物たちは頭を深く垂れ、口や舌からしずくをしたたらせながら、さらさらとながれる水飼い場のほとりに立っていた、そのゆたかな牧場の茂みをわけ、たかまりふくらむ草原をすぎ、涼しさを恵む泉に沿うて彼らは歩いて行こうと思ったのだ、手に手をとって歩いて行こうと思ったのだ。「プロティア、きみはまた詩を聞こうと思ってここにきたの？」するとプロティアは微笑した、ひどくゆっくりした微笑だった。それはまず眼からはじまり、ほのかにかがやくこめかみの皮膚へとすべって行った、その皮膚の下に浮き出ているほのかな血管さえも、この微笑にとらえられねばならぬとでもいうかのようだった。ついで微笑は、ひどくゆっくり、少しもそれと気づかれることなしに、接吻を受けているようにふるえる唇へと移行し、やがて唇はほほえみながらひらいて歯の縁《へり》、死者の骸骨の縁を、人間のうちにある死のさだめの象牙にも似た岩角をあらわにするのだった。このように微笑は面輪《おもわ》のうちにとどまっていた、地上の岸辺の微笑、永遠の岸辺の微笑、そして微笑とともにことばとなったのは、かぎりない銀色の陽光をあびた海のきらめきだった。「いつも、いつまでもおそばにいるつもりですのよ」――「そばにいておくれ、プロティア、もうきみをはなしはしないよ、いつもきみを守っていてあげるよ」これは願いであり誓いであり、しかもすでに実現であった、なぜならプロティアは、ひと足も踏みだしたわけではないのに、もう幾分近づいていたのだから、そして巨大な楡のいちばん外にまで突きだした枝が、彼女の肩にふれた。「ここでゆっくりお休み、プロティア、わたしの影の中でお休み」――これはたしかに彼の口の中で作られ、彼の口から語られたことばだったが、しかも枝が語り出たかのよう、女性にふれて語る力を得た枝から魔法めいて呼びだされたかのようだった。それゆえ、彼女が緑の枝に顔をすりよせて、枝に答えをささやきかけたのも、まさしく当然のことといってよかったのだ。「あなたはわたくしの故郷、安らかにつつんでくれるあなたの影はわたくしの故郷なのです」――「きみはわたしの故郷なのだ、プロティア、自分のうちにきみが休息しているのを感じながら、わたしは永遠にきみの中で安らぎを得るのだ」彼女は行李の上に腰をおろしていた、はかないほどの軽やかさゆえに、行李の革の蓋はほんの何分の一インチもたわみはしなかったのだが、それにもかかわらず彼女の手は、彼の手とほんとうにしっかり組み合わせられていた、少年がしたと同じように彼女が顔を両手に埋めたとき、彼の指は幸福感にみちあふれながら、そのやさしい面ざしを感じとることができたのだった。そうして彼女は坐っていた、影の穹窿にかこまれて坐っていた、自分たちの存在が手からはじまってひとつに結ばれ、不易の世界へと伸びて行くのを彼らは感じていた、もちろんこれは、ほのかな息吹きにひそむ、ゆたかな予感をはらんだ感知にはすぎなかったが。だが、呼吸と血のこまやかなからみあい、存在のこまやかな合一がどれほど具体的なものであろうとも、奴隷はなんの苦もなく結ばれたふたりの中を通りぬけて行くことができたのだ、あたかも彼が、ふたりの腕が淡くかすかな大気でしかないように——、彼はふたりを別々に引きはなそうと思ったのか？　もしそうとしてもそれは徒労だった、ふたりの手は依然としてたがいに固く組み合わせられていた、たがいに結びあい、永遠にひとつに化していた、プロティアの指にはめられていた指環さえ、どれがどちらのものともわかたず合一した手の共通の財産だったのだ。奴隷を叱責する必要があった、今度は彼の姿を借りたプロティアが、叱責のことばを口にした。「おさがり」と彼女はいった、「わたしたちから離れるがよい。死もわたしたちをさくことはできないのだ」しかし奴隷は彼女のことばを聞かなかった、その場を去ろうともせず、じっとうかがっている彼の耳もとに身をこごめた。「後もどりは禁じられているのです。動物たちを恐れなさい！」どの動物たちを？　あの泉のほとりの家畜の群れか？　あの牝牛たちのもとにいた、不幸なパシパエに恋せられた雪のように白い牡牛か？それとも、荒々しく駆けめぐりながら牝山羊の背に乗りかかる牡山羊たちのことか？　パンの領する真昼の静寂は花咲く森にひそやかにこもっていたが、しかもすでに夕暮れなのだった、半獣神《ファウヌス》どもは蹄をふみ鳴らし巨大な陽物を直立させて輪舞をはじめていた。舞踏場の上にははるかな空の歌声が夕暮れめいて明るくひびき、夕暮れめいて明るく風は吹きよせ、洞窟の冷えびえと苔むした岩のあいだをさらさらと水はながれ、夕べの忘却のうちに鳩の鳴き声につつまれて、洞窟の入り口には木立ちが濃い影を作り、その上にはさらに巨大な山々の影、山々のさらに巨大なくろぐろとした影が落ちていた。夕暮れ、甘くおろかしく、甘く高貴な単純さのうちに現われる、愛らしく切ない夕暮れ。これは退行だったのか？　これは帰還だったのか？　またしてもプロティアが答えを引きとった。「わたくしはけっしてあなたの記憶に浮かぶ幻ではないのです、ウェルギリウスさま、たとえわたくしだとおわかりになるときでも、あなたがわたくしをご覧になるのはいつもその時がはじめてなのです」——「おお、きみこそは帰郷、もはや還帰を知らぬ永劫の帰郷なのだ」——「帰郷をあなたが経験なさるのは、目的地に到達されてからのことです、その目的地にむかって、ウェルギリウスさま、あなたはまだ旅をつづけられなくてはならないのです」と、奴隷が彼のことばをさえぎり、銅の金具を打ちつけた美しく節くれだった杖を彼に手わたした、「滞留はあなたには似つかわしくありません、追憶ももうあなたには許されていないのです。杖をお取りなさい、それをしっかり握りしめて、旅にお立ちなさい！」これは有無をいわせぬ促しだった、もしこの促しに従ったとしたら、彼は杖を手にしてあの暗い谷あいへ、荒涼たる森に黄金の枝がひそやかに芽ぶいているあの谷間へとたどりついたことだろう。たしかに奴隷のことばはきびしい命令に似ていて、本来なら否応なしに従わねばならなかったのだろうが、ふしぎなことに、杖はプロティアの軽やかな手のうちにとどまっており、奴隷にはもうどうしようもなかったのだ。このこともまた、記憶にはないのにはじめて会ってそれと知る、その認知から生まれる恍惚に似ており、また、女性によってはじめて自分を知られたという思いにも似ていた。「おお、プロティア、きみの運命はわたしの運命なのだ、きみはわたしをこの運命のうちに認めてくれるのだからね」――「ちがいます」と奴隷はきびしい口調でいい、プロティアの手から杖を取りもどそうとしたが、所詮幻めいた空しい努力にすぎなかった。「心の惑いです。女の運命は過去です、けれどもあなたの運命は、ウェルギリウスさま、未来なのです、過去にとらわれている者はだれひとりとして、あなたの運命を軽くしてさしあげることができないのです」戒めのことばは重々しくひびいた、生起する事象の花咲くようなやさしい朗らかさにむけられたその戒めは、彼の心の奥底にこたえた。男のになう未来の運命、女のになう過去の運命――一切の幸福への希求にもかかわらず、彼にとってこれまで両者がひとつに結ばれたことはなかったのだが、いままたしてもこの乖離《かいり》が、プロティアと彼とをへだてる横木となってかけわたされたのだった。真実はどこにあったのか？　奴隷のもとにか、プロティアのもとにか？　プロティアがいった、「わたくしの運命をお取りください、ウェルギリウスさま、過去があなたの中でわたくしたちの未来となるように、過ぎさったものを作りあげてくださいませ」――「ちがう」と奴隷がくりかえした、「おまえは女だ。杖にすがりながら足をひきずって歩く大勢の男たちのあとから、おまえはもうこれまでに幾度もついて行ったのだ」――「ああ」と、この仮借ない峻厳さに圧倒されてプロティアは吐息をついた、そのとき、一瞬のかすかな心のひるみに乗じて奴隷は杖を奪いかえし、その杖をふるって鬱蒼とした樹冠を切り裂いた。陽の光が痛いほどぎらぎらと、真昼のきびしさとともに降り落ちてきた。木の上で葉かげにかくれて放埒な自慰のたのしみにふけっていた猿どもが奴隷の杖によって追いたてられたことはいうまでもなく、かぼそい悲鳴をあげてあわてふためきながら雲を霞と逃げうせたのだが、そのあとにはふたたび白日の朗らかさがよみがえってきた。室内にいただれもかれもが上を見あげて、不意をおそわれた猿どもに哄笑をあびせかけた。医者は手鏡を彼らのほうにむけて、光からのがれ去るものを今一度とらえようとするかのよう、あるいは少なくとも嘲弄しようとするかのようだった。動物たちが宙を飛んで姿をくらましたとき、彼は口ずさんだ。「今は狼をして羊の前よりものがれ行かしめよ、いかつき槲《かしわ》に黄金の林檎をみのらしめよ、赤楊《はんのき》より水仙は咲きいで、御柳《タマリスク》の樹皮より琥珀はしたたりいでよ、さてティテュルスはオルペウスのごとくあれかし、森をさまよい歩きつつ歌うたうオルペウスのごとく、海豚《いるか》のあわいなるアリオンのごとくあれよかし」このときプロティアも心のひるみから立ち直っていた。彼女はひときわ心をこめて彼の手を握りしめ、ひろびろとひろがった光に視線をむけた。「光といっしょにあなたの詩が聞こえて参りますわ、ウェルギリウスさま」——「わたしの詩？　それも過ぎさって帰らぬものなのだよ」——「わたくしに聞こえますのは、まだうたわれたことのない詩でございます」——「おおプロティア、きみは絶望を聞くことができるのだろうか？　うたわれず、はたされなかったものとは絶望にほかならない、希望もなく、目標もない空しい探求にほかならない、そして歌とは、この探求の空しさよりほかの何ものでもないのだ」——「あなたはご自分の中にひそむ闇を、その光でもってあなたを形づくる闇をさがしておいでなのです、この希望があなたを見捨てることはけっしてないでしょう、かならずそれは実現されるでしょう、あなたがわたくしのそばにおいでになるかぎりは」だしぬけに、眼にもとまらぬ速さでそこに恒常の未来が出現していた、だしぬけに、鏡と鏡との照らしあう光がそこにかがやき出ていた。彼の手は彼女の乳房におかれ、乳首はまさぐる指の下でかたく硬直した——彼の手を彼女がそこへみちびいたのか？——、彼女の肉体のやさしい魅惑にとらえられたまま、彼は彼女が語ることばを聞いた。「あなたのうちにひそむ、まだうたわれたことのないものには、できあがった詩は及びもつかないのです、形づくる力は形づくられたものよりもはるかに大きいのです、その力があなたご自身をも形づくっているのですが。それはあなたからは手をさしのべるすべもないほど遠い、というのもあなたご自身がその力なのですから。けれども、わたくしのそばにおいでになれば、あなたはご自身にもお近づきになれ、その力をわがものとなさることができますのよ」彼の手の中で形づくられたのは、彼女の顔ばかり、彼女の乳房ばかりではなかった、いや、眼に見えぬ彼女の心さえ、愛撫と抱擁にゆだねられ、手の下でやさしくしなったのだ。彼はたずねた、「きみは、わたしがその形をとった、ほかならぬその形式なのだろうか？　わたしの生成に形をあたえる形式なのだろうか？」——「わたくしはあなたの中にいるのです、それですのに、あなたはわたくしの中にはいっていらっしゃるのです。あなたの運命がわたくしの中で大きくなって行くので、まだうたわれぬ未来のもののうちにもわたくしはあなたをはっきりとお見分けすることができるのです」――「おおプロティア、きみは目的地だ、たどりつくよすがもない目的地なのだ」――「わたくしは闇です、あなたをおかくまいして光へとお連れする洞穴なのです」――「故郷、どこにも見いだすことのできない故郷、それがきみなのだ」――「あなたを存じあげている、そのわたくしの知識があなたをお待ちしています。おいでくださいませ、きっとわたくしがお目にとまりますことよ」――「きみの知識のうちに憩いながら見いだすすべもないものを、安らかに憩いながら未来を見いだすというのだね」――「わたくしは静かに休息しながら、あなたの運命をになっております。わたくしの知識の中にこそあなたの目標がかくれていますのよ」――「ではわたしに、きみの未来の運命をさずけてくれたまえ、わたしがそれをきみといっしょにになうことができるように」――「わたくしには運命がございません」――「きみの目標をわたしにさずけてくれたまえ、わたしがそれをきみといっしょにもとめることができるように」――「わたくしには目標がございません」――「プロティア、おお、プロティア、それではどうしてわたしにきみを見つけることができよう?! 何も見いだすことのできない世界の中で、どこにきみをさがしたらいいのだろう?!」――「わたくしの未来をおさがしになっても無駄でございます。わたくしの発端をお引きとりくださいませ。その発端をよくお知りになれば、それはわたくしたちの今の現実の中で、いつまでも消えることのない未来になりますのよ」おお声、おおことばよ！　彼らはまだ語っていたのか？　まださされていたのか？　それともこの会話はもう沈黙と化していたのか、たがいに魅せられたふたつの透明な肉体、たがいに魅せられたふたつの透明な魂、その透明さの中でのみ会話を理解することができたのか？　おお、うたわれずはたされぬもののためにのみ生きる魂よ、運命がその中にくっきりと姿を現わす、未来の形式のためにのみ生きる魂よ！　おお、不死の姿へとみずからを形づくりながら道づれをもとめ、ついにはわれとわが身のうちに目標を見いだす魂よ！　おお、帰郷、おお、たがいに組みあわせた手のうちに封じこめられた、時を知らぬ永遠の合一よ！　せせらぎの音はさらにかすかになり、泉の音はさらにひそやかになり、彼の魂の中、心の中、呼吸の中にかぎりなくかすかにささやく声があった、彼の内と外に、かぎりなくかすかなささやきがあった。「わたしはきみを愛している」――「わたくしはあなたを愛しています」と、耳にも聞こえぬ答えが帰ってきた、ただ黙って手を握りしめる、その感触ばかりが答えかと思われるほどだった。手を組みあわせ、魂と魂をからみあわせ、彼は木の枝に凭りかかったまま、彼女は行李の上に腰をおろしたまま、ふたりは身じろぎもしなかった、その場に釘づけにされたように、ほんのわずかもからだをずらしはしなかった。しかしそれにもかかわらずふたりは近づいていた、ゆらめきただようふしぎな力がそこにはたらいていて、ふたりのあいだの距離をちぢめ、楡の木の枝を、剪定されかけたまま垂れかかっている葡萄の蔓ともどもに押したわめてささやかな園亭に、緑金のかがやきにくまなくひたされた洞窟に仕立てあげてしまうのだった。ふたりよりほかのだれかを入れる余地はそこにはほとんどなかった。それはさながらディドとアエネーアスの、短い、あああまりにも短い幸せのために用意されていた洞窟の、木の葉による写しともいうべきものだった。ああ、ではしかし、この緑金にかがやく透明な茂みはまやかしだったのか？　これは惑わしだったのか？　金色のほのかながやきがここにはみちていた、しかし黄金の枝はどこにも見あたらなかった、黄金のひびきが茂みの中に聞こえもしなかった、ああ、そして英雄たちの一組には、ただ一瞬の幸福しかあたえられなかったのだ、ただの一瞬、その瞬間においてディドの過去の運命はアエネーアスの未来の運命と結びつくことができたのだが、そのとき若き日の恋人の過去の俤《おもかげ》、早く世を去ったシュカエウス（ディドの亡夫）の俤は色褪せ、神々の託宣によってさだめられたイタリア制覇の未来の像も色褪せ、そのいずれもが形を変え、たがいに変形しあいながら、ふたりの合一の、ふたりの真実の永遠につづく現在の瞬間と化したのだ。しかしそれもただこの一瞬にすぎなかった、早くも数多の眼をもち、数多の舌をもち、数多の口をもち、数多の翼をもち、夜空を翔《かけ》るファマ（噂の女神）の巨大な姿がこの瞬間に影を投げかけ、愛しあう者たちを無残にも引きはなし、汚辱の中へ追いやるのだった。おお、いまここでもそれに似たことがおきるはずだったのか？　同じ運命がふたりを見舞うことになっていたのか？　そんなことがあってよかったろうか？　そのような運命に見舞われるにしては、彼らはすでにあまりにも緊密に結びついてはいなかったか、窮極の現実のために形づくられてはいなかったか？　プロティアの微笑は大らかに、動きを知らぬ晴れやかさのためほとんど哀しげに、風景の上にひろがっていた、そして風景はほほえみながら透きとおり、過去の深みにみちあふれつつ未来をはらみ、たえず増殖をめざしながら生みかつ生まれるみずからの生成のありかたをさらけだしていた。木の葉や花、果実、樹皮や大地に彼の指はふれた、そして彼がふれていたのはいつもプロティアだった、風景の無限の層をつらぬいて微笑をつたえて行くのはいつもプロティアの魂なのだった。だが、木の梢からはリュサニアスの声がひびいてきた。「最初の微笑にお帰りなさい、昔あなたがその中に身をひそめていらした、あの微笑の抱擁にお帰りなさい！」――「後もどりなさってはいけません」とまたしても奴隷の声が警告した、医者の息を殺したような声がこの声に答えて、静粛をうながした。「黙っておれ。彼はもう後もどりすることはできないのだ」その後風景は多少暗くはなったものの、その透きとおった晴れやかさはほとんどうしなわれなかった、ほのかな日の翳《かげ》りもいっこう気にならぬようすでプロティアは微笑をたたえつづけていた、風景のさなかからこのように彼女が語り出たとき、微笑はその声に巫女のようなひびきをあたえていた。「わたくしはあなたにとってはじめから目標だったのです、けっして後もどりではないのです、そしてわたくしにとってはあなたは名前のない存在です、なぜならわたくしはあなたを愛しているのですもの。あなたは子どものように名前のない存在、生まれようとする魂なのです」――「おお、プロティア、きみがわたしの前に現われたのは、きみのその名前のもとでだった、そしてきみを愛しているので、わたしははっきりときみの存在を認めたのだ」――「お逃げなさい」と奴隷の声が、これをかぎりの、ほとんど恐れを帯びたといってもよい切迫した口調で警告した。しかし枝はすでに葡萄の蔓と十重二十重にからみあい、影深い洞窟を形づくっていたので、逃亡はどう見ても可能だとは思われなかった。そもそも彼には逃げようという気もなかったのだ、たとえ今奴隷が黄金の枝を彼に見せたとしても、それを折りとろうとさえしなかっただろう。プロティアを愛しているのは安らかだった、女の裸身を身近に感じているのは安らかなくつろぎだった、枝ごしに眼をやり、森にふちどられた畑や花咲く茂みをながめているのは安らかなくつろぎだった。その森や野では、狼が家畜の群れをひそかにうかがうこともなく、罠が鹿のためにしかけられることもなく、パンも牧人たちも、水の精も木の精も、陽気なよろこびに浮かれたち興じあい、若い牝牛は牡牛をこがれもとめながら、ついには渇望ゆえに疲れはててせせらぎに身をひたすのだった。恐怖におののくものも恐怖をまき散らすものもそこには見あたらなかった。緑の閃光をはなちながら木の幹に巻きつく蛇の頭さえたおやかで、金色にかがやくその眼も、このうえなく可憐なその舌も親しみを感じさせるものだった。見わたすかぎり四方に愛すべき薄明が立ちこめ、さやさやとそよいでいた――、だれがここから逃げようと思うだろう！　いや、彼は逃げるつもりはなかった、はっきり心をきめていた、それは愛という名の決断で、愛の対象よりもさらに大きかった、なぜならそれは対象のうちに、眼に見えるものばかりではなく眼に見えぬものをも把《とら》え、理解するのだったから。「わたしはけっして逃げはしない、けっしてきみから逃げはしない、プロティア、おお、どんなことがあろうともきみを見捨てはしないよ」プロティアはさらに近づいてきた、冷えびえした彼女の息が感じられた。「あなたはわたくしの身近においでです、昔も今も決断をくだされるのはあなたなのです、それをお待ちしておりますのよ」そう、それは決断だった、突然プロテイアの指環が、ひどくはっきりと、まぎれもない確かさで彼の指に感じられた、自然に彼の指に移ってきたのかもしれないし、あるいは彼女がこっそりと、結びつきのしるしとして、和合のしるしとして、終ることのない甘美さのしるしとしてはめたのかもしれなかった。過去と未来は指環の中で溶けあって、いつはてるとも知れぬ現在となり、たえず新たにくりかえされる運命の知覚、たえず新たにくりかえされる再生となったのだ。「きみはわたしにとって、故郷をさだめるための決断だった、プロテイア、きみがきて、永遠につづくわたしたちの故郷がありありと現われたのだ」――「わたくしの所へお帰りくださいますの、愛するお方?」――「きみこそわたしの故郷、その故郷へわたしはひたすらに帰りを急ぐのだ」――「そう」――かすかな吐息のような声だった――「そう、わたくしを欲しいとおっしゃって」このあからさまないいかたに、最初は鼻白む思いをしたものの、よく考えてみればやはりそれは正しいのだった、正しいはずだった、なぜなら情欲の燃えたつ現在において、過去と未来とはたがいに平衡を保ち、ほとんど硬直に近いこの静止状態において、大らかな愛の微笑は相貌をうしない、動かしようのないことの経過が明るく透きとおるのも、まさしくこの静止ゆえだったのだから。そしてそれとともに、ことさらな粉飾をほどこさずありのままに事物を名ざそうとせずにはおられない衝迫、文字どおり甘美な衝迫もここに生じていたのだから。かぎりない異常性とかぎりない日常性の双方によって、事象の生起は決定されていた、そのいずれもが仮面をはぎとられ、あからさまな表現にもたらされねばならなかった。それは彼のなすべきことでもあった。「きみの生命《いのち》の流れがわたしの中へながれこんでくる、プロティア、時を知らず永遠にながれ入ってくる、とてもきみを欲しい」しかしヴェールがなびくように彼女はほんの少し彼からはなれた、というよりむしろ、風のそよぎに吹きやらわれたかのようだった。「ではアレクシスを遠ざけてくださいませ」アレクシスを？　なるほど！　風景のまっただなかに、陽物をふり立てて踊り狂うサテュロスどもの輪にかこまれて、アレクシスが窓辺にたたずんでいた、ふさふさとした金髪を垂らし、白い項《うなじ》を見せ、短いトゥニカを身にまとってたたずみながら、ほのがすむかなた、地平にかかる陽をあびた狭霧の上に嶺の帆をつらねて走るはるかな山々に、夢みるようにうっとりとながめ入っていた。心もち赤みがかった白い花をつけた枝が、彼の頭上にまるく反っていた。「あの子を遠ざけてくださいませ」とプロティアは所望した、「あの子を遠ざけてくださいませ、あの子をご覧にならないで。あなたはご自分のお眼で、あの子をつなぎとめていらっしゃいますのよ」彼を遠ざける？　遠ざけることが許されるだろうか、その運命、その未来の運命をわが手に引きうけた人間、それゆえにこそ愛した人間を遠ざけることが、彼に許されるだろうか？　もしそうなら、詩人になるはずのあのやさしいケベスも遠ざけねばならないだろう——そんなことがあってよいだろうか？　それは人間の運命を偶然へとおとしめることではなかったか？　未来を過去に化することではなかったか？　いうまでもなく、生起する事象が直接のあらわな現実の形をとる場合には、いかなるためらいも考慮も存在しなかった、まさしくその、あらわに透明な率直さでもってプロティアはせまってきた。「あなたはわたくしのお乳よりも、男の子のお尻のほうをお好みですの？」アレクシスは、自分についてこんなことがいわれても、身じろぎひとつしなかった、医者が小声でからかうように語りかけたときも同じことだった。「かわいい坊や、あまりいい気になるなよ、ばら色の肌もいつかは色褪せるものだぞ」聞こえたのか、わかったのか、いっこうにはっきりしなかった、少年はただ静かに夢みるように、外の風景に見入っているばかりだった、真昼の暑熱のただなかにある花咲く茂みに、橅《ぶな》の木の枝から清らかな影が落ち、涼しい夕暮れのように大気をさわやかにする影深い谷間に夢想をおくりつづけているばかりだった、晴れやかな不動の透明さの中に少年の夢はひそみ入っていたのだ。だが、深く甘い恐れに突然おそわれたかのように、プロティアが、こがれる魂とこがれる肉体との愛の対象にむかって呼びかけたとき、彼女が「ウェルギリウスさま！」と叫んだとき——きわめてかすかな声ながら、それは不安の叫び、しかも同時に勝利の叫びに似ていた——、そのとき、いわば太陽に吸収され、分解され、天上の霊気に変ぜられたとでもいうかのように、少年の姿は消えうせていた、そしてプロティアはほっと安堵の吐息をもらしながらにっこりほほえんだ。「さあ早く、愛する方」——「おおプロティア、おお愛するプロティア」彼女の下知に応じたかのように、枝はからみあってふさがり、突きぬけることもうかがいのぞくこともできぬ鬱蒼たる茂みと化していた、そして彼はといえば——彼女の手に引かれて膝をつき、へたへたとその場にくずおれていたのだが——ひざまずいたまま、彼女の手を握りしめ、ふたつの乳首に接吻したのだった。ただよいながらひとつに結ばれ、ただようひとつの力にかるがると持ちあげられて、見つめあう視線のかがやきの力によってただよいながら、ふたりははこび去られて行った、高みへ吹きやられ、そよぎのままに軽やかにただよい、軽やかに臥床の上に横たえられたのだ。身にまとうものをぬぎ棄てたわけでもなかったのに、裸の肌と肌とをぴったりつけ、裸の魂と魂とをぴったりつけて、よりそったままながれて行くように、しかも欲望のたかまりゆえに身じろぎもせず、ふたりは横になっていた。このときふたりのまわりでは、満天の星のきらめくさなか、耳に聞きとるすべもなく、しかもいよいよはげしく明らかに、光りかがやく太陽のどよめきがもろもろの世界をみたしつつたかまっていたのだ。過去の回想も未来の回想もあとかたなく消えうせて、記憶を知らぬ純潔さに帰していた。こうしてふたりは口と口とを押しつけあったまま、身じろぎもせず横になっていた、彼らの舌は風にゆれる木の梢のようにかたくこわばったままはげしく動いた。こうしてふたりは横になっていた、が、やがて彼女の唇がふるえ、彼の唇にそっとささやきかけた。「いけませんわ。お医者がわたくしたちを見ています」それでは彼らは鬱蒼としてめぐりをかこむ茂みにも守られてはいなかったのか！　どうしてそんなことがありえたろう？　どうしてこの茂みを視線がつらぬくことができたのだろう?!　だが、いずれにせよ、その通りだったのだ！　緑濃い茂みのどこにもすきまはなかったのに、臥床はひろびろとした空間にさらけだされ、衆人環視のもとにさらされているのだった。視線は防ぎようがなかった、嘲るようにさしのべられた指は防ぎようがなかった、数多の指環にかざられた指が、四方からこの臥床にむけられていた、それればかりかさらには猿どもも、荒々しいほど陽気になって歯をむきだしながら胡桃《くるみ》を投げおろし、牝山羊どもは上機嫌でめえめえ鳴きながらいやらしい横目を投げてよこし、巨大な一匹の蝙蝠《こうもり》の影が哄笑しながら頭上をかすめて飛びさって行くのだった、おお、防ぎようのないファマの影、見るさえいとわしく恥ずかしい巨大なその姿の影、高笑いしながらその影が、他人の不幸に恍惚として、今おこりつつあることとおこらぬことを、恐ろしげに告げ知らせるのだった。「こいつらはつがえないんだよ、つがってはいけないんだよ。つがっていいのは皇帝陛下だけさ！」おお、防ぎようのない騒音、防ぎようのない光のひびき、防ぎようのない眩惑的な光の層また層、そしてまだこうした一切に対する答えが見いだされないうちに、そう、彼がまだプロティアの視線をとらえることもできないうちち、彼女の口からおのが口をはなすこともできないうちに、彼女さえ笑いに変じてしまっていた、石のように冷ややかな笑いとなって、象牙のようになめらかに彼のかたわらをすべり行き、光の風に吹きあげられた一枚の木の葉のように舞いあがり、そして、またしても行李の上に腰をおろしたのだ。騒音のうちに告知された脅迫を、そうすることによってなだめすかそうと思ったのだろうか？　それは成功しなかった——断念はけっして十分な犠牲とはいえない——、光の叛乱はいささかも鎮められず、どよめきは少しもおとろえなかった。むしろ反対に、そのひびきはいよいよ高らかになり、いよいよたけり狂ういっぽうだった、それは眼路《めじ》のかぎりをくまなくみたした、森と山をみたし、部屋と水の上をみたし、そのあまりのすさまじさに、人びとは一切の行為を中断して硬直したように立ちつくし、さらには整然と列をさえ組み、どよめきながら近づく恐ろしい力の前で、だれも他人からきわだつまいとするかのようだった——おお、その接近を待ちうけるすさまじく圧倒的な緊張、そしてついに、おお、ついにこの風景の扉ははげしく押しひらかれ、従者らは扉の両翼に立って警護の役をつとめ、彼らのあいだを通っておごそかに、しかも人間らしく、威風あたりをはらいながら、しかも優雅に、いともかしこき上御一人《かみごいちにん》、アウグストゥスが足早に歩み入ってきた。

静寂が聖なる人をむかえた。ただ小鳥たちがひっそりした風景の中でさえずり、窓の蛇腹で首をふくらませ餌をあさっている鳩が、あいも変わらずのんびりとくうくう鳴いているばかりだった。半獣神たちが踊っていた遠いかなたでは、ただひとりだけが残って、仲間が自分をおきざりにしたこともいっこう意に介せぬようすで、自分の歌を吹き鳴らしつづけていた。もちろんその笛はひびわれたひびきを立てていたのだが。嵐はもうおさまっていたが、世界はまだその目もあやな彩りを取りもどしてはいなかった、というのも世界の上、世界の沈黙の上には、黄昏のおぼろな色調をたたえた雲が、あたかも凝然とこごった嵐の残滓《ざんし》のように、一切の彩りをおし殺す静けさのうちに垂れこめていたからだった。突然扉が開けはなたれたために暗い石の廊下から吹きこんできたひんやりした風が、いっとき吊りランプを改めてゆり動かしていたが、やがてそれもおさまり、ありとあらゆるものがアウグストゥスのことばを待ちうけていた。

「みなの者、さがるがよい」

君主の威厳に対してはまことに当然のことながら、死の威厳に対してもふさわしく、後ずさりして歩みながら、その場にいた者たちはつぎつぎに、深く一礼してうやうやしげに部屋から退出して行った。そして同様に風景も、いわばこの恭敬に同調するかのように、その領域から一切の被造物を放逐していた、そればかりか風景それ自体さえ極度に色褪せていたのだ、おおよその輪郭はまだ存在していたものの、その堅固さはうしなわれるいっぽうで、ついには万有にさらさらとえがきこまれた線画をさながらの、ほんのかすかな描線に化してしまったのだ。木々も、森も、花も洞窟も、単純な描線となり、見えなくなった岸と岸とのあいだには糸のように細く橋がかかっていた、色もなく、影もなく、光もなく、それというのもあの黄昏の雲さえ紙のようにもろい、ほとんど輪郭をたどることもできない白色に変じていたからで、大きく見ひらかれた無色の空の眼もうつろ、うつろな夢の哀しみよりほかの何ものでもなかったのだ。それに反して室内は非常に明確になっていた、壁も家具も、床も、燭台も、天井も吊りランプも、あざやかな色彩と堅固な形体をふたたび取りもどしていた、そしてこのどっしりした明確さを前にして、プロティアの姿は消えうせていた。現実の重さに圧迫されて彼女の軽やかさは揮発してしまったのだ、二度とはなれぬつもりでここへきたからには、彼女は他人の仲間ではなかったし、したがって彼らといっしょに去って行ったはずもなく、あい変わらずこの室内にいるにちがいなかったのだが、それでも眼にはうつらなくなってしまったのだ。

しかしアウグストゥスは疑いようもなくありありと見えていた、はっきりと彼の前に立っていた、幾分小柄にすぎ、ほとんど可愛らしいといってもよく、しかも堂々としたそのからだつきも、早くも白いものがまじりかけている短く刈った髪の下の、あい変わらず少年のような顔も、十分に知りつくしたながめだった。皇帝はいった。「きみがわたしの所へこようとしなかったので、わたしからきみを訪ねることにしたわけだ。まずは、ここイタリアの地での挨拶を受けてくれたまえ」

語りかけと受け答えがたがい違いになろうとは、いかにも奇妙なことだった。だが、あたりの明確さが——もちろんそれはすでに病気の自覚を再燃させていたのだが——楽に口をひらかせた。「おつきの医師たちの手を通じて、渋るわたしをとうとう連れもどしておしまいになりましたね、オクタウィアヌス・アウグストゥスさま。でもその埋めあわせに、ここへじきじきお越しになって、わたしをねぎらってくださるのですね」

「上陸して以来、これがわたしに恵まれた最初の自由な時間なのだよ、その時間をきみにささげることができて大変嬉しい。ブルンディシウムはわたしにも、わたしの股肱《ここう》の者たちにも、いつも幸運をもたらしてくれた」

「ブルンディシウムであなたは、神のごときお父上（ユリウス・カエサルをさす）の遺産を継承なさったのでした、そのときあなたはアポロニアからこられた十九歳の若人でしたね。仇敵たちと和を結び幸多き御世への道をひらかせたのもブルンディシウムでのことでした。たしかそのあいだには五年しかたっておりません」

「きみの『蚋《ぶよ》』と『牧歌』とのあいだにある五年だね。前の詩はわたしに、後の詩はアシニウス・ポルリオにささげられている、だからポルリオはわたしよりはるかに得をしたわけだ（『蚋』は初期の周作、『牧歌』はウェルギリウスの最美の作）、もっとも、マエケーナスが『農耕詩』をささげられるにふさわしかった、それとまったく同様に、ポルリオにも『牧歌』を献呈される資格はあったのだろうがね。何しろこのふたりがいなかったとしたら、ブルンディシウムの和議もおいそれとは成立しなかったはずなのだからな」

　このように語りながら皇帝が浮かべたかすかな笑みは、いったい何を意味していたのか？　どうして彼は献呈などということにふれるのか？　なんの意味もなく、下心もなしに皇帝が語ることはありえなかったのだ。話を詩からそらすのが得策だった。「ブルンディシウムからあなたはギリシャのアントニウスを討つ軍をお進めになったのです。もし二週間早くここに到着していれば、アクティウム（紀元前三一年アントニウスを破った海戦）の勝利の記念日をこの出発点でお祝いになることができたでしょうに」

「アクティウムの磯辺をトロイアの競技もて飾る。きみはたしかそんなふうに『アエネーイス』でうたっていたね。間違っていないかな？」

「一字一句、その通りです。ほんとうにすばらしいご記憶力です」話を詩からそらすことはできなかった。

「わたしにとってこれほど記憶する価値のあるものは、存在しないといってもよいのだ。きみがわたしに叙事詩の最初の草稿を見せてくれたのは、わたしがエジプトから帰って間もなくのことではなかったかな？」

「仰せの通りです」

「そして詩の中央、まさしく詩の核心とも絶頂ともいうべき、きみがアエネーアスにあたえたあの神々の盾の中央に、きみはアクティウムの戦いのさまをえがいたのだ（『アエネーイス』第八歌参照）」

「そういたしました。なぜならアクティウムの一日は、ローマの精神と道徳の、東方の暗澹《あんたん》たる諸力に対する勝利、ローマをもほとんど劫略せんばかりであった暗澹たる秘密に対する勝利だったのですから。それはあなたの勝利でした、アウグストゥスさま」

「きみはその個所をそらんじているかね？」

「どうしてわたしが！　わたしの記憶力はあなたにはとても及びもつきませんのに」

おお、今となっては思いあやまる余地はなかった。アウグストゥスはまぎれもなく草稿を収めた行李に眼をむけていた、ひたと眼を据えていた、おお、もはや幻想をいだく余地はなかった、アウグストゥスは彼から詩を奪いとるためにここへきたのだ！

アウグストゥスは彼の驚愕ぶりを見ながら、さもおかしげに微笑した。「なんだって、きみは自分の作品をおぼえていないのかね？」

「その個所が記憶にないのです」

「ではもう一度わたしが記憶をふるいおこしてみなくてはなるまいね。うまく行けばいいが」

「きっと思いだされますよ」

「さてどうかな、やってみよう——。されど盾の中央にはカエサル・アウグストゥス立ちて、イタリアの民族《たみ》らの海戦に下知をあたえ、民族らは……」

「失礼ですが、陛下、そうではありません。そこは装甲艦からはじまるのです」

「アグリッパ（アウグストゥスの友、かつ武将）の装甲艦か？」――皇帝は明らかに不機嫌になった――、「ふむ、いずれにせよ船に鎧を着せるのはいい思いつきだったな、アグリッパの大手柄とさえ、いってもいいかもしれぬ、そのおかげで勝利はわが手に帰したのだから……では、わたしの記憶力もあてにはならないね。今思いだしたが……」

「あなたが戦いと盾の中心なのですから、それであなたのお姿も、詩句の中心におかれることになるのです。そうするのが当然でした」

「そこを朗読してくれたまえ」

朗読する？　草稿を取りだしてひろげるのか？　草稿がほしいばかりに皇帝は、彼をむごたらしくなぶりものにしているのだ。このたくらみに対して、どうやって草稿を守ればよかったろうか？　プロティアが守ってくれるだろうか？　絶対に行李を開けてはならなかった。

「朗誦できるかどうか、ためしてみましょう」

　彼の胸のうちを推察したかのように、皇帝は美しい顔に微笑をたたえたままでいた。実は微笑ではなく、何か邪悪な残酷なものだった。しかも彼はあい変わらず、彼独特の優雅なのびやかな姿勢でベッドの前に立っており、腰をおろそうとはしなかったのだ。次の手をどう打つつもりなのか見当もつかなかった、プロティアを行李の上から追いはらうつもりではないのか、突然そんな想像がわきおこってきたほどだった。これは単なる妄想にすぎなかったかもしれない、熱が時おり生みだす妄想のひとつだったのかもしれない、いや、まちがいなくそうだといえた、なぜならここでは一切が色あざやかな堅固な現実と化していたのだから。かなたの線画の風景にも注意をはらう必要はほとんどなかったのだ。とはいうものの、幾分仔細に眼をくばって見さえすれば、紙のように白い光が、多少灰色に翳りながらも明確な空間にまで滲透し、そこに存在する一切に侵入して、奇妙におぼろげな非現実の色調をかもしだしているのが判然とした。愛らしい誘《いざな》いのようにかぼそい線でもって、邪悪なものがさまざまな事物の中にえがきこまれていた、花環の色にさえそれは見いだされ、アウグストゥスの両眼のあいだの皺に、糸のように細くきざみこまれていた。だが、彼はいった。「はじめたまえ、ウェルギリウス、聞いているから」

「そこにおかけになりませんか。わたしは寝たまま朗誦しなければならないのです。あなたの侍医たちが、起きてはいけないと申したものですから」

ありがたいことにアウグストゥスは、おとなしくこの促しにしたがった。行李の上にではなく、ベッドのわきにおかれた椅子に彼は腰をおろした、そのようすはまったくただ朗誦を待ちうけているにすぎないかのようだった。およそ皇帝らしからぬしぐさで大きくひらいた股のあいだに手を突っこみ、尻の下に椅子を引きよせると、いかにも心地よげに軽い吐息をもらしながら腰をおろしたのだが、そのとき彼の念頭には、同じ坐るにしてももっと威厳をもってしたにちがいない偉大な遠祖アエネーアスのことなぞ、露ほども思い浮かばないらしかった。こうしてアエネーアスの末孫は坐っていた、ゆったりとくつろぐと、間近にせまった老年の最初の兆候のようにかすかな疲労感が浮かびでたが、それはなんとなく哀切な、知らず知らず情の移るようなながめだった。頭をうしろにもたせかけ腕を組み、耳をかたむける用意をととのえたのも、つい心のほだされるような光景だった。「さあ、聞かせてもらおう」

詩句はひびきはじめた。

「見よや盾の中央にはアクティウムの戦いありて
黄銅もてよそえる船は群れ　そのかなたにはレウカテの磯辺ぞ横たわる。
陽の光かがよう潮の上に戦いは今たけなわ
見よやカエサル・アウグストゥスの　戦いにイタリアびとを導くを
民族《たみ》の霊をともない　家神や神々に守られて彼は高き甲板の上に立つ　怒れるこめかみ

は金色の焔をはなち
先考《みおや》の星のかがやきは彼の頭を照らす。
かしこには　神々の風に恵まれし分船隊の
指揮をとる　仁王立ちに立ちはだかりしアグリッパ　その額には誇らかに
海戦の功《いさお》の章《しるし》　船首もて飾れる冠ぞかがやける。
されど両者にむかいては
蕃人の軍の先に立ち　目もあやの物具に
身をかためつつ　東方の勝者アントニウス
東洋の族《うから》　エジプトびと　バクトリアの民族らを
戦いにさしむけつ　さて彼のかたえには――おお恥すかしのさまよ――
エジプトの妻《め》（クレオパトラのこと）ぞ控えたる……」

まだ聞きつづけているかのように、皇帝は黙っていた。しばらくして彼は口をひらいた。

「明日はわたしの誕生日だ」

「世界の祝日、ローマ帝国の祝日ですね。永遠の青春を神々があなたに贈られますように」

「ありがとう、友よ、三週間たてばきみの誕生日がくるのだから、わたしからもきみに同じことを祈らせてくれたまえ。永遠の青春がわれわれふたりに恵まれるように！　だいたいきみは五十一歳というのに、随分若くみえる、わたしより七歳年長だといってもだれも信用しないだろうよ。もちろん、無理な旅行のおかげできみには迷惑をかけられたわけだがね。もうすぐわたしは出発しなくてはならない、早く行く必要はないが、少なくとも明晩のローマでの祝典には顔をだせるようにしなければならない、きみも連れて行くことができればと思っていたのだが」

「もうお別れです、オクタウィアヌスさま、あなたもご存じのはずです」

いささか不承げなそぶりが答えだった。「別れにはちがいないが、たかだか三週間ばかりの別れだな。きみは自分の誕生日にはとうにローマに帰りついているだろう。だが、わたしの誕生日にはきみが『アエネーイス』の一節を朗読してくれるなら、もっとすばらしいのだがね、まったく、あのうんざりするほど祝辞をわんさと盛りこんだ公の式典にも、わたしは我慢していなければならないのだが、そんなことすべてにましてきみの朗読のほうがどれほどすばらしいことか。あさってはまた大がかりな催しを挙行させる手筈にしてあるのだ」

皇帝は別れを告げるためにここへきた、しかし彼にとっては、『アエネーイス』を手に入れるほうが重大な関心事だったのだ、そのどちらの意図をも、彼は饒舌の下にかくそうとしていたのだが。これは現実が非現実を制圧する道だったのだろうか？　それとも現実に暴行を加える非現実だったろうか？　おお、皇帝さえも非現実の中に生きていたのだ、そして光は――太陽はもうそれほど傾いていたのか？――茫漠と色蒼ざめていた。「あなたの生活は義務によって縛られています、陛下、けれどもローマであなたをお待ちしている愛が、その束縛の償いをはたすのです」

今まではなんとも気心の知れなかった皇帝の顔に、ひどく率直な表情が現われた。「リウィアがわたしを待っている、友人たちとの再会も心躍りのすることだな」

「奥さまを愛していらっしゃる、幸福なお方！」――どことも知れぬほのかな一隅から声がただよいよせてきた。プロティアの声だった。

「えりにえってこの祝日のあいだにきみがわれわれのあいだにいないとは、ウェルギリウス、きっとだれもが残念に思うだろうよ」

女をほんとうに愛する者は、ひとの友となり、人びとに援助の手をさしのべることができる。アウグストゥスがまさしくその通りにほかならなかった。「あなたに友情をよせていただける者はしあわせです、オクタウィアヌスさま」

「友情とはひとをしあわせにするものだよ、ウェルギリウス」

またしても率直な、あたたかい声の調子だった、草稿を狙うたくらみもお預けになったのではないかと思われるほどだった。「ありがとうございます、オクタウィアヌスさま」

「その礼は余計だ、が、不足だともいえるね、ウェルギリウス、なぜなら友情は感謝でできているわけではないからな」

「あなたがいつもお与えになる側なので、相手はただ感謝の道しかたどることができないのです」

「神々は恵み深くもわたしに、時おり友人たちの役に立つことができるという幸せをさずけてくれた、だが、わたしに友人たちを見いださせてくれた、その恵みのほうがさらに大きいのだね」

「いよいよもって友人たちは、あなたに感謝をささげなくてはならないのです」

「きみがしなければならないのはただ、与えられるものに見合ったお返しをすることだけなのだ、そのお返しをきみは、きみという人間ときみのする仕事によって、これまでにもう十二分にはたしてきた……どうしてきみは考えを変えたのだ？　どうして、なんの責務も認めたがらないお座なりの感謝などを口にするのだ？」

「わたしは考えを変えてなどおりません、陛下、もっとも、わたしの営みが十分なお返しをはたしたというようなことは、とても認めるわけには参りませんが」

「きみはこれまでいつも謙虚にすぎたね、ウェルギリウス、だが、けっして謙虚をよそおったことはなかった。わたしにはよくわかっているのだ、きみがわざと自分の贈り物に難癖をつけ、結局こっそりとわれわれの眼の届かない所へもって行ってしまうつもりだということが」

ついにあからさまなことばが口にされた、ああ、ついにあからさまなことばが口にされたのだ——峻厳な断乎たる態度で皇帝は目標にむかって突き進みはじめた、何がどうあっても草稿を奪わずにはおかぬといったようすだった。「オクタウィアヌスさま、詩をわたしの手もとにおとどめください！」

「結構だ、ウェルギリウス、それでいいのだ……ルキウス・ウァリウスとプロティウス・トゥッカが、きみのおそるべき目論見を知らせてくれたが、彼ら同様わたしはそれを信ずる気にはならなかった……きみはほんとうにきみの作品を破棄するつもりなのか？」

沈黙が室内にひろがった。きびしい沈黙、色褪せて糸のように細い輪郭をえがきながら、それは皇帝のもの思わしげなきびしい顔に中点をおいていた。どことも知れぬあたりで非常にかすかな嘆声がひびいたが、それも、じっと彼を見据えているアウグストゥスの両眼のあいだの皺同様に、かぼそく直線的だった。

「きみは黙っている」と皇帝はいった、「つまり、ほんとうに自分の贈り物を撤回しようというつもりなのだな……考えてもみたまえ、ウェルギリウス、『アエネーイス』なのだよ！　きみの友人たちは非常に心配している、そしてわたしも。きみも知っての通り、わたしも友人のひとりをもって任じているのだ」

プロティアのかすかな嘆声がはっきりしてきた。かぼそく一列に並んだ抑揚のないことばが聞こえた。「詩をお捨てなさい、あなたの運命をわたくしにおまかせください。わたくしたちは愛しあわなくてはなりません」

詩を破棄すること、プロティアを愛すること、友人に対して友誼をつくすこと、奇妙な説得力をもった誘いがつぎつぎにつづいたが、この誘いに関与することができるのはプロティアではなかった。「おお、アウグストゥスさま、わたしたちの友情にかかわることです。どうか無理強いなさらないでください」

「友情？……きみはまるで、われわれ、つまりきみの友人が、きみの贈り物を受けとる資格がないかのようないい方をするね」

皇帝の唇はほとんど動かずに問いかけたり受け答えたりしていた。あっさり草稿をはこんで行かせる力はもとより、そうする意志もたしかに彼はもっていたのだが。プロティアは話の結末を待ちうけるかのようにおし黙っていた。四周の存在の形体は、うち破るすべもないほどかたく硬直し、きびしく凝固していた。ことの経過はいかにもアウグストゥスの意のままに進んで行ったのではあるが、彼の意志といえどもやはりこの存在のうちに組みこまれていたのだった。

「おお、アウグストゥスさま、友人たちにふさわしくないのはむしろわたしの詩のほう、わたし自身のほうなのです。こう申したからといって、またしてもわたしが謙虚をよそおうとおとがめになりませんように。わたしは自分の作が偉大な詩だということを心得ております、ホメーロスの歌にくらべればささやかなものではありますが」

「そのことを認めるかぎり、それを破棄しようという目論見が罪悪にひとしいことを否定するわけにはいくまい」

「神々の指図にしたがっておこなわれることは罪悪ではありません」

「いいのがれをするのだね、ウェルギリウス。うしろめたい人間は、神々の御意を盾にとりたがるものだ。だがわたしはね、神々が公にみとめられた善美のものを破棄するよう指図されたなぞと、これまで耳にしたこともないのだよ」

「わたしの作品を公共の財産にたかめていただくとは、身にあまる光栄に存じます、陛下、けれどもこう申してよければ、わたしはそれを読者のためばかりではなく、まず第一には自分のために書いたのです、そのことがこの作品のもっとも内的な必然性なのです、これはわたしの作品なので、神々によってさだめられたわたし自身の必然性にしたがって、わたしはこれを処理しなければならないし、またそうする資格があるのです」

「それではわたしはエジプトを解放してもよかろうか？　ゲルマニアから軍隊を撤退させてもよかろうか？　パルティア人どもにまた境界を譲りわたしてもよかろうか？　ローマの平和をふたたび放棄してもよかろうか？　こうしたことが許されるだろうか？　いや、わたしには許されない、たとえそうせよと神々が命ぜられたとしても、わたしは命に従うことはできない、しかもこれはわたしの平和、わたしがかちえた平和なのだ、つまりわたしの仕事なのだよ……」

比較は当を得なかった、勝利は皇帝と、ローマの全人民、全軍隊の共同作業の成果だったが、詩はひとりの孤独な人間の営みなのだ。しかし比較に矛盾があろうがなかろうが、いずれにせよ、皇帝の存在自体が一切の矛盾を止揚してしまうのだった。

「あなたのお仕事は国家のために有益であるかどうかという見地からはかられるのですが、わたしの仕事は芸術的な完全性においてはかられるのです」

芸術的な完全性、いかなる選択をも許さず、人間的、地上的な一切を超越する創造のやさしい強制！

「わたしにはその区別がわからない。芸術作品といえども一般の利益に、したがって国家に仕えねばならぬものだ、そして国家とはそれ自体、それを築かねばならぬ者の手のうちにある芸術作品なのだ」

一種煩わしげな疲労感が皇帝にうかがわれた。芸術作品への言及は彼にとってはたいした問題ではなかったのだ。これに固執するのはあまり賢明とはいえなかった。「たとえ国家が芸術作品だといたしましても、それはたえず動きながら、とどまることない完成への道を進んで行くものではないでしょうか。それに対して詩は、一旦完結してしまえば、それ自体のうちに静止した存在となるのです。ですから詩を作る者は、詩が完成にまで到達しないうちは手を休めることができません。彼は稿を改め、不十分な個所を削除しなければなりません、それが彼にあたえられた命令なのです、たとえ作品全体がそのために破壊される危険を犯そうとも、そうしなくてはならないのです。作品をはかる規準はただひとつしかありません、それは作品の目標なのです。何がとどまる資格があるか、何が破棄されるべきか、それはただ作品の目標を規準としてのみはかられるのです。まったくのところ、肝要なのはこの目標だけなので、はたされた仕事ではありません、そして芸術家は……」

アウグストゥスはいらいらしてことばをさえぎった。

「だれも芸術家に、不十分な点を改良したり、あるいは抹殺したりする権利があることを否定しようとは思うまい、だが、きみが自分の作品はすべて不十分なものだなぞといっても、だれも信じはしないだろうよ……」

「ほんとうに不十分なのです」

「よく聞きたまえ、ウェルギリウス、きみはそんな判決をくだす権利をとうの昔に放棄しているのだよ。きみがわたしに『アエネーイス』の計画を話してくれたのは十年以上も前のことだった、どれほど驚喜してわれわれが、その計画にかかわることを許されたわれわれみなが、きみの意図に賛意を表したか、思いだしてもみたまえ。その後の幾年かのあいだ、できあがった詩の一節一節をきみはわれわれに読んで聞かせてくれた。企図の巨大さと構成の圧迫のために自信をうしなったとき――それはまったく一度や二度ではなかったのだが――、きみはわれわれの讃嘆にすがって、いや、ローマの全人民の讃嘆にすがってふたたび気をとり直したのだ。考えてもみたまえ、この作品の大部分はすでに広く知られているのだ、ローマの人民はこの詩の存在を知っている、かつて例を見ないほど彼らの栄光を讃美した詩の存在を知っている、完結した作品を贈られるのは人民の当然の権利、無条件に妥当する権利なのだ。それはもはやきみの作品ではない、われわれみなの作品だ、そう、今いったような意味でわれわれはみなその創作に協力したのだからね、何よりもそれは、ローマの人民とその偉大さの生みだした作品なのだ」

光はいよいよ蒼ざめてきた。日蝕がはじまったのではないかと思われるほどだった。

「完成してもいないものを人目にさらしたのはわたしのいたらなさでした、芸術家のあやふやな虚栄心でした。けれども、わたしにそうさせたのは、オクタウィアヌスさま、あなたへの愛情でもあったのです」

皇帝の眼の中に見なれた人なつっこさがかがやき出た。少年のような、ほとんど狡猾なといってもよい眼の表情だった。「自分の詩を不完全だというのかね？　完成していないと？では、手を加えることができただろう、というより手を加えるべきではなかったのかね？」

「仰せの通りです」

「先ほどわたしは不たしかな記憶のおかげで恥ずかしい思いをしなければならなかった。ここでひとつ名誉回復をさせてくれたまえ……わたしはきみに、きみ自身の詩の数行を教えてあげようと思うのだ」

ささやかで親密で、意地悪く、しかもはなはだ少年じみた願いが心の底からわいてきた、皇帝がまたしくじればよいという願いだった。にもかかわらずそう願う心のかたわらでは――ああ、詩人の虚栄心とはなんだろう！――ほめてもらいたさにうずうずしている好奇心が、ほしいままにゆれ動いていた。「どの句ですか、オクタウィアヌスさま？」

指をあげて拍子をとりながら、軽く足ぶみしてその拍子にあわせながら、ローマの支配者、全世界の主はみずからその詩句を誦した。

「他の者たちは黄銅もてさらに生気にみてる像を作れかし
大理石よりさらに生ける面影を奪えかし
さらにたくみに訴訟を弁じ　さらにたくみに天の運行を
測定する筆もてしるし　昇る星を告げよかし
されどローマびとよ　汝はもろもろの民族《たみ》らを権力《ちから》もて支配せんと願え
汝にふさわしきは平和の掟を課すること

まつろう者には慈悲を与え　さからう者は容赦なくうち倒しつつ」

拍子をとる指は訓戒を垂れるようにさし伸ばされていた、この詩句から汲みとられ、服膺《ふくよう》せらるべき教えを示す標柱でもあるかのようだった。「どうだね、ウェルギリウス？　自縄自縛というものではないかね？」

もちろんこれは、純粋な芸術作品の取るにたりなさを諷《ふう》していた、真のローマの使命にくらべれば、芸術とは取るにたらぬ瑣末なものにすぎないということを、この詩句はだれの眼にもわかるように諷喩していた。だが、それは当然すぎるほど当然のことで、くだくだしい論議を必要とするようなものではなかった。「その通りです、アウグストゥスさま、一字一句あなたが口にされた通りです。それはアンキーセスのことばです」

「とはつまり、きみのことばではないというのかね？」

「わたしとしても、別段異を立てようとは思いませんが」

「一点非のうちどころのない名言だと思うがね」

「たとえそうとしても、それが詩全体というわけではないのですよ！」

「それはどうでもいい。実のところわたしは、ほかの詩の部分にどんな不十分な点があるか、知らないかもしれない、だがきみ自身が、ローマの精神は些細な形式上の欠陥を超越していると認めるのではないかね、そして、そうした類の欠陥以外があろうはずはないのだ……きみの詩はローマの精神だ、小手先で作りあげた代物ではないのだ、まさしくそれこそが肝要な問題なのだ……そう、きみの詩はローマの精神だ、だからこそすばらしいのだ」

真の不十分さについてアウグストゥスは何を知っていたか⁈　すべての生を、したがっていうまでもなくすべての芸術を圧しひしいでいる深刻な不統一について、彼が何を知っていたか⁈　小手先芸というようなことばで何を名ざしたつもりなのか⁈　こうした一切について、そもそも彼が何を心得ていたというのか⁈　たとえ彼がこの詩のすばらしさをたたえようとも、讃辞で作者の耳をくすぐろうとも——ああ、なんぴともそのような称讃から完全に耳を閉ざすことはできないのだ！——、そのことばにはなんの価値もなかった、なぜなら、明白な欠陥がわからない者には、詩のひそかなかがやかしさもわかるはずはないのだったから！——「不完全さと申しますのは、アウグストゥスさま、ひとが思いも及ばぬほど深いところに根ざしているのです」

皇帝は異論を耳にもとめなかった。「きみの仕事はローマなのだ、きみの作品の中にローマがある、だからこそそれはローマの人民とローマ帝国の財産、われわれみなと同じようにきみが仕えているその帝国の財産なのだ……まだはたされぬもの、さらにはまた失敗し、不成功に終ったもの、われわれだけのものといってはただそればかりにすぎない。だが、ひとたび真にはたされたものは万人に属し、世界に属するのだ」

「陛下、わたしの仕事ははたされてはおりません。おそろしいほど未完成なのです、けれどもだれひとりそのことを信じてくれないのです！」

またしても、何を考えているのかわからぬ顔に、見なれたなつかしげな表情がかがやき出た、今度は多少お高くとまったような感じがそこにつけ加わっていた。「われわれはみな、きみの落胆や絶望を知っている、ウェルギリウス、病気のために寝ていなければならない今、その落胆と絶望がひときわはげしくきみをおそっているということも、無理からぬことだとは思うのだ。だが、それだけではなく、何やら曖昧な、少なくともわたしにとってはいまだにわけのわからぬ目的のために、きみはそれを実に抜目なく利用しようと思っているのだな……」

「あなたがおっしゃるような落胆ではないのです、そのような落胆からあなたはわたしを、数えきれぬほど幾度も救いだしてくださった、いや、オクタウィアヌスさま、仕事が成しとげられないからといって、成しとげようもないからといって意気銷沈《いきしょうちん》しているわけではないのです……わたしは自分の生涯を見わたして、その中にはたされなかったものを見いだすのです」

「それはあきらめるよりしかたがない……すべての人間の生活と仕事には、はたされなかった残りの部分が必ずかくれているものだ。それはわれわれすべてのまぬかれがたい宿命なのだ」哀しげな口調だった。

「あなたのお仕事は完成にむかって永遠につづけられるでしょう。あなたのお後を継がれる人びとによって、あなたのお考えのままに継続されることでしょう。けれども、わたしの仕事を受け継ぐ者はいないのです」

「わたしの後をまかせるにはアグリッパがいいのだが……しかし彼は年を取りすぎている。そうでさえなければ彼がだれよりすぐれているのだが」突然不安にとらえられたように、皇帝は立ちあがり、窓辺へ歩みよった、はるかな風景をながめると心が慰むかのようだった。

人間は生きかわり死にかわる、死すべき人間の肉体は次から次へとつらなって、亡びの道を進んで行く、ただ認識のみはさらにながれつづける、かぎりなく遠いかなたへ、名状するすべもない出会いへとながれつづける。

「アグリッパがもうそろそろくるころだな」とアウグストゥスはいって、アグリッパがそこを通ってくるはずの街路を見おろした。

マルクス・ウィプサニウス・アグリッパ、無愛想で怜悧な軍人の顔、力にみちあふれた質朴な姿。ひとつの声、おそらくはあの奴隷の声によってささやかれたかのような突然の知覚の中に、それがまざまざと浮かびでた、その声は、力をめざして一切を食らいつくそうとするそのような生命が、やがてはわれとわが身をも食らいつくすであろうということ、アウグストゥスより先にこの生命は消えうせねばならないであろうということをささやいていたのだ。もちろんアウグストゥスがそんなことを聞こうとも思わなかったのは明らかだった。彼の知りたいのは別のことだった。

「あなたはまだお若いのです、オクタウィアヌスさま、たとえまだお生まれになっていないとしても、お子さまもおありのことですし。お血筋は絶えることなくつづくことでしょう」

弱々しげなそぶりがその答えだった。

静寂と沈黙がおとずれた。アウグストゥスは窓辺に立っていた、ほっそりとして非常に華奢《きゃしゃ》な、死すべき肉体をもったひとりの人間、五体に分割され、長衣につつまれた肉体、さしこむ光の中で彼はそのように浮きあがって見えた。ほっそりした人間の背面、その上を覆う長衣の斜めの襞。それが前面ではなかったのか、かがやく視線にみちあふれた顔さえそこにあったのではないか、突然どうとも判別することはできなくなっていた、ましていわんや、その視線がどこにむかっているのかなぞ、わかろうはずはなかった。たった今までアレクシスがそこに、ちょうど同じ場所に立っていたのではなかったか？　いや、いや、まさしくこれはアレクシスだった、子どものようにほっそりとした、ほとんど涙をもよおさせんばかりの美しさ、それはほとんどひとりの息子といってよかった、その未来の運命、運命の展開を彼はおのが手に引き受けようと願った、父としてばかりではなく、母がその子をはぐくむように息子を養い育てようと願ったのだが、結局は父として自分自身の似姿へと仕立ててあげてしまったのだ。顔をそむけたままアレクシスはそこに立っていた、そのような誤りにみちた指導、運命への干渉に今なお恨みをいだいているかのように、しかもまた、そうしたことも別段意に介せぬかのように、彼は夢のような風景に、花々に織りなされた夢の太陽に、月桂樹の香りのこめた夢の平和に見入ったまま夢想にふけっていた。そしてこの美しい少年のために、沃野に酔いしれていた半獣神たちは笛の音に陶然と拍子をあわせながら踊り狂ったのだ、彼のために風景は、舞踏にその奥底までゆり動かされながらうちひらけ、拍子にあわせて槲《かしわ》の木さえ力強くその梢をうちふるわせたのだ。少年のために被造物の欲望はただひとつの舞踏となって一切の境界にまでひろがって行き、うかがうすべもないもの、かなたへ転じさったものもありありと視界に浮かび、たえまない欲望の寄せてはかえす流れの力によってただひとつの可視性のうちに編みこまれてしまったのだった。この欲望の流れはゆたかに認識をはらみながら、眼にうつるものもうつらぬものもそのふるえる波の中に覆いつつみ、ついには明確に認識された形姿へと刻みあげたのだった。認識をはらんだ欲望につつまれみずからも欲望に燃えながらアレクシスはそこに立っていた。そして彼が形姿を獲得したとき、彼の周囲にある一切も形姿となり、明確に認識された総体となっていた、その結果、真昼と夕暮れとは溶けあってただひとつの光の存在と化することができたのだった。しかし今はもうそういった一切の影も形もなかった、かぎりないはるけさに憩うていた夜の丘陵さえ空無のうちに溶解し、あたりの風景全体の空しさに吸収されてしまったのだ。風景はもはやものいわぬ乏しい線のもつれとなって、硬直のあまりほとんどきびしささえもたたえ、いよいよ進行する日蝕のもろく朽ちた褐色のおぼろな光の中にえがきこまれていた。花の色はいよいよよかがやきを失い、焦げた紙のように乾いたこの光の中では皇帝の長衣の緋色も黒ずんだ菫《すみれ》色に変じていた。これら一切は極度にまとまりを欠いていた、文字通りなんの関係もなく、対照しあうこともなく、窓辺のほっそりした姿から発するきびしい一面性のために、きびしさ、硬さ、鋭さのためにまとまりを欠き、その表面は非常に明瞭な感じをあたえるにもかかわらず、徹頭徹尾非現実的だった。そして人間的なものさえ、ああ、人間の関係さえも、秘密にみちてただよい何ものをも覆わぬこの表面の一面性に籠絡されてしまうかのようだった。奇妙に非感覚的に、いかなる欲望からもまぬがれ、索漠と醒めきった雰囲気のうちに、ほとんど張りつめたといってよいほど強烈な緊張関係が、身じろぎもせずに立ちつくすかなたの痩せた人間の姿とのあいだに生じていた、それは無関係のうちにおける関係、奇妙に溶け消えることのない関係だった。何ひとつ動くものはなかった、小鳥たちのさえずりさえおぼろに翳った光の中でひびき絶えてしまっていた。ああ、もう二度と夢の立ち帰ることはないのだ。だがプロティアは、夢の中からほのぼのとその息吹きが感じとれるほど間近に身をこごめ、秘密をうち明けるようにそっとささやくのだった。「アレクシスが行ってしまったからといってお嘆きなさいますな、わたくしがあなたを、まだうたわれていない未来のうちにお見知り申しあげていますのに。過ぎ去ったものにはもうあなたをつなぎとめる力はありません、わたくしの所へお帰りくださいませ、愛する方」——このように彼女はささやいた、さながら夢の平和のやさしい生気を、生気なく色褪せた明確な世界へ、耳には聞きとるすべもなく吹き入れるかのよう、そのように彼女は硬直した世界にささやき、やがて、あたかもこの秘密を伝える使命が彼女の弱い力には法外な重荷だったとでもいうかのように、かすかに吐息をもらしながら沈黙に帰って行った。今は何ものにもかき乱されぬ静寂が領しているばかりだった、窓辺の男はひたと眼をそそいでいた、神々の名において世界を支配している彼、地上の痩せた姿のうちに神をになっている彼が、暗く翳りながらいよいよ濃い影を落として行く屋並みの線の風景に、ひたと眼をそそいでいた。静かな平和はまだつづいていたが、それはもう、先ほどまで軽やかにただよっていたあの夢の平和ではなかった、それはアウグストゥスの厳酷な不撓《ふとう》の平和だった、ただ月桂樹の香りだけが前と変わらず夢の息吹きをかよわせながら室内にくすぶり、やさしくみずみずしい花の記憶をとどめて放さなかったのだ、そのみずみずしさの境界に接して、ほとんどすでに堅牢さの世界に属しながら、月桂樹は先ほども今も変わることなく立っていたのだ。

思いがけなく、異常なほどはげしい勢いでアウグストゥスはこちらにむき直った。「はっきりいいたまえ、ウェルギリウス、……なぜきみは『アエネーイス』を破棄しようと思うのだ？」

不意をつかれた感じで、とっさには何も返事ができなかった。

「きみは不十分だといった。きみがそうだというならそうしておこう、わたしは信じはしないが。だが、ウェルギリウスともあろう者に克服できない芸術的欠陥など、ありえようはずがない……つまりきみが口にするのは逃げ口上にすぎないのだ」

「わたしは目標に到達しなかったのです」

「そういわれたところで、わたしには皆目見当がつかない……いったいどんな目標だというのだ？」

非常に鋭い、単刀直入な質問だった。アウグストゥスはまたベッドに近づいていた、その姿はきびしく問いつめる父親に似ていた。彼から威圧を感じるのは、実のところはなはだ奇妙だった、それはふたりの年齢の相違ということばかりではなく、むしろ、アウグストゥスを知っている者ならだれでも、すでに彼の習慣と化していたこのきびしい審問の進め方に、とうの昔からなじんでいたから、そこから何がしかの恐怖を感じさえもしないほどなじんでいたからだった。おそらくこの威圧感は、否みようもない問いの正しさから発していたのだろう。答えることができない者は気おされる。どこに目標があったか？　目標は見あたらなかった、明確なこの瞬間の重みのもとでそれは揮発してしまったのだ！　ああ、どこに目標があったか？　おお、プロティア、おお、巫女の声よ！　どんな目標があったのか?!

プロティアの声がした、それは回想のようにひびいた。「わたくしはあなたの運命をになっております。わたくしの知覚のうちにあなたの目標があるのです」

いっぽうアウグストゥスはといえば——何かを手に入れようとするとき、審問に際して彼がよく用いる手口だったが——声の調子を変えて、彼にはいかにもしっくりの、人の心をひきつけるような愛想のいい口調になった。「目標といってもいろいろある、ウェルギリウス。わたしにしたところが随分たくさんの目標をかかえこんでいる、その中でもきみとの友情はとりわけ重要なもののひとつだが。なぜといって、ウェルギリウスの友であったということが、いつかはわたしの名誉の一端をになうことになるだろうからね……それにしても、どんな恐ろしい目標がきみの眼の前にちらついて、そんなわけのわからぬ決心をきみに固めさせたのか、教えてもらえないものだろうか……」

熱がまた出てきた。熱い指のあいだに発熱が感じられ、指環がきりきりと締めつけた。それにもかかわらず答えねばならなかった。「わたしの目標？……知覚、真実です……すべての目標はそこにあります……認識です……」

「そしてこの目標にきみは到達しなかったというのだね」

「だれにも到達することはできません」

「さて……そうやってたった今いったことをうち消すなら、きみがそのうえなお思い煩うのは不可解としかいいようがないな。……死すべき者には一切をなしとげることはできないのだ」

「でもわたしは、認識への一歩さえも踏みださなかったのです、一歩踏みだすための用意さえもしなかったのです……矛盾したことです、一切が矛盾していたのです」

「どういうことだ？　自分でも信じていないのだろう。そんな話はやめよう」アウグストゥスの声は腹立たしげになった。明らかに彼は怒っていた。

「今申した通りなのです」

「ウェルギリウス……」

「オクタウィアヌスさま……」

空気はそよとも動かなかったのに、吊りランプがかすかにゆらめいた。銀の鎖がかすかに鳴った、日蝕にさらに地震がつけ加わったのか？　恐怖は感じなかった。肉体はかすかにゆれる小舟のよう、船出の支度をととのえた小舟のようだった。アウグストゥスは岸辺でまめやかに手助けし、かなたには漣《さざなみ》ひとつ立たないなめらかな海の鏡が、その鏡面に褪せた光をうつしながら、ひろがり全体にわたって上下に動いているのだった。

彼同様地震に気をとめもせず、アウグストゥスはやさしくいった。「よく聞いてくれたまえ、ウェルギリウス、わたしはきみの友人だし、きみの作品をよく知ってもいるのだ。きみの詩はこのうえなく高邁な認識にみちている。ローマはきみの詩の中にくりひろげられている。そしてきみはローマをその神々と戦士と農民において包括し、その名誉と敬虔とを包括し、ローマの空間をその全土においてとらえ、強大なトロイアの遠祖にはじまるローマの時をとらえた、つまりきみはありとあらゆるものを確保したのだ……これがきみにとっては十分な認識ではないのか？」

「確保？　確保……ああ、確保……いかにもわたしは一切を確保しようと思いました、すでに生起した一切、現に生起する一切を……成功するわけはなかったのです」

「成功したのだ、ウェルギリウス」

「認識をもとめてわたしは焦っていました……だからこそ一切を書きとめようと思ったのです……なぜならそれが詩というものなのですから。ああ、詩とは認識への焦慮なのです、それが詩の願いです、それ以上に突き進むことは詩にはかなわないのです……」

「その意見には賛成だな、ウェルギリウス、それこそ詩というものだ。詩は一切の生を包括する、だからこそ神聖なのだ」

皇帝は真実を理解しなかった、だれひとり理解する者はいなかった。美がいかにまやかしの神聖さであるか、神聖な外観がいかに神聖さからへだたっているか、だれもそれについて知る者はいなかった。

「生を認識するためには詩は必要ないのです、陛下……あなたがお口にされたようなローマの空間やローマの時を知るためには、わたしの歌よりもサルルスティウスやリウィウスのほうが権威あるものでしょう。かりにわたしが農夫であるとしても、というより、農夫となることができたとしても、尊敬すべきワルロの現わした類の著作のほうが、農耕を知るためにはわたしの『農耕詩』なぞよりどれほど重要であることか……われわれ詩人はそれらとくらべてどれほどの意味があるでしょう！　何も仲間の詩人たちを貶《けな》すつもりはありませんが、ただ讃美するだけではどうにもならないのです、とりわけ認識のためには、なんの役にも立たないのです」

「だれもが生の認識のために応分の寄与をはたしている、なしとげられた仕事はすべてそのための寄与なのだ、わたしの仕事にしたところで。だが、すべての生を、先ほどいったことだが、ただひとつの直観、ただひとつの作品、ただひとつの視界のうちに総括できるということが、詩による認識の偉大さだし、したがってまたきみの偉大さでもあるのだよ、ウェルギリウス」

書きとめること、内界と外界に生起する一切を書きとめること、しかもそれはなんの成果にも到らなかったのだ。「ああ、アウグストゥスさま、わたしもかつては、それが、ほかならぬそのことが詩人の認識の使命だと考えておりました……それでわたしの作品は認識への探求となった、けれども認識にはならなかった、認識そのものではなかったのです……」

「ではもう一度たずねなくてはならないが、ウェルギリウス、きみの詩が生の認識ではありえなかったとすると、それでもってきみはどんな目標を追求したというのかね」

「死の認識です」——これはさながら再発見、再認のようだった、故郷へ帰ってきた啓示のようだった、さながら啓示にもとづくかのように、このことばはとっさに口にされたのだった。

しばらくことばがと絶えた。地震のような存在のかすかな振動はまだつづいていたが、皇帝はあい変わらず気にもとめなかった、むしろ今耳にしたことに衝撃を受けたらしかった。かなり時間がたってから、ようやく彼は答えた。「死は生に属している。生を認識する者は死をも認識するのだ」

これは正しかったか？　それはまるで真実のように聞こえたが、しかも真実ではなかった、というより今ではもはや真実ではなかった。「わたしが確保しようと願わなかった時は、オクタウィアヌスさま、わたしの生涯にただの一瞬たりともありませんでした、けれどもまた、死にたいと思わなかった瞬間も、ただの一度もなかったのです」

皇帝は受けた衝撃から立ち直り、愛想のよい態度にもどろうとつとめていた。「死にたいという願いがこれまで実らなかったのは、ウェルギリウス、幸せだったとしかいいようがないね。今にしたところで、その願いはせいぜい病気にかからせたくらいのことだろう。生きようとするきみの願いが、神々の助けによってまた力を増すことは眼に見えているよ」

「そうかもしれません……たしかにわたしは生に執着しています、そう、生に執着していると認めないわけにはいきません。死にはげしく飢えているからこそ、わたしは生に飽くことがないのです……わたしはまだ死について何ひとつ知らない……」

「死とは無だ。それについてとやかくいうだけ無駄なことだ」

「あなたは数多くの死をご覧になりました、オクタウィアヌスさま。きっとそのためにあなたは、ほかのだれより生についてよくご存じなのです」

「ひょっとすると多すぎるほどの死を眼にしたかもしれない、だが実のところ、きみ、生とは死同様取るにたらぬものだ。生の行く先は死だ、両方とも無なのだ」

もしこのことばが、ついでのように投げやりにいわれたのでなかったとしたら、驚くべきものだったろう、それはアウグストゥスのさまざまな見解とは少しも一致していなかったのだから。だがおそらく真面目にとる筋合いのものではなかった。「あなたは時おり自分はストアの学徒だとおっしゃいましたが、そのおことばは必ずしもストアの教説と一致してはいないようですね」

「善をなすべき義務が存続しているとすれば、ストアとはどこかで一致点を見いだすことができるだろう。だがこれはわれわれにとっては実はたいしたことではない、本質的なことでもないのだ」

アウグストゥスは腰をおろした、その坐り方は、またしても、何かものうげな、いささか英雄らしからぬそぶりだった。ほんのしばらく彼は眼を閉じた、何か支えをもとめていた手は、花環にかざられた燭台につかまり、指はたわむれのように一枚の月桂樹の葉をもみつぶした。瞼がひらかれたとき、その瞳はどんより曇り、幾分うつろだった。

おお、これもまた確保しなければならなかったろう、書きとめておかねばならなかったろう、数多の歳月をながれすぎ、ついに書きとめられもしなかった他の一切と同様に、他の一切の人間の特性と同様に書きとめておかねばならなかったろう、その人間の特性とはもはや記憶のうちにあるのではなく、農夫や都会生活者のさまざまな頭蓋と顔の形状の朦朧とした雑沓だった、そのいずれにも毛が生え皮膚がその上を覆い、あるいは皺ばみあるいはなめらか、時にはまた一面ににきびを吹きだしていた、さまざまな人間の姿の朦朧とした雑沓、通りすぎ、しのび歩き、足を引きずって行く、永遠に変わらぬ人間の多種多様な様相の圏、アウグストゥスさえ、地上において神をになう人たる彼さえも、否応なしにこの圏に属していたのだ、突き破ることも、数えつくすことも、描写することもできぬこの被造物たちの雑沓同様に、そのひとりひとりと同様に記憶のうちによみがえることはなかったのだ、そればかりか、彼らすべてにひそむ被造物としての特性、食らい、眠り、液体と半流動体とに充満したその特性も、肉の詰め物に覆われた骨組み、彼らの運動を可能ならしめる直立した骨組みも、そして人間、おお、人間さえも記憶のうちによみがえりはしなかった、たとえどんなことがあろうとも、人間の微笑のうちには神が宿っている、だからこそ彼は微笑しながら隣人に、隣人の魂に神を見いだす――それこそが人間的な了解、人間の言語の微笑からの誕生なのだ――、その人間さえ、記憶によみがえりはしなかったのだ。こうした何ひとつとして確保されはしなかった、そのかわりにできあがったのは、ホメーロスのお手本のかなり巧みな模写だった、ホメーロスふうにふるまう神々や英雄たちの充満する空しい無、その非現実性に対しては、ここに坐っている末孫の疲労さえ、なおかつ力を意味していたのだ。というのも、この皇帝の面輪のほのかにきらめく、およそけだるげな微笑さえ、なおかつ神を宿していたのだから――、だが詩の中では、アクティウムの勝者は面輪も微笑ももたない、彼が所有しているのは物具と兜にすぎない。詩には真実がなかった、主人公アエネーアスは現実よりはるかに遠く、そこに現われるアエネーアスの末孫も現実よりはるかに遠く、詩に認識の深みはなく、認識のうちにおいてのみ光と影は分離して形式を築きあげるのに、この詩は何ひとつ真に確保することもなく、影のない褪せた光の中にとどまっていたのだ。このときひとつの声が語った、プロティアの声ではなく、かつて耳にしたこともない声、いや、それは奴隷の声だった、ここには彼になんの用もないはずと思えば、実にいぶかしいことだったが、その声がいった。「あなたはもう何ひとつ確保してはならないのです」――「どうしておまえがわたしに忠告するのか？　どうしてプロティアではないのか？」すると今度はプロティアが答えた、先ほどと同じかすかにもれる息のようなやさしい声だった。「彼のいうことをお聞きになって。あなたはもう書こうとなさってはいけないのよ」ではそれは義務を負わせることばだったのだ、とはいえ、プロティアは単なる恐怖心から奴隷に同調したのではないか、ひょっとすると自分も記憶にとどまらぬ存在に数え入れられはしないかと恐れてしたことではないか、こういう臆測も成り立たないわけではなかった。にもかかわらず、それは義務を負わせることばだった。なぜ義務の履行をもとめるこのような命令が発せられるのか？

なぜ?! というのも、今でさえ、そう、今となってさえ、たとえこれが、いかなる努力をつくそうにも手おくれに近い最後の瞬間であったとしても、怠りを取りもどし詩を救おうとする試みは成功するにちがいなかったのだから。それは成功するにちがいなかった、もしも、ほかならぬこの瞬間を、今、ここのただひとつの瞬間を確保することができさえすれば、周囲の明確な存在を、堅牢な石の壁、床、家、都市を、すべてこれら確乎たる基盤に立ちながら浮遊するもの、不動のうちに飛び行くものを、そしてこれらすべてに滲透する地震のような振動を、確保することができさえすれば——その振動をこえて、ひとはさながら小舟に乗ってでもいるように、褪せた真昼の光と照らしあう鏡面をすべって行くのだが——、おお、もしこれを確保することができさえすれば、きびしくしかもやさしい皇帝の面輪の皮膚の下にひそむ、地上の生のけだるさを、眼に見えぬ鎖のように彼へとかけわたされていた会話の、ほんの一断片だけでも真に確保することができさえすれば——しっとりと濡れた雑沓の中から浮かびでたふたつの存在のあいだにかわされる問いと答え、とらえがたい両者の意思の疎通、視線のきらめきの中に実現するとらえがたい両者の眼の神聖な出会い——、おお、これを確保することができさえすれば、許されさえすれば、確保の業が成就しさえすれば、おそらく真の生の認識が、最初にして最後のかがやきをはなつだろう。だが、はたしてそうだろうか？「この世で何をあなたがなさろうとも、地上のことはもうあなたを満足させはしないのです」と奴隷がいった、プロティアによって確認される必要もないほどこのことばは啓示的だった。いかにも、認識する精神は存在の奥深く突き進むだろう、さらには存在を根源の要素に分解し、静かに耐えるものと活発に動くものとをわかち、一方を水と地として、他方を火と灝気として、いたるところに両者を認識するだろう、さらには原子の渦の秘密にわけ入りつつ、存在をなお数多の構成要素に解体するだろう、それればかりではなくなおさらに、この精神は、人間の、五体に分割された被造物の最奥の実質さえも見いだすかもしれない、人間という存在の一片一片を丹念に検証し、神に似たその特性や、人間の行為、人間の言語の自己欺瞞をくまなくうかがいとるかもしれない、人間を最深の最後の裸形に到るほどにあらわにさらけだし、肉を骨からこそげ落とし、骨から髄を吹きだし、思想をこなごなに飛び散らせ、ついには孤立し，神の力にうち砕かれ、とらえるすべもない自我よりほか、何ひとつ残らぬ状態にしてしまうかもしれない、だが、たとえ認識する精神がこうした一切をなしとげようとも、歩一歩探索しながらこれらすべてを確保し、精密に記述することができようとも、それは一歩も踏みだしたことにはならない、その認識は地上にとどまっている、依然として地上につながれている、それは生の認識ではあるが、死の認識をあわせてはいないのだ。始原の夜の混沌から断片はひとつまたひとつと取りあげられ、こうして真実の鎖はつぎつぎに環をつらねて行く、かぎりない鎖、かぎりない真実、それは生そのもののように無限だが、もちろん生同様に無意味なので、認識されつつ認識する死が、死を知らぬ死の光がその前に、また生の前にかがやきでるまでは、無意味さのうちにつながれていなくてはならないのだ。この死の光こそは、人間の存在のもっとも質朴な意味、真実としての創造の統一にほかならない。おお、地上に結ばれている地上の生の認識は、そのままではけっして認識の対象をこえてその対象に統一をあたえることができない、永続的な意味の統一をあたえることができない、その意味にもとづいてこそ生は創造として成立し、永遠に存続しながら永遠に想起されるのだが。

死の知覚によって無限を意識する者のみが、ただその人のみが創造を確保することができる、創造のうちにおける個物と、個物のうちにおける創造を確保することができる。個物はそれ自体では確保されえない。その関係においてはじめて、掟にもとづく関係においてはじめてそれは確実な実体となる、そして無限が存在のうちなる一切の関係を支え、掟を支え、掟の形式を支え、まさしくそれゆえにまた運命さえも支えるのだ。かぎりなくひそやかに姿をかくした無限、しかもそれこそは人間の魂にほかならない。

アウグストゥスは同じ姿勢で坐りつづけていた。指のあいだに月桂樹の葉をもみつぶしながら、同意か、あるいは少なくとも返答を待っているように見えた。

「おおアウグストゥスさま、あなたは本質的とおっしゃいました……もし生も死も無にひとしいことはありえない、いわんや無と見なされてはならないということを、あなたがご存じないとすれば、あなたはあなたではないでしょう、またもし、まさしくそれゆえにこそ、認識はあなたが好んで口にされるのとは正反対の関係にあるのだということをご存じないとすれば、やはりあなたはあなたでないでしょう……実をいえば、死を認識する者だけが、生を認識することもできるのです……」

何かうつけたような微笑が、どうでもよいがともかく折り合いをつけておこうという内心の動きを示していた。「まあ、それはそうかもしれない……」

「いいえ、たしかにその通りなのです、死において完結した意味からのみ、はかりがたい生の意味が生まれてくるのです」

「するときみの詩の目標は、そういうものだと考えていいのだね、それが目標だったのだな？」

「わたしの営みが真正の詩であったかぎりにおいては、これがそのひそかな目標でした、それは真正な詩すべての目標なのですから。もしそうでないとすれば、ひとつひとつの思考、ひとつひとつの表象があれほど遮二無二死にむかってにじり寄ることがあるでしょうか、この途方もない衝迫、死へ接近しようとする衝迫が存在しうるでしょうか、悲劇詩人、アイスキュロスが存在しうるでしょうか！」

「人民たちは詩の目標について違う意見をもつかもしれない。彼らは詩の中に美と知恵をもとめているのだ」

「それはお添え物です、なんの苦労もいらぬ、ほとんどお安いといってもよい飾りです。なるほど、人びとはただそれだけをもとめているつもりかもしれません、けれども実は、その背後にひそむほんとうの目標を感じとってもいるのです、なぜならそれこそが本質的なもの、そこにかくれているのはまさしく生の目標そのものなのですから」

「その目標にきみは到達しなかったのか？」

「到達しませんでした」

今ははっきり眼をさまして、自分の考えをまとめねばならぬかのように、額と髪を撫ぜながらアウグストゥスはいった。「わたしは『アエネーイス』を知っている、だからこそきみは、それについていい加減なことを述べるべきではないのだ。死のすべての変容がそこにはえがかれている、それればかりか、きみは死を追って冥界の影たちのもとにまで降りて行ったではないか」

詩を犠牲に供することの不可避的な必然を、どうしてもこの男は見抜くことができなかった。陽が暗くなり、大地がポセイドンの王国（海のこと）のように揺れていることにさえ、彼は気づかなかったのだ、ありとあらゆるものの中に、大地を覆う業火の前兆が手に取るように明らかに現われていることも、やがて創造は終局をむかえるであろうということも、彼の皆目あずかり知らぬことだった、犠牲を——『アエネーイス』ばかりではない——ささげる必要を、彼はどうあっても認めようとしないだろう、太陽と星辰がその昼と夜の道の上で停滞しないように、もはや日蝕がおこらぬように、創造は変わることなくとどまり、死は再生へ、よみがえった創造へと変容するように、犠牲をささげねばならぬということを。

アエネーアスは死を追って冥界の影たちのもとに降りて行き、何ひとつ手に入れることなく地上にもどってきた、彼自身が救済も知らず、真実ももたず、現実にこもる真実ももたぬ空しい比喩だった、その結果、彼の冒険はあの不幸なオルペウスのそれとほとんど変わらぬ徒労にすぎなかったのだ、オルペウスのように恋人をもとめて冥界に降ったのではなく、掟をさだめる遠祖をもとめてではあったのだが——。いや、さらに深く下降するにたる力など、あろうはずはなかった、だからこそ犠牲をささげる必要があった、空しい比喩をうち破って死の現実が成就するように、詩もともども無に到達せねばならなかったのだ。「わたしはただ死のまわりにさまざまな比喩を立てめぐらしたばかりです、アウグストゥスさま。けれども死は詩の象徴よりも狡知にたけており、囲みを破って逃げうせてしまうのです……比喩は認識ではありません、いえ、比喩は認識にしたがうものです。しかし時おり、ことばによってのみ用いられる不法な不完全な予感のように、比喩が認識に先立つことがある、すると比喩は、認識のうちに身をひそめるかわりに、さながら暗い笠のように認識を覆いながらその前に立ちはだかるのです……」

「比喩というものはすべての芸術に、したがってアイスキュロスの芸術にも妥当するのだとわたしは思うが。すべての芸術は象徴だ……そうではないのかね、ウェルギリウス？」

もちろんこれは正当な異論だった。「つまりわれわれには、ほかに表現手段がないのですね。芸術は比喩しかもっていない……」

「そして死は比喩から逃げさる、ときみはいったわけだ」

「どうしてそうでないことがありましょう……すべての言語は比喩です、すべての芸術は比喩です、そして行為さえも比喩なのです……認識をもとめる比喩、あるいはそうでなければならず、そうなろうとつとめるものなのです」

「なるほど、すると当然そのことは、アイスキュロスについてとまったく同様に、わたしにも妥当するのだね」――アウグストゥスは微笑した――「その点われわれは意見が一致したわけだ、統治はひとつの芸術、ローマ人の芸術だからな」

アウグストゥスの抜け目ない狡猾さについて行くのは容易ではなかった。彼がここでベッドの前に坐っているという事実のほうが、彼が口にすることよりも理解しやすかった。ローマ人の芸術ということばで彼がローマ帝国のことを、彼が作りあげ、きわめて巧妙に支配している国家のことを意味しているとしても――、どこにその現実を見いだすことができたか？　細い線のように国家らしきものがかなたに築かれていた、風景の中に、風景のあいだに、人間の中に、人間のあいだに、そしてここかしこに境界があり、ここかしこに関係があり、眼には見えず、しかも明らかに存在しているのだった。この空間にわけ入ってすべてをさぐりだすには大変な苦労が必要だった。「あなたのお仕事は、アウグストゥスさま……そうです、たしかにそれは比喩です……あなたの国家は……それはローマの精神の象徴なのです……」

「われわれの生を作りなしているこれらすべての象徴、すべての比喩の目もあやなゆたかさの中で、こともあろうにきみの作った比喩だけが、破棄されねばならぬほど不出来だというのかね？　きみだけがその比喩でもって目標に到達しなかったというのかね？　わたしのことをいえば、わたしは、自分の作りあげたものがいつまでも存在することを望むのだがね……この点でもわたしはアイスキュロスに倣いたいと思うよ、彼は自分の作品をけっして破棄なぞしなかったのだから……するときみは、特例になるつもりなのか？　それとも、これまでに獲た名声がまだ十分ではなくて、ヘロストラトス（自己の名を不朽にするため神殿に放火したギリシャ人）の名誉をもおのが名に加えようというのか？」

皇帝は名声を渇望していた、くりかえし名声について語り、名声を獲ようと一途に努力していた、だから彼にむかって、名声はたとえ死後にまでとどまろうとも、けっして死を止揚するものではないのだ、などといってはならなかった、もちろんルキウスにいったほどにも口にしてはならなかった、名声の道は地上の道、認識を知らぬ現世の道であり、仮象と逆転と陶酔の道であり、災厄の道である、などといってはならなかった。「名声は神々の贈り物です、けれどもそれは詩の目標ではありません。劣った詩人のみがそれを目標にするのです」

「もちろんきみはそんな詩人の仲間ではない……するとどうして、ほかでもないきみの象徴ばかりが存続を許されないのだ？　きみの詩はホメーロスの歌にたぐえられる、きみの作った形象がアイスキュロスのそれより迫力において劣るなぞといったら、お笑い草だろう。それに対してきみは、自分は認識を発見するかわりに、それをただ覆いかくしたにすぎない、そういうわけで少しも認識に近づきはしなかったのだ、とこう主張したわけだね。もしそうとすると、アイスキュロスについても同じことをいわねばなるまいよ」

アウグストゥスをこれほど執拗に、ほとんど煩わしいまでにこの問題に固執させたのは、おそらく焦燥だったろう、しかし彼が期待するような答えがあたえられようわけはなかった。

「アイスキュロスにおいては、終始一貫して認識が詩に先行していたのです、けれどもわたしは、詩によって認識をもとめようとしたのでした……内奥の認識から生まれたために彼の象徴は内界と外界に同時に属しており、それゆえにこそ、偉大なギリシャ芸術のすべての形象同様不滅の領域に歩み入ったのです。認識から生まれて恒常の真実と化したのです」

「それと同じ名誉がきみにもふさわしいのだ」

「わたしにはふさわしくありません……ただ単に外界からはこびこまれたにすぎない形象は、地上の世界にとらわれており、したがって必然的に原像よりも矮小ならざるをえないのです。それは認識の力もなければ真実をとらえる力もない、内界と外界を兼ねているわけでもない、単なる表面です……わたしについてはざっとこんなぐあいなのです」

「ウェルギリウス」——、皇帝は機敏な、今はまた非常に若々しくなった身のこなしで立ちあがった——「ウェルギリウス、きみはひとつことをくりかえしているよ、別の新しいことばを用いた、大変魅惑的ないい方ではあるけれどもね。わたしがそこから推察できるのは、きみ同様これもくりかえしになるが、次のようなことだけだな、つまりきみが自分の作品に対して述べたてる異論——きみはそこに目標がないといってみたり、認識がないといってみたりするのだが——は、結局のところ形式的な表現の欠陥にかかわることにすぎないのだということ。きみよりほかのだれもそれを認めることはできない、きみよりほかのだれひとりとして、きみの作った形象が不適切だなぞと感じることはできない。芸術家ならだれでもさいなまれる疑惑、自分の作品がはたして成功したかどうかと疑う気持ちが、きみの場合は今や妄想にまで下落してしまったのだ、それというのもおそらくは、きみが詩人たちの中でも最大の存在だからだろうがね」

「おっしゃることはあたっておりません、アウグストゥスさま」

「とすると？」

「あなたはお急ぎになっておられる。ですから、くだくだしい講釈をくりひろげてお引きとめしてはならないでしょう。けれども、『アエネーイス』が完璧な芸術作品の一切の特性をそなえているにもかかわらず、その存在を正当化することができないという事情を、あなたにご説明申しあげるには、長談義に立ち入らぬわけにはいかないのです」

「それはことばのあやだ、ウェルギリウス、もしきみが表面だけを撫ぜていたとすれば、それはまさしく今きみがしていることを指すのだ」

「ああ、オクタウィアヌスさま、信じていただきたいのですが」皇帝はそこに、はかりがたく遠いかなたに立っていた。もうことばが届かぬのではないかと思われるほどだった。

「くだくだしい証明は何かをかくそうと思うときの常套手段だ、ことに、今などは明らかにそうだが、広大な文献学の構成を基礎に据えようとする場合にはね」

「文献学ではありません、オクタウィアヌスさま」

「だがきみが講じようと思っていたのは『アエネーイス』への註釈ではないか」

「ええ、そう申しても、いいかもしれません」

「ウェルギリウスの自作自註！ だれでも飛びつくぞ！ だがマエケーナスをのけものにしてはおけないな、なんといっても彼が、その種の問題にいちばん興味をもっているのだからな。だからきみはその話をローマでしてくれたらいい、書記をその場に控えさせて、きみの話を記録させよう……」

「ローマで……⁉︎！」――ローマをまた見ることができないとは、なんと奇妙なことだったろう！　だが、ローマはどこにあったのか？　彼自身はどこにいたのか？　どこに寝ていたのか？　ここはブルンディシウムだったのか？　街路はどこにあったか？　それは無何有《ニルゲント》の世界《ヴォー》を通じてはいなかったか、縦横にもつれからみあい、ローマやアテーナイや、その他地上のすべての都市の街路とからみあってはいなかったか？　扉、窓、壁、すべてはその位置を変え、たえまなく移り変わっていた、窓からの眺望も戸口からの出発も不たしかな世界へみちびくばかり、土地の風景、都市の風景としてはただ影のない大地があるばかり、そして方位は見さだめるすべもなかった。東がどちらか、だれにもわからないのだった。

「そうだ、ウェルギリウス、ローマがわれわれを待っているのだ」と皇帝はいった、「わたしはもう出発のときがせまっている、二、三日たったらきみはすっかり元気になって、たしかな足どりでわたしの後を追ってくるのだね……だがそれまでは、きみはからだの恢復のためばかりではなく、きみの草稿のためにも十分気を使わなくてはならない。きみのからだにもその草稿にも大事があってはならない、われわれにはその両方が必要なのだ。気をつけてくれと頼んでも、無下にしりぞけたりはしないだろうね。からだと草稿と、両方ともたしかに請けあってくれるだろうね……ところで、いったいどこにしまってあるのかな？　その中かね？」いかにも何気なさそうに、しかし実ははっきりした下心をもって、出かけようとしながら皇帝は草稿の行李を指さした。

おお、これは強請だった、真綿で首をしめるような、もはやいかなる選択をも許さない強請だった。「お約束しなければいけないのですか?!」

「まだ写しのできていない個所が、かなりたくさんある……わたしはこの詩を、それからきみ自身を、きみが心にいだいているような性急な処置から守らなくてはならない。あるいはきみがわたしに、われわれみなに、きみの註釈の力によって自分の意図の正しさを信じさせるということも、おこりうるかもしれない。しかしここでも急がばまわれという金言は通用するのだ、とにかくまずきみの註釈を聞いてからのことだ。もしきみが、わたしの頼みにこたえて約束する自信がもてないようなら、今この行李をいっしょにもって行くよ、もちろん十分に気をつけてね。そうすればきみがローマについたとき、改めて対面することができるわけだ」

「オクタウィアヌスさま……わたしは草稿を手放すことはできません！」

「きみがそう取りのぼせるのを見るのは、ウェルギリウス、わたしとしても辛いのだよ、だが、はっきりいって、きみは妄想にとりつかれているだけのことなのだ。そんなに逆上する理由は何もない、作品を破棄しようときみに思い立たせる理由がまったくないようにね……」彼はベッドの前に立っていた、話しかける声はやさしかった。

「おおオクタウィアヌスさま……わたしは死にかけています、そのくせ死とは何か、皆目わきまえていないのです」

遠くからプロティアの声がした。「孤独な者には死は閉ざされています、ふたりでいてこそ死を知ることができるのです」

アウグストゥスは手をさし伸べ、彼の手を握った。「陰気な埒《らち》もない考えだ、ウェルギリウス」

「払いのけようと思っても、払いのけることのできる考えではありません、それにわたしには、それを払いのけるなど許されないことです」

「神々の助けを借りて死についての知識を増して行く、まだ十分な時間がきみにはあるはずだ……」

あたりにはおびただしい動揺があった、多くのものがたがいに見分けもつかぬほどまじりあい溶けあっていた、アウグストゥスの手の五本の指は彼の手の中にあり、ひとつの自我がもうひとつの自我に傾斜していた、しかしそれはプロティアの手ではなかった。死を前にして長い時間も短い時間もありえない、しかしもし最後の瞬間が認識をもたらすならば、それは先だつ全生涯よりも長くつづくにちがいないのだ。プロティアがいった。「わたくしたちの結びつきは時を知りません、わたくしたちの知覚は時を知りません」

「詩は……」

「さあ、ウェルギリウス……」あい変わらずやさしく話しかける口調だった。

「詩は……わたしは知覚に到達しなければならない……詩が知覚の前に立ちふさがっている、それがわたしの邪魔をするのです」

アウグストゥスは手を引っこめた、彼の態度はきびしくなった。「それは本質的とはいえぬことだ」

握っていた手の感触はぬぐうようにかき消えてしまった。ただ指環だけがまた感じとられるようになった、高い熱のようにはっきりと感じられるようになった。皇帝のことばははるかに遠ざかり、さだかに聞きとることもできなかった。「あなたは本質的ということばを口にされました、アウグストゥスさま……本質的なのは死です……死の認識です」

「それはみな義務の前では本質的とはいえないのだ……たとえきみが詩の中で死のまわりに、

きみのことばを借りれば、比喩を立てめぐらしたとしてもね……」

はためきながら飛びさるものがあった。もう一度それを呼びもどそうと試みなくてはならなかった。「ああ……生を確保するのは、生のうちに死の比喩を見いだそうがためなのです……」

「わかった、その話はわかった……だれも戦っている兵士にむかって、おまえは死の象徴を見つけたか、死の悟りをもうひらいたかどうかなぞとたずねはしない。矢があたれば彼は死ななくてはならないのだ。死について知ろうが知るまいが、彼はおのれの義務をはたさなくてはならないのだ……神々がきみを死から守りたまわんことを、ウェルギリウス、きっときみにはご加護があるだろう。だがわたしに我慢がならないのは、きみが死を切り札に使うことだ、なぜなら死は、きみの知覚とか無知とかとまったく同様に、社会全体に対するきみの義務とはほんのこれしきの関係もないのだからな……きみが考えを改めないなら、わたしはきみの作品をきみ自身から守らざるをえない、きみがそうさせるのだぞ」

皇帝はいらだち、怒っていた。二者択一が要求されていた。「認識とは個人的な問題ではありません、陛下。認識は全体の問題なのです」

いかなる深みにも彼の認識は達しなかった、表面に、賤民どもがその上をはって行く石の表面にそれはとどまっていた。死についての彼の認識は地上をこえることはなかった、地上の石のような死の骨骼《こっかく》を知っているばかり、とはすなわち何ひとつ知らず、いかなる助力の手をさし伸べることもできずにみじめな困窮のうちに沈淪《ちんりん》するよりほかなかったのだ。だが、こんな理由を皇帝に述べたてることは許されなかった。少しも理解されずただ彼の立腹を誘うばかりで、初手からにべもなく却下されてしまったことだろう。

「ではきみは、自分の作品を破棄することで社会全体に貢献するつもりなのかね？　本気でそう思うのかね？　きみの義務はどこにあるのだ？　きみの義務感はどこに行ったのだ？　頼むから、もういい加減なごまかしはやめてくれたまえ」

怒った眼の中のそれとない気配から、彼がほんとうに腹を立てているのではないのだ、彼の好意は先ほども今も変わらないのだということが感じられた。この好意を誘いだすことができさえすれば、事態はまだまだ絶望的とはいえないはずだった。「わたしは義務からも責任からものがれはいたしません、アウグストゥスさま、それはあなたもご存じのことだと思います。けれども、ほんとうに自分自身の認識に突き進んだときはじめて、わたしは社会全体にも国家にも、ほんとうの意味でつくすことができるように思うのです。つまり肝腎なのは助力の義務ですが、これは認識なくしてははたされないのですから」

案の定、皇帝の怒りはやわらいだ。「ではそれまでさしあたりの認識として、『アエネーイス』を大事にとっておこうではないか……きみがそうでないというなら、まあ、死の象徴ではないとしておこうが、ともかくローマの精神とローマの民族の象徴としてだね。この詩は民族の所有なのだ、そのいわゆる不正確な比喩でもって、きみがきみの民族の最上の援助者となり、今後いつまでもそうでありつづけるからには、なおのことね」

「陛下、あなたのお仕事、あなたの国家こそはローマの精神の完璧な比喩ですが、『アエネーイス』はそうではありません、だからこそあなたのお仕事は残り、一方、『アエネーイス』は忘却にゆだねられ、没落にささげられなくてはならないのです」

「世界にはふたつの完璧な象徴を並べておけるだけの場所もないのかね？　それだけの場所も？　それにローマ帝国が完璧の度合いにおいてさらにまさる象徴だとしても――それはわたしも認めるに吝《やぶさ》かではないが――、そうとなればいよいよもってきみは、このより包括的な象徴に、きみの仕事でもって参加し奉仕するという無条件の義務を負うているのではないかね？」――怒りがふたたび緊張した顔にきらめいた、いまは怒りにみちた不信の表情だった――「だがきみは、いっこうそんなことを気にかけない。心の誇りゆえにきみは課せられた義務に抵抗する。芸術に、とはつまりきみの芸術に、国家に奉仕する役割をあたえるだけではきみの自尊心は満足しない、奉仕させるくらいなら、完全に抹殺してしまったほうがましだと思っている……」

「オクタウィアヌスさま、わたしを傲慢だとお考えでしょうか？」

「これまではそうは思わなかった、だが今はそんな気がする」

「お聞きください、アウグストゥスさま、人間はつとめて謙抑であらねばならないということをわたしは心得ております、これまでかたく謙抑を守ってきたようにも思っております。けれども芸術に対してとなると、そうお呼びになりたければ、わたしは傲慢です。わたしは人間に対する一切の義務を認めます、なぜなら人間のみが義務をになうことができるのですから。けれどもわたしは、芸術にはいかなる義務を課することもできない、国家に奉仕する義務であれなんであれ芸術に強いることはできないと知っております。もしそんなことをすれば、芸術を非芸術にするのが落ちでしょう。それにもし人間の義務が、ちょうど今日のように、芸術とは別のところに存在しているとすれば、まったく選択の余地はない、芸術を放棄するよりほかはない、しかもそれは、芸術に敬意を払えばこそのことなのです……まさしく今の時代は、個々の人間のかぎりなく深い謙譲を要求しています、そしてかぎりなく深い謙譲の中で、いや、さらにはおのが名さえ消えうせる状況のもとで、人間は、兵士としてにせよそのほかの何にもせよ、名もない多くの国家の僕《しもべ》のひとりとして奉仕しなければならない、しかし詩でもって奉仕することはできない、詩は、その余計物としての自己の存在によって、国家の福祉に寄与することができるなぞと思いあがったが最後、もうそのままではありえない、およそ傲慢きわまりない非芸術になる、非芸術にならざるをえないのです……」

「アイスキュロスはその余計な詩作品でもって、クレイステネス（紀元前六世紀後半のアテーナイの政治家）の国家に参加した、そのことによって彼はアテーナイの国家よりも生きながらえた……わたしとしては、自分の作品が『アエネーイス』ほど長命であってくれればよいと思うばかりなのだ」

これはきわめて率直なことばだった、ただし、皇帝が以前から友情にかぶせるのが常だった愛想のよさだけは、差し引かなくてはならなかったが。

「アイスキュロスに妥当することが、陛下、わたしにあてはまるわけではありません。時代が違います」

「たしかに、それ以来五百年の歳月が過ぎさってはいる、ウェルギリウス。それは否定しようもないが、しかし違いといってはそれだけのことだ」

「あなたは義務についてお話しになりました、アウグストゥスさま、たしかに助力の義務はいつの時代にも変わらぬものでしょう、けれども必要とされる助力の性質は変わってきます、そして今日ではもはや芸術がその義務をはたすということはありえないのです……義務は変わらない、けれどもその使命は時代とともに変化するのです……義務のない領域においてのみ、時の変化は存在しないのです」

「芸術はいかなる時にもしばられてはいない、アイスキュロス以来の五百年が、詩の永遠の内実を保証している」

「それは真正な芸術の永遠の作用をあかしだてているだけで、それ以上のものではありません、オクタウィアヌスさま……アイスキュロスは、自分の作品でもってその時代の使命をはたしたからこそ、永遠に妥当する作品を作りあげることができたのです、それゆえにこそ彼の芸術は認識でもあるのです……時代が使命の方向を規定します、この方向に逆らって行動する者は、挫折せざるをえません……そのような方向と無縁の場所で作られ、したがっていかなる使命をもはたさない芸術は、認識でもなければ助力でもない、簡単にいえばそれはもはや芸術ではなく、はかなく消えて行く運命にあるのです」

皇帝はゆれ動く床の上を往復していた、波が沈むごとにまわれ右をしたので、たえず上にむかって歩くことになった。ちょうど上に達したところらしく立ちどまると——どうやらポセイドンの王国に似た動揺を感じたらしかった——彼は燭台に取りすがった。「きみはまたしても証明不可能なことをいう」

「芸術の領域ではどこでもわれわれはギリシャの形式を模倣しています。国家管理においてはあなたが新しい道を切りひらいておられます。あなたは時代の使命をはたされるのですが、わたしはそうではありません」

「それでは証明にならない。わたしの道が新しいかどうかは議論の余地があろう、しかし永遠の形式はまさしく永遠の形式にほかならないのだ」

「ああ、アウグストゥスさま、詩の使命がもはや存在しないということを、あなたはどうしても見さだめようとなさらないのですね、お気にとめようとなさらないのですね」

「もはや存在しない？　もはや？　われわれが終局の段階にいるようではないか……」

「もっと正しくいえば、いまだなお！　ということになるのでしょう。なぜなら、いつかはまた芸術の使命が存在する時代がおとずれるかもしれないのですから……そう想像することも、おそらくわれわれには許されていると思います」

「もはやなく、いまだなお」――皇帝は何か心地悪げに、このことばをゆっくり発音した――、「そのあいだには何もない空間が口をひらいている……」

そう、もはやなく、いまだなお。この通りだった、こうでなくてはならなかった、無の中に迷いこんだ、うしなわれた夢の中間領域——だがしかし、前にはこれと違ったことばではなかったか、似てはいたが、しかも違ってはいなかったか？　と思う間もなく少年の声、少年リュサニアスの声が聞こえてきた、その声がいった。「いまだなお、しかもすでに。こうだったのです。またこの通りに語られるでしょう」

「時と時とのあいだの何もない空間」——と皇帝のことばはさらにつづいた、なんの作為もなしにおのずからひろがって行くかのよう、ことばそれ自体の独白とでもいうかのようだった——「突如としてがばと口をひらくうつろな無、そのために一切はおそすぎるか早すぎるか、いずれかでしかない無、時のもとに、さまざまな時のあいだにひらくうつろな無の深淵、時は戦々競々として瞬間また瞬間を順次につらね、みずから石と化しつつ他をも石と化するこの深淵が眼にうつらぬよう、髪の毛のように細い橋をその上にかけわたそうとするのだ。おお、形づくられることなき時の深淵、それは眼にうつってはならない、口をひらいてはならない、時の中絶がおこってはならない。時はたえまなくながれつづけなくてはならない、瞬間ごとに終末と発端を同時にそなえた、形づくられた時は……」

　こう語ったのはほんとうにアウグストゥスだったろうか？　それとも、彼の心の奥底にひそむ不安の語ることばだったか？　秘密にみちて時はながれさった、空しい、岸辺もさだかならぬ洋々たる大河、たえず現在によって分岐され、たえず現在を捉えようもなく押しながし、ついには死へとみちびく河。「われわれはふたつの時のあいだにいるのです、アウグストゥスさま。これは待機の状態なので、空無と呼ぶべきではありません」

「時と時とのあいだに生起するものは空虚な無時間だ、形成することもできなければ、詩によってとらえることもかなわない。そうきみ自身がはっきりいったではないか。しかもきみは、すぐそれにつづけて、この時を、わたしが形成しようと努めている、ほかならぬわれわれの時代を、人間存在の成就、したがってまた詩の成就として、そう、真の全盛時代としてほめたたえたのだ。きみが現代の成就としての永劫の壮麗について語った、あの『牧歌』をわたしは思いだすのだよ」

「今まさにおとずれようとしている成就は、現にはたされた成就とほとんど同じだといってよいのです。待つとは緊張すること、成就について知ることです、そして待ちうけているわれわれは、幸いにも待ちうけ、めざめていることを許されたわれわれは、みずから成就を待望する緊張そのものなのです」

　時と時とのあいだの待機、しかもまた、眼に見えぬ時の岸辺のあいだの待機、到達するすべもない生の岸辺のあいだの待機！　われわれは眼に見えぬふたつの世界のあいだにかけわたされた橋の上に立っている、われわれみずからが緊張そのものであり、しかも流れに捉えられている。プロティアはとどめがたい秘密をとどめようとした、おそらく彼女にはとどめることができたのかもしれない、今でもなお、できるのかもしれない。おお、プロティア——

皇帝は首を振った。「成就とは形姿だ、単なる緊張ではない」

「われわれの背後には、アウグストゥスさま、無形姿の世界への顚落、無への顚落が控えています。あなたは橋をかけられた、時をその極度の腐朽から救いだされたのです」

このような讃辞をささげられて、皇帝はわが意を得たりという表情でうなずいた。「その通りだ。時代はまったく完全に腐朽していた」

「認識の喪失と神の喪失が、この時代にあたえられた徴証でした、死がその合言葉でした。何十年ものあいだ、かぎりなくあらわな、血みどろな、粗野な権勢欲ばかりが、内乱がみちみちていました、そして荒廃につぐ荒廃……」

「そうだった。しかしわたしは秩序を再建したのだ」

「だからこそ、あなたのお仕事であるこの秩序は、唯一無二の完璧なローマの精神の比喩となったのです…… われわれは恐怖の杯をほとんど滓《おり》まで飲みほさねばならぬところでしたが、そこへあなたがこられて、われわれを救ってくださったのでした。かつてないまで深い悲惨のうちにこの時代は沈淪していました、かってないまで死にみたされていました、ところが、あなたが災厄の諸力を沈黙させておしまいになった今は、それも無駄なことであったはずはないのです……そうです、無駄であったはずはない、このうえなく深い虚偽からかがやくような新しい真実が生まれるにちがいない、このうえなく苛酷な死の暴威から救済が現われでるはずなのです、死を止揚する救済が……」

「つまりそこからきみは、今日ではもはや芸術はいかなる使命をもはたすことができないという結論を、引きださねばならないと思うわけだね？」

「まさしくそれがわたしの考えです」

「では思いだしてみるがいい、スパルタとアテーナイとの戦いは、われわれの内乱よりもはるかに長期にわたったのだ、この戦いを中断せざるをえなかったのは、ただらに巨大な災厄のため、避けがたい新たな炎厄のためにすぎなかった、つまりちょうどそのとき、ペルシャの軍勢がアッティカの地を劫略しはじめたのだな。それからこういうことも思いだしてみたまえ、そのとき、つまりアイスキュロスの時代に、この詩人の故郷であるエレウシスとアテーナイは灰燼《かいじん》と化したのだ、しかも、そのような恐怖にもかかわらず、まさしくそのときにおいて、あたかもギリシャの再興の間近さを告げ知らせでもするかのように、アイスキュロスは彼の最初の演劇上の勝利（紀元前四八四年。第一ペルシャ戦役は四九〇年）をかちえたのだ……世界のさまはそれ以来変わっていないわけだ。当時詩が存在した以上、今日でもそれは存在しうるはずだ」

「地上から暴虐を亡ぼしつくすことの不可能は、わたしも存じております。人間と人間が隣りあって住んでいれば、権力をめぐって必ず争いを惹きおこすということも存じております」

「だからこのことも忘れずにいてもらいたいな、当時サラミスとプラタイアイ（紀元前四八〇年及び四七九年の戦いをさす。この二度の会戦でペルシャ軍は全滅した）がその後につづいたということも……」

「忘れるどころではございません」

「きみがうたったアクティウムはわれわれのサラミスだった、そしてアレクサンドレイア（アントニウスを仆したことをさす）はわれわれのプラタイアイになった……同じオリュンポスの神々にみちびかれ、神々の名においてわれわれは、神をうしなったとのきみの説ではあるが、しかもギリシャと同じように、またしても東方の暗黒の力に勝利を占めたのだ」

　地上に打ち倒された東方の力、長い屈伏を経た後、やがてみずからを清め、時の流れの中からみずからを救い他を救いつつ上昇する力、一切の星辰にまさるかがやきをはなつただひとつの星、もはや蝕の翳りを知らぬ大空。

「何も変わりはしなかったのだ。偉大な典例はゆるぎもせず、アテーナイが賢明な畏敬すべきひとりの男にみちびかれて平和を、ペリクレスの平和を恵まれたとき、すべての芸術は神々しいばかりに花ひらいたのだ」

「その通りです、アウグストゥスさま」

「死の止揚？　そんなものはない。ただ名誉のみがこの地上において死を克服するのだ。戦いや恐怖から獲得された名声さえ、もちろんそんな名声をわがものとしようとは思わないが、それでさえ死をこえる力があるのだ。わたしがもとめているのは平和の名声だがね」

名声！　またしてもまたしても！　支配者といわず文士といわず、問題にするのはいつも名声のことばかり、名声のうちにおける笑止な死の克服のことばかりだった。そう、名声のために彼らは生きていた、名声は彼らにとってもっとも本質的なものだった、彼らの認める唯一の価値だった。このことに関して慰めとなるのは、いささか奇妙なことではあるが、名声の証拠となる営みのほうが、名声そのものよりも本質的でありうるということばかりだった。

「地上をこえた死の止揚の地上における象徴は平和です。あなたは地上に猖獗《しょうけつ》をきわめる死に停止を命ぜられ、そのかわりに平和の秩序をもたらされたのです」

「それはきみのいう意味での象徴のつもりかね？」――アウグストゥスは、元老院でしゃべってでもいるかのように大仰な身ぶり手ぶりを添えて熱弁をふるっていたのだが、このとき一瞬はっとして手を椅子の背に垂れた――「そのつもりかね？　アテーナイの人民はペリクレスに反抗した、彼が平和こそもたらしはしたものの、死をとどめはしなかったものだから、と、こういうつもりかね？　ペストが象徴の中に侵入したものだから、と？　人民がこの象徴をもとめているときみはいうつもりかね？」

「人民は、象徴とは何か心得ています」

アウグストゥスは自分からこの話をうち切った。「まあともかく、われわれの所ではまだペストの流行はない、幸福な和合のうちにあるローマを武器の力を借りずに支配することがわたしには許されている。もし神々がこの後もわたしに助けをおあたえになるならば、この平和は国内で持続するばかりではなく、さらにひろがって行くだろう、遠からぬ将来に、帝国の境界を鎮撫《ちんぶ》することによって平和は完成されるだろう」

「神々があなたをお助けにならないことはございますまい、陛下」

思いに沈んだまま皇帝は黙っていた。やがて彼の顔に、ほとんど少年のように狡猾な微笑が浮かんだ。「だがほかならぬ神々のために、いうまでもなくその栄光をたたえるために、わたしは自分の帝国において芸術を断念するわけにはいかないのだ。わたしがもたらす平和は芸術を必要とする、ペリクレスが彼の平和を、天にそびえるアクロポリスの建築でかざったのとそっくり同じようにね」

こうして皇帝は『アエネーイス』にうまうまと立ちもどったわけだった。「ほんとうに、アウグストゥスさま、あなたはわたしをのんびりと生かしておいてはくださらない、ほんとうにあなたは……」――生きる⁇ 正しくはむしろ死ぬというべきではなかったか？ 何か身の毛もよだつようなものがどこかに口をひらいた、とらえることもできず、橋をかけわたすすべもなく、それ自体のうちにとどこおり淀んだものが。時は秘密にみちてながれ行き、しかも少しもながれようとはしないのだった――

「何をいおうとするのかね、ウェルギリウス？」

奴隷の声が答えを引きとった。「もう時間がありません。芸術について語ることはもう許されないのです。芸術にはもうなんの力もない、死を止揚する力もない。なぜなら、わたしの力のほうが大きいのですから」この声が終るか終らぬうちに、プロティアがことばを添えた。「時の歩みはすべての変化から解放されるのです。あなたがわたくしに変化なされば、時は恒常の世界のうちに静止するでしょう……わたくしをおとどめなさいませ、そうすればあなたは時をおとどめになるのです」沈黙したまま彼女はこう語った、そして時の冷ややかさの中から冷えびえと、眼に見えぬ世界の中から眼に見えぬまま彼女の手が伸びてきて、羽毛のように軽く彼の手に結びつこうとした。

皇帝はそちらに眼をやった、印章指環に視線をとめた、いや、彼は息のようにほのかな見えないプロティアの指に視線をそそいでいるのだった、あい変わらず彼は微笑を浮かべていた。「わたしがこのわたしの平和において作りあげた時代は、ペリクレスの時代よりも価値が劣るだろうか？　これはわたしの平和だ、これはわれわれの時代、われわれの平和の時代なのだ」

「ああ、アウグストゥスさま、ほんとうにあなたは人を安逸の夢にふけらせてはおかれません、とりわけ、ご意見の証拠として、あなたがローマをかざるために築かれた建築が、たしかにペリクレスのアクロポリスに四敵するものだと考えますならば」

「煉瓦の町が大理石の都市に生まれ変わったのだ」

「ほんとうに、アウグストゥスさま、建築は花咲き匂うばかりです、その豪華さ、いささか過ぎるのではないかと思われるほどの豪華さです。いずれにせよそれは力にみちあふれている、なぜならそれはあなたが築かれた帝国同様空間の中に立っているのですから。それは秩序の比喩であり、秩序そのものなのです」

「すると建築ならきみは認めるのだね？」

「秩序は時の変化の中に鎮まり、空間は地上の世界に鎮まるのです、アウグストゥスさま、そして地上に秩序を、人間存在の真の秩序をもたらすことが成功した所ではどこでも、その秩序の比喩を眼にうつる形で空間に建設したいという願いが、必ずわきおこってくるものです……アクロポリスも、ピラミッドも、また同様にイェルサレムの寺院も、秩序の比喩として立っているのです……空間における秩序による、時の止揚への努力の確証です……」

「なるほど、なるほど……ところでいまのことばを、やはり認可と呼ばせてもらおう、何しろこれは、わたしがきみからやっと獲得した最初の認可なのだからね。しかもありがたい、大事な認可だ、ウィトルウィウス（ウェルギリウスの友人ポルリオのこと）のことを考えればなおのことだが、何しろ彼は、おりさえあれば自分の作った建築を取りこわしてくれと、わたしに要求しかねないのだからな……だが真面目な話、わたしは建築と詩を秤にかけてくらべようとは思わない、ウィトルウィウスとウェルギリウスをくらべたくはない、もっともウィトルウィウスはたしか彼の建築論文をわたしにささげてくれたはずだが、いっぽうウェルギリウスはわたしから『アエネーイス』を取りあげようとする、そうした違いはあるわけだが。しかしこれも真面目にいうのだが、わたしはきみによく考えてもらいたいのだ、建築に関してはきみもやむなくあたえざるをえなかった認可は、ほかのすべての芸術に対する認可をも包含しているのではないか。芸術の全体性は不可分なものだ、きみが建築に対して生の権利を認めるなら、そのあとには当然詩の生存権も主張されることになる、その証拠としてわたしは、改めてまたペリクレスを引きあいにだすことはなかろうが、きみの考えと少しも矛盾せずにこういうことができるのだ、国家協同体の全盛時代にはかならず、すべての芸術がいっせいに開花した、したがって詩もまたこのうえなくゆたかな開花を見せた、とね」

「たしかに、アウグストゥスさま、芸術とは高貴な総体です」

「きみがそうあっさりと賛成するのはどうも胡散《うさん》くさいぞ、ウェルギリウス。賛成があまり早いと、すぐまた反対の声が出てくるものだからな」

「逆です、わたしはこの賛成をさらに押しひろげるつもりなのです……芸術がどういう形で表現されようとも、そのすべての分野において、建築や音楽においてさえ、あらゆる場所でそれは認識に奉仕し、認識を表現するのです。認識の総体と芸術の総体、これは姉妹です、どちらもアポロを父としているのです」

「どの認識？　生の認識かねそれとも死の認識かね？」

「両方です。それぞれがたがいに相手の前提となっているのです、ちょうどふたつそろってはじめてひとつの形姿を形づくるかのように」

「ではまた死の認識の話になるのか?!　はっきりいいたまえ、きみはさっきの認可の取り消しを狙っているのだろう?」

「もちろん芸術による認識の義務が、詩の領域ほど有無をいわせぬ強制力をもってきびしく規定されている所は、ほかのどこにもありません、なぜなら詩は言語ですし、言語とは認識なのですから」

「結論は?」

「あなたは先ほど光栄にも、アンキーセスの詩句を引用してくださいました……」

「それはわたしがきみを尊敬しているからだよ、ウェルギリウス、もっとも今のところ、いささか尊敬の念を減じてはいるがね、何しろまたもやきみは話をはぐらかそうとしているのだから。しかしわたしがあれを引用したのはただ、きみ自身が、ささやかな形式上の不備にかかずらって非のうちどころのない完璧さに磨きあげようなどという、いわば遊び半分の性癖をふさわしくないと考えていたこと、ローマ芸術の厳粛さと品位のためにはふさわしくないと考えていたことを、はっきりきみに見せつけてやろうと思ったればこそなのだ……」

「けれども、たえず磨きをかけよりよいものに仕上げるのは、なんとやさしいたわむれでしょう……」――おお、いま一度このたわむれをはじめることの、なんという魅惑。きれいに清書した巻き物はすべてそこの行李に収められていた、その草稿を一行一行、文法、韻律、旋律、意味の諸点から校閲することができるとしたら、おお、なんと心躍る、なんと魅惑的なことだったか！　だが奴隷が、今はすぐそばに、ベッドの縁にふれるほど近くにきていた奴隷が、かぎりなくかすかな声でささやいた。「そんなことをお考えなさいますな。もし実際になさったら、あなたは嘔気《はきけ》におそわれるでしょう」そしてプロティアの手がまたただよい寄せてきた。

だが皇帝は、日蝕の静かな褪せた光につつまれたままこういった。「きみのアンキーセスのことばはそうだった、だからその種の芸術のたわむれを、いまになってやさしいなどと形容してみたところで、なんの役にも立たないのだ。きみは自分の意見を世界から抹消することもできなければ、それをやわらげることもできない」

「アンキーセスのことばは……」アンキーセスは影たちのもとにいた、それはことばにすぎなかった。光が蒼ざめているばかりではなく、時さえ影のように蒼ざめていた。

「アンキーセスのことばはきみ自身のことばだ、ウェルギリウス」

「ええ、そのことばは影の国から立ちのぼってきたのですから、わたしはそれにもっと多くの意味をもたせていたのだと思います……」

「というと……」

「あなたの加えられた解釈はまだ弱すぎるのです、アウグストゥスさま」

「わたしの解釈が無力だというなら、正しく改めてくれたまえ。わたしは自分の無力を嘆くばかりだ」皇帝は燭台から手をはなし、両手とも椅子の背について凭りかかっていた。眼と眼のあいだにはまたしてもきびしい不機嫌な皺が現われ、足は張り瓦の床をせわしなげに強く踏み鳴らしていた。いつもこうだった、ほんのちょっとした異議でさえ、思いもかけず唐突にこのような立腹を誘いだすことができるのだった。

「あなたの解釈は無力というのではありませんが、ただもっと尖鋭にすることができると思うのです……時がたってはじめてその本来の、最初はただ漠然と予感されていたのにすぎない意味を獲得するものは少なくないのです」

「その意味を説明してくれたまえ」

「支配の術、国家の秩序をうち立て平和を築く術、本質的にローマのものなるこの芸術と使命を前にしては、そのほかの一切の芸術表現は色褪せてしまいます。こよなくやさしい芸術のたわむればかりでなく、実のところ、一切の幸福をにない幸福にになわれた高貴さも――それは芸術が、単なる生の装飾にすぎない非芸術より以上のものであろうとするかぎり、永遠にその気につつまれて実現しなければならない高貴さですが――、そう、そのような高貴ささえもローマの芸術と使命を前にしては色褪せてしまうのです。わたしがアンキーセスのことばに託して述べようと願ったのはこのことでした、あなたのお仕事、あなたの国家、ローマの精神のこの比喩を、唯一の妥当性をもったものとしてすべての芸術活動より上位においたとき、わたしはほかならぬその意見をくりかえしたにすぎないのでした……」

「そこでわたしはきみに異をとなえた……芸術は移ろう時にかかわりなく存続するのだ」

ひそやかに謎めいて時はながれた、空しい流れはながれた。

「アウグストゥスさま、あなたがおたずねになった尖鋭な結論を、さらに押し進めてよろしゅうございますか」

「いいたまえ」

「ほかならぬ偉大な芸術、認識の使命を自覚している芸術こそが、われわれのくぐり抜けてきた認識の喪失と神の喪失の状態についても心得ているのです。死の荒廃の恐怖がたえずこの芸術の前に立っています……」

「わたしは先ほどきみに、ペルシャ戦役の話をしたはずだ」

「……それゆえにこの芸術は次のことも知っています、すなわち、あなたがもたらされた新しい秩序とともに、新たな認識も開花せねばならぬということ、われわれの認識喪失の深みから、喪失が深ければ深いだけそれだけいよいよ高く成長しなければならぬということを。というのも、もしそうでなければ新しい秩序には目的がなくなるでしょうし、われわれがこの秩序から得た救いもむなしく消えてしまうでしょうから……」

「それで終りかね？」——皇帝はかなり満足げに見えた——「それできみの結論は出てしまったわけかね？」

「そうです……芸術が、そのうちでもとくに詩が、認識について意識すればするほど、いよいよ明らかにそれは、みずからの比喩の力をもってしては新たな認識に到達できないということに思いあたるのです。新たな認識の到来をそれは知っている、しかしまさしくそれゆえにこそ、より強大なこの比喩が出現すれば自分は立ちのかなくてはならないということも心得ているのです」

「ふむ、その新たな認識についてはわたしとしても何もいうことはない、ただわたしの考えでは、きみは芸術の認識への使命を、きみの目的のためにいささか酷使しすぎるのだな…」

「この使命が芸術精神の中心に存在しているのです」

「きみはわざと、精神の全体性が芸術にもおよんでいるのだということを無視している…」

「新たな認識は芸術の外側に、芸術の比喩の勢力圏外にあるのです。それこそが本質的な問題だといっていいでしょう」

「きみはわざと、国家の盛時は常に、芸術のみならず認識の花咲く季節なのだということを無視している。アテーナイの最盛期にはすべての芸術とともに哲学も開花したのだということを、きみはわざと見のがしている。きみがそうするのは、そうせざるをえないのは、すべてその他の現実に密着した生の事実同様、哲学がきみのいわゆる到達しがたい、あるいは死を止揚する認識の目標という、奇妙な構図の中にとても収まらないからなのだ。どれほど自分が間違っているか、いい加減に気がついてもらいたいものだ。わたしとしてはさしあたり、哲学者たちが、きみが要求しているような新たな認識を、見いだすだろうと期待しているのだ」

「哲学にはもうそれを見いだす力はありません」このことばはひとりでに口について出た。じっくり考える必要もなければ、ほんのちょっと考えてみるという必要さえもなかった、このことばは文字通り眼から直接口に出てきたのだった、なぜなら、ことばの形象の背後に

――この蒼ざめた影にみちみちた室内にか？　それともかなた、蒼ざめた線画のような風景の中にか？　いや、さらに遠く、はるかに遠く、奇妙に時から解放された世界に――アテーナイの町、あこがれの、プラトンの町が現われていたのだから。この町にとどまることは彼にはこばまれていた、運命によってこばまれていた、そして町の上には今なお運命が、死の雲をさながらに、しかも蒼ざめたまま影も落とさず垂れこめていた。

「もう力がない……」とアウグストゥスはおうむ返しにいった、「もうない、もはやない！　はじめは芸術がそうだった、そしていまは哲学もそうだというのだね、ウェルギリウス！　ここでもおそすぎると早すぎるの話になるのかね！　哲学にも、もはやない、ということばがあてはまるのかね？」

かしこ、空間ならぬことばの空間に町がそびえていた、それ自体がことばの形象以外の何ものでもなく、うつろな、影を落とさぬ饒舌だった、さだめなくただよいながれ、象徴をももたず、象徴をうしなったために拠り所さえどこにもないのだった。たしかに、彼をその町に住まわせておかなかったのは、むしろ運命の彼に対する愛顧だった。「いまは苛烈な時代です、アウグストゥスさま。思考はその限界に達してしまったのです」

「人間は神々にまでその思考を展開することができる、それでよしとしなくてはなるまい」

「ああ、人間の悟性とはかぎりを知らぬものです、けれども無限にふれると、無限は仮借なく悟性を投げ返してしまう……悟性は認識をうしない……死の荒廃が地上に登場するのです、洪水が、武器の打ちあうひびきが、ながされた汚辱の血の河が……」

「哲学と内乱とはなんの関係もない」

「けれども時はみちています……今はまた鋤《すき》を手にすべき時がきたのです」

「時は一日ごとに何かをめざしてみちて行くのだ」

「共通の認識の基盤なくして、基盤となる原理なくして理解も、解釈も、証明も、説得もありません。無限へとみながひとしく眼をそそぐことが、一切の了解の基盤です、それなくしてはほんのささやかな伝達も不可能なのです……」

「ふむ、ウェルギリウス、要するに、今でもきみはわたしに何がしかのことを伝えてくれている、するとわれわれの了解の基盤はそれほどできが悪くもないわけだ。いずれにせよ、わたしにはそれで十分だな」

ああ、皇帝のいうことはもっともだった――、こういったこと一切がなんの意味をもっていたか？　それが皇帝になんのかかわりがあったか？　説明するのは非常に困難だったが、しないわけにはいかなかった、それが『アエネーイス』の運命をきめるかのように思われた。

「哲学は学問です。悟性の真実です。それは証明可能でなければなりませんし、認識の基盤を必要とします、そして認識の……」――どこかで笑い声がした、何もかも心得たといったようすの、沈黙の笑いだった。

奴隷だったか？　それとも魔霊どもが、笑いによって帰還を告げ知らせていたのか？

「どうしていいかけてやめるのだね、ウェルギリウス？」

またもやアテーナイが現われた、かつてはアテーナイだった奇妙な幻滅が現われた。どこから笑い声がおこったのか？　アテーナイからか？

「認識の基盤は一切の悟性、一切の哲学の前提です……それは第一の前提であり、内界と外界の両面において同時にそうなのです……あなたはわたしをアテーナイから連れもどされたではありませんか、オクタウィアヌスさま？　そうではありませんでしたか？」

真珠母の色にはえて大空の貝殻はアドリア海の上に口をひらいていた。船はゆれ、ポセイドンの白馬はその頭を現わした。客室にはかまびすしい哄笑と叫喚が渦巻いていた。船尾ではおぼろげになった光の中で、楽師の奴隷がうたいはじめた、わびしい少年の声だった。

「きみをアテーナイから連れもどしたのは、有益な正しいことだった、ウェルギリウス……それともきみは、哲学は今やその義務を免ぜられた、それというのも自分が、みじめな看護の手にゆだねられたまま哲学者の町にとどまっていなかったからだ、と、こんなふうにさえいおうと思うのかね？」

皇帝は本来なら別の船に乗っていて、ここにはいないはずだった。「哲学は認識の基盤をうしなったのです、基盤はかぎりなく深く沈んでしまったのです……深く、海の底深く……無限にふれるために上にむかって成長しなければならなかったので、根はもはやその底には届かなくなってしまった、たとえどれほど無限にむかって伸びようとも……もしそうでなければ、わたしはあなたとごいっしょに帰国しはしなかったでしょう、オクタウィアヌスさま……根がしっかり張らない所には、影をも落とさぬ空しさがあるばかりです……認識の基盤はうしなわれ、船上にはおびただしい空しいおしゃべりがあるばかり。あなたにはそれがわたしほどはっきりとはおわかりにならないのかもしれない、船酔いのために洞視力をそなえられたわけではないから……かつて哲学は、その上にみずからを築きあげることのできる認識の基盤をもっていました……あなた同様わたしも、それがうしなわれたことをはっきり見さだめようとは思わなかったのです……わたしはアテーナイに行った、はるばると旅して行きました……けれども今日では哲学は、それが根ざしていた豊饒な地盤を、完全に喪失してしまった……思考は創造の精気をうしなったのです」

そう、その通りだった、だれもそのことを笑うべきではなかった。無を認識し無を欲する神でさえ、笑うことは許されなかった。そして実際に、場をわきまえぬ笑いは沈黙していた。笑い声のかわりにプロティアの声がした。「沈黙のうちに人の心はかよいあうのです。そのためにはなんの証明も必要ではありません。口をひらいた沈黙の貝殻の中に、お帰りあそばせ」この声はこよなくやさしくひびいた、船足さえもゆるくなり、海は鏡のように平らかになったほどだった。櫂のリズムはほとんど感じられず、帆桁のきしみも聞こえずに、ただ時おり鎖がかすかに鳴るばかりだった。

燭台の帆柱に凭りかかり、片手をまた月桂樹の帆において、皇帝は航海をつづけていた、愛する妻のもとへ、彼を待っているリウィアのもとへ帰って行く男らしい夫の姿だった。時は船とともに進んでいたので、彼が語りだすまでにどれほど経過したのかはかりようもなかったが、ついに彼はこういった。「哲学が認識の基盤をうしなったとすれば、それをふたたび用意するのが今日の哲学の義務ではないか」

皇帝はやはり別の船に乗っていた、あるいはまだそちらにいるにちがいなかった。なぜなら彼は、根が底に届かないといったことばを聞いていなかったのだから。もっと精確なことばづかいをすれば理解させることができたのかもしれなかった。「楡の木は帆柱にはむきません。帆柱というものは堅くて同時にしなやかで弾力があり、ずんずん伸びて行かなくてはならないのですから……」

「疲れたのか、ウェルギリウス？　もう一度医者を呼ぼうか？」オクタウィアヌスは椅子を手早くわきへ押しやり、臥床の上に身をこごめた。顔がすぐ近くにあった。

顔がすぐ近くにあった、先ほどのプロティアの顔と同じほど近くに。このとき霧が晴れた。

「なんともありません、オクタウィアヌスさま……とても爽快だといってもいいほどです……ただ、ひょっとしたら、ほんのいっとき頭がぼやけたのかもしれませんが……」

「きみのことばは何やらわけがわからなかった……むろんきみには時たまそんなことがあるのだが。よく考えてみると、そのことばから知恵が生まれてくるのだね」

「知恵が？　わたしに？　とんでもない！……ともかく今わたしは、答えとして適当な例をさがしただけのような気がします、ところが適当な例が見つからなかったので……でもあなたは、たしか、哲学の認識の基盤についてお話しになりましたね」

「その通りだ、ウェルギリウス。ではもう何も心配なことはないね」

「哲学は自分自身の認識の基盤を生みだす立場にはないのです……」

「その点はまだ明らかでない……」――アウグストゥスは何か気のはいらないようすだった

──「……それに、われわれにとってこれはそう重要な問題というわけでもないのだよ、ウェルギリウス」

地震のような揺れはまだあい変わらずつづいていたが、そのほかのすべては明るく澄み、異様な感じをとどめていなかった、あるかなきかにほのかな線画にも似たかなたの風景も明るく自然なら、楡の木の燭台も明るく自然の姿にもどり、ベッドはもう巨大な船ではなく、明るく自然にまたささやかな小舟に縮小していた、その上に乗ってすべって行くのはえもいえぬ心地よさだった。ただ皇帝だけが、その物腰は至極見なれたものであるのに、完全に明確になりもしなければ自然にもならなかった。少なくとも、彼を説得し現実へ呼びもどそうとする努力をつづけねばならぬうちは、そうならなかった。「悟性にはみずからの前提を作りだす力はないのです、したがって哲学にもその資格はありません。だれも自分自身を生みだすことができるほどの生殖力をそなえてはいないのです」──笑い声！　先ほどもそれはやはり彼自身の咽喉から、彼自身の胸から出てきたのではなかったか？　今はありありと笑いが彼の体内に感じられた、ふしぎな苦痛をそれは伴っていた──「先祖を生みだすことはできません、前提を生みだすことはできません、いかなるもの、いかなる人といえども、自分自身の限界を踏みこえるプロメテウス的な力をそなえてはいませんでしたし、将来においても、けっして踏みこえることはないでしょう……いや違う！」

違う、違う——、これはそっとささやかれたことばだった、どことも知れぬあたりから、奴隷がささやいたのかプロティアがささやいたのか、さだかにはわからなかったが、どちらかといえばプロティアらしかった、その後語りつづけたのは彼女の声だったのだから。「愛はたえずみずからの限界をうち破るのです」——「きみの愛もそうなのか、プロティア？おお、きみの愛も？」——「これまでもそうして参りましたし、いまでもそうしているのです。愛する者はその限界をこえるのです」——「おおプロティア！」——「わたくしをお感じになります？　わたくしの愛の中ではあなたがとても身近に感じられますのよ」——「プロティア、わたしもきみを身近に感ずる、きみがわかる」——「そう、ウェルギリウスさま、そうなのですわ」——ふたりの肉体の限界はからみあってひとつになり、ふたりの魂の限界はひとつに溶けあい、大きく成長して限界をこえ、認識しつつ認識されるのだった。

鼻白んでアウグストゥスはたずねた。「何が違うのだ、ウェルギリウス？」

「自分自身の限界を踏みこえることもあるのです」

「それは嬉しい話だ、するときみの認可に変わりはないわけだね？」

「限界を踏みこえるのは……」

「哲学か？　詩か？　どれが限界を踏みこえるのだ？」

「プラトンが成功したところでは、哲学は詩となりました……その最高の高みにおいては詩はその力をもっていました。限界を踏みこえる力を……」

幾分うつけたようにあわただしく、しかしそれでもやさしく肯定するように皇帝はうなずいた。「きみの芸術家としての謙虚さは、たしかにきみ自身の知恵を否定するほど大きい、しかしきみの芸術家としての野心は、その知恵を少なくとも芸術それ自体のために要求しようとするのだな……」

「知恵ではありません、オクタウィアヌスさま……賢者が詩人になるわけではない、たかだか、知恵をもとめるべく神から呼ばれた者……いや、それは予感のうちにひそむ一種の愛なのです、その愛に時おり、限界の突破が許されるのです……」

「きみが少なくとも知恵をもとめる使命を感じていると知って、わたしは満足するね……だからもう哲学についての論議はやめよう、いっそそれを詩にさしむけてしまおう、ほんとうに哲学が、それ自身の前提に突き進む力をもたないというならばね。われわれは哲学に、その認識の基盤を芸術からもらってくるように要求しよう、芸術の美の中には、きみもきっと認めることだと思うが、すべての知恵が集められているのだからな」

「ほんのわずかの、非常にきびしい芸術作品にしか、遠い昔のいくつかの作品にしか、それを認めようとは思いませんね」

「きみの『アエネーイス』がある、ウェルギリウス」

またしても時が現われ、ひそやかに謎めいて過去を存在にむかいあわせた、そのはたらきの神秘性、ことを惹きおこす力の神秘性、どちらにしてもそれは運命の力にひとしかった。

「もう一度あなたのお気持ちをそこねることになりますが、アウグストゥスさま、わたしとしてはくりかえして申さぬわけには参りません、芸術の比喩の力は時代の制約にかたくしばられており、新たな認識のためには用をなさないのだということを、あくまで固執しないわけには参りません。認識の基盤は芸術によってしばしば予感されはいたします、けれどもそれを作りだすことは、新たに創造することは芸術の力にあまるのです」

「新たな創造などというものはない、いかなる時代からも独立して常に存在していたもの、たとえ今日のように姿を見せぬことも時にはあるとしても、ともかく常に存在しているものを、ふたたび作りだすというにすぎないのだ。人間はいつの世もその本質は変わらない、それと同様に、きみが口癖のようにいう人間の認識の基盤も、いつも同じものであるはずだ、きみのお気に召すようにいえば、それは一切の認識に先行しうるほど、先行することが許されるほど、常に一定不変なのだ。原理の領域においては何ひとつ変化しない、変化はありえないのだし、事実これまで変化したことはなかったのだ」

「おおアウグストゥスさま、かつては神々が、認識しつつ認識されながら、死すべきさだめの人間をとりかこんでおられたのです」

「アイスキュロスの時代のことをいっているのかね？」

「それも含めてです」

「神々は姿を消したのではない、いや、まったくのところ、きみの口にしたことは、わたしの主張を実によく裏書きしてくれるのだ、まったく、きみはそれを確認してくれるのだ、友よ。オリュンポスの神々がかつて、なんの疑念をさしはさませることもなく無制限の力をもって支配していた、まさしくそれゆえにこそわれわれは、そのような父祖の信仰へと回帰しなければならないのだ、芸術と哲学がふたたびあの認識の基盤を見いだすように念じながらその信仰へ立ち帰らなければならないのだ。われわれの民族は昔からこの基盤の上に立っていたのだし、それゆえにこそまたこれは唯一の正しい基盤でもあるのだ」

たえず新たな論議がはじまり、たえず新たな応答がもとめられる――答えねばならぬ圧迫感は極端な重荷になってきた。「父祖の信仰……当時はまだ認識喪失への顚落は見られなかったのです……」

「認識喪失は克服されたのだ」

「それはそうですが、ただあなたがこられたからこそ、そうなったにすぎないのです。それに対して当時、父祖たちの時代には、信仰を改めて呼びおこす必要はありませんでした。信仰は生きていた、われわれの内面においても外面においても、信仰は人間生活とひとつになっていたのです」

「今日でも信仰の生気はけっしておとろえてはいない、実に生きいきとした姿で神々はきみの詩の中を逍遙《しょうよう》しているのではないか、ウェルギリウス」

「神々は外から詩の中へ歩み入られたのです。はるかな、かぎりなくはるかな過去にわたしは神々をさがしださなくてはなりませんでした」

「きみは神々をその根源から、認識の基盤の根源からさぐりだしたのだ、そのことによってきみは疑いもなく、神々の現実を、真の神々の認識の現実をふたたび民族に贈ったのだ。ウェルギリウス、きみのえがいた形象はこのうえない生気にみちた現実なのだ、きみの民族の現実なのだ！」

魅惑的な、幸福感をそそぎこむ声だった、しかもこれは皇帝の率直な信念でさえあったのだ。にもかかわらず、それはうつろなことばにすぎなかった、皇帝が『アエネーイス』を讃美しながら、実はただ自分自身の仕事を弁護していたのだとすれば、なおのことだった。しかしそれなら、『アエネーイス』を断念することもできるはずだった。「おお陛下、もう先ほど申しあげました通り、わたしのえがいた形象はまったく表面だけのものにすぎないのです」

「それらの形象がきみの気に入らないのは、地上ではだれもあたえることができないような死の認識と死の止揚を、そこからきみが要求するからなのだ……わたしの仕事にさえもきみは、そういった極端な要求を突きつけたのだ」

「それらの形象が十分でないのは……」

「つかえたな……ウェルギリウス、自分でも間違いだとわかるのだね」

「時です、アウグストゥスさま……ひそやかに謎めいた形でわれわれは時のとりことなっています、ひそやかに謎めいて時はながれすぎて行くのです……空しい流れ……表面の流れ、その方向もその深さも、われわれにはわからない……しかもこの流れは円環を閉じなくてはならないのです」

「ではどうしてきみは、芸術が時代の使命の方向に存在していないと主張することができたのかね？　どんな占筮師《せんぜいし》がきみにそのことを教えてくれたのだね？　ウェルギリウス、まったく辻褄のあわぬ話だぞ！　時の中には秘密な謎めいたものなぞ、かくれていはしない、犠牲の内臓を見て卜《ぼく》する必要のあるものなぞ、何ひとつありはしない」

時の中にかくれた秘密とはなんだったのか？　空しい流れは死にむかって空しく進み行くばかり、そしてもし目標がうしなわれるならば、流れも時も消えうせてしまうのだ。死が止揚されるときはどうして時も止揚されるのか？　夢のようにすべてはひとつにつながり、夢の声が語った。「時の蛇の環……天の腸」

「それがきみの認識の基盤だというのか？　それは腸占《ハルスペクス》いの認識の基盤だ！　何をかくしているのだ、ウェルギリウス？」

「われわれは時のとりこです、だれも彼もがそうです、認識さえも時にとらわれているのです」

奇妙なことに、皇帝は眼に見えておちつかなくなった。「きみは時に人間の行為への責任を負わせる、認識喪失の責任さえ負わせる……そうすることによってきみは人間を、したがってもちろんきみ自身をも、一切の責任から解除するのだ。それは危険なことだ……わたしは人間に、その生きている時代に対する責任を負わせるほうがいいと思うがね」

時とは何か？　そもそもそれは流れだったか、たえまなくかなたへと進み行く流れだったか？　むしろそれは断続的な動きのうちにあったのではないか、ときには湖のように、さらには沼のようにほとんど静止した水をたたえ、ほのかに明るみまた暗む薄明の雲のもとにやすらうかと思えば、荒れ狂う瀑布のように七色にかがやく泡をまき散らしながら、ありとあらゆるものをひたして滔々《とうとう》とどよめきながれる潮ではなかったか？

「陛下、人間の責任にはまだ十分余地があるのです。人間は彼の義務をよかれ悪しかれはたすことができる、そしてたとえ彼にそのはたすべき使命の領域を規定するのが時代であるとしても、この領域を左右する力が人間にはないとしても、義務という観点から見れば責任は少しも変わらないのです。使命の領域の変化には関係なく、人間の義務はいつも変わらず義務として存在しているのです」

「わたしは、この義務の領域が時代によって変化するとは、どうしても認めることができないのだ……人間は、みずからの行為の目標とする義務や使命に対する責任を負うている。すべての時代を通じて彼は、それらの義務や使命を普遍的なものへ、国家へとむかわせねばならない、もしこれをおこたれば、時代は形式をうしなう。しかし人間は時代を形成しなければならぬ、そこで彼は、そもそものはじめから人間の最高の義務である国家において、それを築きあげるのだ」

時の秘密、その空しさの秘密！　なぜその中で人間の義務の領域が変化するのか？　時を通じ、すべての時代を通じて変わることなく、サトゥルヌスの沃野はかぎりなくひろがっている、しかし魂は時の牢《ひとや》に幽閉されているのだ。時の表面のかなた、天と地の深みに認識が、人間の目標にとどまっている。

「認識は常に義務です、常に人間の神聖な使命です」

「認識は国家において実現されるのだ」まさしく挑みかかるような視線をアウグストゥスは投げてよこしたが、おちつきのない不安げな表情は消えはしなかった。

時とは何か？　その下知のもとにおこなわれる人間の使命の領域の変化とは何か？　時の中で秘密にみちてみずからを実現しながら、変化する要素は何か――、ついにはみずからの根源に還帰しなければならないとすれば、この変化するものとは何か？

旅路のはてはどこにあったか？　小舟はゆれた。「認識する人間……時の中にさし入れられて……」

「反対だ、ウェルギリウス。人間はおのが手中に時を保っているのだ」

おお、これこそは変化する認識そのものだった、あるときはためらい、あるときは沼のように静止し、やがてまた瀑布のように突進する、一切の存在の上にひろがった存在の認識だった、何を信じなければならぬかを人間に指図する世界の認識の網、そのながれる目の中に人間をとらえてはなさぬ巨大な認識の網、しかも人間はたえまなくこの網を編みつづけ、それが万有を覆う網となるように、破れることがないようにと努力しなければならないのだ。ひそやかに謎めいて存在と結合し、存在とともにひろがり変容し、存在するものをみずからの内部においてその対象へと変容しながら、認識は前進して行った、創造のために、創造が現実と化する時のために認識は前進しなければならなかった、というのも時とは認識の変化にほかならなかったのだから。

「人間は創造の中にさし入れられ、しかも創造を手中にしている……おおアウグストゥスさま、それは時であり、しかも時ではないのです。認識のうちにおいて時は人間によって形づくられるのです」

「時が人間より強いなどということは、わたしには絶対認められない……」

運命は時より強かった、運命のうちに時の最後の秘密がひそんでいた。なぜなら運命のくだす死ねよとの下知は、創造にさえ、神々にさえむけられるのだから。しかしくりかえし再生をもとめる運命の下知によって平衡は保たれる、神にも人間にもむけられたその命令は、認識の網を破らせまいという、くりかえし網の目をつくろい、認識の内部において、神々の創造の業とさらには神の本質それ自体をも、認識されつつ認識する営みのうちに永遠に保持しようという意図から発している。認識への誓約において神と人間はかたく結びあっているのだ。

「時とは認識の変化です、それ以外の何ものでもありません、アウグストゥスさま、そして認識を更新する者は、時をさらに進行させることができるのです」

アウグストゥスは聞いていなかった。「われわれの時代がたとえばアイスキュロス時代よりも矮小だなどということを、わたしは絶対認めない。いや、金輪際認められない、われわれの時代はさまざまな点において比較にならぬほど偉大なのだ、それはある程度わたしの功績だといってもよいと思う。われわれはギリシャ人よりたいていの領域ではるかにすぐれているのだ、われわれの認識も同様にたえまなくひろがりつづけている……」

「おおアウグストゥスさま、われわれはどうも別々のことを話しているようです……表面の認識はひろがるかもしれませんが、その場合認識の核心は収縮してしまうかもしれないのです……」

「ではたとえばわたしの仕事も、表面のつかのまの比喩にすぎないというわけかね？」——

皇帝の不安は明らかに感情を害した拒否の方向にむかった――「きみはそういうつもりかね？」

時の秘密！　サトゥルヌスの領する世界の認識の秘密！　運命の下知の秘密！　誓約の秘密！　光と闇はほの明るみほの暗む薄明の中に溶けあい、七色にかがやく地上の創造へとひろがる、だが、存在の変容が万有の認識にまで進み、その全体性の力によって不易と化するならば、時も静止するだろう、もはや停滞ではなく、湖ではなく、万有をめぐりながれる永遠の瞬間となるだろう、そのとき終末の現実のただなかに、七色のかがやきは窮極の総体へと統一されるだろう、終末の日の光の象牙のようなかがやきと化するだろう、このかがやきの前では、ありとある地上の光は蒼ざめ、ありとある地上の現実は暗くかすんでほのかな暗示に、さまざまな線の空しいたわむれになってしまうだろう。

「あなたのお仕事は時代になわれています、陛下。それは時代の使命をはたし、運命に命ぜられた認識の更新をめざしています、その更新が成就したとき、創造は神のかがやきを帯びてふたたび存続することでしょう」

侮蔑的に誇示された拒否の中に失望の調子がまじった。「認識をめざしているというだけなら、まだ認識ではない」

「あなたのお仕事は平和です」

「残念ながらこの平和は、もしきみのいう通りだとすると、比喩的にしか死を止揚しないのだな、そしてたとえわたしに、間もなくヤヌスの神殿の門を閉じさせることができたとしても——きっとそれはできると思うのだが——きみにとってはそれも比喩にすぎず、とても完璧な死の止揚とはいえないのだ」

「ローマとは比喩です、ローマとはあなたがお作りになった象徴です、陛下」

「ローマとは父祖たちの行為だ、彼らが築いた現実は単なる象徴をはるかにこえているのだ」

「そしてまたローマはあなたの行為でもあります、アウグストゥスさま、ローマ帝国におけるローマの秩序は」

「いずれにせよ、きみの言にしたがえばわたしの比喩としての国家にすぎぬ。だが、ローマ帝国は無内容な認識の比喩より以上のものでなくてはならぬのだ」侮蔑的な拒否は明瞭な反感にまでたかまっていた。今にも怒りを爆発させんばかりなようすで皇帝は立ちはだかっていた、怒りのために『アエネーイス』さえもう念頭にはないかのようだった。

「あなたは秩序を地上の世界に再建され、具現されました、この秩序があなたの認識なのです」

「どうして比喩にすぎないのだ？　どうしてきみはそれに固執するのだ？」

比喩、認識、現実――認識の謙抑を甘受しなかったからには、どうして皇帝の誇りが単なる比喩性に満足するはずがあったろう？　彼はけっして深淵をのぞきこもうとはしなかったし、現実は彼にとっては常に表面でしかなかった、その彼がどうして比喩に満足するはずがあったろう？　しかし認識とは深淵から浮かびあがること、はげしい痛恨から新たな謙抑へとつつましやかに浮かびあがること、無から現実を故郷へ連れもどすことなのだ、ふたたびよみがえるためには、現実はいったん無に顚落しなければならないのだが、その現実を連れ帰すことなのだ。認識、比喩の形をとった暗黒からのその帰来、深淵の中で変容し、しかもその本質は変わらぬ現実の再生。

「あなたは天上の世界に神々のさだめられた掟の秩序をお認めになった、そしてそれをローマの精神のうちにふたたび見いだされたのです。その双方をあなたは統一され、あなたの国家の力によってこの統一を地上に、国家のうちに実現され、眼に見える形へともたらされたのです。それはローマの精神の完璧な象徴、天上の認識の秩序の完璧な象徴なのです……」

「なんだ、それなら『アエネーイス』についてもそのまま同じことがいえるではないか」

「とんでもございません！」

食事をしたり、咳をしたり、唾を吐いたりすることになっており、そのために活用される湿った口から、ことばがやりとりされていた、無意味でもあればみだりがわしくもある行為だった。おたがいに相手のいうことが理解できなかったのは、なんのふしぎもないことだった。すべては沈黙の清らかさをもとめていた。

「とんでもない？」――奇妙なことに、今のこの抗言によってアウグストゥスのいらだちがたかまることはなかった、それどころか、幾分譲歩の気配さえ感じられた――「どうしてかね？　ではどうだというのかね？」

「この時代の使命は行為なので、ことばや芸術ではありません。認識の行為のみが今日の使命なのです」

「もう一度聞くが、ウェルギリウス、ではどうして比喩にすぎないのだ？」

口をきくのは非常に苦痛だった、ああ、そして考えるのはなおさら苦痛だった。「おおアウグストゥスさま、地上の世界に天上的なものを認め、この認識の力によってそれを地上の形へともたらすことが、形成された仕事、形成されたことば、そしてまた形成された行為へと化することが、まさしく真の象徴の本質なのです。それは内界と外界にその原像を刻みつけ、ちょうどあなたの国家がローマの精神にみちあふれて、ほかならぬその精神の中にふかぶかと身をひたしているように、原像を囲みながら原像につつまれているのです。そして、その原像が表現する、というよりさらに、原像の中に移行してきた天上的なものになわれて、比喩それ自身も時を超え、持続しながら成長し、死を止揚する真実へと成長して行くのです、それはそもそものはじめからこの真実の象徴なのです……」

「真の比喩とはそんなぐあいに見えるというわけか……」――皇帝は考えこんでいるようにみえた、もちろん何かが理解できずにいる人間のするそぶりだった――「表面の比喩以上のものであろうと欲する比喩か……」

「そうです、移ろいを知らぬ真の比喩です、真の芸術、真の国家です……比喩のうちに真実が移ろうことなく持続するのです」

「わたしにはその条件に十分な根拠があるものかどうか、たしかめることができない……それは煩雑すぎる」

皇帝は何もたしかめる必要はなかったのだ。理解できないものをたしかめることはない、たとえ皇帝であろうとも、おとなしく受け入れるよりほかはないのだ。「あなたは平和と秩序を樹立なさいました。あなたのお仕事がととのえた地盤には、ありとある未来の認識の営みが死を止揚しながらくりひろげられることでしょう。いまでもすでにその営みの象徴となっているあなたのお仕事は、この未来にむかって成長して行くのです……これではご満足でないでしょうか、陛下?!」

思いにふけりながら、しかもなかば立ち去る姿勢を見せながら、皇帝は微笑した。「どこからどこまでひどくややこしい話だな……それは、われわれがマエケーナスのためにとっておくことにした註釈の一部ではないのかね?」

「そうかもしれませんが……よくわかりません……」――立ち去るそぶりを見せているのに、どうして皇帝は出て行かないのか? そう、どこからどこまでひどくややこしい話だった、ぐったり疲れるほど緊張を強いる話だった。たしかに、マエケーナスと顔を合わせるまではとっておくべきだったかも、いや、そもそもだれにもうち明けず心に秘めておくべきことだったかもしれなかった。いつまでも秘めておくべきことだったかも。壁の噴泉はかすかな音をたててながれ落ちていた、その水音のこだまは、あたり一面にしたたり、深みへしたたり、したたりながら海をめざし、夜の海の波をめざしながらすでにみずから波と化し、闇の中に白い波頭を現わして、プロティアの声とさらさら鳴る対話をかわしていた。プロティアの声は、聞きとるすべもなく沈黙したまま、さらさら鳴る音の中をただよい、夜の銀色のかがやきにみたしながら、皇帝が去るのを待っていた、夜の静けさを待ちうけていた。いまは夜だったのか？　おお、ふたたび眼をひらくのはなんと困難だったことか！　日をくりのべ、夜をくりのべることは！

だが、今にも立ち去りそうな気配を見せていたにもかかわらず、皇帝は突然また急ぐ必要がなくなったようなようすだった。まだ何か用があるように、突然彼はまた腰をおろした。ここにいつまでいる気もないが、さりとて出て行きたくもない、そんな恰好で彼は少しはすかいに椅子の角にからだを寄せ、腕を凭《もた》れから垂らして坐っていた。しばらくそのままぼんやりと黙っていたあとで、彼は口をひらいた。「正しいのかもしれないな……きみのいうことはみんな正しいのかもしれない、だが、比喩の山にうもれて生きるわけには行かないのだ」

「生きる……？」それがまだ問題だったのか？　まだ生が問題だったのか？　あたりにはかすかな誘うような水音が鳴りつづけていた——、生きる、おお、死ぬことができるように、まだ生きること。

だれがそれを決定せねばならなかったのか？　いかなる声が指令をあたえるのか？　プロティアは黙っていた。

しかしアウグストゥスはいった。「たとえ現実を比喩の形でしか表現できず、形成できないのがわれわれのさだめだとしても、現実の存在を忘れないようにしようではないか……われわれは生きている、それは現実だ、簡明素朴な現実なのだ」

比喩の形でしか生はとらえられない、比喩の形でしか比喩は表現されない。比喩の連鎖ははてしなく、比喩をもたぬものはひとり死あるのみである。比喩は死にむかって伸びて行く、さながらそれが最後の輪でもあるかのように、しかもすでに鎖につながれてはいないかのように――さながら、すべての比喩はただ死のためにのみ形づくられ、死における比喩の不在さえもとらえつくそうとでもいうかのよう、それればかりかさらには、死においてこそはじめて言語はその根源的な素朴さを回復するかのよう、死が地上の素朴な言語の生誕の場、このうえなく地上的でしかもこのうえなく神聖な言語という象徴の生誕の場であるかのよう。人間のすべての言語の中に死の微笑がひそんでいるのだ。プロティアの声がした。「現実は黙っています。その沈黙の中でわたくしたちは生きて行くのです。現実の中へ足をおはこびなさい、わたくしもおあとについて参ります」

「比喩の連鎖をくぐり抜けて足をはこび、いよいよたかまる無時間の世界へと進みながら……比喩の中なる比喩となることによって、それは現実と化するのです、不死の死と化するのです……」

今度は皇帝が微笑した。「ふむ、実に面倒な現実だな……きみは本気で、現実がそんな面倒な条件に束縛されていると思うのかね？　その条件と、きみが比喩に課したつもりになっている条件とのあいだに、なんの区別があるともわたしには思われないがな……」

すぐそこに坐っているのに、アウグストゥスの声はふしぎなことにはかり知れぬ遠方からひびいてきた、しかしそれに劣らずふしぎなのは、反対の方角からではあったがどうやらさらにはるかな所から、彼自身のことばが生まれてきたことだった。「現実の比喩と比喩の現実……おお、窮極のところでは両者は溶けあってひとつになるのです……」

「わたしはもっと単純な現実を信ずるね、ウェルギリウス。たとえばわたしは、われわれの日常のがっしりした現実を信ずる……だが、ウェルギリウス、ほかでもない日常の素朴な現実において……」そのもっとも素朴な意味においてさえ、人間のことばは死から生まれるのだ。しかしそれをさらにこえて、ことばは、死の二構の門のかなたにはかりがたくひらいている、現実を生みだす無の穹窿から、無量の世界から生じるのだ、だからこそことばを受け入れる者は、ことばを耳にする者はもはや彼自身ではなくなる。彼はおのが身からはるかに遠ざかり、別の人間になる、なぜなら彼は無量の世界に関与しているのだから。

「遠祖たちの素朴さ、ウェルギリウス、きみのアエネーアスの素朴さだ。おのが日常のこの素朴さにおいて、彼らはローマ帝国を建設したのだ……」

日蝕は空を覆い、原光は獅子のような色彩を帯び、ポセイドンの駒は波を蹴立てて駆けり、そして太陽神の獅子は見えなくなっていた――太陽の車を輓《ひ》く獣たちは、挽《ひ》き革をちぎり裂いてしまったのか、神の手による調教をも忘れはて、海の馬どもの群れの中にもどってしまったのか？　おお、暁《あけ》の明星はのぼる、わだつみの波にゆあみし、ウェヌスにつき添われつつ、かがやきの星と選ばれし星、おお、そは東のかたにいとかしこき頭をあげて、そのまなざしはほの暗き闇を溶かしつくす、――これはアエネーアスの現実だったろうか？　素朴な地上の世界を彼はそれほどまでに背後にすることが許されたのだろうか？　ほんとうに彼はそのような境域に踏み入ったのか？　この通りに彼は見たのか？「おおアウグストゥスさま、ホメーロスのもとではすべてが素朴な現実でした……それが彼の認識だったのです」

「その通りだ。きみのいうことはわたしの主張の確認にすぎない。遠祖たちにとって現実だったものは恒常に変わらない、そしてまたすべての芸術のうちにもひそんでいるのが……」

「おおアウグストゥスさま、大地がゆれているのです……ホメーロスと彼の作りだした人物たちにとっては何ひとつゆらぐものはなかったのです……それに反してアエネーアスにとっては……」

「きみは現実について語っているのかね、それとも芸術について語っているのかね?」

「両方についてです」

「両方ね、よろしい、ではここらでしっかり心にとめてもらいたい、ローマときみの詩はひとつなのだということ、だからローマの素朴な現実もきみの詩の中に保たれているのだということを……何ひとつその中で動揺するものはないのだ。イタリアの大地同様、きみの現実も磐石《ばんじゃく》の安らかさのうちにあるのだ」

かがやく月の円球も、太陽の火も精神より養いを得、魂は世界の四肢をめぐりてみずからその四肢と化し、万有の巨軀とひとつにまじわる——、認識しつつ認識されて、星は東へ移るのだろうか? 「おおアウグストゥスさま、現実という現実はすべて成長して行く認識なのです」

「ローマは遠祖の認識だった。ローマはアエネーアスの認識だった、そしてこのことをきみ以上によく知っている者はひとりとしていないのだ、ウェルギリウス」

安らう大地の上を星は移ろう、国々の上をではなく。だが、アウグストゥスはそのことを知ろうとは露ほども思わなかったのだ。しかし黙っておいてよいことではなかった。「遠祖たちは、ローマの秩序をうち立てたとき、認識の種をまいたのでした……」

「それが単なる象徴にすぎなかった、というようなことならもう聞きたくないな……ローマの現実は、すでに作られ、なお作られねばならぬものの現実、わたしの仕事の現実は、単なる比喩以上のものでなくてはならないのだ……」

「認識の比喩のうちにローマの基盤があるのです。それは真実をみずからのうちにひそめ、いよいよ現実へとひろがって行きます……成長と生成においてのみ現実が存在するのです」

「すると現在はきみにとっては無にひとしいのか？」

「認識から生まれたローマ帝国はさらにみずからをこえて成長するでしょう。その秩序は認識の王国となることでしょう」

「帝国の領域はこれ以上ひろがる必要はない。神々のご加護があればわれわれは、ゲルマニアの境界をエルベ河にまでおし進めることができるだろう。そうなれば大洋（北海であろう）と黒海とのあいだの防備線を最短距離に引くことができ、北はブリタニアからダキア（現在のルーマニア）にいたるまでかたい守りのうちにおかれ、帝国はその自然の大いさを獲得することになるだろう……」

「あなたのお国は、陛下、さらに大きくなるでしょう……」

「それ以上大きくなってはならないのだ。もしそれ以上大きくなれば、ローマの道義と秩序を全領域にわたって維持するのに、イタリアの種族の手だけではたりなくなるおそれがある」

「あなたがその存立のために力をつくされている現実の帝国は、軍隊によって守られた領域にひろがる単なる国家体制よりも、さらに大きなものになるでしょう」

「まったく、きみにとっては、すでになしとげられた業績は無にひとしいのだな……無にひとしいからこそ、きみはそれを、現実性を要求することのできない比喩へとおとしめるのだな」

呼吸は苦しく、口をきくのは苦しかった。いっこうに消えうせない皇帝の不信、傷つきやすい彼の自負と戦うのは苦しかった。「あなたが帝国の中にうち立てられた平和は剣によるものではありません、陛下、剣によることなしにこの平和は全世界を覆いつくすでしょう」

「その通りだ……」――するとこの説明はお気に召したのか――「剣によってではなく、契約によって平和をさだめようとするのが、わたしの努力なのだ。むろん、契約が破られぬためには、その背後に剣が立っていなくてはならぬのだが」

「認識の王国では剣は不要となりましょう」

まるでびっくりしたように皇帝は眼をあげだ。「契約破棄に対して、誓約違反に対してどう身を守るつもりなのだ？　軍隊もなしでどうやって防衛をはたすつもりなのだ？　まだ黄金時代がはじまったわけではないのだ」

黄金時代、その到来の暁には青銅も黄金に還元されるであろう、サトゥルヌスの御代《みよ》、たえず変化するその変化の恒常性においては、まさにうかがい知るすべもない、うかがい知るべからざる神サトゥルヌスの御代――、だが、地と空との深みをうかがう者は、サトゥルヌスの領する国のさらにはるかかなたに、神と人間との融和を予感するのだ。

「ただ真の認識のみが誓約を守るのです」

アウグストゥスは微笑した。「それはそうかもしれない。だが、数個の軍団の援護を受けるなら、いっそう守りやすいというものだ」

「イタリア内部の平和のためには、あなたはもうとうの昔から軍隊を必要としておられない……」

「その通りだ、ウェルギリウス、まったく、わたしはわざとここにも守備隊をおかないのだ……」――一種いたずらっぽい率直さが皇帝の表情をいろどり、友人にしかわからぬまばたき――「元老院とその手先の力のおよぶ範囲にある軍隊は、わたしにとってはいささか手ごわすぎる現実だからな……」

「ずいぶん元老院を信用なさらないのですね」

「善悪いずれの面にせよ人間は変わらぬものだ。ユリウス・カエサルを——父君の名とその追憶の清められてあらんことを——二十五年前恥ずべき手段で破滅におとしいれた口さがない邪悪さは、あの頃とまったく同様今日でも元老院の中を横行しているのだ。たとえわたしが元老院議員の指命に今よりさらに大きな圧力をかけたにしても、みなみな方がおとなしくしているのは、いつでもガリアとイリリア（現在のダルマチア、アルバニア）の軍団をイタリアに投入する力がわたしにあると、彼らが心に銘記しているあいだだけのことなのだ。しかしわたしは、彼らがそれを銘記しているように心をくばっているのだ」

「あなたのお力の支えは、アウグストゥスさま、人民であって、元老院ではないのです……」

「それはそうだ……すべてのわたしの配下の官職のうちでも、わたしにとってももっとも重要なのは護民官職なのだ」またしてもいたずらっぽい率直さが表情に現われたが、今度は、皇帝にとって護民官の職がそれほど大事なのは、人民のためではなく、むしろ元老院における拒否権のためなのだということをほのめかしていた。

「あなたは人民にとっては平和の象徴なのです、だからこそ人民はあなたを愛しているのです……黄金時代はまだはじまらない、けれどもあなたのうち立てられた平和はその到来の約束なのです」

「平和か？　戦争か？」——オクタウィアヌスの顔に浮かぶいたずらっぽい表情は、ほとんど痛ましげな影さえ宿していた——「人民はどちらでも同じように受け入れるのだ……わたしはアントニウスと戦った、わたしは彼と同盟を結んだ、わたしは彼を亡ぼした、このめぐるしい変転の何ひとつとして人民は気にもとめなかったのだ。自分たちが何をもとめているのかも彼らにはわからない、だからわれわれはただ、もうひとりのアントニウスが出てこないように気をくばろうと思うばかりなのだ……人民は、勝利者ならだれにでも歓呼をあびせる。彼らが愛するのは勝利なので、人間ではないのだ」

「都会に誘いよせられ一団の集塊と化した人間たちの群れにならば、そういうこともいえるかもしれません、アウグストゥスさま、けれども農夫にはあてはまらぬことです。農夫は平和と、平和をもたらす者を愛します。農夫はあるがままのあなたを愛しているのです。そして農夫こそが真の人民なのです」

一瞬、心臓がひとつ鼓動するあいだ、ああ、胸痛むひと呼吸のあいだだけ、日蝕が、蒼ざめた光と線のような風景が消えうせた、不動のままにゆらぐ存在が消えうせた、実は消えうせたのではなかったのだが、それでもマントゥアの平野の光景に席を譲りわたしはしたのだった、陽ざしの中にひろがり、四季を通じてひろがり、生涯のすべての時期を通じてひろがる、ほのがすむ山々にかこまれ幼時のささやきにかこまれた野の風景に。

もう何も急ぐことはないかのように、皇帝は椅子にきちんと坐り直した。「わたしは地上から都市を抹殺することはできない、ウェルギリウス、反対にわたしは都市を建設せねばならぬのだ、それはかつても今も変わらず、ローマの秩序の支点なのだから……われわれは都市を築く民族なのだ、そしてまずローマの都は……」

「商人や金貸しの町であってはなりません。彼らの黄金時代は貨幣に鋳られ、刻印されています」

「それは間違いだ。商人はローマの平和の戦士だ。そして彼らの商売を成り立たせて行こうと思えば、銀行も存続させねばならない……それはみな国家の福祉のためなのだ」

「間違ってはおりません。わたしの眼には金に渇えた街々の雑沓が、不遜な無信仰がうつるのです。ただ農夫だけがローマの民族の敬虔さをもっています、とはいえ農夫さえ今では、いたるところに瀰漫《びまん》する金銭欲におちいる危険にさらされているのですが」

「きみのいうことが正しいとすれば、われわれは早急に、一刻の猶予もおかずに教化の使命をはたすべき警告を受けたことになる。都会の群衆も、その市民権にかんがみて当然そうなければならぬ存在になるよう、すなわちただひとつのローマ民族になるように、われわれは努力しなくてはならぬわけだ」

「彼らは認識のうちでローマ民族になることでしょう、彼らは認識にこがれているのですから」

「彼らがこがれもとめているのはむしろ闘技場の競技のほうだ……もちろんそれは、われわれの使命とその切実さを減ずることではないがね」

「競技！　恐ろしいばかりに彼らはそれをもとめています……逆転の道です！」

「なんの道？」

「認識のうちにいない者は、その空しさを陶酔によって麻痺させなくてはならないのです、つまり勝利の陶酔によって。それはただはたからながめているだけの勝利でもいいのです
……しかしむごたらしいことに変わりはない」

「わたしは現に眼の前にある事実を問題にしなくてはならない。群衆を統一するに適したもののなら、なんであれゆるがせにすることはできないのだ。勝利の感情をもって群衆は結ばれ、

ひとつの民族となるだろう。勝利の感情のうちに彼らは、国家のために力をつくす用意をととのえるのだ」

「農夫は彼の土地の清らかな平和のために国を守るのです」――おお、かなたにひろがるマントゥアの野よ――「農夫はいつも民族と呼ばれるあの協同体の中に生きています、畑に出ていても、市場に出かけても、彼はその中にいる、祭日のたびごとに彼はその協同体の中にいるのです……」

「わたしは農業を振興するためにたえず心をくばってきた。租税を軽減し、広大な国有地を小作地に細分し、開墾条件を調整した。だが、老兵たちを開拓地に送った結果はどうもはかばかしくなかった。この経験は、われわれの国家経済のありかたが変化してしまったことを、きわめて如実に示す証左だった……ローマはその農業国としての段階を踏みこえたのだ、今日われわれにとっては、イタリア、あるいはシチリアの穀物よりも、エジプトの穀物のほうが重要なのだ。もはやわれわれは農夫ばかりをたよりにすることはできないし、都会の群衆を農民にもどすことなぞはなおさらできない、どちらか一方だけでは、国家の経済を、ひいては国家そのものを危殆《きたい》に瀕せしめることになる……」

「けれども、あなたが守っていらっしゃるローマの自由は、昔も今も農民によってになわれているのです」

「自由？　なるほど、なるほど、わたしはローマの人民の自由に対して責任を負うている。アントニウスであろうとだれであろうと、この自由には一指も触れさせない。これはローマ帝国の使命なのだし、そのためにも国家の安寧を保つ必要があるのだ。人間を国家の威力に関与させることによって、国家は人間に彼がもとめている自由の感情を――つまり、この感情はなんといっても人間の本性の一部だし、満足を味わわずにはおかないものなのだが――とりつぐというわけだ。ただ国家の福祉のうちでのみ、この自由の感情は安らかに息づくことができる。この中ではだれもがその感情を味わうことができる、奴隷でさえ自由を享受することができる、まさしくそれゆえに、これはきみが語った土地の自由より以上のものなのだ、なぜならこれは神聖な秩序の自由なのだからな！　そうだ、ウェルギリウス、こういうことなのだ。そのほかの一切は現実性を欠いた夢物語だ、なんの秩序も義務もない黄金時代のはかない夢にすぎぬのだ。サトゥルナリア（サトゥルヌスを祭る冬至の祭典）の時節には、そのような無秩序な夢の自由がさも存在するかのようにふるまわれるのだが、それはそれで結構な慰みとしておこう。だが一年中サトゥルナリアを祝おうと思いでもしたら、国家の存立があやうくなるのは眼に見えている。サトゥルナリアはひとつの比喩だが、国家はまぎれもない現実だ。わたしには黄金時代を樹立する力もなければ資格もない、だがわたしのうち立てるものは、わたしのもの、つまりまさしくわたしの時代、わたしの国家の時代たらしめようと思っているのだ」

このとき奴隷がいった。「自由はわたしたちのもとにあります。国家は笑うべき地上の存在です」

もちろん皇帝はこんなことばに一顧も払わなかった。彼は立ちあがっていた。奇妙に無感覚な、動きのない口調で、しかも内部から衝き動かされるように奇妙に昂奮して、彼はことばをつづけて行った。「それが国家の福祉の一部であるかぎり、自由といえども現実と見なされねばならない、仮象の現実と考えられるべきではないのだ。自由も単なる、比喩より以上のものでなくてはならないのだがらな。ただそれは比喩におとしめられることが多すぎる、とりわけ元老院自体がそういうことをあえてするのだが。緋の長衣をまとったお歴々はまやかしの仮象の自由を呼びだして人民をまどわし、内乱を煽動《せんどう》することにくりかえし成功してきたのだ！　なんたる恥ずべき欺瞞だろう！　たしかに、元老院議事堂の扉はひらかれていた、希望者は元老院会議を傍聴することができた。だが、これは人民にあたえられた唯一の自由でもあったのだ、人民の自由という自由のうちでももっとも陰険な自由だ、人民を抑圧し人民を搾取するための法律が、恬《てん》として良心に恥じぬやからによっていかに制定されるか、聞いてもよろしいという許可とはね！　比喩であろうがなかろうが、老化した制度は現実を仮象の現実へ、自由を仮象の自由へと逆転してしまう、そしてこのことが一切の犯罪にとって最上の土壌なのだ。わたしはこれを一掃しなければならなかった。いかにも、きみが思いえがいているその昔の農業国家においてなら、この制度にもまだしかるべき意味はあった、その頃は市民もまだ公の問題を通観することができ、人民議会も正しい、真に自由な意志をそなえていた。それに対して今日では、われわれは四百万のローマ市民を相手としなくてはならない、今日ではわれわれの前にあるのは盲目の巨大な群衆だ。そしてこの群衆は、まばゆく光る誘惑的な自由の衣に身をつつんで威容を作るすべを心得た人間ならだれにでも、無定見につき従って行く。手品師のように巧みな襞さばきで、その衣がすり切れた無意味な公式のぼろ布を、どれほど粗末に継ぎあわせはぎあわせたものか、かくし終《おお》せるすべを心得た人間にならば、ただもうなんの分別もなしに追従する。群衆の自由とはまさしくそうしたものだ、しかも彼らは自分でもそのことをわきまえているのだ！　彼らは自分たちの肉体的精神的生活の深刻な不安定さを知っている。自分たちには理解することも左右することもできぬ新たな現実が、身のまわりをかこんでいるということを彼らは知っている、にもかかわらずやはり知らないのだ。彼らが知っているのはただ、自分たちがはかり知れぬ力にゆだねられているということばかりなのだ、法外なひろがりをもった力、その力に彼らは飢饉とか疫病とか、アフリカの凶作とか夷狄《いてき》の侵入とか、時に応じて名前をつけることはできるが、それにもかかわらず彼らにとってこの力は、その背後にひそむさらに深く、はかりがたく、とらえがたい脅威の表現にすぎないのだ。たしかに群衆は彼ら自身の自由の危険を知っている、自分たちを、おびえて逃げまどい、導きもなくさまよう畜群に化してしまう仮象の自由を知っている。この深刻な動揺をながめるとき、内外の脅威に民衆がさらされているのをながめるとき、わたしはくりかえしていわざるをえぬ、真の自由はもっぱらローマの秩序のうちにあるのだ、万人の福祉のうちに、一言にしていえば国家のうちにあるのだ、と。神となられたわが父が――その追憶は清められてあれ――望みたもうた国家、わたしが彼の遺志を体して築きあげようと努力している国家、この国家はそれ自体が自由であり、不易の現実なのだ、ローマ精神の現実のうちにおける自由なのだ」

「精神の王国においてこそあなたの築かれた国家の現実が成就することでしょう」

「その精神の王国はもう存在している。それは国家だ、ローマ帝国、その辺土のはてにいたるまでのローマ帝国なのだ。国家と精神とは一にして二ならざるものだ」

自分の口の中で形づくられたのに、しかも遠くから答えがひびいてきた。「自由の王国……人間と人間性の王国……」

「ローマ人の国だ、ウェルギリウス！　ギリシャの自由、ギリシャの精神がローマに復活したのだ。これに対する貢献きみほど多大な者はひとりとしていない！　ヘラスは約束だった。ローマ帝国はその約束の実現なのだ」

奴隷の声が語った。「王国は永遠に栄えるでしょう、そこにはもはや死はないでしょう」

皇帝は改めて演説をはじめたのか？　それははっきりとはわからなかった、彼は語りながら、しかも語ってはいなかったのだから。さながら皇帝の内奥の思考のように、ことばは微動もせずに空間にとどまっていた。「国家は群衆に、彼らがうしなったあの肉体的精神的な安定をあたえなくてはならぬ、彼らに恒久の平和を保証し、彼らの神々を守り、自由を公共の福祉の要求に応じて分割しなくてはならぬ。これが、このことだけが国家の人間性なのだ、おそらくは唯一の可能な、しかし明らかに最上の人間性なのだ。もちろんときとして、公共の福祉が危急にさらされるやいなや、個々の人間や集団に対して、かなり非人間的な、容赦ない態度のとられることもありはするのだが。公共の福祉のためにはいついかなる場合でも個人の権利は全体の権利のもとにたわめられてよい、というよりたわめられねばならぬのだ、個人の自由はローマ全体の自由のもとに、隣境の平和はローマの平和のもとに。たしかに、国家があたえるのはきびしい人間性だ。公共の福祉に奉仕しながら、ほかならぬその奉仕によってこれを実現しながら、国家が個人の見返りの奉仕を要求し、国家権力への個人の完全な従属を要求すればするほど、その人間性はいよいよきびしさを増す、いや、さらには、全体の安全と防護にとって必要とあれば、みずからが守っている個人の生命の返還を要求し、これを抹殺する権利をさえ手中に収めるのだ。規律ある人間性、それこそ国家がもとめ、国家とともにわれわれがもとめねばならぬものにほかならない、規律によってさだめられ、いかなる柔弱さからもまぬがれ、現実の掟に組みこまれた現実のうちなる人間性、ローマのきびしい人間性。ローマはこの人間性によって偉大になったのだ……」

おお、マントゥアの野よ、おお、幼時の風景、人間の世界のやわらかな風景よ、うしなわれることなき父たちの風景よ――外にはこの風景の片鱗すら見あたらなかった。凝然とした世界の中にそれは色褪せかすんでいた。存在にはいかなる動きもなく、かなたの窓辺にたたずんでいる人影も身じろぎひとつしなかった、もはやオクタウィアヌスではなく、ほのかでしかもきびしく、奇妙に硬い、すでに人間界を超脱したのかとさえ思われる形象だった。そしてあたり一面には国家が妖怪じみた巨大な線をえがいてひろがっていた。

「たとえ今はまだ、陛下、あなたが国境を守られねばならないとしても、やがて国境は存在しなくなるでしょう。たとえ今はまだ公の権利と私の権利を区別する必要があると感じられようとも、やがて正義は分割できないものとなるでしょう、いかなる個人における損害も全体の損害となり、個人の権利は全体の権利のうちで守られることになるでしょう。たとえ今はまだ自由を非常にせせこましく限られねばならないとしても、全体の自由を維持するために奴隷にはまったく自由をあたえず、ローマ人にはほんのわずかしか恵まれないとしても、認識の王国においては人間の自由は無制限に認められることになるでしょう。そしてこの人間の自由の上にこそ、一切を包括する世界の自由が築かれることになるでしょう。というのも、あなたの国家がやがてその開花を迎えるはずの認識の王国は、真の現実の王国は、民衆の国とはならないはずなのですから。いえ、民族の国とさえならないでしょう、それは知覚のうちにある人間によってになわれ、ひとりびとりの人間の魂によってになわれ、魂の品位と自由によってになわれ、神の俤《おもかげ》を宿す魂の特性によってになわれた人間の共同の王国となることでしょう」

「わたしたちがつつましやかに姿を消してしまったとき、認識が生まれでることでしょう」と奴隷の声が彼のことばを結んだ。

アウグストゥスは何も聞こえなかったらしかった。平然として彼は語りつづけた。「ローマの現実は地上のものだ、その人間性は地上のものだ、これに従う者には遅疑することなく冷静に恩恵をさずけ、あえて秩序を乱そうとはかる者には遅疑することなく冷静に峻厳な罰をあたえる人間性なのだ。わたしが農民階級の収奪を防いだのはイタリアの地においてばかりではない、ローマ帝国全土の農民をわたしは保護してきたのだ。わたしは属州における課税の重圧を除き、諸民族にその権利と特権を返しあたえ、共和制と自称しながらその名をはずかしめた乱脈な行政に終止符を打った。わたしを悪しざまにいう者たちは、こうしたすべてが至極冷静な事務的な仕事で、さしたる大事業でもないと難癖をつけるかもしれない。いいたい者にはいわせておこう、この冷静な仕事によってわたしは、汚された共和国の名をふたたび名誉あるものとし、内乱による荒廃にもかかわらず、国土の全域にわたって新たな繁栄をもたらしたのだ。冷静さがローマの光なのだ、ローマの人間性は冷静なのだ。この冷静さは全体の福祉のために心をくだくばかりで、なんぴとの愛顧を得ようとも思わない、それどころかときには、よりよき人間性への発展を遮断しよう、あるいは少なくとも延期しようとさえすることもあるのだ。そういうわけで、たしかにわたしは奴隷の境遇が改善されるように気をくばりはしたのだが、国家の繁栄が奴隷を必要とする以上、たとえ被抑圧者にふさわしい権利があってそれに固執してみたところで、彼らはやはりこの現実に順応しなければならないのだ。まったくのところ、一切の温情を無にして、実に不本意ながらわたしは、奴隷の解放が度をこさぬよう法律によって制限せざるを得なかった。かりにもし彼らがこの制限に反抗するとすれば、新たなスパルタクス（トラキア生まれの奴隷。ローマに対して反乱をおこしたが紀元前七一年に敗れて死す）が彼らの首領になるとすれば、わたしはクラッスス（カエサル、ポンペイウスと三頭政治を行なった将軍）のように数千の奴隷を十字架にかけねばならないだろう、民衆を威嚇しかつ楽しませるためにもそうしなければならないだろう、民衆というものはいつでも残酷なことが好きで、すぐ不安におびえるものだが、国家の絶対権の前では個人は無にひとしいということを、彼らの血に飢えながら戦慄する心のうちに思い知らせてやるためにもな」

「いいえ」と奴隷がいった、「いいえ、わたしたちは精神の中によみがえるでしょう。なぜなら、幽囚という幽囚はわたしたちにとっては新たな解放なのですから」

　奴隷には目もくれずに、支配者はさらに語りつづけた。「われわれ自身も人民の一部として、絶対権をもった国家の所有なのだ、われわれの存在と所有の一切をひっくるめて、国家のものなのだ、そして国家に属することによって、われわれは人民に属することにもなるわけだ。国家が人民を具現しているように、人民は国家を具現しなければならぬ、そして国家にわれわれおよびわれわれの行為の確乎たる所有権があるとすれば、同様に人民にもその権利があるのだ。われわれの行為が偉大なものであれささやかなものであれ、それが『アエネーイス』と呼ばれようとなんと呼ばれようと、人民はそれらにみずからの所有権を行使する資格および義務があるのだ。われわれはすべてみな人民の奴隷なのだ、いかなる導きの手にも逆らい、しかも導きを必要とする、年端も行かぬくせに傲慢な子どもの奴隷なのだ」

「この人民はあなたを父と呼んでいます、そして父の認識をあなたから待ちうけているのです、アウグストゥスさま」

「人民は子どものようにたよりない存在だ。窮地におちいると臆病風に吹かれていつでも逃げられる用意をととのえ、いかにも危うげに足もとをふらつかせ、なんといって励まそうが慰めようが一切耳をかさず、熟慮をかさねる余地もあらばこそ、人間性のかけらもなく、良心もなく、成り行きしだいに脈絡もなく跳びはね、油断も隙もならず、残酷で、しかもまたひとたび自分自身を見いだすならば、正しい道をほのかに予感して、夢遊状態のまま目標をめざして進む子どものようにまったく危なげのない足どりで、大らかに気まえがよく、敢然として、一身を犠牲に供することができるのだ。おおわが友よ、われわれがその一員として生を受けたのは、偉大な栄光につつまれた人民なのだ。みずからのすべての営為を通じてこの人民に奉仕する義務を、われわれは感謝の念をもって負わねばならぬ、われわれに与えられた指導者としての役割にはさらに感謝しなければならないし、何よりも、その指導権を実行に移せと命じたもう神の下知には、最大の感謝をささげねばならぬのだ。わが手に託されたものの巨大な小児性を念頭におきながら、われわれはそれを制御しなければならぬ、そこから何ひとつ奪いとることなしに、価値ある一切をそこにとどめておかねばならぬ、たとえば子どもじみた遊戯と残虐さへの陶酔なども、柔弱にながれる危険を防ぐ力としてとどめておかねばならぬ。だがまさしくそれゆえにまたわれわれは、こうしたすべてが自他ともに傷害をおよぼさぬよう、荒廃を惹きおこさぬよう、一定の限界にそれを抑止しておくために気をくばる必要がある、なぜなら、人民という名のこの子どもがすさんだ狂気にとらわれるほど危険な恐ろしいことはないのだからな。それは見捨てられて途方にくれた子どもの狂気なのだ、だからわれわれは、くれぐれも人民が孤独感におちいることのないように、注意しなければならないのだ。おおわが友よ、われわれは人民の子どもらしい無邪気さを守らねばならぬ、父の家にいる子どものような安らかさを人民に与えねばならぬ。そのようにして、父の慈愛にみちたきびしさをもって人民をみちびくすべを心得ている者、生活と魂と信仰の安らかさを人民に与える者、その営みを成就する者が、ただその者のみが人民を国家へと呼ぶべきさだめを負うている、国家の安寧のうちに生活を営めよと呼ぶばかりではなく、一旦緩急のときには身命を国家へささげるように呼ばわることも彼の任務なのだ。おおわが友よ、ただそのように厳正な規律のもとに正道を歩む人民のみが、自己自身をも国家をも金剛不壊の堅きにおき、国家とともに不滅となる、とはすなわち、さもなくば避けがたい没落の運命から永遠にまぬがれることができるのだ。これこそが国家と人民にとって永遠に妥当する目標なのだ」

だれが答えたのか？　答えがありえたろうか？　しかも答えはおのずから生まれてきた。

「永遠なのは真実だけです、狂気から解放され、狂気を防ぎとめる、上と下との深みから汲みだされた現実の真実だけです。なぜなら、ただそれだけが不変の現実なのですから。真実へと呼ばれ、讃美へと呼ばれ、真実の行為へと呼ばれたときはじめて諸民族は、いえ、一切の民族性をこえて人間は、未来永劫にわたってかぎりなく帝国に関与することになるでしょう。ただ真実の行為においてのみ死は止揚されるのです、過去の死も未来の死ももろともに。ただその道を経てのみ薄明のうちに沈む魂は万有の認識へと呼びさまされる、人間の顔をもったありとあらゆる存在が生まれながらにその恩恵をさずかっている万有の認識へとめざめるのです。真実へむかって、真実のさなかへむかって国家は成長します、国家の内面的な成長こそが真実にとっては重大なので、国家は真実のうちにみずからの窮極的な現実を見いだし、地上を超越した神聖なみずからの根源に還帰する道を見いだしながら、永劫の壮麗が今のこの時代に成就することを、人間の王国となって、神聖な人間性の王国となって、ありとあらゆる民族に君臨しありとあらゆる民族を包摂する王国となって成就することを願うのです。この国家の目標は真実の王国です、すべての国々にひろがり、しかも一本の樹木のように大地の深みから天の深みへ成長する王国なのです、というのも、成長する敬虔さのうちにおいてこそ、王国が顕現するのですから、王国の平和、真実のゆたかな開花としての現実が顕現するのですから」

今度もアウグストゥスは心を乱されはしなかった、おたがい何も耳にしなかったかのように、またしても会話はなんの動きも見せず、不動の平行線をたどってながれすぎて行った。

「神々の愛は個々の人間にはむけられぬ。個人は神々にとってはとるにたらぬものだ、その生死も意とするところではないのだ。神々は民族に心をむける、神々の不易恒常の性格は民族の不易恒常の性格にむかってはたらきかける。この性格のみが神々にとって肝要なので、それを彼らが保護するのは、みずからの恒常性も民族の恒常性と盛衰をともにするものだと心得ておればこそなのだ。それにもかかわらず神々が個々を顕彰するとすれば、それはただ、その人間に国家の生活形式を築きあげる力を賦与せんがためにすぎぬ。この生活形式の中で不易の民族の存立が、永遠の使命を課せられて秩序づけられ、磐石の安きにもたらされねばならぬのだ。地上の権力は神々の力の反照なのだ。神の現実と民族の現実とのあいだに、永遠の神の秩序と永遠の民族の秩序とのあいだにかけわたされ、双方を国家のうちに実現することによって、支配権はそれみずからが永遠の存在と化する、神々とともに、民族とともに、生と死よりも巨大になる、この二重の現実ゆえにさらに巨大になる、神々と民族とのあいだにかけわたされ、神々の力の反照となり民族の力の鏡像となって、地上の権力は、国家は、個々の人間や人間の多様性を意に介するかわりに、いつもただ民族全体にのみ心を用いる、それはこの全体のうちに、永遠の現実の存続を守ろうと願ってのことなのだ。人間ばかりをみずからの支えにしようとする支配権は、けっしてその地歩を維持することはできない、それはみずからを支える人間たちと運命をともにする、いや、たとえどれほどゆたかな祝福に恵まれようとも、人間的な狐疑逡巡《こぎ》の影がほんのわずかでもきざせば、それはたちまち落葉のように吹き払われてしまうのだ。ペリクレスのうち立てた平和はまさしくそのような運命をたどった、ペストによる死からアテーナイを守ることができなかったばかりに、彼は追放の厄にあわねばならなかったのだ。三年前に飢餓がローマを襲おうとしたとき、すんでのところでわたしも同じ運命に見舞われかねなかった。神々は地上のパンをめぐみ、それにしたがって、彼らの力をになう者なるわたしに、元老院による人民への穀類の施与を維持するよう配慮せよとの命を下されたのだが、まさしくその神々が当時わたしにあまりあるほどの慈悲を垂れたもうたおかげで、わたしはアレクサンドレイアの商船隊に穀物を積みこませることができ、順風は海路をいやがうえにも縮め、最悪の事態はかろうじて回避されたのだった。だがもしわたしの力が神々全体、民族全体の上に基盤を据えているのでなかったとしたら、この救いもなんの役にも立たなかったろう、すでにいたるところで火の手をあげていた騒擾のために、わたしは策のほどこしようもなく没落して行かねばならなかったろう。そしてことあるごとにわたしはわれとわが身を、いや、ローマ国家全体を、輿論《よろん》のかもしだすありとあるはかない偶然にさらさねばならないだろう、権力の行使が死すべき個々の存在を分散させる結果に終るのを、手をつかねて見ていなければならないだろう。国家とは至上の現実だ、土地の上に眼に見えずひろがってはいても、その勢力範囲にはいかなる亡びと移ろいのさだめを負うたものも容赦せぬほどの至上の現実なのだ。亡びのさだめを負い、無常の運命をになった人間としてわたしはここに立っている、しかし国家の勢力範囲においては、わたしの権力の領域においては、わたしは無常のさだめをふり捨てて恒常性の象徴と化さねばならない、なぜならば、ただ象徴としてのみ死すべき存在は恒常の世界に適応することができるのだから。その恒常の世界とは、ほかならぬローマ帝国同様、その現実性ゆえに一切の比喩さえも超越しているのだ。二重の現実性をそなえた国家は神々を象徴化せねばならぬばかりではない、神々の栄光をたたえるためにアクロポリスを築くばかりではたらぬ。その現実の第二の半分である民族のためにも同様に、国家は象徴を設けねばならぬ、民族がまのあたりに見たいと望み、しかととらえることができるような強力な象徴、民族がそこに自己自身の姿を再確認できる強力な影像を。それは民族の自主独立の姿をうつす像なので、その前に叩頭《こうとう》しながら民族は、地上の権力はアントニウスの例が示すように、たえず罪悪の方向に傾きがちなものだということを、また、永遠不滅の現実の象徴を一身にかねそなえた権力者のみが、その種の危険を遮断するのだということを感じとるのだ。だからこそこのわたし、ローマの秩序を保持するための権力を、神々からあたえられた封禄として、神にひとしい父上の遺産として受けつぎ、万世一系の子々孫々にいたるまでこの遺産を伝えて行かねばならぬこのわたしは、わたしの像を神殿に立てることを許したのだ、いや、許したというより命じたのだ。それはこの国のもろもろの民族がなお帰依しているすべての神々の像とは別の、帝国の統一を象徴する像、大洋からエウフラテスの岸辺にいたるまでただひとつの秩序が支配する、その秩序への帝国の成長を象徴する像なのだ。われわれは、自分たちの制度をだれにも強制しようとは思わない、別段急ぐ必要もない。時間は十分にあるのだから、諸民族が自発的にわれわれの裁判、われわれの度量衡、われわれの貨幣制度の利点を採用するにいたるまで待っていればよいはずなのだ。もうそのきざしはここかしこに見えているのだからな。だが、ローマの思考へのこの移行をできるかぎりすみやかに達成する義務を、われわれは不可避の命令として受けとってしまった。どこにおいてであれわれわれはこの移行を達成するための準備に即刻とりかからねばならない、帝国の意識を、そこに属するすべての民族の心に今すぐにも呼びおこさねばならない。ローマの思考の至上の表現である神々のためにわれわれはこの行為をはたさねばならない、そしてこの行為が可能なのは、ただ象徴のうちにおいて、象徴と、象徴がまのあたりに現じる彫像を通じてのみなのだ。わたしの彫像の設置をもとめたとき、ローマの人民が認識していたのはまさしくこのことにほかならなかった、わたしを神として——もちろんわたしは神ではないが——迷信的に崇拝しようというのではなく、神によってわたしに課せられた職務につつましやかな敬意をささげようというのだ。帝国の境界のうちにいる異民族たちもこれには敬意をささげる義務がある、というのもこの職務の像には、この国家の真の内面的な成長が、ローマの平和の安寧のうちに万世にわたって秩序づけられた、帝国の統一のための必然的な成長が示現しているのだからな」

万世にわたって！　皇帝は語り終えていた、彼の視線ははるかなひろがりにむけられていた、空間もなく時間もないかなた、そこにローマ帝国は眼に見えぬ線をえがきながら地上の風景をこえて伸びひろがり、まだ暗く光なく、しかも光にみちあふれ、光を待ちうけているのだった。ひそやかに謎めいて時はながれた、かぎりなくうつろで、しかもそこにはポセイドンの馬の蹄の音がとどろに鳴りひびく、水もなく岸辺もなく滔々《とうとう》と波だちわきかえる流れだった。壁龕《へきがん》の噴泉はさらさらと音たてていたが、もう水が涸《か》れかけているのではないかと思われた。世界の一切が何ものかを待ちうけていた。

「人間の敬虔な心情の成長につれて時は展開するのです、おおアウグストゥスさま、その敬虔さのさなかに帝国は生い育ち、地上の権力や地上の制度には影響を受けも与えもしない、というのもこれらはみなまだ象徴の領域に跼蹐《きょくせき》しているのですから。けれども帝国は、みずからのうちに実現される創造の鏡となって、現実と化することでしょう。あなたのお仕事はいよいよたかまり行く人間の敬虔な心情のうちに現実と化することでしょう、この心情へむかう道をあなたはお示しになったのです」

はるかをさまよっていたアウグストゥスの視線は、また間近の空間にもどってきた。「わたしはティティウスの司祭団と占筮《せんぜい》を再興し、ルクルルス家の饗宴の革新にとりかかっている。随処でわたしはその昔のゆかしい信仰の形式を民族の記憶によみがえらせ、遠祖たちがその信仰の縁どりとした敬虔かつ厳粛な祭典を復活させようとつとめている。これは神々の心にかない、民族の心にかなうことだが、またそれはきみのアエネーアスの、父アンキーセスへの追憶をゆるぎなくまめやかに守りつづけたアエネーアスの心変わらぬ敬虔さでもあったのだ。わたしが変わらぬ心をささげてきた神にひとしいわが父君の追憶のうちに、この民族はわたしに支配権をゆだねた。わたしの行為のうちに彼らは、あこがれもとめている父たちの信仰のよみがえりをまざまざと見てとったのだ。彼らはわたしを自己自身の権化として、民族の力の権化として選びだした、護民官職の委託によってばかりではなく、至高の司祭職の力、至高の信仰護持の象徴に充満した職務の委任によっても。ローマの敬虔な心情は成長する必要がない。この心情は、それが仕えるローマの神々同様、そもそものはじめから存在していたのだ。問題はただそれを回復することにある」

「おおアウグストゥスさま、あなたは人間の敬虔な心情を、父君のご遺志への随順からはじめて学ばれ、そのとうとい御名において信仰の形式を力強く守護しておられます。人民は愛情をこめてあなたにしたがい、いかなる悪人も、神々によってさだめられあなたの手によって再建された秩序の侵犯をあえて企てようとはしないでしょう。けれども、おおアウグストゥスさま、人民のあいだに伝えられてきた敬虔さえ、あなたの敬虔さえ、八百万《やおよろず》の神々の領域をこえて行くのです、かがやかしい父たちの系譜をこえて行くのです、というのも敬虔な心は始原の父にむかいながら、このはるかな祖《みおや》が顕現するのを、父がその福音と創造をつつましやかに待ちうける子にうち明けるのを、静かに期待しているのですから……」

「アポロはわが家の守護神だった。太陽神と地神を一身に兼ねそなえたこの神、秩序をうち立てながら一切の災厄を防ぐこの神は、われわれがそのもとに服する天なる父ゼウスの子なのだ。一切の光明の源は彼なのだ」

このとき奴隷の声がまた聞こえてきた。はるかかなたから、ペンで描いたように乾いた細い感じで、その声はひびきよせた。「ゼウスさえも運命にはつつましやかに仕えるのです、けれどもそれどころかさらには、およそきわめるすべもない光が一切の思考を覆いかくしてしまうかしこ、境界をこえたかしこに、運命は奉仕につぐ奉仕をかさねている、始原の未知なる存在への奉仕をつづけている、その存在の名を口にすることは許されないのです」

思いに沈んで皇帝はかなたの出窓に凭りかかっていた。静かだった。まだ何ひとつ動きを見せはしなかったが、光の蒼ざめた色合いはしだいに引きさり、光はふたたび形姿をとりもどしていた、それはさながら境界を看視する太陽の獅子になろうとするかのよう、たくましい前足をもちながら、その足をそっと忍ばせて歩みより、敬虔な主の足もとに横たわる獅子になろうとするかのようだった。大地の揺れはおだやかになり、ポセイドンの心はやわらいでいた。日蝕はまさに終ろうとしていた。

「光明という光明から新たな敬虔が生まれでるのです、おおアウグストゥスさま」

「だがわれわれの敬虔は光明へとみちびかねばならぬのだ」

「敬虔な人間は、アウグストゥスさま、すでに知覚に到達しているのです。始原の父の設けた掟を彼は心にとどめている、だからこそ彼の記憶は、まだその足音を耳にしないうちに、やがてくる未来の存在とことばをかわすことができる、まだどのような命令も与えられないうちに、奉仕の愛をこめてその存在に仕えることができるのです。呼びよせるすべもない存在を彼は呼びよせる、そしてこの呼びかけによってその存在を創造するのです……敬虔とは、人間がのがれがたいおのが孤独からの脱出を知覚することです。敬虔とは盲人が見、聾者《ろうしゃ》が聞くことです、なぜならばそれは、単純さの中での認識なのですから……人間の敬虔から神々が生まれでたのです、神々に仕えながらそれは、神々のかなたにある愛の認識、死をも止揚する認識となるのです……敬虔、深みからの帰還……錯乱と狂気の止揚……認識をになう真実……そう、それこそが敬虔なのです」

「どこへ行こうというのだ、ウェルギリウス！　どこへ行こうというのだ！　きみの口にしたすべては地上をはるかに逸脱している、そこには地上の使命はもういささかも保たれていない。しかしわたしは、このわたしは地上に足を据えている、わたしはその姿勢に甘んじなければならないのだ。ローマの民族はその掟の命ずるままに神々の意志に身をゆだねた、そのことによって彼らはみずからの自由を制約し、自由を改造して国家に作りあげ、こうしてアポロ的な光明と秩序への道をみずからにさし示したのだ。この道は正しく守られねばならない、わたしはそれが正しく守られるよう看視しなければならない。そしてこの道が人間的な敬虔の支配によってひらかれたとすれば、その敬虔はこの道と道の目標を超脱することは許されない、それは国家をこえることはできないし、許されもしない、なぜといって、さもなければ国家は無意識になり、その現実はうち砕かれ、それとともに神々と民族の現実も破壊されてしまうのだから。敬虔とは国家の謂《いい》だ、国家への奉仕、国家への帰入の謂だ。自己の人格全体、自己の仕事全体でもって国家に仕える者こそ、敬虔の名にふさわしいのだ……そのほかの敬虔はわたしには無用だ、そしてこれはひとつの義務なので、その義務からはきみもわたしもまぬがれてはいない、いや、だれひとりとしてこれからまぬがれている者はいないのだ」

アウグストゥスが語ったすべては、奇妙に信じがたかった。信じがたく、しかも仮面のようなその印象は痛々しかった。喪失のような、幻滅のような、断念のような、おそらくはまた羞恥のような痛々しい感じだった。つまりそれは、どうあろうと結局は人の心をとらえていたのだ、おそらくは友情ののがれがたなさにおいて、またおそらくは死ののがれがたなさにおいて。死なねばならないのは実はアウグストゥスではなかったか？　彼が語ったことは、さながら未来のローマ帝国の指導者のための遺言のようだったが、しかもそれ自体すでに生命をもたず、神々にむかっても、人間にむかってもせまる力はなかった。ひどく疲れたらしく、アウグストゥスはまた腰をおろしていた。ひとり思いにふけったまま、幾分前こごみになって彼は坐っていた。少年のような美しい顔は視線を投げてよこしもしなかった、しかし彼の手は獅子の頭におかれていた。かぎりなくはるかな境界にいたるまで皇帝は地上の領域をきわめつくしていた、地上の牢《ひとや》に彼は閉じこめられたままでいたのだった。今彼は疲れていた。しかもなお、支配者だったのだ。

まさにそれゆえに、まさしくそれゆえにこのことが語られねばならなかった、はっきりと口にされねばならなかった――「神々のかなたに、国家のかなた、民族のかなたにひとりびとりの魂の敬虔があるのです。たとえ神々が民族ばかりを心にかけられて、ひとりびとりのことは知ろうとされないとしても、この魂はもう神々を必要としないのです、きわめがたい存在と敬虔な対話をはじめさえすれば、あの神もこの神も必要ではないのです……」

神聖な存在との対話！　おお、上と下とのあいだにはりわたされた眼に見えぬ薄明の幕が破れぬかぎり、祈りはただそれみずからのこだまを返すにすぎない。神はたどりつくすべもないはるかにあり、なんの答えも与えない。

しかし皇帝はいった。「その敬虔な対話とやらを吟味するのは、もちろんだれにも、きみにさえもできない相談だと思うが、ともかくその対話のおかげで、国家と民族に対する義務から——この双方にきみは自分の仕事でもって報いなければならないのだが——まぬがれようときみが思っているとすれば、その気持ちはそれなりにわたしにも理解できる、ただしそれが結構なものだとは申しかねるがね。だが、もしきみがその話で父祖伝来の信仰を矮小化しようとこころみ、ローマの敬虔を蕃人たちのそれと同一視しようと思うなら、きみ自身がかつてエジプトの神々を怪物と呼んでいることをわたしはきみに思いださせなければならない……」

「敬虔とは唯一無二の特性です、そして敬虔を成長の意味にとる蕃人のほうが、成長に魂を閉ざしているローマ人よりもすぐれているのです」

いささか倦《う》んだ調子で、ある程度は注意力の集中に耐えられなくなったから、またある程度は最終的な決着をつけてしまおうとでもいうように、答えがもどってきた。「怪物を生みだす敬虔は敬虔ではない、怪物をあがめる国家は国家ではない。いや、敬虔とは神々なしには考えられぬものだ。国家なしで、あるいは民族なしでは考えることのできぬものだ。ただ全体のうちにおいてのみそれは意義をもつ、なぜなら、神々と合一した祖国ローマの全体のうちにあってのみ、人間は神性と結びつくことができるのだからな」

「ひとりびとりの魂が地上をこえた存在と直接に結びつくのでなかったとしたら、全体の秩序はけっして築かれなかったでしょう。直接に地上をこえた存在に仕えようとする仕事のみが、地上における全体性にも奉仕することになるのです」

「それは非常に危険な革新思想だぞ、ウェルギリウス。それは国家には害あって益なき思想だ」

「この思想の中で国家は王国としての完成を見るのです。市民の国家が人間の王国になるのです」

「きみは国家の構造を破壊するのだ、それを破壊して無形態の平等に還元し、その秩序を分断し、民族のかたい結合をうち砕いてしまうのだ」皇帝の態度にはもはやいささかの疲労の影も見えなかった。今彼が口にしたことこそ、彼にとっての関心事なので、その口調にはなみなみならぬ熱がこもっていた。

「秩序は人間の秩序になるでしょう……人間の掟の秩序になるでしょう」

「掟？　まるでわれわれがその恩恵をたっぷりこうむっていないとでもいうような言い草だな！　悪法の制定において元老院はまさしくもっとも多産なのだ……人民は秩序をもとめている、だがどう考えても陰険な掟をもとめているはずはない、掟によって人民は国家もろとも破壊されてしまうのだから……しかしきみは、こうしたことがまったくわかっていないのだな」

「成長する敬虔の王国は国家を破壊するわけではありません、けれどもそれは国家をこえて進むのです。国家の民族性を廃棄するわけではありませんが、それをこえて行くのです……民族、そう、民族には国家の秩序がふさわしい、けれども人間には認識がふさわしいのです。認識をもとめて人間は敬虔に奉仕する、認識が成就したあかつきにはじめて、新たな王国が生みだされるのです、認識の掟のうちにある王国、創造を保証する幸せをあたえられた王国が」

「きみは世界創造の事業について、それがまるで国家の規範からの影響をこうむるとでもいいたげな語りかたをしている。ありがたいことに元老院は、君の認識の掟を頂戴しても、あまりそれを役立てるわけにも行くまい……それが役立つようなら、創造の命脈も知れているというものだ」

「人間が認識を放棄するならば、真実をうしなうならば、彼は創造をもうしなってしまうのです。国家は創造のために配慮することはできない、けれども創造が危殆《たい》に瀕するときは、国家も危殆に瀕するのです」

「その問題の解決は神々におまかせすることにしよう。だがそれはそれとして、わたしがとにもかくにも自己のなすべきことをはたしたのは、きみといえども認めざるをえないだろう。力のおよぶかぎりわたしは人間の知識のために心をくばってきたし、これからも配慮を怠りはしないつもりだ。公立学校の数は、イタリアばかりではなく属州でも増加した。またわたしは、有能な医師や建築家や水利工学者を養成するための高度の教育にも十分な注意を払っている。さらにには、きみも知っての通り、わたしはアポロ文庫とオクタウィアヌス文庫を設置し、既設の文庫に補助金を支出することも忘れはしなかった。だがこうした配慮は人民にはさして意味のあることとも思われないのだ。大衆は認識をあたえられることを望んではいない、彼らはその意味のはっきり理解できる明確強烈な形象を目にしたいと望んでいるのだ」

「すべての雑多な認識の上に絶対の認識があります、人民が期待しているのは認識の行為の大いなる形象に現われたそれなのです」

一種ものがなしげなかるがるしさが皇帝の表情に浮かびでた。「世界は行為に充満している、しかも認識を欠いているのだな」

「認識の行為とは誓約にもとづく行為のことです、オクタウィアヌスさま」

「しかしだな、ウェルギリウス、わたしの職務も誓いにもとづいているのだ、そしていったん誓ったことは、わたしは必ずはたしたのだ……これはきみのいわゆる認識の行為にあたるのではないか……それ以上何がほしいというのだ？」

自負心にあふれた人間にどうしてお望み通りの答えをしてやれないことがあろうか？それは至極容易でもあり、得策でもあることではなかろうか。それにもかかわらず、何ものかが抗弁と明言をあえてするように強いた。「たしかに、あなたのお仕事はひとつの行為です、誓いにもとづいた行為です、だからこそそのあとには認識の行為が、認識による形成の行為、真実の行為がつづくことになるのです。けれども、そこでは人間の魂が問題とされるのです、アウグストゥスさま、そして魂の問題については、我慢強くなくてはならないのです」——おお、たとえ皇帝が煩わしげなそぶりでふるいのけようとも、これははっきりいっておかねばならぬことだった、ほかならぬ人間の魂と、死を克服する魂のめざめの問題だったのだから——「そうです、あなたの行為でもってあなたはローマの平和を地上におひろめになった、あなたのお仕事を通じてあなたは壮大な比喩のように国家の統一を達成なさった、そしてここにさらに、万人に共通の神聖な認識を人間に贈り、市民を糾合して人間の協同体と化する真実の行為がつけ加わるならば、そのときこそ、おおアウグストゥスさま、あなたの国家は永遠の創造の現実へと変容することでしょう……そのときこそはじめて、そのときこそ、まざまざと姿を現わすことでしょう……奇蹟が……」

「するとつまりきみは、今日の形態における国家は、空しい比喩にすぎないという意見に固執するのだな……」

「真正の比喩なのです」

「ふむ、真正の比喩か……しかしきみは、この国家がその本来の現実の形姿を、将来においてはじめて獲得することになるのだという意見に固執している……」

「その通りです、陛下」

「するといったいいつきみのいう奇蹟が姿を現わすのだ？　真の現実への変容がいつはじまるというのだ？　いつ？」挑戦的な悪意にみちて、というより完全に攻撃欲にみちみちて、美しい顔がこちらをむいていた。

いつ、おお神々よ！　いつ、おお、いつ？　おお、それはいつだったのか、形体から解放された偶然を知らぬ創造は？　誓約を看視する未知の神にその期限の決定はゆだねられていた。しかし今はもう大地もゆれず、小舟は静かにかなたへとすべって行った。たとえ肺と咽喉と鼻腔《びこう》の中で呼吸がまた苦しくなってきたにもせよ、心臓はたしかに息づいていた、そして心臓は知っていた、みずからのうちにたえまなく魂の息吹きがそよいでいることを、ほのかながらに強い息吹き、世界を吹きとおって岩をもさらって行くのではないかと思われるほどの息吹き。いつ、おお、いつ？　それをはたすはずの人間がどこかで息づいていた、どこかに彼がもう生きていた、まだ生まれではせず、しかももう息づいていた。かつて創造があった、いつかまたそれは存在するだろう、偶然から解放された奇蹟が示現するだろう。消えて行く蒼白な光のさなか、かぎりなくはるかなかなた、東の空に、またしてもあの星が現われていた。

「いつかは、ふたたび認識のうちに生きる者が現われることでしょう。その存在において世界は認識へと救済されるでしょう」

「地上の使命に話をかぎってもらいたいものだな。きみが課するのは地上をこえた使命だ、そのためにはわたしの一生をかけてもたりない」

「救い主の使命を申しているのです」

「しかしきみはその使命をわたしにあてて考えていた……それともちがうのか？」

「救い主は死を克服します。平和をもたらされたとき、あなたは死を克服しながら出現なさったのです」

「それでは答えにならない、なぜならわたしが平和をうち立てたのはただ地上においてのことなのだから。地上でわたしは平和の秩序を築かねばならなかった、平和の本質は地上的なのだ……きみの意見は、わたしには地上の使命をはたすことしか許されない、と、こういうのだろうな？」

「神となられた方のご子息のうちに、ひとびとは今日すでに、災厄からの救い手を見ております」

「みながそのようにいう、人民はそのようにいっている……だがきみはなんというのだ、ウェルギリウス？」

「もう二十年も昔、わたしが『農耕詩』を書きはじめ、あなたはまだ少年であられたあのころ、あのころすでにわたしはあなたのお姿を黄道十二宮のうちにながめていたのです。なぜならあなたは時代の転回を意味しておられるのですから」

「どんな文句だったかね？」

「おんみ、歩みおそき月たちにつけ加わりし新たなる星よ、かしこ、処女宮の道天蠍《てんけつ》をいざないよする所、火と燃えかがやく蠍《さそり》さえおんみの前には心ひるみ、鋏をおさめて天空の領をおんみにあけわたす」

「ふむ、二十年前にきみはそううたったわけだな……今はどうなのだ？」

「磨羯宮《まかつ》、山羊座の星のもとにあなたは母上の胎内にやどられた。ここしい岩根を踏みこえて地上のいやはての高みにまで駆けのぼる山羊、その山羊をあなたはご自分の標章として選ばれたのです」

「地上のいやはての高み……地上をこえた世界はわたしには立ち入り禁止というわけだな」

「ホラティウスがあなたにささげた詩句を思いおこされませんか、アウグストゥスさま」

「どんな詩句を？」

「天には雷《いかずち》をとよもすゼウス領《うしは》きたもう、されど地にありてはおんみこそ現人神《あらびとがみ》なれ、おおアウグストゥス」

「きみはいいのがれをしているね、ウェルギリウス。遠い昔の作品や他人の作品の引用をするばかりで、自分の意見はつつみかくしておくのだね」

「わたしの意見？」アウグストゥスは遠くはなれていた。ことばはかなたからこなたからかなたへとただよった。その飛翔ははなはだ奇妙なものだったが、もう橋の役割をはたしてはいなかった。

奴隷がいった。「もうこまかく気をお使いになることはありません」

「わたしの意見？」

「まさしくそれをわたしは聞きたいのだ、単刀直入な意見を」

「あなたは死すべき運命を負うた人間です、アウグストゥスさま、たとえ生ある者の筆頭に位しておられるにしても」

怒りと恨みのこもった視線は、皇帝が別の意見を聞きたかったのだということを証していた。「わたしは、自分が神でもなければ新たな星でもないことを知っている。それはわざわざ聞かされるまでもないことだ。わたしはローマの市民だし、それ以外の存在だと思ったことも一度もない、したがってまだわたしの問いは、きみの答えを受けていないと考えていいな」

「救いはいつも地上の道を通ってもたらされるものです、アウグストゥスさま、救い主はいつも死すべき運命を負うた地上の存在なのです。そうでなければならないのです。ただ彼の声は地上をこえた世界から生まれる、彼が救いをもとめる人間の不死の特性を呼びおこすことができるのも、ただこの声のおかげなのです。けれどもあなたは、あなたのお仕事でもって、神の力にもとづく世界の変革のために地ならしをはたされました。そしてこの声をやがて聞くことになるのはあなたの世界なのです」

「どうしてきみは、まだはたされていない最後の一歩がわたしの任ではないとするのかね？　どうしてきみは、わたしの仕事が――それに下準備としての意義があることはともかくきみも認めているのだが――世界の窮極的な救済をはたすべき使命をになっていることを否定するのかね？　どうしてきみは、象徴が――わたしの仕事の象徴性はともかくきみも認めているのだが――すでにそれ自体のうちに現実をはらんでいることを否定するのかね？　どうしてきみは、ともかく自分の仕事によって最初の行為をはたしたわたしが、同様に認識の行為をもはたしうるかもしれないことを否定するのかね？」

「否定はいたしません、オクタウィアヌスさま。あなたは神の象徴、ローマの民族の象徴です。もしあなたという象徴がその原像の特徴をそなえていないとしたら、けっしてあなたはそうおなりにはならなかったでしょう。ほかのだれよりも早く、あなたのうちにいつか認識の行為が実ることでしょう。今まではまだ時が熟さなかったのです」

「ウェルギリウス、きみは時間についてはいささか鷹揚にすぎるようだな、もちろん、ことがわたしにかかわる場合にかぎってね。自分のこと、自分の企図に関してとなると、きみは期限をぐんと短く切るのだが……いっそあっさりといってしまいたまえ、身のほど知らずにこの救済の大任を望むことはおやめなさい、とね」明るい調子でいうつもりだったのだろうが、このことばにたたえられた恨みと怒りは覆いようがなかった。

「救い主とその真実さえ、救い主みずからさえ時の認識の織り物の中に編みこまれているのです。時が熟すれば彼は姿を現わすでしょう」

皇帝は躍りあがった。「きみは自分のためにその務めをとっておくつもりなのだな」

ああ、皇帝のいうことは正しかったのではなかろうか？　みずから思いもかけぬほど彼のことばは正しかったのではなかろうか？　詩人のうちには、他のなんぴとにも比肩しがたいほど巨大な夢の形をとって、救い主たらんとする願いがまどろんでいるのではなかろうか？オルペウスが動物たちさえも招きよせ、おのが歌の圏内に引き入れようとはかったのも、彼らを人間界へ救いあげようと思えばこそではなかったのか？　しかしそうではない、断じてそうではない。芸術は無益な手段にすぎぬ、オルペウスさえそのために挫折しなければならなかったのだ。詩人が耳にする巫女の予言の声は、エウリュディケーの声、プロティアの声なのだ、彼はたえて救済の黄金の枝を見いだすことはない、神がそうあることを望む、運命がそうあることを望む。

「おお、アウグストゥスさま、書きとどめる者は生きてはいないのです。救い主はそれに反してだれよりも強く生きています、なぜなら彼の生は、彼の生と死はその認識の行為なのですから」

　憤激のただなかにあってアウグストゥスは微笑した、いかにもやさしげな微笑だった。

「きみは生きつづけるだろう、ウェルギリウス、きみはふたたび力を回復して作品を完成するだろう」

「たとえ病から癒《い》えたとしましても……完成の度を加えれば加えるほど、いよいよ詩は救済の行為から遠ざかり、無益なものとなってしまいましょう」

「さて、するとわれわれはふたりとも、きみもわたしも、救済の行為を成就することはできないで、救い主の手にそれをゆだねなくてはならないというわけだな、きみの心に浮かんでいるばかりで、その存在をきみすらほとんど信じることのできない救い主の手にね。ともかく彼の到来までわれわれはわれわれの義務をはたさねばならない、きみはきみの義務を、わたしはわたしの義務を……」

「われわれは彼を迎えるための用意をしなければなりません」

「なるほど。わたしの仕事はそもそも彼のための準備作業なのだからな。しかしきみの仕事にしたところが同じことだ、そこできみは『アエネーイス』をきみの民族のために完成させるというわけだ……」

「わたしにはそれを完成させることはできません、許されてもおりません……これが準備としてはおよそ正しからぬものであるからには、なおのことです」

「ではどうしたら正しい準備をととのえることができるのかね?」

「犠牲によってです」

「犠牲?」

「そうです」

「なんのために犠牲をささげようというのだ? だれに犠牲をささげようというのだ?」

「神々に」

「神々は意にかなう犠牲をさだめて、その管理を国家にゆだねられた。そこでわたしは、秩序の命ずるままに、全領土において正しく供犠の式がとりおこなわれるよう、心をくばっている。国家統治の枠外に犠牲は存在しないのだ」

アウグストゥスは譲らなかった、未知の神の命ずる誓約など、彼の露知らぬことだった。

説得しようとしてもむだだった。「おお陛下、あなたが守っておられる神聖な信仰の形式に、だれひとり触れることは許されません、けれども触れることができないというのは、補うことができないという意味にはならないのです」

「どのようにして補うのだ？」

「だれもが神々によって、犠牲となることをもとめられるかもしれないのです。だれもが、神々の御心しだいでは自分も犠牲に選ばれるかもしれないと覚悟していなくてはならないのです」

「わたしの理解が正しいとすれば、きみは供犠の制度の枠内でも、人民全体を排除して、そのかわりに、何かしら地上をこえた存在とかかわりをもっている個々の人間を据えようと思っているのだな。いや、ウェルギリウス、それは絶対に許されない、許されないどころではない。しかもきみは、神々の意向を引きあいにだして、さも自分に理があり責任があるかのように見せかけようとするのだ。だがそれは実に無責任な話だ、そもそも神々がきみの意図に対する責任をきみから除かれるはずがない、なぜなら人民にとってと同様神々にとっても、古式ゆかしい祭儀の形式とならんで、しかるべき供犠の規定が好もしく思われるのだからな。半歩といえどもそこから逸脱することは許されないのだ」

「恐ろしい逸脱がおこなわれています、アウグストゥスさま！　新しい真実が用意されていることを人民はおぼろげに感じています、古来の形式はやがて拡大するだろうと、古来の供犠の式はもはや十分ではないのだと彼らはおぼろげに感じています。そして新たなものへの錯乱したあこがれに、錯乱した供犠へのあこがれに駆りたてられて、彼らは処刑場や、あなたが催される競技場へ殺到するのです、不浄なまやかしの犠牲へ殺到するのです。その犠牲は、死の形において血なまぐさい残忍さをいよいよ増しながら彼らの前にさしだされ、ついにはただ血の陶酔と死の陶酔ばかりを満足させることになるのです……」

「わたしは荒廃に規律をもたらし、放恣な残忍さを競技へと転化させた。これはローマの人民にとって不可欠のきびしさなのだ、そしてそもそも彼らは供犠の予感などとは縁もゆかりもないのだ」

「個々の人間以上に、人民は予感をいだいています。なぜなら人民全体の感覚は、ひとりびとりの魂の思考よりもさらにおぼろで、さらに重いのですから。さらにおぼろに、さらに重く、荒々しくもつれみだれて、彼らの中には世界の救い主をもとめる呼び声がひびいています。処刑場や闘技場の砂の中での身の毛もよだつむごたらしさを前にして、彼らは戦慄しながら、そこから真の供犠の営みが生まれでるのではないかと感じているのです、地上における認識の窮極的な形式となるべき真の犠牲が」

「きみの作品の深みはしばしば謎にみちている、ウェルギリウス、しかしきみの今の話も謎めいた物語だな」

「人間を愛するゆえに、人類を愛するゆえに救い主はわれとわが身を犠牲にささげるでしょう、死によって彼はわれとわが身を認識の行為と化するでしょう、それは慈愛にみちた助力のこの至上の現実の形象から、新たに創造がひらけることを願いながら、彼が万有に投げかける行為なのです」

皇帝は長衣の折り目を正した。「わたしはわたしの仕事のために、公共のため、国家のために生涯をささげてきた。犠牲をささげるにはそれで十分だと思う。きみも同じようにしたらよかろう」

ふたりのあいだに行きかっていたのはもう何ものでもなかった、空しいことば、というよりもはやことばですらなかった。そしてそれはもはや空間ですらない空しい空間をせわしげに縫っていた。一切は信じがたい無となり、どこにも橋はかけわたされていなかった。

「あなたの生活は行為でした、陛下、それは公共のための、公共の中での生活なのです、あなたはあますところなく一身をささげられたのです。神々がそのような犠牲行へとあなたを選びだされ、命ぜられた、そのためにあなたを顕彰された、だからこそあなたは、今のお姿が証している通り、ほかのどんな人間よりも神々に近づいていらっしゃるのです」

「ではどのような犠牲をそのうえきみは望むのだ？　真の仕事はかならずひとりの人間全体を、その生涯全体を要求するものだ。わたしの推測のかぎりでは、きみの場合も事情が違うわけではないらしい、だからきみも安心して、自分の仕事を犠牲と呼べばよいのだ」

ゆたかな存在の層は色褪せて、一切の空無のかなたにある無定形の領域に没して行った。もはやいかなる輪郭も眼には見えなかった、一本の線のほんのかすかな影さえも見えなかった――このときなおどこに出会いが可能であったろう？　「わたしの行為は我欲だったのです。ほとんど行為ですらない、いわんや犠牲であるはずはありません」

「ではわたしの例を見習うがよい。きみの債務を支払いたまえ、人民に、彼らが当然請求してしかるべきものを与えたまえ、きみの作品を彼らに与えたまえ」

「すべての作品同様、これも盲目から生まれたのです……いつわりの盲目から……何をわれわれが作ろうと……盲目の作品以外のものではありえない……真の盲目に到るためにはわれわれには謙虚さがたりないのです……」

「ではわたしにもか、わたしの作品にもか？」

「もう存在の層はなく……」

「何？」

語るだけむだだった。前にいったことをくりかえすよりほかなかった。「あなたのなさったことは人民の中での出来事でした、人民の中でそれは行為となったのです。わたしの仕事は、ひとつの行為に仕えるためではなく、認められ、喝采を博するために人民のもとにもたらされることになるのです」

「もうよい、ウェルギリウス！」――耐えきれないほどのいらだちの色が皇帝のそぶりに現われていた――「『アエネーイス』の発表がそれほど利己的に感じられるなら、死後遺稿として公にしたまえ。それがわたしの最後の提案だ」

「詩人の名誉欲は死をも凌《しの》ぐのです」

「ではどうするのだ？」

「わたしより先にこの作品は姿を消さなくてはなりません」

「おお！　どういうことなのだ、いったい？　ほんとうの理由をはっきりいってくれ！」

「あなたがなさったように自分の生涯を犠牲にささげることは、わたしにはできませんでした、そこでわたしは作品を犠牲にしなければならないのです……それは忘却のうちに沈まねばなりません、そしてわたしもそれとともに……」

「それでは理由を述べたことにならぬ、それは妄想にすぎぬ」

「記憶のみだりがわしさ……わたしは忘れたい……すべてを忘れたい……そしてだれからも忘れられた存在でありたい……そうなくてはならないのです、アウグストゥスさま……」

「友人に対するなんというやさしい依頼だろう！　まったくのところ、ウェルギリウス、始末の悪い空しい願望に耽溺《たんでき》するかわりに、友人のことをもう少し心をこめて思いだしさえすれば、きみの記憶は清らかになるはずなのだぞ、きみの願望は実際、空しい始末の悪い遁辞《とんじ》にすぎないのだ」

「認識による救済の行為は目前にせまっています。その行為のために、その誓約のためにこそなくてはならないのです……誓約のうちにこそ救いがあるのです、アウグストゥスさま……すべての人にとっての、わたしにとっての救いが……」

「ああ、きみの救い、またしてもきみの救いか……だからといって、きみの救い主が一日早く到来するというものでもあるまい。だがきみは公共から、きみの民族からその財産を奪って、それをきみの救いと呼ぶのだ！　妄想だ、まったくの妄想だ！」

「認識を欠いた真実が妄想なのです。大事なのは認識の真実です……この真実が現実化したところでは、錯迷は存在しないのです」

「では真実には二通りあるのかね？　きみの真実は認識をはらみ、わたしの真実は認識を欠いているというわけか……するときみの真実にしたがえば、わたしはあらぬことを口走っているというのかね？　そういうつもりなのか？　はっきりいいたまえ！」

「わたしは認識の欠如を排さなくてはなりません……それは災厄です……幽囚です……束縛なのです……犠牲によってわれわれは解放のためにつくす……それが至上の義務なのです……認識の欠如は認識の前にしりぞかねばならない……ただこのことによってのみ、わたしは公共と民族の救いのために、ほんとうにつくすことになるのです……真実の掟……心の薄明からの覚醒！」

荒々しくせわしげな足音――、アウグストゥスはベッドの前に立っていた。

「ウェルギリウス……」

「はい、アウグストゥスさま」

「きみはわたしを憎んでいる」

「オクタウィアヌスさま！」

「憎んでいながら、オクタウィアヌスなぞと呼んでくれるな」

「わたしが……わたしがあなたを憎んでいる？」

「なんという憎みようだろう！」皇帝の声は緊迫のあまり金切り声になった。

「おお、オクタウィアヌスさま……」

「だまれ……地上のなんぴとも、きみほどわたしを憎んではいない、きみは地上のだれにもましてわたしを憎んでいる、それはきみがわたしをだれよりも嫉《ねた》んでいるからだ」

「ちがいます……それはちがいます……」

「とりつくろうな、ほんとうのことだ……」

「ちがいます……それはちがいます……」

「ほんとうのことだ……」——怒りたった者の手は燭台の花環から荒々しく月桂樹の葉をむしりとった——「そうだ、ほんとうのことだ……そうだ、きみはわたしを憎んでいる、なぜならきみ自身が王者の思いにみちみちているのだが、その思いの実現をはかるほんのわずかなこころみにも耐えないほどひ弱だったからなのだ。王者の思いを詩の中によみこんで、そこでせめても王たちより強大な姿を見せるよりきみにはどうしようもなかった、だからこそきみはわたしを憎んでいるのだ。きみが望んでいた一切をわたしはかちうることができ、しかも、あえて王冠を謝絶するほど（アウグストゥスは実質上の皇帝であったが、名目上は共和国の元首にとどまっていた）その一切を軽蔑している、だからこそきみはわたしを憎んでいるのだ。きみ自身の無能力の責任がわたしにあると思って、きみはわたしを憎んでいるのだ……これがきみの憎悪だ、これがきみの嫉妬だ……」

「オクタウィアヌスさま、お聞きください……」

「きみのことばなぞ聞きたくない……」

皇帝は叫んだ、すると奇妙なことに、まったく奇妙なことに、彼がたびかさねて声高に叫べば叫ぶほど、世界はふたたびゆたかさを増してきたのだった。眼に見えぬ世界はそのおびただしい存在の層とともにまたしても浮かびあがり、蒼ざめた死滅の相はふたたび生色を帯びた、それはさながら希望に似ていた。

「オクタウィアヌスさま、お聞きください……」

「なんのために？　いいたまえ、いったいなんのために……まず最初きみは、うわべばかりいかにも謙虚をよそおって自分の作品を悪しざまにののしったが、それもただわたしの仕事を楽に貶《けな》すことができるようにと思ってのことだった。ついできみは、そのわたしの仕事を空しい比喩めいた、そのうえ盲目の仮象にまでおとしめようとした、そればかりかさらにきみは、ローマの民族とその父祖たちの信仰を誹謗《ひぼう》した、わたしの仕事の表現としてのこの信仰がきみには気に入らず、ぜひとも改革しなければならぬと思っているのだ。こうした一切がなんの役にも立たぬ、役に立つはずがないと知りつくしたあげく、わたしが依然としてきみより強く、その力関係が変わるはずもないと知りつくしたあげく、きみの力ではわたしを制圧するにたりぬと知りつくしたあげく、きみは今やついに地上をこえた世界へ、わたしであれだれであれ到達不可能な彼岸のどこやらへ逃げこんで、どこにもいないしこれから出現するはずもない救い主をわたしの項《うなじ》に据え、自分の身代わりとなってわたしを征服してくれるようにと願っている……わたしはきみを知っている、ウェルギリウス、きみは一見おとなしやかにみえる、人民は好んできみのことを、このうえなく清らかな高潔な人物と呼びならわし尊敬している、だが実は、きみのいかにも清げな魂は、たえまなく憎悪と陰謀にふるえているのだ、そう、くりかえしていおう、卑劣な陰謀にふるえているのだ……」

このやんごとない人は明らかに悲鳴に近い叫び声をあげていた、その絶叫ははげしくなるいっぽうだった。だが、こうなったのはふしぎなほどよいことだった、これがまだ可能だったとは、ほんとうにすばらしいことだった。さながら眼に見えぬ世界の中に、眼に見えぬかたい地盤、かたい基底が現われ、そこからまた眼に見えぬ橋がかけわたされでもするかのよう、人間と人間性の橋が問い答えることばをつなぎ、見かわす視線をからみあわせ、ことばも視線もふたたび意味にみたされるかのようだった。人間の出会いの橋！　おお、彼が語りつづけてくれさえすれば。

さて、アウグストゥスは語りつづけた、いや、叫びつづけた、荒々しい絶叫は堰が切れたようにとどまるところを知らなかった。「きみの態度は清らかで高潔でつつましやかだ、しかし疑念をいだかずにすますには、あまりにも清らかにすぎ、高潔にすぎ、つつましやかにすぎる……きみのいわゆるつつましさは、わたしが授けうるいかなる職務をも、あえて受けようとはしなかっただろう、わたしはけっしてきみに職務の授与を企てたりはしなかったろう、だが実のところは、きみにとって十分満足の行くような職務は、そもそも考えだすことすらできないのだ、元老院議員であろうと地方総督であろうと、あるいはそのほかの顕職であろうと、きみはなんとかかんとか難癖をつけることができたろう、第一きみはわたしの手から職を授かるのはまっぴらだったろう、何しろとことんまでわたしを憎みぬいているのだから！　そうだ、わたしに対する憎悪からきみは詩作にむかわねばならなかったのだ、わたしに対する憎悪ゆえにきみは詩人の独立という代物をでっちあげたのだ、つまりきみが心底わたしから望んでいること、わたしが引退してきみに席をあけわたすということ、こればかりはわたしには承知できなかった、今でもできない相談だ、ただしこれは論外としておいてもいいが、きみはわたしの席さえも謝絶するだろうな、その任を全うする力はきみにはないのだからな、自分の無能力を自覚しながら、きみはやむなくこの席を軽蔑しなくてはなるまいな……これはみな憎悪のなせるわざだ、いったんそうなったからには、きみの憎悪はたえず新たに火の手をあげるのだ……」

「あなたがわたしに授けようと思われたかもしれぬどんな職務よりも、詩作のほうが価値が高いなどとは、わたしは一度も考えたことはありません」

「だまれ、猫かぶりの文句をならべてこれ以上わたしの時間を盗むのはやめたまえ……きみの関心事はいつでもただ、わたしが自分の職務から引退するようにということだけだったのだ、そうなればこの職を軽んずることができようと思うばかりにね、だからこそやれ認識がどうのと七面倒なご託宣をならべたて、やれ犠牲がどうのときちがいじみた屁理屈をひねりだし、『アエネーイス』を破棄しようというわけだ、自分の作品を放棄し抹殺するやりかたをわたしに教えこもうと思うばかりにね……そうだ、わたしの仕事を見つづけるのを我慢するくらいなら、いっそ『アエネーイス』が地上から消えてくれたほうがいい、そうきみは思っているのだ……！」

存在の層という層が、絶叫のもとでつぎつぎに築き直された、そしてアウグストゥスが怒り狂って歩きまわっている部屋は、ふたたびあたりまえの地上の部屋にもどっていた、地上的に家の一部としての形態をそなえ、地上的に家具を設置し、地上的におそい午後の光をあびていた。今はもう眼に見えぬ橋を手さぐりすることさえ許されていた。

「オクタウィアヌスさま、ひどい仕打ちをなさいますね、ほんとうにひどい仕打ちを……」

「ええ、わたしがきみにひどい仕打ちをする？　わたしがきみに？　だがきみは『アエネーイス』をわたしにささげないでもすむように、それを抹殺してしまうつもりなのだぞ！　マエケーナスにきみは『農耕詩』をささげた、アシニウス・ポルリオには気まえよく『牧歌』をささげたのだ！　それに対して、憎んでいるわたしには、『蚋《ぶよ》』を食わしておけばよいと思っていた、わたしには『蚋』で十分だった、きみのつもりでは今でもこれで十分なはずなのだ、明らかにきみは、二十五年前のわたしにはこれで十分だった、そして昔も今も、これよりましな作品をもとめる資格はわたしにはないといいたいのだ……だが、この二十五年間にわたしが自分の仕事を完成し、この仕事によって『アエネーイス』を要求する権利をかちえたこと――この権利は、わたしのはたらきに、ローマとその精神の現実に当然の根拠をもっているのだ、その現実なしには『アエネーイス』はけっして生まれえなかったのだから――、まさしくこの事実がきみには耐えがたい、忍びがたいことなのだ、わたしにささげるくらいなら、いっそ『アエネーイス』を抹殺してしまったほうがましだと思っているのだ……」

「オクタウィアヌスさま……！」

「きみのであろうとわたしのであろうと、ひとつの作品が生と死よりさらに偉大なものであるかどうか、きみにとってはそれはどうでもいいことなのだ、憎悪のためにどうでもよくなるのだ……」

「オクタウィアヌスさま、その詩をお取りください！」

「いらない、ほしくない、もらってもしかたがない。きみの手もとにおいておけばよい……」

「オクタウィアヌスさま、その詩をお取りください！」紙のもろさ、紙のように色褪せた白さはすべてかなたの光の世界から消えうせていた。風景の上にはさながら象牙のようなほのかなかがやきがひろがっていた。

「きみのこしらえもののことなぞ、知ったことではない……好きなように片づけたまえ。わたしはいらない」

「こしらえものではありません」

皇帝は立ちどまって、横目で行李をうかがった。「わたしにとってはこしらえものになってしまったのだ。きみが自分でそれを格下げしたのだ」

「ご存じでしょうが、わたしはそれをあなたにささげるために書いたのです、わたしの心のうちにはいつもあなたのお姿があった、あなたはこの仕事の中に歩み入られ、以前も今も変わらず、あなたにあてられたこの詩の中におられるのです……」

「きみはそんなぐあいに自分をあざむいて、ついでにわたしまでもたぶらかしたのだ。まったく、わたしが盲だときみがいうのは正しいよ、生まれたばかりの猫の仔かなんぞのように眼が見えない、なぜならわたしがきみを信じたことは、処罰に値する盲目だったのだからな、きみを、きみの猫かぶりをこうもながながと信用しつづけていたのは、まったく厳罰ものだ！」

「わたしは本心をつつみはいたしませんでした」

「そうしなかったとすれば、まさにそれゆえに今きみは、わたしの面ざしをつけているきみ自身の作品を憎んでいるのだ」

「わたしはあなたのためにそれを完成しようと思います」

「そのことばを信じろというのか?」またも皇帝は横目で行李をうかがった。いい感じではなかった。しかし今はもう変えるわけには行かなかった。

「信じていただかなくてはなりません、オクタウィアヌスさま」

おお、ひとりの人間の魂からしたたり落ちて、時の奈落へ消えて行くどれほどささやかな一秒も、そのとらえがたなさにおいてはいかなる作品よりも大きいのだ、今皇帝の魂からこぼれ落ちたのはそのような一秒だった、友情の、好意の、愛の一秒、それがまざまざと感じとられた、彼はただこういっただけではあったが――「よく考えてみようではないか」

このとき、もっとも困難なことばが口をついてでた。「草稿をローマへおもちください、オクタウィアヌスさま……神々のご加護があれば、そこでまためぐりあうこともできましょう」

皇帝はうなずいた、彼がうなずいているあいだに大きな静けさがおとずれた、ほのかな息吹きのように人間の心から浮かびで、眼に見えぬ一切をつらぬいていつも必ず人間の心にたどりつく、愛の結びつきの静けさ、巨大な静寂の力だった。褐色の角材を組んだ天井は、角材がそこからはこばれてきた森と化し、花環の月桂樹の香りはふたたびかぎりなくはるかな隠れ場の影となり、陽の光のたたなわる簇葉《むらば》のはざまの奥深くに沈み、苔むした蘆笛《あし》のひびきのようにかすかな、しかもおだやかに安定し、槲《かしわ》のように重みのある泉のさざめきがそのまわりにほのかにたちこめていた、そして説きあかしがたい心の息吹きは、永遠の諒解の息吹きだった。いわばこれが最後とでもいうように、吊りランプが鎖の先で銀のひびきを立てながらゆれ終えたのは、この息吹きのせいだったろうか？　そのそばには何ひとつ動くものはなかった、まるで息をこらしてでもいるように水はなめらかになっていた。船旅は休止状態に入っていた。月桂樹の枝にかざられた楡の木かげに立ち、月桂樹の簇葉に手をさし入れたままアウグストゥスはいった。「きみは思いだすか、ウェルギリウス？」――「はい、いろいろなことを思いだします、けれどもわたしにとってはまだまだ少なすぎるのです」――「われわれがいっしょに選んだ馬や犬のことも思いだすかね？」――「思いだしますとも。あなたがお買いになったとき、足の速さや強さの点でわたしは感心しなかったのです」――「クロトナ産の牝馬と牡馬、それにイベリアの犬だった」――「牡馬のうち一頭はおやめなさいと申しあげたのに、お買いになってしまわれたのですよ、オクタウィアヌスさま」――「そうだ、きみはよく知っていた。その牡はまったくの役立たずだった」――「高いお金をおだしになって。わたしのいうことをお聞きになれば、みすみす損をなさらずにすんだのに」――「しかしときにはきみの忠告にしたがわないほうがいいこともある、ウェルギリウス」——「どうして？　でも遠い昔のことですね」——「遠い昔のことだ。その牡馬は見てくれは立派だった、頭の小さな黒馬《あお》だったが。惜しかった」——「そう、残念でした。黒馬で、つなぎが白くて、ちょっと見にはわからなかったが、腰が弱すぎました」——「その通り、腰が弱すぎた、だが白い斑紋はどこにもなかったぞ」——「いいえ、アウグストゥスさま、つなぎが白かったのです」——「一度見た動物のことはわたしはけっして忘れない。その馬には斑紋はなかったと、はっきりいえるね」——「アンデスで馬を飼っていたのですから、その点にかけては記憶力はたしかです。これは自信のある領分なので、だれにも口を入れさせはしません、たとえあなたであっても、オクタウィアヌスさま」——「きみはまったく頑固な百姓だよ」——「農夫で、馬飼いの息子です。子どものときすでにわたしは馬のたてがみにしがみついて、牧場を駆けまわっていたのです」——「そのとききみがとりついたやくざ馬がきみの記憶よりましでなかったとすれば、そううぬぼれることもあるまいよ」——「やくざ馬ではありませんよ」——「そしてきみの記憶は記憶のうちにはいらないよ。わたしの記憶のほうがいいのだ」——「あなたがアウグストゥスであろうと、どれほどお偉かろうと、つなぎは白かったのです、雪のように白かったのです」——「怒りたいだけ怒れ、むだなことだ、それは白くはなかったのだ」——「白かったといっているのです、間違いありません」――「そうではない、とわたしはいうね」――「ほんとうにオクタウィアヌスさま、逆らうのはおやめください。もしつなぎが白くなかったとしたら、この場で死んでお目にかけますよ！」これまで、思い出ばかりではなく静寂をもつなぎとめておこうと思っているかのように頭を垂れて立っていたアウグストゥスが、このとき顔をあげた。「こんな賭はよろしくない。わたしはこの賭を禁止する、わたしにとっては高くつきすぎるからな。まあともかく、つなぎが白かったというなら、そういうことにしておこう」それからふたりは笑わねばならなかった、ふたりとも声にはならぬ笑いにとらえられた、音もなくはためく笑い、それは少し苦痛を感じさせたが、どうやらアウグストゥスも同じことらしかった、彼のそぶりが悲しげになったのは――それとも彼のはるかな眼には涙さえきらめいていたのか？――同じように笑いのために咽喉と胸が痛くなったためではないかと思われた。夢の笑いのように痛い、胸を苦しくしめつける笑い、ああ、だれも夢の中では笑わないのだ、ああ、ふたりをつつんでいた幸福な静けさは、そこからふとめざめたかのようにアウグストゥスが顔をあげてからは、痛ましくも消えうせてしまったのだ。静けさはもうどこにもなかった。

　またしても日蝕がはじまるのか？　またしてもポセイドンの駒にゆり動かされた大地と海の震動がはじまるのか？　そのために静寂は消えうせたのか？　いや、そんな心配はなかった。地上のやさしさのうちに鳩は咽喉を鳴らしながらなごやかに窓蛇腹をわたっていた。その歌声はあい変わらずやさしく、光は象牙のようにやさしくかがやき、たとえ船旅がまたはじまろうとも、小舟がゆったりと安らかにすべって行くかぎり、何も心配することはなかった。しかもなお、馬の蹄の音が聞こえ、と思うまもなく、空を切って疾駆するその馬が少年を乗せて姿を現わした。少年は恐れるようすもなくはためくたてがみにすがりつき、誇らしげにたてがみを引っ張っていた。黒馬ではなく雪のように白い馬で、ただしつなぎは黒かった。駈歩《くほ》の最中に少年が皇帝の前に跳びおりると、馬はそのまま走りつづけ窓から走りでて行った。だが少年は皇帝の前に歩みよった、かつての、またこれからの時の使者として、さながら贈り物をもたらす者のように頭に花環をかざり、皇帝に歩みよった。そして使者にふさわしく彼は迎えられた。

「ようこそ」とアウグストゥスは、あい変わらず燭台にもたれて月桂樹の葉に手をさし入れたままいった、「おまえはわたしに詩をくれようというのだね、おまえの手からわたしは受けとることにしよう、なぜならおまえはリュサニアスなのだからな。わたしはアンデスに行ったことはないが、それでもおまえがわかる、おまえもわたしがわかるのだね」

「あなたはいともかしこい皇帝《カエサル》アウグストゥスさまです」

「どうやってわたしの所へくることができたのだ?」
すると少年は吟誦した。
「……見よやかしこに皇帝と　ユリウスの族《うから》のすべて　灝気の高き穹窿にのぼり行くを。
これぞその人　運命によりて約束せられ　待ちのぞまれし人
神の子皇帝アウグストゥス　その人ぞ　かつてサトゥルヌスのせしごとく
ラティウムの地にかさねて黄金時代を築くなる。
はるかにガラマンテス（アフリカの一種族）　インドびとのもとまでも国土をひろげ
アトラスが巨大なる肩の上に　星くずのきらめきをちりばめし
天の穹窿をになう所　そこにさえ皇帝は下知をくだし
猛《たけ》き力もて　年々と太陽の循環より大地を解きはなつなり。――
すでにカスピア（カスピ海の沿岸）の国々はふるえつつ彼の到来を待ち
神託におびえて　ふるえつつマエオティア（ロシア南部クリミア地方）の地は待ちのぞみ
ふるえつつ　大いなるニルス（ナイル河）は七つの河口に泡だつ……」

このように少年は吟誦した、そしてこの詩句とともに浮かびあがった、不穏な、ほとんど息をも奪わんばかりな形象は、記憶から生まれたものではなかった、少年の記憶からでも彼自身の記憶からでもなく、恒常に存在するものの気疎い領国からおとずれたのだった、色褪せ、沈黙し、あるかなきかの線にわずかに暗示され、しかもふるえる期待にあふれ、しかも雷雨をはらんだ領国から。

だが、もう思いにふけっている余裕はなかった。同感にたえないようすで詩句に耳かたむけていたアウグストゥスがこういったのだ。「これだ。この通りにきみはうたった、わたしのためにうたったのだ……それともきみはまた気が変わったかな、ウェルギリウス？」

「変わりはしません、オクタウィアヌスさま。その詩はあなたのものです……」

するとアウグストゥスは二度手をうち鳴らした、そしてたちまち部屋は人間たちによってみたされはじめた、おびただしい人間たち、彼らは戸口の前でずっと合図を待ちうけていたらしかった。プロティウス・トゥッカとルキウス・ウァリウスもその中にいた、医者とその助手たちもいた。奴隷もほかの奴隷たちの列にまじってまざまざと眼にうつる姿を現わしていた。ただプロティアの姿は見えなかった、彼女がここから立ち去ったはずはなかったのだが。あるいは大勢の人間たちに恐れをなして、どこかにかくれているだけのことかもしれなかった。

しかし皇帝はいった。「人民の集会の前で語るなら、調子の高い強いことばを用いるところだ。だが今は、わたしの愛する、わたしとひとつ心の友人たちの前にいるのだから、わたしはただ、自分のよろこびをわかってくれるようにともとめるだけにしよう。というのもつまりわれわれの詩人は、病気が癒《なお》りしだいすぐにも、とはすなわちもう近々のうちに、『アエネーイス』の仕事を続行しようと決心してくれたのだから……」

アウグストゥスはこの友人たちをほんとうに愛していたのか？　彼は自分では、みずからがみちびいている、しかしけっして愛してはいない人民に対するのとはちがう話しかたをしているつもりだった。だが実は、この話しかたははじめから人民の前での演説とほんのいささかもちがってはいなかったのだ。いかにも心得たようすで彼はしばらくことばを休めたが、それも自分のことばの効果を十分みのらせて、その場にいる者たちの口から語らせようがためだった。

間あいよくルキウス・ウァリウスが呼吸をあわせた。「あなたならば首尾よくなしとげられようと、われわれは思っておりました、アウグストゥスさま。祝福はすべてあなたから生まれるのです」

「わたしは単に、われわれすべてがその一員であるローマの人民の伝声管にすぎぬ。この人民の委託において、神々の委託においてわたしは『アエネーイス』を請求した、そしてウェルギリウスは人民への愛ゆえに、不変恒常の人民の所有権を承認したのだ」

だが、冷ややかなきびしい従僕の物腰でほかの者たちといっしょに立っていた奴隷が、そっと、だれにも聞こえないような声でことばを補った。「真の自由への道はひらかれています、人民はその道を歩んで行くことでしょう。恒常なのはただこの道ばかりです」

「わたしは人民の代理人だ」とアウグストゥスは、偽善的な愛想のよい口調でことばをつづけた、しかしこの口調のうちとけた親密さからは、だれも完全にのがれることはできないのだった、「単なる代理人にすぎぬ、ここでも、またほかのどこでも同じことだ。このこともウェルギリウスは承認してくれた。わたしはこの承認を誇りに思ってもよいだろう、それによって詩をたいせつに保管する任務がわたしにゆだねられたので、わたしは非常に嬉しいのだ……」

「その詩はあなたのものです、オクタウィアヌスさま」

「わたしがローマの人民の代理人であるかぎりにおいてね。ほかの者たちには私的な財産があるが、わたしにはない、このこともきみは知っているはずだ」

花環からむしりとった小さな月桂樹の枝を、いっときもじっとしていない指のあいだにはさんで、アウグストゥスは立っていた、月桂樹の流れにひたされ、そのざわめきにつつまれ影に覆われて、美しく華奢に、しかも威容にみちてかなたの燭台のほとりに立っていた。しかし彼が口にしていたことは、――たとえ彼自身はそれを信じていたにせよ――真っ赤ないつわりだった、なぜなら彼がユリウス家の財産を莫大な額に増すために精力をかたむけ、着々と成果をおさめていることはだれ知らぬものもない事実だったのだから。奴隷のことばは正しかった、幸いにもそれはだれにも聞かれはしなかったが。「あなたのおっしゃることはうそです、陛下」それとも、自分にむけられたこのことばが、アウグストゥスにはやはり聞こえていたのだろうか、視線を草稿の行李に据えたまま、彼はまるでそれに対する答えのように微笑したのだ。

「たとえどういう資格でお受けとりになろうと、わたしはあなたにその詩をさしあげたのです、オクタウィアヌスさま。けれどもそのかわりにひとつお願いしたいことがございます」

「条件つきか、ウェルギリウス?……それは誕生日の贈り物なのだと思っていたが……」

「条件つきの贈り物ではございません。わたしの願いを聞きとどけていただけるかどうかは、まったくあなたのご自由なのです」

「ではその条件を聞かせてもらおう。はじめからわたしはそれにしたがうつもりなのだ。ただし、きみ自身のことばを忘れないでくれたまえ、ウェルギリウス」――アウグストゥスの眼の中に、親しげな、しかし狡猾そうな光がまた浮かんだ――、「敗れし者をあわれみ、なんじの傲《おご》りをつつしめよかし」

「それは未来なのです」と、人ごみの中で奴隷がいった。

そう、その意味だったのだ。未来、はかりがたく深い人間とその美徳の未来、謙抑の未来――、だが、それをなんという表面的な今日へとオクタウィヌスは狡猾にも逆転してしまったことか。それにもかかわらず、『アエネーイス』は彼のものとするよりほかなかった。「あなたは奴隷の解放を制限されました、アウグストゥスさま。わたしの奴隷たちは自由の身にしてくださるよう、お願いいたします」

「何？　今すぐにか？」

なんと奇妙な質問だろう！　今すぐか、すぐでないか――、それは同じことではなかったろうか？「今すぐではありません、アウグストゥスさま、ただしわたしが死んだらすぐそうしていただきたいのです。わたしは遺言状にもそのようにとりきめてあります、ですからこの指定を、あなたにも確認していただきたく、お願いするしだいです」

「もちろんそうしよう……だがどうかな、ウェルギリウス、きみの義弟、わたしの記憶ではたしかアンデスで農場を経営していたはずだが、彼の諒解はもう得てあるのかな？　彼の手からいちどきにひとり残らず奴隷を奪ってしまったら、困ったことになるだろうが……」

「義弟のプロクルスは自分でなんとかやって行けると思います。それに彼はいい男ですし、奴隷たちは自由の身となってもそのまま彼のもとにとどまるでしょう」

「ふむ、それなら結構、わたしの口だしすることではない……わたしはただ署名さえすればいいわけだ……まったくのところ、ウェルギリウス、それがきみのもとめる唯一の条件だったのなら、何もふたりでながながとわたりあうことはなかったのだがな！」

「何かの意味はあったと思います、オクタウィアヌスさま」

「そう、意味はあった」——親しげに、そして真剣にアウグストゥスはうなずいた——、「きみはわたしの時間にずいぶん費えをかけたが、話しあったのはよかった」

「まだ遺言状についてお話ししたいのですが、オクタウィアヌスさま……」

「たしかきみは、もうかなり以前に遺言状を一通、わたしの文書係の手もとに預けておいたはずだが……」

「その通りです、ただ書き加えたいことがあるので……」

「奴隷のことか？　急がばまわれということもある。ローマについてからでもよいではないか」

「そのほかにも少し変えたい点があるのです。なるべく早くすませたいのです」

「きみにとっては急ぎの用かもしれないが、わたしにはそう思えない……だが、きみの記録が急を要するものかどうか、それはきみにしかきめることができないのだし、今その文書を作成することをとめる権利も、とめようとする気持ちもわたしにはない。ただしわたしはもうここにぐずぐずしているわけには行かないので、あとでそれをわたしてもらうか、送ってもらうかしてほしいのだ、そうすれば確認と証明のしるしに印璽《いんじ》を押すから……」

「プロティウスかルキウスが、それとも彼ら両人があなたに遺言状をおわたしするでしょう、アウグストゥスさま。ありがとうございました」

「時がせまっている、ウェルギリウス。外で待っている者たちのいらだちが感じられるようだ……ウィプサニウス・アグリッパがもうついていることでもあろうし……もう行かねばならない……」

「いらっしゃらなくてはなりません……」

ふしぎなことに室内からは突然人影が消えうせていた。ふたりだけだった。

「残念ながら……行かねばならない」

「わたしの心がお伴いたします、オクタウィアヌスさま」

「きみの心ときみの詩がね」

皇帝が合図すると、人気のない空間からふたりの奴隷が魔法で呼びだされでもしたように姿を現わして、行李のそばに立つと把手に手をかけた。

「この男たちがそれをもって行ってしまうのですか？」

軽い足どりですばやくアウグストゥスはベッドのそばに近づいた。それと知られぬほどわずかにベッドの上に身をこごめたとき、彼はまたオクタウィアヌスになっていた。「きみのために大事に保管しておくのだ、ウェルギリウス、もって行ってしまうわけではない。これを抵当にしておいてくれたまえ」こういって彼は、指のあいだにはさんでいた月桂樹の小枝を掛け蒲団の上においた。

「オクタウィアヌスさま……」

「うむ、ウェルギリウス……」

「いろいろとありがとうございました」

「礼をいうのはこちらのほうだ、ウェルギリウス」

奴隷たちは行李をかつぎあげていた。そして今、彼らがひと足踏みだしたとき、だれかがすすり泣きの声をあげた、それほど高くはなかったが、はげしく荒々しく、永遠が突如として人間の生の中に侵入した場合にしか見られないような熱情にみちあふれていた。あるいは、葬儀屋の人足たちが棺を肩にかき乗せて部屋からはこびだそうとし、その一瞬に死者の親族たちが、すでにどう動かしようもなくなっている事態の重さにはたと胸を衝かれる、ちょうどそんな場合のようでもあった。死者の棺にむけて送られる永遠のすすり泣き、永遠の叫び、それはプロティウス・トゥッカのがっしりした広い胸から生まれでたのだった、善良で力強い彼の魂から、力強く感動にふるえる彼の心から草稿を納めた行李にむけて送られたのだった。戸口まではこばれていたその行李は、まぎれもないひとつの棺だった、死んだ子どもの棺、ひとつの生命を納めた棺だった。

またもや日蝕がはじまっていた。

戸口でアウグストゥスはもう一度ふりむいた。もう一度友人の眼が友人の眼をもとめ、もう一度ふたりの視線はひとつに結ばれた。「きみの眼がいつもわたしを見守っていてくれるように、ウェルギリウス」と、あけはなたれた両びらきの扉のあいだに立ったままオクタウィアヌスはいった、ここではまだオクタウィアヌスだったが、そこから歩みでるときは、瘦《そう》軀《く》に誇りをみなぎらせ威風あたりを払う皇帝だった。そのすぐあとにつづいて褪せた金色の獅子が重い足を音もなくはこび、棺がつづき、その場にいた者たちの多くがつきしたがった。

プロティウスの善良なしめっぽいすすり泣きはまだしばらくつづいたが、やがてすすり泣きめいたあえぎに変わり、その合間に時おり「ああ、おお！」という叫びがまじり、陽がふたたび明るくさして窓蛇腹の上の鳩がまた咽喉を鳴らしはじめたとき、ようやく完全におさまった。

いつもわたしを見守っていてくれるように。これがオクタウィアヌスのことばだった、この通りではなかったにしてもだいたいこのように聞こえた。そのことばのひびきは消えずにここにとどまっていた、この室内にまだとどまったままただよい、姿を消してしまった人と結びついて、ゆたかな意味をはらみながら移ろう気配も見せなかった。その結びつきは不動だった、しかしオクタウィアヌスは行ってしまった――どうして？　どうして彼は立ちさってしまったのか？　どうしてプロティアは立ちさってしまったのか？　ああ、彼女はほかの多くの者たちと同様に行ってしまったのだ、自分自身の運命の中へ、仕事の中へ、しだいに年をかさね、疲労を増し、髪も白くなる老衰の中へ、死の中へと姿を消してしまったのだ。その中からはもはやいかなる声も届かない、だがそれにもかかわらず、かつて、しかも永遠に変わらぬ風情でそこへかけわたされていた眼に見えぬ橋は残っていた、かつて、しかも永遠に変わらぬ風情でそこへ張りわたされていた眼に見えぬ鎖は残っていた、眼に見えぬ月桂樹の橋、眼に見えぬ銀の鎖は。永遠にわたって築かれ鍛えられ、結びつけかなたへとわたす結合の力は解きがたいままとどまっていた、——しかしどこへわたすのか？　眼に見えぬ無の世界へか？　いや、むこう岸にある眼に見えぬ世界は無ではなかった、いや、どれほど眼にはうつらぬにもせよ、それは現実の存在だった、いつも変わらぬオクタウィアヌス、いつも変わらぬプロティアだった、ただこのうえなくふしぎなことに、彼らは名前と肉体とを完全にふるい捨ててしまっていたのだ。おお、われわれの内面に、その奥深くに、肉体の頽落にも触れられることなく、感覚の消滅にもそこなわれず、いかなる変化をこうむることもなく、およそ思量にあまるほどはるかなわれわれの自我の、われわれの心の、われわれの魂の領域のうちに、不死身の認識が存在している、われとわが身にさえ見ることも呼ぶことも、もとめることも知ることもかなわぬ認識が存在している、そしてこの認識は他人の魂、他人の心、他人の眼に見えぬ深みの中にみずからの反映をもとめる、われとわが鏡像を他人からの認知のうちにもとめる。この呼びかけのこころみは、ただその鏡像をながめようがため、それが永遠にわたってとどまることを望めばこそなのだ、橋も、かなたへと張りわたされた鎖も、出会いも、一切の変化の相を通じて永遠にとどまることを望めばこそなのだ、というのも出会いのうちにのみことばはゆたかに意味をはらみ、世界は意味にみち、認識されつつ認識する営みがこだまとなって成就するからなのだ。瞼を閉じているのにまざまざと、ゆたかな意味をはらんだはかり知れぬ存在がかなたの世界にまざまざと眼にうつって横たわっていた、真昼の太陽のふるえつつしかも動かぬかがやきをあびて、黒い線条のはいった赤褐色の、今にも崩れそうなよごれた町の屋根屋根の上に、この世のものとも思われぬほのかな息吹きのような金色、葡萄酒のような金色をたたえて、それは眼にうつり、しかも眼に見えなかった、それはその面に落ちる影を待ちうけている鏡、ただようことばを、認識を待ちのぞんでいる鏡だった。まだ啓示されてはいなかったとはいえ、すでに空間の中に存在して、この認識は未来を告げ知らせていた、もはや誓約違反とはならぬ安楽を、真の知覚のうちに成りいでるはずの関与を、ふたたび掟のうちに、誓約を見守る未知の神の掟のうちに生きることを許される美を、告げ知らせていた。このとき、そう、そしてこのとき数羽の鳩が、重々しげに翼をひろげて窓蛇腹からはたはたと飛びたち、舞いあがり、青い陽光に羽毛をきらめかせながら、真昼の空のかぎりない熱気の中に没して行ったのだ。視野のかぎり高みへ高みへと沖《ひひ》りながら、やがて眼路をはなれ彼らは姿を消した。おお、いつもわたしを見守っていてくれるように。

プロティウスは肉づきのいい頬から涙をぬぐった。「あほらしい」と彼はいった、「まったくあほらしい、ウェルギリウスがようやく迷いからさめたというだけで、こうも感激するとはな……」

「きみを感激させたのはオクタウィアヌスさまの態度だったのだろう」

「そうではないと思うがね……」

「さあ、わたしは遺言状を作らなくてはならない」

「感激したのはそのせいではないぞ……だれでも遺言状は作るものだ」

「もちろんきみの感激とは関係のないことだ。わたしは今遺言状を作らなくてはならない、それはそれだけのことなのだが」

ここでルキウス・ウァリウスが異議をさしはさんだ。

「アウグストゥスさまのおっしゃった通りだ、そんなことは病気が癒ってからゆっくりやればよい、わたしはまったく陛下のご意見に賛成だな。それに、先ほど聞いたところでは、もう有効な遺言状が一通できているというのだから、なおさら急ぐことはないわけだ……」

プロティウスとルキウスはまちがいなくその場に存在していた。同様にリュサニアスもそこにいるにちがいなかった、といってもまだどこかの隅にかくれていたらしかったのだが、ことによると、今まで声をかけてやらないで、もっぱら奴隷ばかりがわがもの顔に場を占めていたことに傷つけられたのかもしれなかった――、ところで、彼はどこにいたのか？　奴隷はどこにいたのか？　彼がアウグストゥスについて行ったとは考えられなかった。どこにいるのかというならむしろ逆に、この室内にいると考えるほうが自然だったろう、ここがいわば彼の本来の場だった、にもかかわらず今、どこにも彼の姿を見いだすことはできなかったのだ。もちろんそういってしまうのは、完全に正しくはなかった。なぜなら少しでも、ほんの少しでも眼をこらしてながめてみれば、はっきり見えるふたりの友人のかたわらに、あれこれのおぼろげな存在がすぐさまたしかめられたのだから。眼に見えないのか、それとも今まで眼にとまらなかったのか、その存在のありかたが不完全なのか、それとも見る眼が不完全なのか、おそらくは――識別力はそこまではたらきはしなかったのだ――すべてが混和し結合してさえいたのかもしれなかった。とりわけ、陽光の帯の中に埃が舞うあたりには、どうやら人間らしいがさだかには見えぬものがおびただしく群れており、皇帝につきしたがって部屋から出て行った群衆の、少なくともその一部がまたもどってきたのではないかと思われるほどだった。すると、今さがしもとめている男はその群れの中にいるのかもしれない。もちろん名を呼ぶことはできなかった、彼は自分の名を明かそうとしなかったのだ。

「リュサニアス……！」奴隷の名を呼ぶことはできないにしても、少年を呼ぶことはできた。少年を呼びよせて事情を説明してもらいたかった。

「きみはのべつリュサニアスという名前を口にするのだな」とプロティウスがいった、「だがその男はいっこうに顔を見せないではないか……それとも、きみが今すぐにも作りたいといっている遺言状に、その男が何か関係でもあるのかね？」

少年も奴隷も遺言状に直接の関係はなかった、それは否定しがたい事実だった。だからといって、真の関係をプロティウスに説明するわけにも行かなかった、一見それらしい理由をあげるよりほかはなかった。「彼に何かかたみの品をやりたいと思っているのだよ」

「ではなおのこと、その男は顔を見せなければなるまいに。さもないと実のところわたしには、彼が実在の人物だとは信ずることができなくなるね」

これはいわれのない誹謗だった、というのもちょうどこのとき少年は姿を現わしたのだから。彼を見ようと思いさえすればだれにも見ることができたのだ。誹謗はプロティウスにはねかえって行った。しかしそれにもかかわらず、リュサニアスは呼ばれないほうがよかったのかもしれない、くるにはきたがそれは少年と奴隷とがひとつになった姿だったのだ、まるでふたりが同じ名をもっていて、その名を呼ばれればふたりがいっしょに聞かねばならないかのようだった。このことは実はそれほど驚くべきことではなかった、むしろさらに驚くべきことは、このひとつになったふたりの歩みが明らかに少しも一致しないことだった。少年はベッドに近づこうとするのだが、自分より大きく強い相棒より先に出ることはけっしてできなかった。何度出ようとしてもかならず道をさえぎられ、少年リュサニアスはあの狡猾なすばしこさを失ってしまったのではないかと思いたくなるほどだった。

プロティウスは吐息をもらしながら、先ほど腰をおろしていた安楽椅子にむかって歩いて行った。「だれもがきみに休息をすすめているのに、休息するかわりにきみは遺言補足書やら、あれこれの人間に何を遺贈しようかということやらにかかずらっている……陛下がここにおられたのは一時間をはるかにこえている、声を聞いただけでもきみが疲れているのがよくわかるよ……まあ、頑固一徹なきみに何をいってもしかたがないとは思うが……」

「そうだ」とルキウスが、好奇心を燃やしながらしかも考え深げな口調でつけ加えた、「一時間をはるかにこえていた……それで、『アエネーイス』よりほかの話は何もしなかったのかね？……いや、疲れているなら答えなくていい……」

ベッドの前にがっしりしたからだを立ちはだからせている奴隷は、不意に背たけが伸びたように見えた。酷寒の冬の大気の中からあたたかい室内に歩み入った人間が発するような、静かな冷ややかさが彼からながれでていた。その姿があまりに巨大なので、少年は机の上にはいあがってずんずん背たけの伸びて行く男の肩ごしにのぞこうとしているのに、どうしてもこちらを見ることができないのだった。

「奴隷を去らせてほしい……」

「え、遺言状を作るためにかね？」――プロティウスは安楽椅子に腰かけたまま室内を見まわした――「奴隷なぞひとりもいないぞ。安心してとりかかったらいいだろう」

いつもの癖で長衣の襞をいじっていたルキウスは、注意深くベッドのわきの椅子に腰をおろし、すんなりした長い脚をいかにも世慣れたようすで組みあわせると、指の長い掌を上にむけたまましあげて、講釈をはじめる身がまえをした。「そうだ、いったんあのお方が話をはじめられると、往々にしてとめどがなくなるのだな。しかも、こういってはなんだが、雄弁家とはお義理にも申しあげられない、少なくとも、ローマの雄弁の古典的時代の生き証人であるわれわれに当然提起する資格のある諸要求に照らして考えれば、けっして卓越した弁舌家ではあられない……きみたちは昔の元老院演説をおぼえているかね？　おしなべてなんとすばらしかったことだろう！　いずれにせよ、だれももはや弁舌をふるわない今日では、アウグストゥスさまの能弁で足るのだし、また足れりとしなければならないのだ……ところで、ウェルギリウス、わたしは何もやんごとないお方と同じあやまちを犯そうなどとは、毛頭思っていないのだよ。きみを疲れさせるつもりはないのだ……」

なぜ奴隷は動かなかったのか?!　氷の塊のように、いよいよ高くそびえる気配を見せる氷の山のようにどっかと根を据えて身じろぎひとつせず、その場に彼は立ちはだかっていた。今は小さなリュサニアスの姿は完全にその影にかくれてしまった。永遠にたえるまもないかのように彼からながれでていた冷ややかさは、疲労の大波をうちよせながらいよいよ危険な感じを強めてきた。

「きみは絶対に安静を必要としている」――、ルキウスの手はこの宣告とともに話の決着をつける線をえがいた――「きみは安静を必要としている、医者にもう一度きいてみれば、その通りだといったにちがいない。きみをひとりにしておくのが何よりよさそうだな」

安静への欲求はたしかに感じられた。ただ感じられたというばかりではなく、危険をはらんだ不変の冷ややかさのうちよせる疲労の波にはこばれてそこに現われたのは、まさしく誘惑的な、甘美な安静への欲求だった。おお、この欲求を燃えさからせてはならなかった！即刻抑圧せねばならなかった！　ルキウスが医者を呼ばせたのは、この意味でまさに渡りに舟というところだった。もとめに応じて、さまざまな形姿の透明な雑沓の中から医者がゆったりと肥った姿を現わし、口もとにいかにも愛想よげな笑みをたたえて、ゆったりと歩みよってきた。「もうご本復ですぞ、ウェルギリウスどの、そう申しあげることができるのは、わたしとしてもいささか本懐なのでしてな、つまり、どれほど控え目に見つもっても、こうした好結果が生じたについてはわたしの医術もかなりあずかって力があるのでしてな」

思いがけなくはなかったが、よろこばしい知らせだった。「わたしは全快した……」

「というのはいささかいいすぎかもしれんぞ、ありがたいことに、だいたいはそれに近いのかもしれんのだがな」と、プロティウスが出窓から声をかけてよこした。

「わたしは全快した……」

「まもなく全快なさるでしょう」と奴隷が訂正した。

「彼をおそばから去らせなさい」——少年の声が弱々しく嘆くようにひびいた——、「彼をおそばから去らせなさい、全快を望んでおられるならば。彼はあなたも殺そうと思っています」

ながれこんでくる疲労の冷ややかさは、まさしく肌身に感じられるほどになった。氷山のような巨人からながれでて、この冷ややかさはそれ自体が氷塊となり、凝結した波となり、閉じこめ、覆いかくし、押しひしぎ、その内部では火と燃えさかりながら、あたたかな安静をその硬直の中へとむりやりにつつみこむのだった。「わたしは全快した。医者のいった通りだった」

「それはまあ、医者が掛け値なしの真実を述べうるかぎりにおいては、その通りかもしれないな、だがこの真実が成立するためには、きみは、もうすっかり本復して、病気のぶり返しを夢さら願わない人間のようなふりをしなければなるまいよ」――ルキウスは立ちあがっていた――、「さて、われわれは引きさがるとしようか」

「いてくれたまえ!」

声は出なかった。このことばはだれの耳にも聞こえなかった。

「行かせておしまいなさい、みんな行かせておしまいなさい」と、こよなく甘い声でプロティアがささやいたが、この願いの背後に自分自身の不安をおしかくすことはできなかった。

「あなたを抱きすくめている男も追いのけておしまいなさい。わたくしの腕のほうが彼の腕よりやわらこうございますわ。まあ、ほんとうに胸の悪くなるような男ですこと」

このとき、灼熱する氷の抱擁は巨人の腕なのだということが明らかになった。巨人は彼をベッドから、地上から抱きあげていた。そして、もはや心臓の鼓動することもなければ息もかよわぬこの巨人の広大無辺な胸にいだかれて、恐ろしく、しかも甘くいざなうような不変の安静を見いださねばならないのだった。

そこから彼が抱きあげられた大地は粘土からなっていた。だが、彼をいだく巨人の胸も大地に似ており、大地の根源の粘土のように強固だった。

「しめ殺されてしまいます」と少年が、末期の弱々しい絶望のうめきをあげた。

「彼の時はつきたのです」と巨人がいった、その声はほとんど微笑しているようだった、「わたしは何もしない。時の力です」

大地のように巨人は強固だった、大地をにない、安静をにない、死をになっていた——では彼は時をもになっていたのではなかろうか？

「わたくしは時をもたない」とプロティアが答えた、「わたくしは老いを知らないのです。彼がわたくしを殺そうと思っても、それはむだなこと」

プロティアを、あるいは少年を救わねばならなかったろうか？　われとわが身を救わねばならなかったろうか？　遺言状と『アエネーイス』にかかわることだったろうか？　抱擁はいよいよ巨大になり、重く強くなり、いよいよ氷のようになり、いよいよ灼熱の度を加えた。すでに灼熱と氷はひとつの存在に融けあい、存在は非在をはこびながら非在と合一していた。すでに安静はきわめて濃密になり、ひとつの昔、それを爆砕しえたかもしれぬひとつの音さえここからもれでることはできないほどだった。すでに安静をうち破ることは不可能に見えた、プロティアのためではなく、少年のためではなく、いや、ほかならぬわれとわが生のために最後の力をふりしぼらねばならなかった。「わたしは生きたい……おお、母上！」

　これは叫び声だったのか？　それが安静の境界をこえたかどうか、知るよしもなかった。巨人の胸は鼓動することなく、呼吸はと絶えていた。世界は鼓動することなく、呼吸はと絶えていた。そのまま長い時が経過したが、ついに巨人が口をひらいていった。「あの女がたのもうと、小僧がたのもうと、あなたをはなしはしないのです、またたとえ、あなたが恐怖に襲われようとも。わたしがあなたをはなしてあげるのは、あなたが地上のつとめをなしとげようとお考えだからなのです」これはほとんど戒めのように聞こえた。いずれにせよ、抱擁の手がゆるんだのが感じられた。巨人が彼を大地の粘土の上にもどそうとしているかのようだった。

「わたしは生きたい……わたしは生きたい！」

そう、今度こそはまぎれもない叫びだった、声に知られ、耳に知られる叫びだった、たしかにしわがれてはいたが、ふたりの友人を愕然とさせるにはたるほどに大きな声だった。プロティウスは足音荒く近づいてくると、なすすべもなく呆然としているルキウスをわきへ押しのけて、非難するように「そらいわんこっちゃない！」と叫びながらベッドのそばに立った。

しかし抱擁の手はほどかれていた、巨人は消えうせ、恐怖にみちた誘惑は遠のいていた。あとに残ったのはただいつもながらの発熱、灼熱する氷塊のように胸を押しつけ呼吸を苦痛のあえぎへと圧しひしぐ発熱ではあったが、それにもかかわらず数多たび慣れしたしんだ旧知の状態で、口中に昇ってくる血の味さえもはやなんの不安も感じさせないほどだった。部屋はふたたびふつうの病室になった。机の上にはリュサニアスがうずくまっていた。彼も疲れきっており、ただ気づかわしげな視線を送ってよこすばかりだった。

「いわんこっちゃない……だからいわんこっちゃない……」

この非難をこめた唸り声が病気にむけられているのか、病人にむけられているのか、それともルキウスにむけられているのか、はっきりとはわからなかった。ルキウスがいった。

「医者が……」

彼がいたのはごくふつうの病室だった。リュサニアスがここにいるのは当然だったが、ふたりの年老いた男たち、ルキウスとプロティウスは、ここにはなんの用もないはずだった。そして母がいなかった。なぜプロティウスは祖父のかわりに窓辺の席に坐っていたのか？ことによると、彼が祖父同様でっぷりと肥っていたからかもしれなかった。その体重に圧されて安楽椅子の脚は粘土の床に埃っぽく皺ばんだ亀裂を生じさせていた。窓の外には真昼の光をあびてマントゥアの野の風景がひろがっていた。厨《くりや》の母を呼ばねばならなかった。「咽喉がかわいた……」

ルキウスがあたりを見まわすより早く、プロティウスは重いからだを敏捷に働かしてひとつの盃を見つけだし、壁の噴泉から水を受けると、待ちこがれている病人の唇にそれをもたらすためにベッドのそばへもどってきて、盃をもたぬほうの手で病人の頭を支えた。「気分がよくなったか、ウェルギリウス？」と、そのあとで彼は、まだ息をこらしたまま、昂奮のあまり満面に汗をふきだしてたずねた。

まだことばらしいことばは口から出てこなかった。プロティウスにはただうなずいて見せるだけで感謝の意を表するよりほかなかった。しかも今、母の声が厨から聞こえてきたのだ。「すぐ行きますよ」と彼女は晴れやかな声でいった、「今すぐ坊やにミルクをあげますからね」では母はまだ生きていたのだ。年老いることなく、時を超越していたのだ。これはこまやかな朗らかさで心をみちあふれさせることだった。「ぼくはまだ病気なの、お母さん？」――「まだちょっとね、でももうすぐ坊やはベッドから出てお遊びすることができるのよ」そう、彼はまた遊ぶだろう、厨の床の上で、母の足もとで、戸外の庭の砂の上で彼は遊ぶだろう。だが、どうして母はこのような遊びを許すことができたのだろう、粘土質の土をこねるその遊びは、父のはたした仕事、神の御業の営みをくりかえし継続するものだったというのに？　この遊びはすでに、形づくられぬままにあろうと願う土に対する悪業ではなかったか、根源の粘土に対する悪業、知覚を統べる母なる女神の嫌悪と怒りを惹きおこす所業ではなかったか？　もちろん今はこんなことにそれ以上かかずらっているわけには行かなかった、第一プロティウスが許さなかった。なぜならこの男はまだ依然としてベッドの前に立っていたのだから。そして彼がもたらしたのは、牛乳ではなく水だった、大地からわきでた透明な水だった。

もう一度ゆっくりとひと口すすり、枕に頭を沈める――するとまた語ることができるようになった。「ありがとう、プロティウス、ずっと気分がよくなったよ。君のおかげで元気をとりもどした……」

それは褐色の角で作った盃だった。兎《うさぎ》の図柄がその上に刻みつけてあった。がっしりした見事な農民の盃だった。

「医者を呼んでこよう」とルキウスはいいはって、戸口のほうへ歩いて行った。

「どうして医者を？」おかしなことだった。医者はここにいるのだし、今のところはまだ霧につつまれたように不たしかな、おぼろげな姿も、ふたたび明確な形姿にかたまろうとしていたのだ。

「彼にきいてみよう」とプロティウスは考えふけるようにいった、「きみに刺胳《しらく》をほどこすつもりはないか、とな。いや、わたしはもう実にたびたびひどい目にあったものだよ、きみよりたいへんだったくらいかもしれん、だが、ほんのわずか血を抜いてもらうと、とたんにまた生き返って、この手荒な療治が健康のためにはなんと有効なことか、思い知るわけだ」

医者のカロンダスは髭に櫛を入れていた。「ローマ派です、ローマ式療法です。そういったものにはわれわれはかかわりありませんのでな。あなたのような病状では、われわれは液体を取りさるどころか、むしろ反対に液体をからだの中に注入するわけでしてな……できるだけたくさんお飲みになるよう、おすすめいたしますよ」

「もう一度飲み物を……！」

「もっとお酒をあがりますか？」とリュサニアスがいって、象牙製の盃をとりあげた。「たわけ」と医者が少年をどなりつけた、「酒ではない。おまえの口だしする幕ではないぞ」たしかに、冷たく鳴る水は薬だった。「わたしは全快した。医者がはっきりそれを認めたのだ」

「では彼にたしかめてみるとしよう」とルキウスは、戸口に立って、扉の把手に手をかけながらいった。

「軽微な再発はたえず予期していなくてはなりません」と医者はいって、なめらかな微笑を浮かべた、「先ほどのはほんの軽微なものでした」

「ここにいてくれたまえ、ルキウス……取るにたらぬぶり返しで騒ぎたてることはない。わたしは遺言状を作らなくてはならないのだ」

ルキウスは机のそばにもどってきた。「せめて晩までのばしたらどうかね。出発前にはかならず片づけると約束するよ」

いや、即刻片づけねばならなかった。さもないと巨人が、遺言状とはただ彼からのがれるための口実にすぎなかったのだと思うかもしれなかった。そもそもこれはあまりにも安直な地上への帰還ではなかったろうか？　恥辱感がわきおこった、心を麻痺させはげしく鞭《むち》うつ恥辱感、発熱のこごえるような悪寒に似た恥辱感だった。取るにたらぬぶり返しだったというのに、熱はあい変わらずさがらなかった。

リュサニアスはずっと机の上にうずくまったまま、この恥辱感を追いのけようとした。

「恥は偶然の中にしかないのです、ウェルギリウスさま。あなたの道には偶然はありませんでした、すべては必然だったのです」

「きた道を逆もどりする者は恥にまみれるのだ」

ほうと溜息をついてプロティウスはベッドの縁に腰をおろした。「それはまた、いったいどういうことかね?」

「遺言状は急を要するのだ、やめるわけには行かない」

「たかが二、三時間先へのばすのを恥と感ずるとは、さっぱり合点の行かぬ話だな。本気でいっているわけではないだろう」

「アウグストゥスさまのためにわたしは、『アエネーイス』に関するわたしの望みを断念した……今はきみたちのために、遺言状も断念しろというのか?」

「われわれはただきみの健康を気づかっているだけだ」

「それは大丈夫、というより大丈夫だからこそ、わたしは自分の道を進んで行かなくてはならないのだ。あともどりする気はない」

「わたくしは一度もあなたを逆もどりの道にお連れしたことはありません」と少年が抗弁した、「いつもわたくしたちは前進していたのです」

「では今はどこへむかっているのだ？」

リュサニアスは黙っていた。答えを知らないのだった。

「彼が道案内をつとめたのはわたくしの所へつくまでなのです」とプロティアがことばをはさんだ、「そのあとはわたくしとあなたの道です、わたくしとあなたとの愛の道なのです」

「どこへむかって？　わたしはひとりで自分の進む道を見つけなくてはならない……」

「あんまりだ、ウェルギリウス」と、ベッドの縁にどっかりと腰を据えたまま、プロティウス・トゥッカがこぼした。彼の腰の下では褥《しとね》が深くめりこんでいた。「あんまりだ。なんだってそうすげなく、われわれの助力と愛情を拒否してしまうのだ……」

いつもはやかましい命令口調で有無をいわせぬプロティウスが、今はまったく途方にくれてベッドの縁に坐っているのだった。そしていつもは狂いのない世故《せこ》の才を誇っているルキウスが、今はかなり動揺を感じているように見えた。彼らがおとなしく服従しようと思っていることがありありと感じられた、ふたりとも、今まではほとんどいつでも意のままに動かしてきた病人に、おとなしく服従しようとしているのだった。何がこの変化をもたらしたのか？　今まではあまり気にもとめなかった病気の命令に服従したにすぎないのか？　それとも、病気の背後にひそむさらに大きな声を、今は彼らも感じはじめたのか？　その中で死と生がひとつに結ばれる愛を告げ知らせる声を？　おお、彼らはそれを感じているにちがいない、さもなければ、すでに死を欲している最後の意志に対して、それほど逆らうはずがあろうか？

ルキウスがいった。「わたしはもうきみに反対したくはない、だが……」

「だがは余計だ、ルキウス……その隅にわたしの荷物がある、旅行鞄の中に筆記用具一式がそろっている……」

プロティウスは首を揺り動かした。「よし、とめることができない以上、きみの思い通りにするよりしかたあるまい……」

せっかくふたりがこのように従順になっているのに、たえまない肉体の苦痛を訴えるのは、時宜を得たこととはいいかねたし好都合なことでもなかった。しかしはげしい悪寒の危険がせまっていた。「もう一枚掛け蒲団をかけてくれ……」

プロティウスのしかめ面に気づかわしげな表情が浮かび、いっそう渋い顔になった。「きみは無理ばかりいう」

「もう一枚かけてもらいたいだけだ……それだけのことなのだよ」

「わたしが調達してこよう」とルキウスがいった。

しかしルキウスが召使たちにむかって、望みの品を命じたか命じないうちに、早くもそれをたずさえて奴隷が姿を現わした。何を考えているのかわからぬきびしい面ざしで、もはや巨人ではなくごくありふれたひとりの従僕となって、鄭重な巧みな手さばきで二枚目の蒲団をベッドにかけると、その上に改めてアウグストゥスの手がふれた神聖な月桂樹の小枝をおき直した。こうしたすべてが実にすばやく、しかも驚くほど手まわしよくおこなわれたので、蒲団をほしいといったのがはたしてやむをえぬことだったのか、正しいことだったのか、われとわが胸に問うてみなくてはならぬほどだった——それは奴隷を呼びもどすための口実にすぎなかったのではあるまいか？　それとも、奴隷の側にしてみれば、ふたたびここに忍び入るための口実を与えられたことになるのではあるまいか？　はっきりさせる必要があった。

「おまえはたった今そこにいたのではなかったのかね？」

「わたくしはおそばをはなれないようにと命ぜられております」

少年のリュサニアスは机からすべりおりて、すぐそばまでやってきた、どうやら今度こそは奴隷に押しのけられまいと思ってのことらしかった。「命令を受けないでもわたくしはずっとおそばにおりました、これからもおそばをはなれはいたしません」

少年のいったことは取るにたりなかった、それはほとんど、どれほど努力を払っても理解不能に近い忘れられた言語に似ていた。しかしもうひとりのことばは、拒絶的な口調にもかかわらず奇妙な信頼感をそそぎこんだ。「なぜもっと早くこなかったのだ？」

「わたくしがあなたにお仕えすることができる前に、あなたも奉仕なさらなくてはならなかったのです」

プロティウスは心配そうに蒲団の下に手をさし入れて、冷たい足をつかんだ。「まるで氷だ、ウェルギリウス！」

「今はとても気分がいいのだよ、プロティウス」

「思った通りにしゃべってくれたまえ」と、そのあいだに筆記用具と紙ばさみを卓上に陳列し終えたルキウスがいった、「お望みの品を全部ここにそろえたよ」

「紙をくれないか」

ルキウスはびっくりした。「なんだって？　きみは自分で書くつもりなのか？」

「紙を見たいのだ……わたしてくれたまえ……」

「そうせくな、ウェルギリウス、ほら」革の紙ばさみをあけてルキウスは、几帳面に正確に裁ったひとかさねの紙の、上の幾枚かを手にとると、それをさしだしてよこした。

いい紙だった、ペンの好む粗い冷たいなめらかさをもっていた。書きはじめる前の手ならしとでもいうように、やわらかい指先を紙の上にすべらせるのはこころよかった。光に透かしてみると、象牙色の中に網目細工のようなマーブル模様が見えた。おお、清らかな白紙の上へはじめておろすペン、創造のためにしるされた最初の一筆、不易の世界へ入るべき最初のことば！

この紙を手ばなすのは辛かった。「いい紙だ、ルキウス……」

「わたくしの肌は白くやわらかくなめらかなのに」とプロティアが息吹きのようにかすかな声で嘆いた、「それだのにあなたは手を触れようともなさらなかった」

ルキウスは紙をとりもどすと、同じようにそのなめらかな表面に注意深く吟味するように指をすべらせ、同じように光にかざして見た。「いい」といかにもその道の通らしく彼は確認した、「いい紙だ」こういうと彼は腰をおろして書く用意をした。

プロティアに触れることはできなかった。いだきあげてはこぶためには、はこぶことが許されるには、彼女の運命はあまりにも重く、しかも柔毛《にこげ》のようにあまりにも軽かった。知られることもなしに彼女は認識不可能な世界へ、もはやいかなる出会いも成就しないかなたへと消えてしまっていた。彼女の指環はここにあったが、もう彼女の姿を眼にすることはできなかった。

プロティウスがいった。「遺言状に補足条項をつけるだけのことなら、書き変えるわけでないなら、至極簡単に片づくことだな」

いや、プロティアの姿は見えなかった。それに反して、おぼろに群がる影の中からは他のさまざまな人間の姿が現われでてきた、そのうちのあるものは異様になじみ深い感じだったが、つかのまに消えうせてしまうのでかろうじてそれと見わけられるにすぎないもののもあった。雑多な群衆で、その中には金髪のかつらをかぶった娼婦も、飲んだくれも大食らいも大勢いたが、また給仕や陰間《かげま》もまじっていた。一瞬アレクシスの姿が見えた、といってもそれはうしろ姿で、船の手すりに凭りかかり、ありとあらゆる種類の塵芥《じんかい》が浮き沈みしている水面を見おろしているところだったのだが。少年が悲しげな口調で思いださせるようにいった、「わたくしたちはどの道をたどるときにもいっしょでした。こうした一切のものをかきわけて、わたくしはあなたをご案内したのでした。ああ、それを思いだしていただけたら……」

「わたしは大勢の人間を知っている……」

「それはもう口述にはいっているのかね?」とルキウスがたずねた。

「わたしは大勢の人間を知っている……」いや、もうだれも見わけることはできなかった、ただひとりだけ、まだそれと見さだめることのできる人間がいたのだ。これは驚くべきことだった、というのもオクタウィアヌスとの別離は苦痛にみちた窮極的な別離だった、この別離がくりかえされることはありえなかったのだから。しかも今、一切の協定に反してオクタウィアヌスがまたここに姿を現わしていたのだ。影の雑沓からはなれて燭台のそばに彼は立っていた、その姿は実は眼に見えなかったのだが、彼の暗い眼は収隷にそそがれて、語ってもよいという許しを待ちのぞんでいた。

「話せ」と奴隷が指図した、「命令をくだすがいい」

そこで皇帝は命令をくだした、とはいえそれは、実はけっして本式の命令ではなかった。

「わたしは許可する、ウェルギリウス」と彼はいった、「きみの最初の遺言状に指定された相続人の数を、奴隷たちのために削減することを」

「そういたしましょう。奴隷たちに遺贈いたしましょう。けれどもそのほかに、『アエネーイス』とその刊行についてもわたしは規定しておかなくてはなりません」

「詩についての配慮はわたしがしよう」

「わたしにとってはそれだけでは不足です」

「ウェルギリウス、わたしがだれであるか、きみは知らないのか？」

すると少年がいった。「見よ、星はのぼり行く、カエサルのものなるアエネーアスの星（彗星の意）、野に幸をめぐみてたのしき収穫をもたらし、陽なたの丘に葡萄の房を黒くゆたかに色づかしむる星」

「なるほど」とルキウスがいった、『アエネーイス』の刊行に関する規定ね……そこできみにとって何が不足なのかね？」

少年のことばはいつわりだった。どこにも星は見えなかった、まさに熟しようとする時の中にふたたびかがやくはずの、約束の星など見えるわけはなかった。一切の認識と再認識をつかさどる出会いの星、時の空しい流れをみたしつつそれを静止させ、とどめがたいひそやかな力を新たな誕生へとみちびく巨大な啓示的な秘密——、いや、少年のことばはいつわりだった、その片鱗さえもうかがうようすがはなかった、まだ何も！

「いまだなお、しかもすでに！」だれがこのことばを口にしたのか？　少年かそれとも奴隷か？　彼らはふたりとも東の空をながめていた、東にむけられた視線においてふたりはまたひとつに結ばれていた。東の空にその星がのぼるのであったろう。

「西の空にユリウス家の星はかがやくのだ」と眼に見えぬ皇帝が語った、「しかもきみはもうその星をながめようとしない、ウェルギリウス……きみの憎しみは消えるときがないのか?」

「愛情をこめてわたしは『アエネーイス』をアウグストゥスさまにさしあげたのです、けれどもその御身よりもはるかかなたの空高く、新たな星が出ています」

皇帝はもう答えなかった。沈黙したまま彼は眼に見えぬ世界に沈んで行った。

「『アエネーイス』……」——プロティウスは軽く鼻を鳴らして両手で頭のまわりに垂れかかった白髪をなぜた——「そうだ、『アエネーイス』、その中でユリウス家の星は永遠にかがやくだろう」

「わたしの理解したかぎりだと、『アエネーイス』を陛下にさしあげるということを遺言状の最初に記載しなくてはならないのだね」とルキウスがいって、ペンをインキ壺にひたし、緊張した面もちで詳しい口述を待ちうけた。しかし待つだけむだだった。なぜなら彼がペンをひたしていたのはインキ壺ではなかったのだから。それはアンデスの家の前の小さな沼だった、そして彼がそれにむかって腰をおろしていたのももはやふつうの机ではなく、いつのまにか卓上にアンデスの屋敷全体が築かれていたのだった。これからはプロクルスのものとなるはずの屋敷、その背後にはいわば屋敷を縮小した模型として、納骨堂が、灰色の鉛板で作られた死者の牢《ひとや》が立っていた。ポリシポの入り江の波は金色に光りながら沼に立つ漣《さざなみ》とひとつになっていた。疑いもなく、ルキウスはその沼の中にペンをひたしていたのだ。ペンのひたされた場所から軽やかなかすかな波紋が沼の岸にひろがり、岸をめぐって鵞鳥《がちょう》や家鴨《あひる》がかしましく鳴きたてていた。鳩は小屋の横木にとまってくうくうと鳴き、そのうえさらに卓上には、遺言状を待ちこがれている無数の人間が密集していたのだ。ケベスが遺産めあてのこの連中にまじっていたのは、彼がこの屋敷に住むことになっているのを考えあわせれば、まだしも納得の行くことだったが、アレクシスまでが車道のふたつの角を折れてここへぶらぶらと歩いてきたのは、ここでもまた用事ありげに右往左往しようというのは、許しがたいというより以上のことに思われた。遺言状をめぐるひしめきは目にあまるものがあった、あまりの不作法にたえかねて奴隷が出むいてとりしずめねばならぬほどだった。しかし彼が眼に見えぬ世界のほうへ追いたてても、人びとは未練たっぷりに、不承不承の足どりでしか動いて行かなかった。かなりの時間がかかってようやく追いたてが成功し、ルキウスの前の卓上がふたたびさっぱりと片づいたとき、改めてルキウスは、ほとんどいらだたしげな口調でいった。「用意はいいぞ、ウェルギリウス」

よほど苦労しなくては、そうおいそれと正気にもどることはできなかった。ほんとうなら、いわれないでもルキウスは自分でそのことに思いあたるべきだろう。「今すぐ、ルキウス…」

「ゆっくりしたまえ……何もせくことはないのだ」とプロティウスがいった。

「きみたち、はじめる前に聞いてもらいたいことがある……きみたちはアウグストゥスさまのおことばをおぼえているかね……？」

「おぼえているとも」

「つまり、陛下はわたしの最初の遺言状の内容をご存じなのだ。そこで、今わたしを助けてくれているきみたちにも、やはりその内容を知ってもらうのが当然だと思うのだが……」

「われわれだけではないぞ……」とルキウスがさえぎって、奴隷を指さした。

「奴隷？　なるほど、彼だ……」

認識しつつ認識され――、それは永遠の出会いだった、永遠の結びつきだった、鎖をになう者との、内と外の両面での永遠の結びつき。

「遺言状を作成する前に奴隷を遠ざけておこうとは、きみは考えなかったのかね？」

ルキウスがこんなことを口にするとは奇怪なことだった、つつしみのないことだった。しかし何ごともおこらなかった。奴隷は顔色も変えず即座に部屋から引きさがり、しかも同時に、まるで分身を作りでもしたように、依然として室内にとどまっていた。

プロティウス・トゥッカは両手の親指をかさねあわせて腹にあてた。「ではこれでよしと。われわれだけになった」

プロティアがこのことばを、さも見さげはてたといった口調ではねつけた。「なんのために人を遠ざけようと思《おぼ》し召すの？　愛には自分たちだけの孤独が必要です。でもあなたがたは、お金の話をなさるのではなくって？」

「わたしの金ではない、もうわたしの金ではない……」プロティアがそんなことをいうのは無礼だった、どれほど遠くはなれているにもせよ、金やその所有にまつわる話でないということは、彼女も心得ているにちがいなかったのだ。

「自分の金の遺贈についてきみは遺言状を作ったのだし、今作ろうとしているのも自分の金のことなのだ」とプロティウスが反撥した、「きみが口にするそのほかの一切はたわことにすぎん」

幸いにも、プロティアの立場を苦しくすることもなしに、すらすらと答えが出てきた。

「わたしは友人たちの情けと好意によって金を手に入れた、だから友人たちにそれを返すのは当然至極のことでしかない……そういうわけでいまだにわたしは、義弟のプロクルスに、最初の遺言状にしるしたほど多く遺贈する権利が自分にあるかどうか、疑わしいと思っているのだ、もちろん彼はまっすぐな善良な人間だから、わたしはたいへん愛しているのだが」

「それこそたわこというものだ」

「古来のゆかしい習俗も国家の福祉も、資産が家族のうちに維持され、たいせつに守られることを要求しているのだよ」といってルキウスはにやりと笑った。

「まじめな話だが、ウェルギリウス」とプロティウスがきっぱりいった、「きみは自分の財産を好きなように処理することができるし、またそうすべきなのだ。きみが手に入れたものはなんであれ、ひとえにきみ自身の、きみのはたした仕事のもたらした成果なのだ」

「わたしの仕事は友人たちから与えられたゆたかな富とはどう見てもつりあわない。だからわたしは、まずエスクイリヌスの丘にあるローマの家と、ネアポリスの家とを陛下にお返しし、またカンパニアの地所はマエケーナスに返すよう、遺言状にしたためたのだ……さらにわたしはアウグストゥスさまに、もう何年もエスクイリヌスの家に住んでいるアレクシスを、そのままそこに住ませておいてくださるようお願いしているし、同様にプロクルスには、ケベスのために、いつでもアンデスに居住できるよう配慮かたを要請している。虐弱な体質を考えても、詩作を進めるうえでも、ケベスにとってはもともと田園生活が適している、というよりぜひそうしなければならないことでさえあるのだ……アンデスにいくらかの耕地をもつことができれば、彼にとってそれにこしたことはないのだが……」

「ふたりはそのほかには何ももらわないのかね?」

「そんなことはない……わたしの現金資産が必要な額をはるかにこえていること、それが、あえていえばわが意に反して、しかしともかく友人たちの意志によって数百万という額にまで達していること、これはだれ知らぬ者もない、とりわけきみたちには明々白々な事実だ……そこで、この資産のうちからわたしはケベスにもアレクシスにも、それぞれ十万セステルスずつ遺贈するつもりなのだ。そのほかにもまだいくらか些少の遺贈を規定してあるが、今それをわざわざ数えあげることもないだろう。そこに奴隷たちへの遺贈分をつけ加えることになるわけだが……」

「万事結構だな」とプロティウスは賛意を表した、「きみの規定はどのみちこれから年がたって行けば、まだかなり変更されることだろう。それに、たとえ金を軽蔑するような顔をしていても、結局きみは百姓だ、心の底では百姓たちのだれでもと同じように、神々がその恵みをしばしば金の形で与えられるものだと信じているのだ。だからきみの財産はまだまだふえて行くだろう……」

「そんなことで今いい争いをするのはやめよう、プロティウス……だがどうであろうと、これからどうなるにせよ、ともかく遺贈分をさしひいた残りのうち、現金の半分はプロクルスに、四分の一はアウグストゥスさまに、あとの四分の一は等分してきみとルキウスとマエケーナスとで分けてもらいたいわけだ……と、ざっとこんなところなのだが……」

プロティウスの首にも禿頭にも顔にも、菫色《すみれ》にかがやく暗い赤みがさした。ルキウスは両手を高くさしあげた。

「なんていうことを思いついたのだ、ウェルギリウス！　われわれはきみの友人だ、しかし相続人ではないのだぞ！」

「好きなように財産を処分しろといったのはきみたちではないか」

びっこをひいた男が杖をふりかざして、おびやかすようにベッドに歩みよってきた。「金持ちはうまい汁を吸う。すかんぴんはなんにもありつけやしねえ！」と彼は蛮声をはりあげた。奴隷に武器を奪われて、うめきながらまた彼は無の中へ帰って行かねばならなかったが、もしさえぎられさえしなければ、確実に打ちかかってくるところだった。

「そうだ、忘れていた、遺贈分のうち二万セステルスをブルンディシウムの民衆の食糧費にあてたいのだ」

「それにはわたしへの遺贈分をまわしてくれたらいい」とプロティウスが口ごもりながらいって、眼をぬぐった。

「きみたちにあげる分は、わたしがきみたちから受けとったものにくらべれば、とても比較にならぬほどわずかなのだよ！」

俳優のようにめまぐるしく表情を変えるルキウスの顔は、皮肉な色合いをたたえた。「ウェルギリウス、きみは、わたしから莫大な金を受けとったとでもいうつもりなのかね？」

「ではきみは、わたしより自分のほうが叙事詩人として一日の長があったのを否定するつもりなのかね？　わたしがきみからかぎりなく多くのものを学ばなかったとでもいうのかね？どうだ、ルキウス？　これはそもそも金に代えられることだろうか？　きみが金に縁がなく、いつも手もと不如意でいるのは、実は結構ありがたいことでもあるのさ、なぜなら、わたしの遺産がそうなればともかくぜんぜん無益だともいえないのだからね……」

プロティウスの顔の赤みは引かなかった。彼の分厚い頬は、今や傷つけられた自負ゆえに怒りをたたえて緊張していた。「わたしはきみの詩の一行の成立にも力をかしたおぼえはない、しかも、きみの金なぞあてにする必要のない程度の貯えは十分にあるのだ……」

「おお、プロティウス、わたしがきみを、この軽はずみな人間より、このルキウスより一段下に見なくてはならないというのかね⁈　三十年前からきみたちはわたしの友人だった、そしてきみは、ルキウスがその詩でもってしてくれたのにまさるとも劣らぬほど、わたしを励まし助けてくれたのだ。きみから受けた金銭的な援助のことなぞ一切口にしようとは思わないが……きみたちはわたしのいちばん古い友人だ、いつもきみたちはいっしょだった、だから遺産相続もいっしょにしてもらいたいのだ。たのむから受けとってくれたまえ、受けとってくれなくてはいけないよ……」

「あなたのいちばん古い友人はわたくしです」と少年が口をはさんだ。

「それに、プロティウス、きみにしたところでいうまでもなく百姓ではないか、きみがわたしについて先ほど語ったことは、当然そのままきみにもあてはまるのではないか……」──ああ、語ることはまたかなりの重荷になってきた──「しかしわたしは、友人たちにただ数字だけでおぼえていてもらいたくはない……ネアポリスとローマにあるわたしの家、家具、私財……友人たちよ、つまりきみ、プロティウス、そしてきみ、ルキウス、しかしきみたちだけではなくホラティウスもプロペルティウスもだが……きみたちはわたしの家で、気に入ったものがあったらなんでも遠慮なく取ってほしい、わたしを思いだすよすがになるようなものならなんでも。とくにわたしの蔵書を……残ったものはケベスとアレクシスにやるつもりだ……わたしの印章指環は……」

プロティウスはこぶしをかためてまるまると肥えた太腿をたたいた。「もういい加減にしろ……なんだってそう片はしからくれてしまおうというのだ!」

眼に見える世界はふたたび遠ざかって行った。プロティウスのこぶしの音とどなり声は、かなり騒々しかったにもかかわらず、防音装置でもつけたようにかすかに聞こえた。もう終りにしたほうがよかったろう、しかしまだ、いわねばならぬことは多かった、ああ、あまりにも多かった。「きみたちに……きみたちにそのかわりにしてもらいたいことがあるのだ」

「わたくしには何も要求なさらないのですか? あっさり追いだしておしまいになるのですか?」とリュサニアスが訴えた。

「リュサニアス……」

「そろそろいってしまったらどうかね、いったいその子はどこにかくれているのだ……」

そう、いったいどこにかくれているのだろう? だが、プロティウスにしたところが、リュサニアスよりそれほどはっきり見えるわけでもなければ、そのことばをはっきり聞きとることができるわけでもなかった。突然彼も手の届かぬ世界に没してしまった、厚いガラス板のかなたにかくれたかのようで、そのガラスは、鉛の壁になるのかと思われるほど曇って行くいっぽうだった。

プロティアが自分の指環を返せといわないだろうか？

「その謎の少年を、きみにかわってさがしてくれというのかね？」とルキウスが冗談口をたたいた、「それが、われわれにしてもらいたいことではないのかね？」

「わからない……」

「あなたの眼の前に立っているのですよ、ウェルギリウスさま。わたくしは、リュサニアスは、あなたのお眼のすぐ前に立っているのですよ。手をおのべになりさえすればいいのです、ああ、わたくしの手を取ってくださればよいのに！」

手をあげるにはおそろしく時間がかかった。手はいっこういうことを聞こうとしなかった。そしてようやくあげた手はむなしく空をつかんだ、何ひとつ見えぬ、かぎりない盲目の闇をつかんだ。

「どんな眼でも、えぐりとられたどんな眼でもわたしの手にかかればぴったりもとの穴におさまりますのでな」と医者がいった。「わたしの鏡をごらんなさい、すぐにまた見えるようになりますぞ」

「わたしにはもうわからない……」

これはことばだったのか？　突然無の中に落ちこんだのは何だったか？　このことばだったか、それとも何かまったく別のものだったのか？　たった今までそれは筋の通った、明らかに自分が語っていることばであったのに、突然そのことばは存在しなくなっていた、無の中へすべり落ち、疎ましい片言となって錯雑した声の世界をさまよい、氷と火の中に閉じこめられていた。

しかしこのときびっこの男がまたしても姿を現わした。今度はひとりではなく、長く一列に並んだ影のような者たちをひきつれていた。実に長い行列で、その頭数を数えつくすにはたとえ一生をかけてもたりないだろうと思われるほどだった。疑いもなく、そこへ現われたのはひとつの町の住民全体だった、いや、おびただしい都市の、地上のすべての都市の住民だった。石の床の上に足をひきずる音がした、そしてひとりのでっぷり肥った莫連女《ばくれん》が叫んだ。「帰るんだよ！　うちへ行くんだ！　うちへ帰るんだよ！」

「前進だ！」とびっこが命令した、「てめえも行くんだ、詩人でございの、何やらたいそうなものでございのとほざきやがるてめえもだ。前へおい、てめえもおれたちといっしょなんだ……」

「行こうよ、あんよを忘れちまっておんぶでなきゃだめな人といっしょにさ！」と肥った下《げ》司女《す》が、命令がおこなわれるようにことばを添えた。

ほかの女たちのどっと笑う声がこのことばにつづいた。女たちは指を突きだして、行列が今しも折れて行く貧民街の路地のほうを猥褻なそぶりでさし示した、といっても実際には何も猥褻なことがおこるわけでもなかったのだが。それは階段をおりて行く道で、路地のはずれは見えなかった、それほどはるかな下にまでくだって行く道だった。だが、山羊や獅子や馬にまじってそこでかけずりまわっている子どもの群れの中に、狂ったように階段をはねこえているリュサニアスの姿が見えた。松明を武器にして――火が消えて冷たく炭化した松明の切れはしを彼は手にしていた――さも愉《たの》しげに、このような遊びよりほか世界には何も存在しないのだとでもいわんばかりに、リュサニアスはほかの子どもたちと打ちあいをしていた。

「ではやっぱりおまえはわたしを連れもどしたのだね、リュサニアス、絶対にそんなことはしないといったくせに！」

なんということか、リュサニアスはもう返事さえしなかったのだ。まるで見も知らぬ他人を前にしてでもいるように、ちらと彼のほうに眼をむけただけで、すぐまた夢中に遊びをつづけるのだった。

一段また一段と道はくだって行った。

しかしプロティウスは、いっしょに輿《こし》に乗り、輿の縁から太い脚をぶらぶらさせながら、思いにふけるようにいった。「連れもどす？　なるほど、なるほど、われわれはきみを生へ連れもどすのだからな」

「ここをお出になって」とプロティアがいった、「ここはとてもいやな臭いがしますわ」

そうだった、悪臭がたちこめていた。風雨にさらされた壁にかっと口をあいている門という門から、家という肉体の排泄する汚物の気も遠くならんばかりな臭気が吐きだされていた、黒ぐろとした牢のような小部屋の中で死んで行く裸の老人たちが悪臭を発した。アウグストゥスもその中に横たわったまま、すすり泣いていた。

一段また一段と道はくだって行った、ときに停滞することはあっても、とめどない下降だった。

形象をもとめ、勝利をもとめる群衆また群衆。そのまっただなかに、押しあいへしあう雑沓のただなかにルキウスは坐って書いていた。文字どおり孜々《しし》としてみずからの営みに没頭したまま彼はそこに坐っていた、内と外におこる一切を彼は書きとめていた。書きながら彼は顔をあげた。「きみのために何をしたらいいのかね、ウェルギリウス？　きみはわれわれに何を望むのだね？」

「書きとめること、すべてを書きとめること……」

「遺言状を？」

「遺言状なぞ、お入り用ではありませんわ」――プロティアの声が酷薄な蚊のように細く鋭くかすめてすぎたが、それからすぐ蜻蛉《かげろう》のようにひらひらと飛びまわった――、「ああ、遺言状なぞお入り用ではないのです、あなたは永遠に生きつづけられるのですもの、わたくしといっしょに永遠の生をお受けになるのですもの」

小柄な黒いシリア人が、首枷《かせ》から引きちぎれた鎖をぶらさげたまま――片目の相棒はどこに行ってしまったのか？――人びとのあいだをすりぬけて階段を跳びあがってくると、歓呼の声をあげた。「黄金時代がはじまったぞ……サトゥルヌスが世界の王さまだぞ……上のものが下になり、下のものが上になるんだ……思いだしたやつは忘れるんだ、忘れたやつは思いだすんだ……おりろ、おりろってんだ、そこのでっかい豚野郎……これから先の世の中が、昔とひとつになるんだ、いつまでも、いつまでも、いつまでもそうなるんだ！」

そのあいだにも混雑はひどくなるいっぽうだった。そのために、群衆の上をただよっていた輿さえも、ついには完全に停止してしまったが、これは思いもかけぬこと、というより思いもかけぬ希望のかがやきのようにさえ感じられた、この希望が明らかに医者の態度によって鼓舞されているからには、なおのことだった。肥満しているとは思えぬほど身軽に敏捷に、医者は密集した人間たちのあいだを縫って動きまわり、鏡のようにすばやく反応するしぐさで、病人たちが四方からさしだす金を受けとっていたのだ。その際、微笑をたたえた彼の口は、鏡のようにすばやく楽々と返礼を与えていた。「あんたはなおったぞ……そこにいるあんたも全快だ……うむ、きみももう大丈夫だ……そっちの、それ、そこの人も大丈夫……あんたがたはみんな全快だ、みんな……死はむごいものだ、だがあんたがたは全快したのだ……」

「むごいのは生だ」と奴隷がいった。奴隷の姿は前と変わらなかったが、そのかわり、どうやら非常に高い所に立っているらしかった、彼は輿を見おろしていたのだから。

今やアウグストゥスがあばら屋の臥床から起きでてきた。おぼつかない足どりでよろめいてきた彼の首枷には——まるで彼がどこかへ行ってしまった、小さなシリア人の以前の相棒ででもあるかのように——鎖の切れはしが垂れさがってゆれていた、ただしもちろんそれは銀でできてはいたのだが。彼のことばもおぼつかなくふるえていた。「こい、ウェルギリウス、いっしょにこい、わたしといっしょにあの寝床に寝るがいい、われわれはもどらなくてはならないのだ、いよいよ遠くもどらなくてはならないのだ。われわれの始祖たちよりもまだかなたに行かねば、われわれをになってきた群衆の中へもどらねばならない、始原の腐植土にわれわれはもどらなくてはならないのだ……」

「消えてうせろ……」と奴隷が命じた。

するとすべてが消えうせた、皇帝さえもたちまち小人のようになり、無の中へ収縮してしまった。人間たちの姿は、突然糸が切れた操り人形の影のように崩れ落ちた、そう、まさしくそれは世界を支えるすべての糸が切れたかのようだった、内部と外部が全部いちどきに崩落するのだった。それがはじまったのは、あるいは終ったのは——あまりにあわただしかったので、どちらかはっきりしなかった——、ベッドの小舟の枕の上に頭を落とすことによってだったが、それと同時に小舟はふたたび静かに進みはじめた。たしかにこれは解放だった、内部と外部で同時に握りしめていた手がひらかれたのだった。先ほどは青銅のこぶしのようだったその手は、今はやさしく慰めながらなごやかな安静に化していた。

「とうとうおいでになりますの？」とプロティアがたずねた。この問いはほとんど耐えきれないといった口調だったが、その同じ息で、落胆した答え、相手をも落胆に誘う答えがわれとわが身に与えられた。「ああ、おいでになりたくはないのね……」

「消えてうせろ……」とまたもや奴隷が命じた、「おまえにも助けをもたらすことはできないのだ」すると――一瞬、ありありとその姿が眼にうつった――プロティアは魔女をさながら、肌を象牙のようにかがやかせ、吹きなびく炎の髪に装われて、ただよい消えて行った。

だれが救いをもたらすのか？　だれひとりここにとどまることは許されなかった、プロティアさえも。だれもかれもが追いはらわれてしまったのだ。だが、それにもかかわらず孤独は安息に似ていた。今はこのうえもなく静かだった、さながら約束に似た静寂、みずからをもこえてさらにあふれひろがる静寂、それは花咲く森や月桂樹の木かげをさすらう日々のほどないおとずれを、まだ生まれぬさきの約束の国のさすらいをかなえようとの声だった。この約束の中で静寂はみずから形成する力と化し、みずから未生の国へと開花するかのよう、さすらう者のあこがれの的なる未生の国、到りつくすべもなくひそやかに隠れたその国を彼は心の奥底からもとめていたのだが、今はもうもとめる必要もなくなるのだった、というのも、安らかな流れとなってこの国は彼に与えられるはずなのだから、そしてやがて彼は探索の苦痛をまぬがれるはずなのだから――存在からまぬがれ、名前からまぬがれ、苦痛からまぬがれ、血からまぬがれ、呼吸からまぬがれた彼、忘却の世界と忘却の総体の中をさすらう者！

「忘却もあなたを救うことはないでしょう」と奴隷がいった。

おお、だれが救いをもたらすのか、忘却のうちでさえ救いが与えられないのだとしたら？　はたした仕事は正されず、はたさなかった仕事は補われなかったというのに、だれがなお慰めを与えることができようか?!　はたした仕事もはたさなかった仕事も、一様に没収され、封印をほどこされてしまったのだ――、このうえなおいかなる努力をはらって、解放し救済する助力をもとめることができたろうか？　かつてはひとつの声が語っていた、しかしそれは告知にすぎず、まだ行為ではなかった、その声さえ今はもう聞こえなかった、われとわが声が回復不能な世界のうちに没収され封印されてしまったように、その声も忘却のうちに沈んでしまったのだ。

奴隷がまたいった。「はっきり名ざしで救いを呼ぶ者にのみ、救いが与えられるのです」

救いを呼ぶ？　もう一度呼ぶ？　もう一度息をはずませ、もう一度舌の上の血の味わいと戦い、疲労のためにあえぎ、あえぎのために疲れて、もう一度われとわが身を、われとわが声を呼びもどさなくてはならないのか?!　おお、どんな名前を呼ばわるのか、名前は忘却のうちに沈んでしまったというのに?!　一瞬、ほんの一瞬失わるべくもない人間の顔が浮かびあがった、硬くこわばった褐色の粘土で作られ、やさしく強く最後の微笑をたたえた顔、臨終の安らかさのうちにある父のけっして消えうせることのない顔が浮かびあがった、と思う間にそれはふたたび忘れがたいものの領域に沈んで行った。

「呼びなさい」と奴隷がいった。

息もつまらんばかりにおびただしい血が口の中にこみあげていた、かぎりなくたたみかさなる麻痺の層また層が、陰鬱にくもり、音も光も透すことなく、外界の一切の前に、外界に存在しているはずではあったが認識することはできない一切の前に横たわっていた。おお、呼び声のめざす目標を認識することはできなかった、名前を認識することはできなかった！

「呼びなさい！」

一切の窒息、一切の麻痺、一切の緊張をつらぬいて呼び声をしぼりださねばならなかった。おお、声をもとめて呼ばわる声！

「呼びなさい！」

——父よ——

呼んだのか？

「あなたは呼びました」と奴隷がいった。

呼んだのか？　奴隷は、まるで自分がその呼び声を聞きとるはずの存在の仲介者でもあるかのように、呼んだのだといった。その存在は、まだ答えようとはしなかったにもせよ、おそらくもう呼び声を聞きとってしまったらしかった。

「助けをもとめなさい」と奴隷がいった。

よみがえってきた呼吸の中で、格別の努力をはらうこともなく、あらかじめ考慮をめぐらすこともなしに、おのずから願いごとが口をついて出た。「ここへきてください……」

これは仲裁裁定の一瞬だったろうか？　だれが裁定をくだすのか？　それとも裁定はすでにくだされたのか？　どこでくだされたのか？　裁定は声となってひびくのか、耳に聞こえるのか？　それは現実の行為となって現われるのか？　いつ、おお、いつ？　有罪と無罪をわかつ善と悪とのあいだの仲裁裁定、名前を呼ばわり罪なき者を名前に結びつける仲裁裁定、現実のうちにおける掟の真実、窮極無二の真実——おお、裁定はくだされたのだ、今はただその通告を待つばかりだった。

何もおこらなかった、行為もおきず、声もひびきでなかった。しかしそれにもかかわらず何ごとかが生じはしたのだ、ただそれを手に入れることはできないのだった。というのは、呼び声がつたわって行ったかなたから使者たちがおとずれたのだ、黙々とした蹄の音もかすかな馬にうち乗って宙をかけり、さながらこだまのように、あるいは、こだまの先ぶれのように進んできたのだ。馬の歩みはきわめて緩慢だった、しかも近づくにつれていよいよ緩慢の度を加えるので、未来永劫ここへ到着するときはないのではあるまいかと思われるほどだった。だが、使者たちがおとずれないということ、それすらもひとつのおとずれではあったのだ。

それから、もちろんまだ依然としておびただしい不透明なガラス板をへだて、ほんのおぼろげにしか眼にうつらないのではあったが、ひとつのまるまると肥った善良な顔がベッドの上にこごめられた、そしてはるかからひびくようなかすかな声で語りかけた。「どうしてもらいたいのかね？　もっと水がほしいのかね？」

「プロティウス、だれがきみをここへ送ってよこしたのだ？」

「送ってよこした？……そうしたいいかたがお好みなら、まあ、われわれの友情が、というところだな……」

プロティウスは使者ではなかった。彼はおそらく使者のそのまた使者、あるいはこの系列のさらに後方に属する存在だったろう。それに今もとめているのはあれこれの手助けではなかった、もう一度水を飲むことが許されるなら、それはどれほどありがたかったかしれないのだが。血の味わいはいっこう消えさろうとしなかったのだから。だが、系列の先頭には、プロティウスを送ってよこした者が立っている、渇ける者に水を与える者が立っているのだ。おとずれがないということ、それすらもひとつのおとずれではあった。

「咽喉がかわいているならお飲みなさい」と奴隷がいった、「水は大地からわきでる、そしてあなたがはたす奉仕のつとめはまだ大地に属しているのです」

胸の中で何かが極度にあわただしくふるえ動いた、不安なほどのそのあわただしさにもかかわらず、それはよろこびに似ていた、なぜならふるえ動いたのは心臓だったのだから。なおも鼓動をつづけている心臓、そう、それはもう一度なだめすかされて、よりおだやかな整然とした鼓動へと移行することになるはずの心臓だった。ほとんどこの知覚は、朗らかさにあふれた最後の勝利が目前にせまっているのを知ったのにひとしかった。「義務のためになだめられ……もう一度地上の義務のために……」

「きみはただおとなしく健康の恢《かい》復を待っていればよい、そのほかにはさしあたりどんな義務もないのだ」

「『アエネーイス』が……」

「それがまたきみの義務になるのは、すっかりよくなってからのことだ……さしあたりはアウグストゥスさまがそれをたいせつに保管していてくださる、なんの変わりもない草稿にまたきみはめぐりあえるのだからな」

おとろえ老いた裸身を横たえていなければならないあのあばら屋で、アウグストゥスがそれほどたしかに『アエネーイス』を保管できようとは、ほとんど信じることができなかった。そもそもプロティウスのことば自体が、どこといって不可解なところはなかったのにまだかなり異様なひびきを帯びていたのだ。ガラス板はしだいに透明になり、解消しはじめてはいたのだが、あい変わらずその声はこわばった鈍いひびきを立てていた。すべてが不調和だった。すべての人間の仕事は不調和だった。『アエネーイス』は不調和だった。

「一言たりとも変えない……」

すぐさまこのことばを聞きわけたのは、今度はルキウスだった。「ウェルギリウスの手稿にふれよう、それどころか添削の手を加えよう、などと、大それたことをだれが思いつくものか。第一アウグストゥスさまがお許しになるはずがない！」

「皇帝は無力だろう。なんの責任も負うことはできないだろう」

「なんの責任を負われなくてはならないというのだ？　責任を負うことなぞそもそもありはしない。きみはつまらぬ考えに頭を悩ましている」

ここで語られているのはあい変わらずなじみのないことばだった、たまたま客となって身をよせた異邦の民のことば、辛うじて理解しうるにすぎないことばだった。そしていっぽう自分のことばはといえば、これはすでに忘却のかなたに去ってしまったのか、まだ習得されていないのか、どちらかだった。それにくらべれば明らかにアウグストゥスの語ったことばは、たとえどれほど無残にいためつけられていたにもせよ、はるかに故郷に近かったのだ。

プロティウスが盃をはこんできた。「さあ、ウェルギリウス」

「今……その前にもうひとつ枕をほしいのだが」心臓がはげしくふるえ、姿勢を変えなければ静まりそうにもなかった。

こう口にしたかせぬうちに、奴隷が枕を手にして現われ、手ぎわよくそれを背にあてがいながら、ささやくように注意した。「時がせまっています」

噴泉の水がさらさらとながれた。どこからともなく、しめった粘土のほの暗い匂い、それよりは明るい焼いた陶土と土製の壺の匂いが、吐息のようにただよいよせ、痛む肺の中に吸われてさわやかさをもたらした。どこかで陶器を作る轆轤《ろくろ》が唸っていた、やわらかなそのひびきは風が鳴るように高まってはまたためらいがちに下降し、静かになり、やがて完全に静止してしまった。「時が……その通りだ、時がせまっている……」

「何もいそぐことはないのに……」とプロティウスがぶつぶついった。

「現実があなたを待っています」と奴隷がいった。

現実が現実のかなたに層々とたたみかさなっていた。ここには友人たちと彼らのことばの現実があり、そのかなたに消えることないやさしい回想の、そこにひとりの少年が遊んでいる回想の現実があった。さらにそのかなたには、アウグストゥスが住まわねばならなかった貧民街の洞窟の現実があり、そのかなたには、存在の上にひろがり、世界という世界をこえてひろがる冷ややかな威嚇的な線の錯雑の現実があり、そのかなたには花咲く森の現実があり、おお、さらにそのかなたには、認識するすべもない真の現実があった、かつて耳にされたことはなく、しかも遠い昔から忘却のうちに沈み、しかも遠い昔から約束されていたことばの現実、見ることもかなわぬ眼の星にかがやかされてよみがえる創造の現実、故郷の現実があったのだ——プロティウスの手にした盃は象牙で作られていた。

奴隷がそこにいることにとまどいを感じたのか、彼の意志の強さに恐れをなしたのか、おずおずと、しかも自分の知識に確信をもった口調で、もう一度プロティアが口をひらいた、その声は耳に聞きとるすべもないかぎりないはるけさからのひびきだった。「あなたはわたくしの故郷を遠ざけておしまいになりました。今はお休みあそばせ、まどろみの中でわたくしをおもとめあそばせ」

彼女はどこにいたのか？　彼の身のまわりにはまたしても突然壁がすきまなくめぐらされていた、かぎりなく濃密な線の植物の壁、さながら鉛の牢がふたたびかつて彼とプロティアとを閉じこめようとした影深い簇《むら》葉の洞窟に化したかのよう——、切りひらくすべもない叢林はかぎりなくひろがった、かぎりないはるけさに到るまでくまなく埋めつくしてひろがった、しかし緑のただなかには金色の葉をつけた灌木がかがやいていた、手を伸ばせばつかむことさえできそうだったが、実は手をさし伸べるためには、凝然として音もなくここをながれすぎて行く大河をこえなくてはならないのだった、その河はとめどもなくながれる秘密だった。そこから、金色の茂みの枝から、プロティアの声はひびいてきたのだ、巫女の声のように謎めいてひびきながら、軽やかにわかれを告げていたのだ。

ああ、彼女は行ってしまったのだ！　すでに河のかなたへ、一切の欲望のかなたへ去って、もはや手の届かぬ存在になってしまったのだ。「なんの願いもなく……」

「それでいいのだ」とプロティウスがいった、「なんの願いももたずにいるのがいいのだ」

「もし何か用があるなら」とルキウスがことばを添えた、「われわれふたりがここに控えている……先ほどきみは、われわれにまだしてもらいたいことがあるといったね」

空しい流れのかなたへ！　わきでる源もなければそそぐ河口もなく、岸辺もない河。われわれがどこに浮かびあがろうと、どこにふたたび身を沈めようと、その場所を弁別することはできないのだ、なぜならこの河は、時をにない、忘却をになって滔々《とうとう》とながれて行く、終末も発端もなく永劫に回帰する被造物の流れなのだから――このような河に浅瀬があったろうか？　いうまでもなく、浅瀬があろうとなかろうと、河をこえようとするこころみはまだなされてはならなかった、そして奴隷が、今はもうありありといらだちの色を見せて本質的な仕事の履行をうながしたとき、河はながれさり、消えうせてしまっていたのだ。「あなたの義務になっていることをはたしなさい」

背を枕で支えてからだをおこしていると呼吸は楽だった、咳も間遠になり、口も自然にきけるようになった。だが、まだいろいろとわけのわからぬことが多かった。「まだわたしには道案内がない」

「あなたは自分の作品を時のうちにゆだねて、時の中での道案内をそれに託したのです。この作品こそがあなたの叡智の記念でした、なぜなら光の予感がそこであなたのものとなったのだから」

細心に気をくばりながら身じろぎもせずベッドの前に立っている側仕《そばつか》えの奴隷、その奴隷がこう語ったのだ――。ほんとうに彼が語ったのか？　突然はじまった変化をまのあたりにしてみれば、そうだとしか考えようがなかった、そしてたとえ沈黙のうちにとどまっていたとしても、このことばはやはり変化を惹きおこしたことだろう。現実の第一層は旧に復し、あたりの物も、友人たちも、古くからなじみ深い姿にもどっていた。もはや耳なれぬことばの語られる異邦の客人ではなかった。たとえ約束の真の故郷の姿が、認識されぬまま依然として眼の前に横たわっていたとしても、今この地上には、しばしのあいだ、おそらくほんのつかのまではあったろうが、安らぎがふたたびおとずれていたのだ。

ルキウスが元気づけるようにいった。「道案内は君の詩がつとめるのだ、それがいつまでもみちびきつづけるのだ」

「『アエネーイス』が……」

「その通り、ウェルギリウス、『アエネーイス』が……」

河は影も形もなかった、篠葉の洞窟も消えうせていた、ただされさらと鳴る音ばかりがまだ聞こえていた。しかしその音は壁の噴泉が立てているらしかった。

「わたしは『アエネーイス』を破棄することができない……」

「まだそんなことを考えているのか？」プロティウスの声には不快げな疑念がくすぶりなが

ら煙をあげ、今にも新たな騒音をまきおこしそうだった。

河は影も形もなかった、しかし野はまだ眼の前にひろがっていた、かすかにふるえる音にみちあふれた午後の静けさのうちに、蟋蟀《こおろぎ》の声のふるえる中にひろがっていた。それともこれは陶工轆轤《ろくろ》だったろうか、轆轤がもう一度やさしくかすかに鳴る歌をうたいはじめたのだろうか？　いや、そうではなかった——ただ水音だけがたえまなくつづいていた。

「破棄……いや、わたしは『アエネーイス』を破棄しようとは思わない」

「それでこそ全快したといえるのだ、ウェルギリウス」

「そうかもしれない、プロティウス……だが……」

「だが？」

何かがまだ素直にしたがおうとしなかった、根絶することもかなわぬほど深く根を張った何ものか、それが犠牲を要求し、供犠の式を渇望しているのだった。この反抗を見ぬいているかのように、奴隷がいった。「憎しみの心を捨てなさい」

「わたしはだれも憎んではいない……」

「少なくとも、もう自分の作品を憎むことはやめにしてもらいたいものだ」とルキウスがいった。

「あなたは地上を憎んでいる」と奴隷がいった。

これには返すことばがなかった。奴隷のいう通りだった、おとなしく頭をさげるよりほかはなかった。「わたしはそれを愛しすぎたのかもしれない……」

「きみの作品をか……」とルキウスが、両肘を卓上について、思いにふけるようにペン軸を唇に押しあてながらいった、「きみの作品をか……それを愛したまえ、われわれがそれを愛するように」

「努力してみるよ、ルキウス……しかしまずわれわれは、その刊行について配慮しなくてはならない」

「きみがそれを完全に仕上げさえすれば、すぐさま刊行の用意にかかるはずだ……それまでは何も気にかけることはない……」

「きみたちふたりに『アエネーイス』を刊行してもらいたいのだ」

「われわれにしてもらいたいといったのはそのことなのか?」

「そう、このことなのだ」

「ばかな……」――プロティウスは露骨に不機嫌の色を見せてかなり荒々しく立ちあがった――「自分のことは自分でするのがあたり前ではないか、われわれとても、けっして協力を惜しむものではないが」
「きみたちだけでは、どうあってもできないというのかね……?」
プロティウスはまるい大きな頭をゆすった。「絶対にことわる、というわけではないがわれわれはふたりとも老い先長く
……だがこの場合、考えてみるがいい、ウェルギリウス、どう考えても当然ではないかね」
はないのだぞ。もっと若い遺稿管理人を選んだほうが、どう考えても当然ではないかね」
「最初はともかくきみたちを遺稿管理人に指定したい……そうすれば安心なのだ、これ以上
この指定を問題にしたくはないのだ」
「よろしい、われわれもこれ以上異議をとなえることはない」とルキウスが、いかにも乗り
気のようすで賛成した。
「きみたちはこの仕事をよろこんで引き受けてくれなくてはいけない、わたしは原稿をきみ
たちに贈るつもりなのだしね、いや、何もお骨折りに対する謝礼というわけではないが、つ
まり、それがきみたちの手もとにあると思うのは、想像するだけでも心の安らぐことなので
ね……」
　この発言の効果はいささか驚くべきものだった。しばらく啞然とした沈黙がつづいた後、
深くあえぐ音が聞こえてきた。プロティウスの胸から生ずる音で、また泣きたくなっている

のかと思われるほどだった。いっぽう、金を遺贈するといったときには、もちろん感謝はしたがともかくとり乱しはしなかった――少なくとも席から立とうとはしなかった――ルキウスは、今度ははげしく手足をふり動かして躍りあがった。「ウェルギリウスの原稿、ウェルギリウスの原稿……いったいきみは、自分の贈り物がどれほど大きいか、わかっているのか?!」

「義務がつきまとっている贈り物は、贈り物とはいえないよ」

「おお、神々よ」とプロティウスは溜息をついた、それでもなんとか語りつづけることができる程度には気をとり直していた、「ああ、いや……だが冷静によく考えてみる必要があるぞ、なんといってもきみはそれをアウグストゥスさまにお渡ししてしまったのだし、またお返し願うというわけにも行かないのだからな……」

「『アエネーイス』は皇帝を讃えるために作られたのだ……だから清書した最初の写しをさしあげる。それがきまりだ、これもわたしは指定しておこうと思う、だからきみたちは簡単に原稿を渡していただけるはずなのだ……」

これなら納得の行く話だった、プロティウスはうなずいた。しかしまだ彼にはいうことがあった。「それからだな、ウェルギリウス、まだ考えねばならぬことがあるのだが……つまり……わたしはただの人間だ、詩人ではない……だから刊行の仕事はルキウスが主になってやることになるだろう、とすると、原稿も彼ひとりのものになるべきではないかな」

「なるほど」とルキウスがいった。

「わたしがきみたちのことを、何につけてもふたりいっしょに考えているのでなければ、そうかもしれないが……それにきみたちには、この詩を、それにつきまとっている義務もいっしょにして、たがいに相手に贈るよう遺言しておいてもらいたいのだ、いずれにせよ後に残ったほうが義務を履行できるように……」

「賢明なやりかただ」とルキウスが賛成した。

「それで、ふたりとも死んでしまったらどうするのだ？　おそかれ早かれそういうことになるはずなのだが……」

「そこまで行けばそれはきみたちの問題で、わたしのあずかり知るところではない。だがなんなら、ケベスとアレクシスを相続人に指定することもできるだろう、ひとりは詩人だし、ひとりは文法家だ。ふたりともまだ若い……」

プロティウスはまた胸の底から吐息をついた。「おおウェルギリウス、きみがわれわれに贈る、その贈り物が胸にこたえて辛いのだ……」

「仕事にかかわったら、プロティウス、いよいよもって辛いことになるだろうよ、一行一行、一語一語、いや、実はひとつひとつの文字さえも、注意深く校閲しなければならないのだからね……だからそれはきみの仕事ではないのだ、わたしにしても、神々がそんな仕事からわたしを解放してくれて、そのかわりにルキウスに押しつけようとお考えだとすれば、いっそありがたいと思うくらいなのだよ……」

「口をつつしむがいい……」

「いや、ルキウスが背負いこむのはたいへんな仕事だろうよ、だから遺言状では、彼にしかるべき報酬を与えてくださるようにと、皇帝にお願いしておくつもりなのだ」

ルキウスが異論をとなえた。「ウェルギリウス、これは金づくでする仕事ではないよ。それどころかむしろ反対に、そんな仕事ができればどんなにすばらしかろう、させてもらえるならいくら金を積んでも惜しくはない、とこう思う人間さえいるにちがいないのだ、何人か名前をあげてみようか……まあ、いわなくてもきみにはわかっていることだな」

「いや、皆目見当もつかない話だね、なぜなら、きみのような詩人にとっては、ルキウス、多くの点を、あるいは全体をさえも改良できる力をもち、不調和な改めるべき個所が多々あると思う詩人にとっては、単なる校正の仕事に甘んじるのはまさしく苦役より以上のことだろうから……」

「ウェルギリウスの詩行を改良しようなぞと、夢さらわたしは思うまいよ……一言たりともつけ加えたり削ったりはしない。それだけがきみの願いなのだと、こうしてこそはじめてきみの願いに添えるのだと、わたしにははっきりわかっているのだ」

「その通りなのだ、ルキウス」

「この種の仕事には詩人の才能はいらない、必要なのは熟達した文法家の能力だ、はばかりながら、その意味でわたしほどの適任者は多くはなかろうと自負しているわけだ……だが、ウェルギリウス、きみが、そしてわれわれも、時待ちの石と呼んでいた所はどうしたらいいのだ？」

時待ちの石！　そう、まだそれがあった、さしあたりはめこんでおいて、いずれ最終的な詩句ととりかえようと思っていた個所があった——、ああ、もうとりかえることはできないだろう！　このことを考えねばならぬのは辛かった、口をひらくのがまた煩わしくなってきた。「そのままにしておいてくれ、ルキウス」

ルキウスは感心しないといったようすだった。自分に対しても『アエネーイス』に対してもそれでは失礼だと思ったらしかった。仕事への楽しみがすこし薄れたのかもしれなかった。

「まあいいよ、ウェルギリウス、まあね……実のところ、そんな話を今する必要もない。おそかれ早かれきみが自分で詩句の入れかえをするわけだからな」

「わたしが？」

「ほかのだれがするというのだ？　もちろんきみが……」

「とてもできない……」これは彼自身の声というより、むしろ奴隷の声だった。

「とてもできない？」——プロティウスが怒号した——きみはそんなことをいってわれわれをおどかしてみようというのか？　それともほんとうに、神々の怒りをわが身に招きたいとでも思っているのか⁈

「神々……」

「そうだ、神々だ。きみがそんな調子でいい気になって瀆神《とくしん》のことばを口にするのを、神々は見のがしてはおかれまいぞ……」こういうとプロティウスは、腕を漕手のように曲げて、毛むくじゃらのこぶしをふるわせた。

神々は彼が詩を完成することを望まなかった、彼が詩から不調和をとり除くことを望まなかった、なぜならすべての人間の作品は薄明と盲目から生まれねばならず、したがって、いつまでも不調和のうちにとどまっていなければならないものなのだから。それが神々の意向なのだ。しかしそれにもかかわらず、今はっきりと彼は知った、この不調和には呪いばかりではなく、恩寵もこめられているのだ、と、人間の無力ばかりではなく、神への近づきも、人間の魂の未熟さばかりではなく、その偉大さも、盲目から生まれた人間の作品の盲目性ばかりではなく、その予感の力も、この不調和にはひそんでいるのだ、と。この予感の盲のうちに見る力なくしては、作品が作りだされることはそもそもありえなかったのだ、というのも作品は――そしてすべての作品にその萌芽が見られることなのだが――みずからをはるかにこえ、作者をはるかにこえて、作者を創造主へと化してしまうのだから。すなわち、生起する事象の万有にわたる不調和がはじまるのは、人間が万有のうちにおいて活動をおこしてからのことなのだ――神の手のわざのうちにも動物の営みのうちにも不調和は存在しない――、不調和のうちにおいてこそはじめて人間の運命の恐るべき栄光が現われる、その運命とはとりも直さず自己超越の運命なのだ。動物の沈黙と神の沈黙のあいだに人間のことばがある、恍惚たる歓喜のうちにみずからも沈黙に入ることを熱望しながら、恍惚のうちに見る力をかちえた盲目の眼の光にかがやかされて。恍惚たる盲目、それは空しいことではない。

「おおプロティウス、神々は……恩寵も不興もわたしは神々からこうむってきた、慈愛も試練も受けてきた……そのどちらにもわたしは感謝しているのだ……」

「それでよいのだ、当然すぎるほど当然のことだ……いつでもその通りなのだ……」

「どちらにもわたしは感謝している……生はゆたかだった……『アエネーイス』にもわたしは感謝している、その不調和にさえも……不調和なままそれが保存されていてほしい……だがそうだからこそ……遺言状だ、プロティウス……そうだからこそ遺言状をととのえておかなくてはならないのだ……神々の栄光のためにも……」

「百姓と議論するのはかなわない……ではどうしても先にのばす気はないのか？」

「のばすわけには行かない、プロティウス……そしてきみ、ルキウス、わたしがいった通りに書くことができるかね？」

「それはなんでもないよ、ウェルギリウス……もちろんきみが口述筆記の形をととのえてくれれば、そのほうが正式ではあるけれども。ただし、『アエネーイス』刊行者としての仕事に対する報酬の件は、一切筆記はごめんこうむる……」

「よろしい、ルキウス。それでは自分で、どうなりと適当に皇帝と相談してきめてくれたまえ……」

「では、すぐ口述をはじめるかね？」

「口述……口述しよう」――この仕事をなしとげる力がはたしてまだ残っていたか？――

「口述しよう。だがその前にもう一杯水をくれたまえ、途中で咳に邪魔されないように……そしてきみ、ルキウス……そのあいだに日付を記しておいてくれるかね……今日の日付を……？」

プロティウスが盃をはこんできた。「飲むがいい、ウェルギリウス……声を大事にして、小さな声でしゃべりたまえ……」

水が冷たく咽喉をつたわって行った。盃が底まで飲みほされてしまうと、またほうと息をつくことができた、思うように声をだすことができた。「日付を入れてくれたか、ルキウス？」

「入れた……ブルンディシウムにて、ローマ建都七百三十七年、十月朔《さく》に先だつこと九日……これでいいかね、ウェルギリウス？」

「もちろん、それで結構……その通りだ……」

さらさら鳴る水音はおやみなくつづいていた、壁の噴泉の音、葉蔭の音、とめどもなくながれる河の音、河幅は今はもちろん非常にひろがっていた、対岸にたどりつくどころか、うかがい見ることさえできぬほどだった。だが、かなたへと手をさしのべることはなかったのだ、なぜならすでにこちらの岸辺に、この掛け蒲団の上に、手を伸ばせばすぐ届く所に、金色にかがやくものが存在していたのだから。アウグストゥスの手によって、神々の手によって、運命の手によって、ユピテルみずからの手によってここにおかれた月桂樹の若枝！　その葉が金色にかがやいていた。

「用意はいいぞ、ウェルギリウス……」

すらすらと思いのままに声がながれてできた。

「余、プブリウス・ウェルギリウス・マロ、今五十有一の齢《よわい》をかさね、あますところなき……待ってくれ……あますところなきではない、あますところなく充ちたれるだ……そう、あますところなく充ちたれる心身の壮健のうちにありて、ガイウス・ユリウス・カエサル・オクタウィアヌス・アウグストゥスの文庫に寄託せられある余が従前の遺言書に左記のごとく補足事項を付せんと欲す……全部書いたかね、ルキウス？」

「はい……」

すらすらと思いのままに声がながれてきた。

「余に数多の恩顧を与えたまいしアウグストゥスの願いにより、遺憾ながら……いや、遺憾ながらを消してくれ、まだ書いてなければなお結構……そう、余に数多の恩顧を与えたまいしアウグストゥスの願いにより、余は余が詩を焼却することあたわず、ここに余は、第一に、

『アエネーイス』はアウグストゥスに献ぐべきものなることを、されど第二には、余が手稿はすべて友人プロティウス・トゥッカとルキウス・ウァリウス・ルフスの共同の所有に帰すべきものなることを、さらに両名のうちいずれかいっぽう死去の後は、自動的に存命者の専有となるべきものなることを指定す。かくしてその所有と帰せし余が詩的遺稿の綿密なる検討を、前記両名の友人に余は委託す。ただ最大の綿密性をもって考査せられたる本文のみが有効なるものとす、本文に一字の塗抹《とまつ》も添付もおこなわるべからず、しかして、写本の要望あるかぎりにおいては、この唯一の有効なる本文にもとづきて書肆《しょし》用の写本を作成すべきものとす。いずれにもせよカエサル・アウグストゥスには遅滞なく清浄かつ正確なる写本を一部献上せざるべからず。プロティウス・トゥッカとルキウス・ウァリウス・ルフスはこの一切につきて綿密に配慮すべきものとす……全部書いたかね、ルキウス？」

「はい、ウェルギリウス……そして実際にそうしなければならなくなったときには、この通りにことをはこぶからね」

あい変わらず声は思いのままにながれてできた。

「アウグストゥスの認可によりて、余は余が奴隷を解放する権限を有す。解放は余の死後即刻おこなわるべし、しかして奴隷はおのおの余に仕えたる一年につき百セステルスの遺贈を受くべきものとす。さらに余は、二万……いや、三万セステルスがブルンディシウムの人民の食糧費として分配せられんことを指定す。爾余《じょ》の資産配分につきては、当初に言及せし第一の遺言書に記載せられあり。ゆえにその効力は減ずることなし、ただしここにあげたる新規の遺贈によりて相続資産は相応の縮小をこうむるものなり、この事実を余の第一相続人、すなわちカエサル・アウグストゥス、余が弟プロクルス、さらにプロティウス・トゥッカとルキウス・ウァリウスのほか、ガイウス・キルニウス・マエケーナスが、非友好的と解せざらんことを望む……これで全部だ……これで十分だろう……どうだろう、これでよくはないかね？」

声はもう思いのままにはながれでなかった。最後のことばがすでに巨大な空無の中からしぼりだされなくてはならなかったのだ、そしてあとに残ったのはただこの空無ばかりだった、疲労によってうがたれた邪悪な空無、眼路のかぎりも知らずひろがり、その大きさをはかることもできなければ隅々をさぐりうかがうこともできない、恐怖なき恐怖の空無、異様に酷薄な忘却が油断なくめざめている、その忘却にみちみちた空無、この空無の中を笛のような音を立てながら熱がさまよいめぐっているのだった。しかし、眼にもとまらずかすめ飛ぶのではあったが、この空無のかたわらにはまだ口にされない何ものかがあった、どうしてもいわねばならなかったはずのこと、それは今までに語った一切と関係があり、しかもなんの関係もないことだった。だからこそこれを見いださなくてはならなかった、さもないとこれまでの全部が不十分だということになるのだから。それは、最初破棄しようと思ったが今は大事にとっておかなければならない詩そのものに劣らず重要だった。

「どこに……どこにあるのだ、行李は?!」

プロティウスが愁わしげに眼をあげた。「ウェルギリウス……アウグストゥスさまのおそばにたいせつに保管されているのだ……心配するな……」

しかし今はルキウスが、まだ完全ではなかったにもかかわらず、その書類に署名をとるために歩みよってきていた。それとも、たりないのは署名だけだったのか? 見つけださなくてはならなかったのは、それだったのか?

「くれたまえ……」

署名はした、しかし本文を読むことはできなかった。まだ不完全だったからだろうが、字が入り乱れて踊り狂っていた。「まだ書き加えなくてはいけない、ルキウス……書き加えることがある……歌を引き裂くことは許されなし……」

「そうか、ウェルギリウス」

ルキウスは腰をおろして、ふたたび筆記の構えをとった。

「歌を……引き裂くことは許されず、しかして……しかして余はここに一言たりとも添加し、あるいは除去することを禁ず……」

「それはもう書いてある……」

「書いてくれ……そう書いてくれ……」孤立無援の状態だった、これが最後の力だった。空無からは何ひとつ出てこなかった、ただひとつの音も、ただひとつの回想も、生気なくさらさらと鳴る水音すらも。ただ指だけが自分勝手に動いていた。掛け蒲団の上をさまよい、たえずからみあっては離れ、またからみあっていた。歌を引き裂くことは許されなかった、何ものも引き裂くことは許されなかった。これは非常に重要なことだった、しかしまだ本来のことではなかった、暗黒のうちにひそんでいる何ごとかとは違っていた。おお、空無さえも、それがみずからのうちに秘めているものをさらけだすまでは、引き裂かれてはならなかったのだ。指はこのことを知っていた、なぜならそれは空無の中をさぐるようにさまよいめぐっていたのだから。指はそこに秘められたものを吐きださせようと、みずからのあいだに空無を圧《お》しつけた。この指の圧しあいがいよいよ絶望的になったとき、そのとき、ことがおこった。指のあいだ、空無の奥深く、大空のすべての霧が遠ざかったかのように、ほとんど見わけがたいほどほのかな光があった、薄れ行く星の吐息のようにはかない光、しかもそれは早くも唇の上で安堵の息をもらしていたのだった、もとめあぐねた末、ついに奇蹟のように見いだされたのだった。「指環はリュサニアスの所有に帰す」

「きみの印章指環か？」

地上のことについてはこれで十分だった。すべてはかがやきにみち、音もなく軽やかだった。「そうしたい……リュサニアスに」

「どこにもいないではないか」と呟く声がした、プロティウスの声らしかった。

「子どもに……」

第Ⅳ部　灝気――帰郷

まだ呟きがつづいていたのか？　それはまだプロティウスの心やさしい呟きだったのか、心やさしく強い保護者のようなプロティウスの？　おおプロティウス、おお、それがいつまでもつづくように、おだやかに心をやわらげながら、内界と外界の汲《く》めども尽きせぬ深みからわきおこる呟きがいつまでもつづくように、今はもう仕事ははたし終えられたのだ、はたした仕事は充足し、もはや何ひとつつけ加える必要はなかったのだ、おお、この呟きが永遠につづくように！　そして真実、それはつづいていた、呟きはたえまなくつづいていた、やわらかにうちよせてはやわらかに引いて行く、呟きの波また波、そのひとつひとつはささやかながら、波全体が形づくる圏のひろがりははかり知れなかった。その存在はいかにも自然で、ことさらに耳をそばだてたり、確保しようと努力したりする必要は少しもなかった、そう、そもそもこの呟きの生起はひと所に確保されはしなかったのだ、なぜならそれはたえまなく前進をつづけ、噴泉のさざめき、水のささ鳴りとまじりあい、水とひとつになって安らぎをはこぶ無色の強大な流れと化していたのだから。みずからはこぶ力であり、はこばれる安らぎであり、流れであり、小舟の船底と側壁をかすかな音立てて洗いながらただようて行く水泡《みなわ》だった。目標がどこなのか、どこの港を出て行くのか、それは一切未知のままにとどまっていた。どこの突堤を離れたわけでもなく、無限から無限へと船は進んでいたが、しかも熟練した手にあやつられて方向は厳密に定められていた、もしふりむくことが許されるなら、艫《とも》にいる舵手《だしゅ》の姿が眼にうつるにちがいなかった、方向のない世界での介添え人、港の出口を知っている水先案内人の姿が。だが、まさしく介添え人かつ友人としての役割を、依然として。プロティウスもはたしていたのだ、漕手《そうしゅ》の席について奴隷の労役を引き受け、みずからの品位を落としながらしかも同時に高めていたのだ。彼の口からはもう呟きはもれなかった、呟きは沈黙し、万有に移行していた、緊張からも苦痛からも解放されたこの軽やかな事象の経過の中では、彼の息のあえぎすらほとんど聞こえなかった。腕を曲げて黙々と彼は、沈黙の呟きにみちた無色の水面を漕ぎ進んで行った、彼から予期されるようなはげしさは少しもなく、むしろ櫂《かい》はほとんど上下もせずに水中に静かな切れ目を入れるのだった。舳《へさき》にはリュサニアスが坐っていた、あるいは立っていたのかもしれない、それは船をみちびくために歌をうたう任務を負うている少年だった。しかしプロティウスは、地上の者たちすべてと同様ふりむくことを禁ぜられており、それゆえに少年を見ることも、船路の目標を眼にすることも許されなかったのだが、その彼は今わき目もふらず、少年のことなぞこればかりも気にかけず、ひたと正面に視線をすえ、船客の頭ごしに艫の舵手を見つめてその指図にしたがい、しかしさらに舵手の頭ごしに、そこから船が船出してきた過去の無限のうちに見入っていた。両岸ははるかに遠ざかった、さながらそれは、岸辺に居住して生活を営んでいる人間たちへの軽やかな別離のようだった、変化しつつしかも変化を知らぬ世界での別離、なじみむつんだ一切の多種多様な存在からの別離、なつかしい物の姿や人の顔からの、とりわけ灰色の霧の中に消えて行く墓窖《ぼこう》からの、さらにはまた、先ほどと少しも変わらぬようすで筆記をつづけているルキウスからの別離だった。いうまでもなくルキウスは机ごと現実の境界すれすれに寄っていたので、今にも高い岸辺の岩壁からころげ落ちそうで、見ていてもはらはらするほどだった。別れはさらにその岸辺にまだそぞろ歩いているほかの多くの人びとにも告げられた、その中にはホラティウスやプロペルティウスもいて、親しげにこちらに合図を送ってよこすのだった。苦痛の色もなく静かに遠ざかりながら、なつかしいさまざまな影像はなおも船についてこようとしていた。そして小舟がその上をすべって行く水の面には、ありとあらゆる種類の船が群れつどうていたが、逆の方向にむかう船、つまりもはや思いだすこともできぬ港へ帰って行く船はさすがにほんのわずかしかなく、それに反して港から送りだされた船は法外なほどおびただしかった。数知れぬ船団につぐ船団、無限の海さえそれらすべてを支障なく航行させるためには、第二の無限へとひろがらねばならぬほどのおびただしさ、水と空とのあいだにはもはやいかなる境界もなく、船は光の中をただようかとさえ思われるほどかぎりないひろがり、船に覆われた海が、きわめがたい共通の目標をめざすそれらの船の航行が、すでに目標そのものではないのかと思われるほど見通しのきかぬひしめき。さながら畜群にも似た船の行列、そのまわりをなごやかな波の音が眼に見えぬ雲のようにつつんでいた。あらゆる種類の船の見本があった、商船に軍船、その中には金色にかがやき緋色の帆を張ったアウグストゥスの豪華船も見え、さらにまた非常に多くの漁船やその他の沿岸用の軽艇、しかし何よりも数かぎりない木の葉のような小舟が、あるいはここ、あるいはかしこと、水の中から生まれてでもくるように浮かびあがるのだった。それらの船はみな無限の航海に参加していた、しかしまた奇妙なことに、二本の櫂しかない小舟であろうと、アウグストゥスの船のように幾段にもかさなった櫂の集まりによって動かされるのであろうと、どの船もみな同じ速度で進んでいたのだ。まるで重さがないかのように、実はもともと水になぞつかっていないかのように、水の上をただようことができるかのように、船はみな空をきって飛んで行った、そして船の帆は、真空によって生ずる、しかしそれと感じることはできない疾風をはらんでもいるかのように、ぴんと張りきっていた、というのも凪は完全に凪《な》いでおり、なごやかな波の音はいずことも知れぬあたりにひびいていたのだから。海は平らかな静かな、ほとんど薄い板のような波となり、ほのかに薄明のおぼろな灰色を帯びていた。この鉛に似た、しかも吐息のようにかすかななめらかさの中に呟きは溶けて行くのだった、その鏡面の上に吐息のように軽やかな船の行列を載せている、この薄明の力の中に耳にも聞こえず溶けて行くのだった。その上には真珠母のかがやきに照りはえ、しかも色は褪せて、大空の貝が口をひらいていた。プロティウスは漕ぎ、消えて行くはるかな岸辺から吹きよせていた生の物音は、そのままあとにとり残された、山々の歌声はとらえるすべもないもののうちに、その笛の音は永遠にのがれさるもののうちにとり残され、われとわが胸のうちに鳴りひびいた音のこだまさえはるか後《しり》えにとり残されてしまった。聞きとることのできるものはかつて体験されなかったものの世界へふたたび沈みこみ、呟きも、呟きのうちにある一切の過去もその中へ沈み、そして――ほのかな金のかがやきとなって大空の光につつみこまれたまま――少年の歌は声となってひびかなかった。この沈黙がまだかまびすしすぎるとでもいうように、新たな静寂がおとずれていた、第二の静寂、さらに高い平面におけるさらにたかめられた静寂、平らかな、静かな、薄板のようになめらかな、いわばそれは水の上にかかってその水の鏡をうつすもうひとつの鏡だった。すでにこの水の鏡は新たな変容をむかえていた、静かな流動体に変化していた、疾走する船はその中にもはやいかなる畝《うね》を作ることもなく、また、引かれる櫂についてはしたたる一滴の水もないほど、そこは水滴の集まりではなくなっていたのだが、今やその変容は水の鏡とその上にかかる鏡とに、静寂とその上を覆う静寂とに共通したものになっていた、新たな同時性、同じ速度、同時に耳に届く音にみちた共通の中間状態を生みだしていた。その結果、眼に見え、耳に聞こえ、感官に感じられる一切は、見ることも聞くことも感じることもできず、とうに見捨てられもはや見いだすすべもない無限のうちにとり残されてはいたのだが、それにもかかわらず無傷のまま完全な形をとどめ、名づけるすべもないものの世界にふたたび落ちこんではいたのだが、その名前も本質もうしなってはいなかったのだ——、それはとり残され、しかも現在にとどまっていた、とり残されたのは追いこされたためだったが、現在にとどまっていたのはほかならぬその追いこしのためだった、追いこされたために変化し、変化した形のうちにとどまっていたのだ。何ひとつこの変化からはぶかれはしなかった、というのも、ここで追いこされたのは万有それ自体だったのだから、多種多様な物と人間をあふれんばかりにはらんだ万有だったのだから。随伴しつつ挨拶を送ってよこすかのように船出した畜群にも似た船は、今はその任務をはたし終えたらしく、一艘《そう》また一艘と追いこされて行った、別段せりあって走っていたわけではなく、速度に差がついたわけでもないのにそうなったのだ、まるでみずからもとめてのように後に残った船が速度をゆるめたわけでもなければ、彼の乗っている小舟が速度をはやめたわけでもない、ごく自然にやすやすとそういうことになったのだ。プロティウスの櫂さばきの巧みさが多少はあずかって力があったのかもしれないが、彼も今は休息していた、漕ぐ手を休め息づかいもおだやかに、座席に腰をおろしたまま上体を前にこごめてゆったりと休息していたのだ。そもそもここに航行するすべての船にとって、もはや現実の道具は必要ではなかったのだ。櫂は、水から引きあげられていたものであろうと水中にひたされていたものであろうと、瞬間にして消えうせ、それとともに船は一艘また一艘と姿をかくしはじめ、ついにはアウグストゥスの船さえも存在の世界から遠ざけられ、忘却のうちへと沈みさって行った——、後にとり残された無限の中へ沈みこんで行ったのだ。豪華な御座船の緋色の天蓋の下で、司令用の短い鞭を手にして立っていたアウグストゥスは、いかに速度をはやめようと努力してもむだであること、航行をつづけようとする努力さえ空しいことを見てとったとき、鞭を手からとり落とした。権力は彼からすべり落ちた、名前とともに、これまで彼が身につけていたすべての名前とともにすべり落ちた。オクタウィアヌスという名前さえも今はふるい捨てねばならなかったのだが、それでもなお彼は自分自身から離脱することはなかったのだ。そして、辛うじて送ってよこすことができたほんのつかのまのまなざし、もはや二度と会うこともない、二度ともどってくることもないこれをかぎりの告別のうちに、美しい顔に現われたこの老い疲れた告別のうちに、なおかつ永遠にとどまるものがあった。変容したとどまり、喪失のうちにあってしかもうしなわれることなくとどまるもの、そのとどまりゆえに彼は、とつぜん忘却の静けさを面輪に浮かべ、地上の姿も地上の名前も忘却の静けさにひたされて、きわめてあわただしく——ああ、まことにあわただしく——呼び声も届かぬ世界に沈みさりながら、しかもさらに高い平面における新たな、たかめられた静寂の中に、新たな呼び声に応じる新たな姿を現わしていたのだ。なぜなら今ここに生じた変容は、外界の内界への変容だったのだから。それは外界の相と内界の相の合一、遠い昔からその実現をこころみながらかつて成就したことはなく、今はじめてゆたかに熟した外界と内界の交替だった。突然に、無限への顚落と同じほどのあわただしさで、これまでアウグストゥスと呼ばれていた人物は、内側からながめられていた、内面の視覚、それはただ夢みる者、夢にうつけた者が、われとわが地上のさだめを忘れさり、——夢によって認識しながら——われとわが身の比喩としてみずからを認識するときにのみあたえられる視覚だった、このとき夢みる者は、ふるい捨てることもかなわぬ窮極の自己の特性の透明な主成分が、単なる形式となって、水晶のように透明な線のたわむれとなって、空しい数となって窮極の夢の世界に啓示されるさまをまざまざと眼にするのだ。この内面の視覚は今やそれみずからをこえてひろがり、姿を消した者さえ、あの友人をさえ捉えていた——おお、内側からながめられてきわみなくあらわなその全体像を現わす者は、けっしてうしなわれることはないのだ。おお、終末の発端への変容、象徴の原像への変容、おお、友情よ！　そして、友情においてオクタウィアヌスと呼びかけることができた人物の面影ほどなつかしいものは、ほとんど存在しなかったのではあるが、灝気のような小舟に乗って航行をともにしながら、つぎつぎに追いこされて行ったそのほかの人間たちすべてについても、やはり同じようなことがいえたのだ、彼らの顔は永遠の中に消えうせ、しかも消せうせることはなかったのだ。ここに行をともにする者たちがだれであったにせよ、ほんの一瞬眼にうつったかと思うとたちまち姿を消してしまう、その者たちがなんと呼ばれていたにせよ、今なんと呼ばれているにせよ——ところでだれだったのか？　そこにいるのはほんとうにティブルルスではなかったか、凋《すが》れ行く青春（この詩人はウェルギリウスと同年に三十五歳で死んだ）のうちに憂鬱な愛の歌をうたうアルビウス・ティブルルスではなかったか？　またそれは、激烈な狂気ゆえにきびしく大いなるルクレティウスではなかったか？　またそこにいるのは、変わることなき成熟のうちに五十歳をむかえた男らしいサルルスティウスではなかったか、おのが名をぬぎ捨てた命名者ではなかったか？　そしてまたかしこには、尊師マルクス・テレンティウス・ワルロさえもいたのではなかったか、老いに背はかがまり、やや小柄になったとはいえ、消え行く老人の面輪に浮かぶやさしく皮肉な叡智の微笑には、なお矍鑠《かくしゃく》たるものがあるワルロさえ――？　おお、友情ゆえの軽やかな告別につどうた彼らが、助力と慰藉《いしゃ》をもたらすこの一群の者たちがたとえだれであったにせよ、彼らはすべて、つぎつぎにつらなる顔また顔に、髭のあるものもないものも、老いも若きも、男も女も、多少の遅速はあれ一様にかつての表情をうしなって行ったのだが、名前の最後の残余にいたるまで呼び声も届かぬ忘却の世界へ顚落しようとしていた今このとき、彼らはすべて窮極の変容をおのが身に受け入れていた。人間らしい表情はすべて彼らの根源的な本質の、筆舌につくしがたい表現、筆舌につくしがたいほどの透明な表現と化し、一切の関連から解きはなたれ、かぎりも知らず名も知らぬ自我のうちに深い真実を獲得していた。彼らはもはや地上の仲介者や地上の名前の呼びかけを必要としていなかった、というのも彼らはすべて内側からながめられていたのだから。内側から眼にうつり、内側から認識され、友人の視線のうちに没入し、友人の視線とともに自己認識の営みのうちに没入していたのだから。この自己認識とは、自己の内面の最奥から、感官の領域のかなたにある自己の深みから生ずるもので、もはや感官の知覚しうる個人や感官の知覚しうる比喩を見るのではなく、もっぱらその本質的特性の水晶のように透明な原像、水晶のような統一を見るばかりだったのだ。

本質の根底にこのうえもなく清らかにやすらい、記憶から解放され、まさしくそれゆえに窮極的な想起の対象となる原像、この清らかさと想起のはたらきの結果、すべての友人たちの姿は新たな記憶の中間状態に移された、把捉可能な新たな中間状態、そこでは静寂が沈黙のひびきをあげはじめる中に、光りかがやく影がみちみちていたのだ。友人たちは第二の無限の中に没入したのだった。

静寂のうちなる静寂——四方に境界はひらかれていた、しかも後方に遺棄され、二度と見いだすこともできない領域にとどまっていたものの数がどれほどおびただしかろうとも、何ひとつ万有の円環の平衡の中でうしなわれることはありえなかった。たしかに、どれほど後方に遺棄されたものがあろうと、それは貧窮をも孤独をももたらすことではなかった、というよりそれはほとんど豊かさの到来さえ意味していた、なぜなら忘却のうちに沈んだものもそのまま保存されていたのだから。記憶ならぬものの空間はいよいよ広大な記憶空間の領域をおのがうちに併合し、しかも依然としてこの記憶の空間にとどまっていた、ふたつの空間はいよいよ密接に結びあって第一の記憶空間のうちなる第二の記憶空間となり、さらに高度の透明性と無限性をそなえた記憶の空間となった。新たな統一へとむかう存在の結合の営みがあまりに力強いために、鉛色をしたほのかな水の静寂と、ほのかな金色の鏡像となってその上にひろがっていた静寂とさえもが、新たな統一を形づくるほどだった——記憶のうちなる記憶——、そのはてに生じた静寂は、琴の緒にふれる前に伶人《うたびと》をむかえる静けさと同じものであり、そのような静寂の中では、琴は弾じられることなく期待は待ちうけることなく、うたうものと聞くもの、伶人と聴衆もまた新たな連帯に結ばれるのだった。今や天体の歌の巨大な沈黙がざわめきおこっていた、沈黙から生まれ、しかもうたうものと聞くもの双方のうちに生まれたのでもある沈黙、静寂から鳴りひびき、しかもその双方のうちにも鳴りひびく沈黙、一体化した二重性、それが静寂とひとつになり、期待とひとつになり、琴とひとつになり、歌によってひとつになり、ここに存在するものは天界の存在に摂取されてしまうのだった。もはや待つものも待たれるものもなく、耳かたむけるものも耳かたむけられるものもなく、呼吸するものも息吹きもなく、渇くものも飲まれるものもなかった、新たな二重の統一の中にはもはやいかなる二分もなく、二分されたものは合体してもはや分ちがたい統一の営みとなり、期待そのものとなり、傾聴そのものとなり、呼吸そのものとなり、渇きそのものとなった。そして統一のうちに包含された無限の潮は、期待であり、傾聴であり、呼吸であり、渇きであり、いよいよおびただしくなり、強烈になり、圧倒的になり、命令となり告知となるのだった。プロティウスにとってもそれは同じことだった、というのも、一切の持続が止揚されたのを知っているかのように、発端と終末が合一したのを知っているかのように、しかしまた、すべての統一は二重性を帯び彼自身もその運命に屈しなければならないことを知っているかのように、彼はおのれの存在の統一を放棄したのだから。たとえしばらくのあいだであったにもせよ、彼は二重の姿に化した、その一方では静かに漕手の席に坐って休息していたのだが、もう一方の姿では席から立ちあがり、水夫らしくゆらめく足を踏みしめながら近づいてきた、もう一度、明らかにこれが最後だったが、盃を手にして、渇く者に——おお、彼は渇いていたろうか——?! もう一度、飲み物をあたえようとしているのだった。そしてこのことがおこなわれたとき、おお、飲みほされたのは水ではなかった、いやされたのは渇きではなかった、いや、それはかかわりをもつこと、二重の影像となった存在の全体性に関与すること、無限の潮とひとつになること、眼に見えぬ世界の内面の視覚につらぬかれること、しかし同時にまた、何ひとつ包摂しない認識の円環がどこで閉じるのか、無知のままに知っていることでもあった。それは閉じるはたらきそのものだった、二通りの方向をもった無限をひとつに結びあわせるはたらきだった。この無限の中では未来は過去へ、過去は未来へと移行し、その結果——おお、二重の中の二重、反映の中の反映、不可視の中の不可視——もはやここではいかなる仲介者も道具も必要ではなかった、液体をたたえた盃も、盃をさしだす手も、飲み物を受ける口さえも、もはや必要ではなかった、飲むという営みにせよそのほかの何にせよ、一切の行為は、さらには一切の生は、不調和という不調和を止揚していかなる分断をももはや許そうとはしない緊密な関連の力によって、解体され溶解してしまったのだ。このとき盃の象牙は褐色の堅牢《けんろう》な角へと変じ、そのまま軽やかな褐色の雲に消えて行くのだった、このとき盃とともにそれまで存在していた一切も消えうせていた、といってもはかない夢のたわむれだったというわけではなく、いわばたしかな正常となって、空しく消えさる運命からはまぬがれていたのだった。それゆえにプロティウスも姿を消していた、まさしくそれゆえに彼もまた、形態を解消する二重化の力にとらえられて、ほかの道づれたちと同じ道を取っていた、彼らとともに名前の最後の残余にいたるまで永遠のうちに、想起するすべもない世界のうちに埋没し、しかも想起の世界にとどまって、これまで通りの彼の姿を、友人としての姿を保ちつづけているのだった。こうした一部始終が経過して行くあいだに、うるおいのない液体、味のない飲み物が唇をこえ、咽喉をつたわってながれたが、唇も舌も咽喉も少しも濡れはしなかった。これがプロティウスからのわかれだった、彼の友情の奉仕のうちに別離が告げられたのだった。そして万有の眼のかがやきにつつまれ、万有の涙に、万有の忘却のうるおいにひたされ、友人のまなざしとまなざしとが真実の清らかさをたたえてむかいあうとき、このまなざしのどちらにも涙はなかった。苦悩をまぬがれ、苦悩から解きはなたれ、軽やかさが生まれでるほどかすかな、軽やかな告別——静寂のうちなる静寂。

もはや何ものも確保されはしなかった、確保する必要もなかった。何ものももはや不調和ではなかった、そして飲み物を飲みほした彼、プブリウス・ウェルギリウス・マロ、彼も今はもう名前を必要としなかった、名前をふり捨て、それを単なる知識へと、ほのかな、ふしぎに清らかな忘却へと消え行かせることができたのだ、なぜなら孤独のうちに、といってもけっしてよるべないわびしさのうちにではなく、船は第二の無限に進み入っていたのだから。もはやいかなる不安の誘いもなかった、いかなる出会いももはやおこる必要はなかった。同じように光も孤独になった。今までよりもさらに純粋に清らかになった、光はすでに薄明に変化していた、いつまでつづくのかさだかにはかりがたい、ふしぎな類《たぐい》まれな薄明に変化していた。それがいつはじまったのか、いつ終るのか、皆目はかり知るよしもなかった、それというのも、かぎりない潮流と接するばかりに沈んできた太陽が、かすかにためらってでもいるように、なかなか潮の中に没しようとはしなかったからなのだ。それどころかむしろ太陽は、いわば後を追うてくる蠍の姿に魅せられたかのように凝然と身じろぎもせず、無数の星のきらめくさなかに鈍く光りながら雲もない大空にかかっていたのだ。時はその持続をうしない、むなしい静寂をこえおだやかに滑走するように、安らかな船旅はつづけられて行った。一切の速度はうしなわれ、ただわずかに感じられるばかりで目標もたしかではなかったが、それでもこの船は星から方向をよみとっていたのだ。少年は舳《へさき》に立っていた、薄明にひたされながら、しかもその姿は大空の前にはっきりと浮きあがっていた。大空のかぎりなくはるかな透明さは、すでに一切の透明さの限界を通りこしていた。道をさし示そうとするのか、それともあこがれに胸を焼く者のしぐさか、はっきりとはわからなかったが、少年は腕を前にさしのべ、目標をもとめながら何ひとつとらえることのできぬこの腕の動きに、全身をつきしたがわせていた。これをまだ船旅と呼ぶべきだったろうか、帆も櫂も必要としないこの滑走を？　これは静止ではなかったか、星をちりばめた穹窿が逆に動いているので、こちらも動いているように錯覚されるだけではなかったのか？　船旅であるにせよそうでないにせよ、これは知覚の中間状態だった、今もなおそうだった。そして舵手は背後の持ち場に悠然として控えていた、彼の存在は今もなおありありと感じとられた、これまでと変わらず、心に安らぎをあたえるのはすべて彼の力なので、あまりにも淡くはかなげな少年の姿から安心感があたえられるわけではなかった、そう、たとえ船の方向は星の運行しだいというのが真実のところであったにしても、方向をさだめるのはやはり舵手だった、彼ひとりだった。太陽はいよいよ下に沈み、その焔は暗い火のような赤さに変わった。見わたすかぎり雲ひとつなく霧もかかってはいないのに、太陽のかがやきはさらに鈍くなり、そのために晴れやかな薄明はいよいよ夜めき、星の世界はいよいよ強くきらめいた。あたりは夜めいた、しかしまだ夜ではなかった。沈黙の天体の歌もいよいよ夜めき、夜めいて静かに、ゆたかになり、その合間には星の光が音もなくうち鳴らすシンバルのひびきが入りまじった。音の薄紗を一枚また一枚と切りひらいて、天体の歌がいよいよゆたかに鳴りわたれば鳴りわたるほど、少年の姿もいよいよくっきりと闇の中から浮きあがって見えた。それと同時に明らかになったのは、まざまざと眼にうつるこのあざやかさが、ある静かな光のもたらしたものだということで、この光は道を示すようにさしのべた少年の手からかがやきでて、徐々に強さをましながら、ここにおこりつつある事象の中点と化して行くのだった。それは指環だった、リュサニアスに遺贈するはずの指環、そして今いかにも誇らしげに彼の指にかざされている指環が、これほどの光芒をはなち、リュサニアスの肩に光のマントをまとわせているのだった。最初はその光は、灰色の朝あるいは夕べの薄明のさなかに、まさに消えなんとする、あるいはかがやきそめようとするひとつ星のまたたきとしか思われなかったのだが、今はさながら先に立って道しるべするきらめきのようだった。少年の手にかざされ、照りかがやけよとばかりにたかだかとさしあげられた、道しるべの星の微笑、それはさながら地上の忘却の空間の内奥から現われるよろこびの回想のようにただよいよせ、そしてこの忘却の空間はといえば、幅も、高さも奥行きもひたひたと、時の潮、火と氷の痛みにみちた潮にひたされているのだった。回想にくまなくひたされて指環のかがやきからただよいよせる微笑、こだまのようにかすかに、こだまのようにあどけなくひびきかえし、痛みのように感じられながらしかもよろこびを与えるひろがりに、こだまのようにつきまとっている微笑。今はもう何ひとつ名のあるものはなく、ただ少年ばかりがまだリュサニアスという名前をもっていた、そして回想は、とらえがたないよろこびをもたらしながら、今、ここの記憶をうしなった時空をつらぬいていたのだが、官能を脱却した官能の中間状態におけるこの回想、かつての二重化と両分の、今まさに忘却の中へ溶け入ろうとする最後のほのめき、少年リュサニアスが名前のおかげでまだそのこだまの呼びかけに応ずることができた、あの二重化の残《のこ》んの光、それは呼び声のうちに消えて行った、たかめられた平面の上で、第二の無限の知覚なき知覚に没入して行った、そのほかの知覚はことごとく潰《つい》えさるかなたに、指環の光芒と化したまま消え行きながら、しかもそれはこのかがやきのうちにとどまり、リュサニアスの微笑に、もはや語ろうとせぬ彼の声に、もはやながめようとせぬ彼のまなざしにひたされ、音なき音楽となってそこにひたり、少年の内面の視覚となり、はるけさと近さとをいちどきに直感する知覚となって逆流し、薄明の光の中へ、おぼろにかすむ潮の光の中へとあふれでるのだった。はるけさも近さも知らず、ふたつにわかれたありとあらゆるものを統一にもたらす光、この光をながめる者は、ながめながら同時におのが身をくまなく照らされるのだった。おお薄明よ、おお中間の国よ、過去のうちにながれては消えさる国、みなぎりあふれてはながれ消えて行く魂よ！　しかしそのあいだにも、真実の夜がおとずれたわけではなかったのに、薄明は過ぎさり、中間の国は消滅していた。明るすぎるほどにかがやきを増した星くずのもとで、太陽は冷たく暗い赤みを帯びたまま、金色の鉛のような、鉛色の金のような潮の水平線すれすれにかかっていた。実はもう水中に没しているので、ただ異常な屈折によって反射光が上に浮かびでているだけではないのか、とさえ思われるほどだった。それというのも、下の世界に囚《とら》えられてしまったかのように、大洋の下を行くおのが軌道の反映にすぎないかのように、太陽は水平線に沿うて静かに動きはじめたのだから。そのあたりに横たわる星座をつぎつぎによぎりながら、東点にむかって、朝をもたらしつつ新たにそこから立ちのぼるはずの真東にむかって太陽は進みはじめた。夜のうちに滞留する太陽、それが反映なのか実体そのものなのか、反射光が動いているのか実体が動いているのか、大地の幽囚のうちにあるのか天上の自由のうちにあるのか、はっきりと見さだめることはできなかった。上の世界と下の世界は、一切の知覚を抹消しながら、旋回する星の穹窿の壮麗なかがやきの中で、もはやわかれることもないと思われるほどに大らかに、ひとつにからみあっていた。あたかもこの船旅が太陽をめざしてでもいるかのように、太陽が目標でであるかのように、あこがれにみちた少年のそぶりが太陽にむけられているとでもいうかのように、舵手は赤く灼熱するものの軌道を追うていた。そして小舟の舳の尖端《せんたん》はきわめてゆるやかに回転しながら、たえずこの天体をさし、この天体のみちびくままに実際に回転するかと思えばただ回転するように見えるばかりのこともあり、実際に動くかと思えば動くように見えるばかりのこともあったが、真の動きとまやかしの動きを区別することはいよいよ困難になってきた。なぜなら、夜めいてしかも夜ではない世界に生起する事象の経過につれて、小舟は法外なほど長くなり、しかもたえまなくその長さを増して行ったのだから。そのことは舳に立っている少年との距離がひらいて行くことからも、背後に控えた舵手の気配が感じられなくなったことからも明らかだった。前とうしろに伸びひろがる船、この伸長は航行速度の一部をとって吸収し、速度を伸長へ、一切を容赦なくからめこんでしまう伸長へと変化させるのだったが、その結果ついには航海をも、夜さえも完全な静止にもたらし、周囲に旋回しながらめまぐるしく変化するものを不変の存在に化してしまうにちがいなかった。航海はかぎりなくゆるやかになり、それと同じほどの静けさのうちに、上と下との穹窿は、星々のかがやきをうつしながら、このながれるような静止のまわりにひろがっていた。われとわが身をうつす静かな諸圏のまなざし、水の灰色の眼とその上に浮かぶ天の眼のさらに深い灰色、そのいずれもがたがいに溶けあいながらひろがり、ひろがりながらかがやき澄む夜となり、薄明となるのだった。この薄明のなかにはもはや時の持続もなければ生起もなく、名前もなく、偶然もなく、記憶もなく、運命もなかった。すでに横臥《おうが》は横臥ではなく、佇立《ちょりつ》も起坐《きざ》ももはやなく、あるのはただ肉体の制約をまぬがれた瞠視《どうし》、船のまにまにただよって行く揺曳《ようえい》ばかり、身はいまだに小舟の中央にありはしたものの、しかもすでにそこからまぬがれ解きはなたれていた、さながらそれは最後の桎梏《しっこく》をふるい捨てたかのよう、とうに忘れさられて記憶にのぼることもなかった予感がついに現実となったかのよう、予感のうちにあった自由なただよいを、ほのかな息吹きが記憶のうちによみがえらせるかのようだった。ただよう予感が実現にかかわろう、みずからもそのただよいに溶け入ろう、という願いがいよいよ強くなった、記憶によみがえることなく、しかも同時に未来の予感でもあるものの中に溶け入ろう、指環のかがやきをめざして、リュサニアスをめざしてただよって行こう、リュサニアスだけがまだ名前と運命と記憶をもっているのだ、ああ、たゆとう光につつまれた彼のもとにたどりつくことができれば――彼はまだ農家の少年だったかもしれない、しかしことによると、九月の冷えびえとした翼を身のまわりにひろげ、灝気のようなその振動にゆり動かされているひとりの天使だったかもしれないのだ、ああ、その翼にふれ、もう一度なつかしい面影をもとめるために、かなたへとただよって行くことができれば、その面影の深みをまさぐりながら、深みの底に現われる星の環のやさしい光をもとめることができれば。ああ、この願いはいよいよ強くなった、あこがれをさし示す者へのあこがれ、過去の流れのなごやかなざわめきへの、過去を宿していたやわらかい灰色のさざめきへのあこがれが、いやましにたかまった――、別離へのありとあらゆる恐れをはらみ、せめて最後の面影なりともしかととらえんものと願う、こよなく切ない願い、別離の恐れのうちにおののきながら、最後の知覚を必死に拒否する、こよなく切ないあこがれが。たとえ未来を予感する魂がどれほど一切から解きはなたれた窮極のただよいを渇えもとめようとも、航海という中間状態を去って第二の無限に分け入るのは、魂にとってはやはり辛いことなのだ。なつかしい過去の無限へと立ちかえることはかたく禁ぜられていたが、一義的に明白な未来のためにかつての多義的な存在をきっぱりと断念せよともとめる命令はさらにきびしかった。たとえ少年がどれほど明らかに、どれほどあこがれをこめてきたるべき未来の存在をさし示していようとも、ここにあるものの曖昧な多義性は覆うべくもなかった。少年をめぐるかがやきは曖昧に照りかえし、太陽は赤く灼熱し、星々はきらめき、月はくすんだ金色の光を放ち、指環の光は方向をうしない、その結果過去と未来の存在はただひとつのほのめきに溶けあい、暗くほのかに光る海と空のかがやきは道をさし示す精霊の姿から発するかがやきと複雑に曖昧にからみあうのだった。そしてたとえこの精霊の姿がそのまま変わりなく存在しようとも、未来をさし示す姿勢をそのまま保ちつづけようとも、それはかつて存在したもののありとあらゆる多様性、多義性にくまなくひたされていた、たえまなく移り変わる形姿によってその不変性をそこなわれていた。その移り変わる顔だちは、あるときはケベスのそれであり、またあるときはアレクシスのそれであり、ときにはまた、ほかのどれよりはかない回想のように浮かびでるアエネーアスの面輪でさえもあった。どの顔も名前をもたず、浮かびでるたびごとに本来のリュサニアスの容貌によって覆いかくされたのではあるが、まさしくそれゆえに、過去を未来のうちにもとめようとさせる誘い、前へとさし示すもののうちにひそむ退行への誘惑だった。にもかかわらずそれはすでに誘惑ではなく、新たなひとつの知覚だった、なぜなら少年は手をふれることもかなわぬ領域にただよっていたので、どう見ても誘惑者ではなく、案内者でさえなく、ただ道をさし示す者、前方をさし示す者でしかなかったのだから。前にさしのべられた彼の手を下に沈ませまいとするならば、けっしてその手にふれてはならないのだ――それは告別だったのだ。明らかに、少年の顔の内部にたたえられたただようような微笑にも、それと同じくあらわな自覚的な告別が宿っていた、そしてこの告別は彼と少年とがともにわがものとした知覚、中間領域はすでに消えうせ、第二の無限がはじまり、その中で航海は静止したのだという知覚、背後の艫《とも》に控えた水先案内人、保護と援助の手をさしのべ安らぎをあたえてくれるその人物だけが、今から後の案内者をつとめることになるのだという知覚だった。彼のみが窮極のつとめをはたす案内者だった、距離の増大をものともせずに飛びこえて、ただ彼のみがやさしく保護する手で魂をいだきしめる力をそなえていたのだ。そして魂はこの手に身をすりよせ、その中に横たわり、もたれかかり、その助けをかりて身をおこすと愛の命令に従順にしたがい、恐れげもなく知覚に達することができるようになるはずなのだ。安らかさとあこがれとのあいだに張られた緊張の中にただよい、ふたつの無限のあいだにただよい、期待ならぬ期待のうちに知覚のおとずれを待ちうけている魂。予感のうちにただようあこがれは成就しはじめ、ただよう成就となった。舳に立つ少年同様にただよいながら、知覚は前をめざして進み、同じただよいのうちにあって航海は憩いをもとめて前進した。そしてこの前進がつづけばつづくほど、夜と夜の小舟が伸びひろがればひろがるほど――どれほどのあいだそれがつづいているか、どれほど伸びひろがったのか、はかるすべとてもなく、夜のかがやきは影にひたされ、影にみちあふれ――、ただよい行く少年の姿はいよいよはかなげに淡々しく、いよいよあらわになり、星のかがやきによりそい、影によりそい、身にまとうたものをぬぎ捨て、身にまとうたものばかりか、一点の曇りもない透明さにいたるまでありとあるものをぬぎ捨てていた。よりそいもつれあってただよう夜と少年、おお、なんという透明さ。いまだなお、しかもすでに――、これは現実の前庭ではなかったか？　そのうえにすべての太陽と月と星とが、光輝にみちあふれてめぐる、故郷の前庭ではなかったか？　かなたへと少年は手をさしのべていた、しかし彼がさし示していたのは、方向もさだまらぬまま散乱する光芒の世界だった、そのさし示すかたへと小舟はむかっていたが、その動きはほとんど静止に似ていた、小舟は伸びひろがるにつれて、今は明らかに無限の境界にまで接近しはじめていたのだ。そこにあったのは夜の知覚で、まだ昼の知覚ではなく、やがておとずれる未来の知覚をめぐる知覚にすぎなかったが、しかもすでに完璧な知覚、いかなる灝気の流れよりも水の流れよりも大らかにやさしい、洋々とみなぎる知覚の潮だった、といっても、灝気や水の流れとひとつになって、同じ恒常性を保ち、同じ空のもとにひろがっていたのではあるが——それは静寂だった、変わることなく、しかもたかめられた平面の新たな静寂に入ろうとしている、新たな静寂をむかえる用意をととのえている静寂だった、それは知覚だった、変わることなく、しかも新たな知覚につらなろうとしている、新たな知覚をむかえる用意をととのえている知覚だった。さながら静寂と知覚にになわれてのように、さながらたかだかとかかげられて重さをうしなったかのように、かなたへと滑走するものはもはや小舟ではなかった、ただ無限にただよう夜のものの姿、もはや水にふれもせず、今にも無限のうちに溶けうせるのではないかと思われる形象だった。みずからも無限となり、みずからも休息の用意をととのえ、その形象は、方向もさだまらずうかがい知るよしもないままに伸びひろがる無限をめざし、夜の虹をめざしてただよい進んだ。夜の虹はやはり同じようにただよいながら、休息についた時のただよう門となり、七色にいろどられて東から西へかけわたされ、水中にひたりつつしかも水にふれてはいないのだった。静止するかと思われるほどに緩慢になった航海と同じゆるやかさで、東点への到着をいよいよ遅らせ、ついには静止するかと思われるほどためらいがちな太陽の歩みと同じゆるやかさで、このうえなく緩慢に、それと知ることもできないほど目立たずに、小舟は溶けて消えはじめ、しだいに視界から姿をかくして行った。そして先ほどまで舳の尖端があったあたり、おぼろにかすむはるか前方では、リュサニアスの姿がふわりと浮きあがって小舟の前に飛びたった、夜の世界に光りかがやきながら舞いあがる案内者の姿、道しるべする手、光りかがやくみちびきの手。このとき、夜はあたかも寂滅の運命を目前にひかえて、今一度完璧な此岸の壮麗さをくりひろげようとするかのよう、このとき星々はひときわかがやきを増し、かつてなかったほどおびただしく群がり集うたが、それはさながら最後の挨拶を送り、最後の随行のつとめをはたそうとするかのよう、地上の最後の美をうつしだすために群れ集い、銀河をつらぬいて、すべての星は一面の大空にいちどきに姿を現わしていた。もちろん今はもうふりかえることは許されなかったが、それらの星はことごとく、ことばにつくすこともできぬほど深く知りつくした存在だった。星という星のひとつびとつの面ざし、その名前、その美、たとえその名はとうに忘却の空間に分け入っていようとも、たとえその美はとうに一切の美を超越していようとも、ここにあるのは第一の記憶空間のうちなる星々の第二の記憶空間で、竜のしるし（竜座。以下すべて星座の描写）に守られた冷たい天極をめぐるのだった。その数かぎりないおびただしさは、すでに姿を消した星さえもう一度潮の中からその光を反射させているかと思われるほどだった。北にはきらめく蠍の肢体がわがもの顔にくねり、射手は弓に矢をつがえてそれを追い、東には蛇がながながと寝そべりながら火花を散らす頭をもたげ、そして西の空はるかには、ほかのどの星よりも別離の用意をととのえて、大地を蹴って泉を噴きあがらせる蹄をもつ天馬ペガススが、天の穹窿のはずれ、目もあやなきらめきのはずれに休息していた。この目もあやなきらめきは穹窿の奥底にいたるまで透きとおり、今はただ水晶のような根源の本質を示すばかり、ふしぎになじみ深くしかも未知なさまで、そのうちにある一切と同様に、内奥の本質を見通す視覚のみがそれを見ることができたのだ、近くてしかも遠く、遠くてしかも近く、それもまた期待にみちた知覚と合一したのだ——目もあやな穹窿の星のきらめきの中で期待はいやさらにふくらみあがり、万有はその奥底にいたるまで眼にうつり、その認識しつつ認識される営みは永遠に消えさることなく、ふれることも、ながめることも、呼ぶこともうかがうこともかなわぬ星の面ざしはうしなわれることなく——しかし透明な大空の深みのかがやきのうちに、透明な裸形となって飛び行く少年の姿が現われた、少年の、リュサニアスの姿、ふしぎに変容し、前へ前へと進みながらしかもその場にとどまっている姿、精霊の像、星座の像、象徴の像、それも同様に根源の本質と化し、きらめく万有の特性とさえ化し、ひろびろとひらけた万有の穹窿の中を飛び、七色の虹の門にむかえられ、門をくぐって飛びさって行くのだった。このあいだに、というよりこのことがおきるより前に、蛇は赤く燃えたち、東の水平線全体が燃えたち、虹の七色は赤く燃える光の中に消えうせ、つかのまに消えさる象牙色の帯となるまでに色褪せた、なぜならこのとき太陽が静止したその軌道をはなれ、おもむろに上昇しはじめていたのだ。それと気づかれぬほどゆるやかに、しかも、一切の重さをふるい捨てたかのように、重さから解放されたただよいのうちにあるかのように、無限の星の穹窿の旋回に引きよせられ、飛び行く精霊の道しるべする姿にかきのせられ、ここに生起する一切の事象にかかげられて昇って行くのだった。この生起の中ではありとあらゆるものがたがいに規定しあい、動きは動きにさからう力に、静止は静止にさからう力に、結びあい、からみあい、一切の存在の本質をなす根底からたがいの姿をうつしあっていた。これは同時に変化であり休止であり、恒常の休止のさなかにありながらきわめて変わりやすく、恒常の変化のさなかにありながらきわめて安らかで、ただどちらの場合にも極度の振動をともなっていた。休止しつつ変化するはげしい振動、その振動はついには天体の沈黙の歌の総体と化し、太陽の上昇からは、おだやかなシンバルのひびきをはなち、その焔の円盤をめざして飛ぶ精霊の姿からは象牙の琴のひびきを発するのだった。そしてさざめく星々はこの沈黙のひびきに引かれ、ながめつつ耳そばだてる万有のうちに昇り行く知覚と化した。明るさをます夜明けの光の中で、星の光はしだいにうすれては行ったが、ひとつとして消えさるものはなかった。ひとつとして欠けることなく穹窿のうちにとどまる星の水晶、ことばにつくすすべもないほど晴れやかな表情をたたえた星の面ざし、そして精霊の姿は、水晶の世界を飛びすぎ、太陽をめざして駆けりながら、かつて小舟だったおぼろにただよう形象から、今は完全にはなれさっていた、すでに最後の別れを告げていた。おのがかがやきの織りなした光のマントにつつまれ、最後の変容と窮極の幸福をもたらすほどにあたりを照らし、かがやきを増すにつれていよいよ力強くなり、いよいよ愛らしさを加えながら、無名のうちに遠ざかった少年の面ざしは、その同じ顔のましかも名前を改めて、プロティア・ヒエリアの面ざしに変わった、少年がプロティアと、プロティアが少年とひとつになった、ほのめき消えつつただようような道しるべの身ぶりをプロティアは少年から受けついで、指環をはめた手で東を指しているのだった。彼女を、この新たな案内者をむかえるために、蛇は軀幹《くかん》のふしぶしをきらめかしながら、赤く燃える大空をさらに高くよじのぼり、太陽の火にほてりかがやきつつ東方を支配していたが、一方西では白日の光に追いのけられて、翼ある天馬は色うすれつつ沈み行き、馬の背に打ちまたがって舵手の姿も消えて行った。彼のきびしいつとめはすでにはたされ、鎖はすでにうち砕かれていたのだった。太陽をめざして彼は船を進めていたのだが、今その太陽の前から彼はしりぞいて行くのだった。おお、最後の変容！　精霊の姿、それはそもそもは第一の無限から慰めをあたえる回想としてここに派遣され、今や第二の無限のうちにあって道しるべする希望と化していたのだが――、夜が明けた今となっては、この姿さえ消えうせねばならなかったのではないか？　それさえも未知の領域に帰還せねばならなかったのではないか、たかめられた平面のたかめられた知覚の中へ、この知覚のために帰還せねばならなかったのではないか？　象牙のような微笑をはなちながら精霊の姿は先に立って飛んでいた、その肉体は形なき光のうちに没し、星をちりばめてなびくその髪は冷たくたおやかな焔だった。この姿との距離はさらに大きくなった、道しるべする指環をはめた手は、すでに到達しがたい境界にふれ、天の穹窿にふれていた、だがそれにもかかわらず、これは失踪ではなかった、滞留だった、白日のそれと化した光の中につむぎこまれ、呪縛されてここにとどまりつづけている精霊の姿、さながらこの変容と、先ほど前方にただようていた少年が経たあの最初の変容とがひとつのものであるかのよう、たがいに相手を規定しあい、たがいに相手の中からの誕生を、相手の中からの開花を経験しているかのようだった。白日は花ひらき、まぎれもなくそこに存在し、その生まれでてきた源の昇天の火がかき消えてしまってからは、さらに花咲きつづけてやさしい呪縛の圏内に入り、われとわが光のうちにやすらい、われとわが内面に変容をむかえていた。そして白日とともに眼に見える世界もやさしい変容の力に呪縛されたまま、そこにとどまっていた。やわらかな金色の光は紺碧の空のただなかに変容し、やさしい力にとらえられ、そのかがやきでもって水晶のような白日の穹窿を、愛らしくやさしい無限の水晶をにない、星の面ざしを溶かして光のないほのかなものに変化させた。その結果目もあやな無数の星は、それらすべてをつつむ明るい紺碧にうち負かされて、もはや光をはなつことなく、そして――星は銀色の蛋白石《オパール》のよう、月のかすかな円盤は銀色の乳のよう、夜のかがやきの追憶のように大空に張りわたされた環は象牙色した吐息のよう――そして今は、プロティアの手の指環からはなたれる光も溶け消えてかがやきをうしない、大空のそれよりさらにほのかな象牙色の吐息となっていた。つかのまに消えさるその息吹きがただようプロティアの姿をつつむと、愛らしいその姿も吐息のように淡くなり、しかも、吐息の中にながれこむ吐息となって、かぎりなく透明な窮極の形姿へとたかめられるのだった。それは真珠母色の大空にほのかに浮かぶ蛋白石の光だった。旅は終ったのか？　もうこれで終りなのか？　船はもう必要ではなかった。彼は宙をただよい、潮をわたって進んだ、あたりには移ろいを知らぬ春の朝の静けさがあり、休息と休息の日の息吹きがたちこめていた。水の鏡から大空へと吐きだされ、大空から金色に染められた水へと吐きだされる息吹き、呼息をかわしあう上の世界と下の世界、つきることない春のただひとつの息吹きの中で一体となった、太陽の憩い、星の憩い、海の憩い。そしてこの春の中にひとつの風景が、春の風景がひろがった、太陽のかがやく青い穹窿の下に、穹窿によって引きあげられその力によって作りなされ、しかも同時にこの穹窿を作りなしそれと力をあわせつつ、潮の中から岸が浮かびあがり、潮の中からたかまり、たかだかと築かれた、それはいかなる比喩からも解放され、象徴の影もとどめない現実、期待ならぬ期待のうちに待ちのぞまれていた真実の旅路の果てだった。軽やかな微風が吹きおこり、ただよいはさらに軽やかになり、やすやすと微風のそよぎのままにはこばれて行くのだった。岸辺には朝の光につつまれてプロティアが立っていた、先がけのただよいを終えてその岸におり立つと、後からついてくる彼を立ったまま待ちうけているのだった。そして彼女の頭上には、彼女と大空の両方に属するひとつの星が、蛋白石のようなやさしい光をきらめかせていた、朝の光にひたされてほのかにまたたいていた。もしこの星のかがやきが存在しないとしたら、もしこのひとつ星のやさしいかがやきが空の全穹窿をこえてひろがり、かぎりないやさしさをたたえながらしかも執拗に持続しているのでなかったとしたら――ふたたびめざめて、いよいよ明るさを増す金色の光の中に、この執拗さは、ふしぎなほどに、しかしまたなんのふしぎもないようにわがもの顔な居すわりをつづけていたのだが――、そう、もしそうでなかったとしたら、これはほとんど地上の春の朝だと、晴れやかに澄んだ光の中に静かにふたたびめざめた生だといってもよかったろう。プロティアの顔も地上にあったころとほとんど変わりはなかった、光のマントはもう肩に羽織られてはいず、手には指環もなく、したがってそこから光のはなたれることもなかった。しかし道しるべの身ぶりはまだ終えられてはいなかった、彼女は天を指さしていた、それはあたかも、今そのかがやきを彼女にあびせているあの星に、指環をゆだねてしまったかのよう、指環のかがやきが星のそれに吸収され、変容しながら星のまなざしとひとつになり、永遠につづく静かなめざめと化するかのようだった。

木々が岸をかこんで立ちならんでいた。そのあいだを縫って陸のほうにむかうなだらかな上り坂の小道は、簇《むら》葉の影に点々といろどられて、早くくるようにと招いていた。水は永遠の鏡のうちに静かにたたえながら、しかもすばやく軽やかに、白く縁どりした波頭でもって岸辺を洗い、かすかな泡だちの音をあとに残して行くのだった。それはさながら聞きとるすべもない沈黙の世界に鳴る音のようで、ぶつぶつと呟きながらうちよせるときも、さらさらとながれるように引いて行くときも、親しげなやさしさにみちていた。流動する世界は彼の背後にあり、確乎として動かぬ世界が前にあった、そのいずれもがかぎりを知らず、しかしまたたがいに境界を無視して融合していた。上陸にはちがいなかったが、まだ旅路の終りではなかった、なぜなら以前はもはや存在せず、といって以後の時がはじまったわけでもなかったのだから。固い大地を足もとに感じはしたが、立っているわけでも歩いているわけでもなく、むしろそれは運動の中間状態だった、微風にはこばれる姿勢のままそこにとどまり、限界のない限界の中にとらえられ、かぎりを知らぬ存在の中点にとらえられている状態だった。ありとあらゆるものを引きよせ、ありとあらゆるものを確保して内界と外界の統一にもたらす中点、その中点の沈黙――、ここに到達されたのは、はたして存在の中点だったか？ ここには一本の木が高くそびえていた、楡のような、とねりこのような、しかしなんの木とも知れぬ金色の果実を実らせた木だった。そして今、まばらな枝を透して星がかがやき、その光の中に高みから送りかえされてきたプロティアのまなざしを、彼女のまなざしのこだま、彼女の歓迎の挨拶を溶けこませていた今このとき、上の世界と下の世界との黙契は記憶からまぬがれた新たな相互の認識となり、いかなる挨拶よりも深く心にしみ、休止と運動との渾《こん》然《ぜん》たる一致となった。内界と外界はもはや弁別しがたく、どこに事象の生起がはじまるのか、森がこちらへ近づいてくるのかそれとも彼が森にむかってはこばれて行くのか、なんと見さだめるすべもなく、見さだめるすべもないまま滞留と前進とのあいだの境界はひとつに溶けあっていた。たしかに上陸してはいたのだが、この上陸という行為にははてしがなかった。

足で踏むにはあまりにも軽やかすぎると感じられる大地の上を行く、ほとんどなんの変化も見られないひたすらな滑走、ただしその大地もプロティアの軽やかさにとっては重すぎたのだが、こちらへむかってただよいよせるものの中へ没入しようとするこの滑走に、彼ばかりではなくプロティアまでまきこまれていた、ふたりともそうせざるをえなかったのだが、しかもそれは自発的な行為でもあり、注意深くためらいがちなプロティアの歩みは彼の歩みと心をひとつにあわせていた。彼女はなんのふしぎもないように愛らしい裸身をさらしていた、いかにもあたりまえといった風情につつまれて、彼女の前身だった少年の精霊と同じように裸になっていた、そしてこのあらわならぬあらわな姿のやさしい清らかさは、沈黙の天体の歌をむかえながらその歌にむかえられ、その灝気のひびき、沈黙のうちに永遠に鳴りつづけるそのひびきに溶け入っているのだった。裸身？　そういえば彼自身も裸だった。そのことに気づきはしたが、実は気づいたともいえなかった、それほどこの裸の状態には恥ずかしさがともなっていなかった。プロティアも少しも恥ずかしいとは思っていないらしかった。彼女の魅力は十分感じられはしたものの、もう彼女を女として見ることはできなかった、ただ内側から、内奥の本質の側からながめているばかりだった。そしてまた彼女を肉体として見るのでもなく、ただこのうえなく透明な実体としてながめているのだった、もはや女としてではなく、処女としてではなく、ただ人間的な一切のものに生気を与える微笑として、微笑となってひらいた人間の面ざしとして見ているのだった。この面輪は羞恥から解放され、みずからをこえて、いつみたされるとも知れぬ成就のための苦しみ多い用意へと、はるかな世界へ人の心をいざないつつみずからもはるかに遠ざかる愛へとたかめられていた。奇妙にいじらしげな、奇妙に冬めいたおもむきが、処女のように冷たい光の中にただよう星を指すこの愛と微笑のしぐさにはあった。かぎりなくはるかな天上のきわまりない明るさによせられたこのあこがれは、性の束縛から解放された処女めいたその透明さゆえに、奇妙に冷ややかな、というよりほとんど純真無垢な感じさえもっていた。そしてしかもこのあこがれにみちたしぐさは、同時に成就でもあったのだ。なぜなら、透明な薄明の層が上の世界と下の世界とのあいだに張られ、地上の一切をさえぎりながら、地上のあこがれの歌が無限の天上界へ侵入することをこばみ、その結果歌はつらぬくこともかなわぬ壁にあたってこだまと化する、魂のこだま、沈黙の内面の相にとってはいうまでもなく不完全なこだま、あこがれもとめた天上の歌にとってはさらに不完全なこだまと化するのだが、天上と地上をへだてるこのこだまの壁は、地上をはなれたものの奇蹟が成就するならば、内部と外部が融合し、自己と万有とが合一するならば、たちまち解体し消えうせてしまうのだから。あこがれはみたされ天上の歌は内部と外部に同時に鳴りわたるこのとき、もはやいかなる地上の歌も、あこがれの歌も愛の歌も、おそらくは天をさし示す身ぶりすらも必要ではないのだが、それに応じてここではプロティアの内奥の本質が、万有の特性と化し、地上の存在と生起の偶然性を止揚ししかもはるかな世界に超越させる、あの一切を包摂する妥当性と化していたのだった、偶然と偶然の形姿とにまつわる恥辱を止揚し、偶然から解きはなたれ恥辱から解きはなたれた、はるかな原初の無垢にそなわる恐るべき威厳をあらわに示していたのだった。窮極の同時性にひそむ無垢の中を彼らは歩みぬけ、ただよいぬけていた、窮極の本質の無垢、それはどれほど形姿の変化がおころうとも変わることなくとどまる同一性、どれほど実質が変化し誤謬《ごびゅう》の転変がおびただしかろうとも、変わることない恒常の真実だった。彼らは無垢の中を歩みぬけて行った、なんの尺度ももたず、そもそも尺度をもうけて測ることも知らぬ、やさしくしかも恐るべき無垢、その尺度のなさにおいても、そこにたたえた同時性の静謐《せいひつ》においてもやさしく恐ろしい無垢――、真実ゆえにやさしく恐ろしく、朝の晴れやかな静けさも、はかり知れぬ星や、人間や、動物や、植物の面ざしのこだまも、すべて際限なくそこにひろがっていた。ここ、はかり知れぬ無辺の庭園のさなかに、その愛らしい恐ろしさ、恐ろしい愛らしさへと彼らは突き進んで行った、無垢の裸身に祝福を受け、裸身の罪から解きはなたれて歩み入った。森は小暗い陰をつくりながらひろがり、花は木よりも高く生いたち、花々のあいだにはそれよりぬきんでることもできない矮小な木々が立ち並んでいた。どのような種類の植物であろうと、槲《かしわ》であれ橅《ぶな》であれ、罌粟《けし》であれ肉桂《にっけい》であれ水仙であれ、あらせいとうであれ百合であれ、草であれ藪《やぶ》であれ、思うがままの大きさになることができないようなものはひとつとして存在しなかった。静かな同時性のうちにはかり知れぬものとはかり知れぬものとがつらなりあい、常春藤《きづた》にからまれた硬い草の茎は塔のように高くそびえ立ち、そのかたわらには泉の水にひたされた苔がさながら藪のようにひろがり、そのおのおのがまぎれもない独自の存在でありながら、しかも一面にみなぎる小暗く晴れやかな静けさのためにたがいに溶けあっているのだった。石のように冷ややかにさらさらとながれる息吹きとなって、歩いて行くふたりをつつんでいた静かな緑の中には、その奥深い根の底の暗さがよどんでいた。植物を高みへと駆りたて、その繊維の末端にいたるまでひたしつくす根の深淵の暗黒、窮極の面ざしの照りかえし、その中には星や、人間や、動物や植物の面ざしがもう一度、今度は地上の側から反映し、かたく結びあって地上の生の窮極の統一を形づくっていた。それはこのうえなく深い地上の面ざしと、母の影に覆われたその安らかさの照りかえしだった。このときかなたへとさすらい行く歩み、さまよい行くただよいは憩いと化し、安らかな経過と化し、静かな微笑をたたえた万有の中に、月桂樹の香りのたちこめた希望の中に溶けこんで行くのだった。そしてあたりには動物たちが憩うていた、地上の憩い、植物の憩いのうちにあった。その憩いはかぎりを知らず、そのながめははてしなく、大よそに見ても仔細にながめても彼らの姿をはかるすべはなく、すべて暗黒にひたされたままとろとろと眠っているのだった。めざめたときには彼らの眼は通りすぎて行く者たちのあとを追った。怖れげもなく獅子のとなりに臥せっていた牛は大きく眼を見はって驚いたようにふたりをみつめ、眠たげな、しかも威厳にみちてかがやく獅子の眼には、威嚇の色はなく、巨大な蝦蟇《がま》らしいものの姿がアーチ状をした樵の枝かげから長い首を伸ばして黄色い竜の眼をのぞかせ、狼の形をとったひきがえるめいたものが睡蓮とアカントスのあいだにまばたきし、鷲のような頭の小鳥が白い花を咲かせた水蠟樹《いぼた》の木の上で鋭い眼を光らせながらいぶかしげにからだをゆり動かし、数尺の長さのある管のような脚をした昆虫は甲殻によそおわれたからだを曲げて、歩いて行くふたりを瞼のない眼でまじろぎもせず見送っていた。なかにはわざわざ身をおこして、ふたりについてくるものさえあった。ただ蛇だけは、長くうねるからだを緑色にきらめかせながら、草や葉群の金色にかがやく緑の中へすべりこんで行った。野放図に繁茂した茨の藪には赤みを帯びた葡萄の房がかかり、頑丈な櫟の樹皮からは樹脂のようにしとどに蜜がしたたっていた。灰緑色のマルメロ、栗、蠟のように黄色い李《すもも》、そして黄金色した林檎が森中にかかっていたが、飢えをみたすためにそれらの果実に手をふれる必要もなければ、気分をさわやかにするために水の上に身をこごめる必要もなかった。眼に見えずただよいよせてくるものが、おのずから飢えをみたし、気分をさわやかにしたので、それはさながら羞恥から解きはなたれた無垢の送ってよこすひとつの微笑の力のようだった、庭の大らかな微笑から、はかり知るよしもない法外な庭の深みから送ってよこされる、名もなく、ことばもなく、面ざしもない微笑、それが静かにわれとわがうちにとどまりやすらっていた。花の香は河の上にアーチをえがき、陽の光の雨とそそぐ中に木立ちから木立ちへとかけわたされていた。ふたりがどこへむかって足をはこぼうと、河沿いに進もうと黄金色にそよぐ畑を抜けようと眼に見えぬ橋をわたって行こうと、そしてまたどこへふたりがたどりつこうと、頭上にはたえずおだやかに朝の星、明星が、東の空に祝福をもたらす太陽の先ぶれがかがやいていた。光をはこぶやさしい星、それみずからの光はなしに、しかも無限の光を予感させる星、そして七色の虹のほのかな照りかえしは真珠母の色に染まり、万有の穹窿の中にその最後のこだまがひびきかわしていた。春めいた際限のなさで、春めいた平和にみちて山々が、微笑する硬さが築かれ、裸のまま微笑する岩石の憩いの中では、もはや緑で覆われてはいない灰白の山峡の岩壁が、創造の硬い骨骼《こっかく》が天にむかってそそり立とうとあがいていた。しかしあらわな岩のはるか高みには、山頂の草地が明るく金色にかがやきながら青らみ、さらにその上には蛋白石のような星をちりばめた透明な大空がひろがっていた。そこには鷲や禿鷹や鷹がゆるやかに旋回し、草を食《は》んでいる仔羊たちや、森のはずれでゆっくりと木の葉をむしっている仔山羊をめがけて舞いおりようともしなかった。森のはずれではくろぐろと木かげに覆われた傾斜面が緑の谷を形づくっていた。そしてここ、小川がかぐわしい牧場のあいだ、緑の蘆《あし》がさやさやとふるえる岸のあいだを縫ってかすかな水音を立てながらながれて行く、かずかずの池が大空の星をうつしているここでは、やわらかな水の流れの中に静止したまま、丸い眼をした魚たちが休息していた。透明な深い水底に彼らのからだの影がゆらめいていたが、その上の空高く飛びめぐっている蒼鷺《あおさぎ》が、彼らをめがけて舞いおりることもないのだった。陽の光があり、影があった、しかしここにあるのは光ばかりではなく、影ばかりではなかった、なぜなら蛋白石の色にかげった上空の明るくまるい穹窿は、ただ空というより以上のものだったし、下の庭の星をちりばめた影の暗みは、ただ地というより以上のものだったのだから。そして上の世界も下の世界もはてしなくひろがっていたのではあるが、穹窿も庭もはてしなかったのではあるが、どちらも限界がないというのではなかった、どちらも真実の無限、第二の無限に、真実の光と真にわかつ力をそなえた区別との無限につつまれていたのだ。この区別の力はもはやものの姿を光と影から構成するのではなく、もっぱらその内奥の本質から築きあげ認識にもたらすので、その結果ここでも闇と光はたがいに溶けあい、星と影を同時に兼ねていないようなものは、上にも下にもひとつとして見いだされなかったのだ。人間の精神さえ星と化して、もはや言語という影を投ずることはなかった。精神は憩いのうちにあった。そしてここをさまようふたりは、星でもあれば影でもあった。彼らの魂は言語から解放されて手に手をとって進んで行った。言語から解放されたつつましやかな憩いのうちに彼らの心はかよいあい、後からついてきた動物たちもこの意思の疎通を感じとっていた。憩いのうちに彼らは足をはこび、やがて夕暮れがおとずれたとき、この憩いから休息した、それは憩いのうちなる憩いだった。動物たちにかこまれて休息しながら、彼らは西にむかって旋回する穹窿を見あげ、静止しているあの星を見あげ、その星のうちに穹窿のかなたの眼に見えぬ第二の無限を予感し、太陽がふたたび薄明のほとりへ沈んで行くまでじっとそのまま空をふり仰いでいた。さながらそれは美をながめているかのよう――とはいえもちろん美の領域はすでにかなたにあった、なぜなら、たとえどれほど愛らしく、軽やかで、深みをもち、均斉を保っているにしても、今いともたやすげに彼らにむけてかがやきを放つものは、けっして美の無知ではなかったのだから。いや、それは一切の存在の内と外との境界からそそぎだされた知覚だった、単なる象徴ではなく、境界の単なる象徴ではなく、それは存在の本質それ自体だった。これにかかわりをもつことも今はきわめてたやすく、もはや疎ましいものは何ひとつなく、一切がなじみ深い姿を現わすほど、ありとあらゆる地点ははるけさにひたされ、ありとあらゆるはるけさは間近さに変化するほどだった。一切は遠近を問わず超絶した直接性を獲得し、彼らの共通の所有と化し、魂の内部の諒解を生みだすのだった。しかし黄昏がいよいよ深くなり、みずからも休息をもとめて夜の中にわけ入ったとき、そして憩える者、彼が、ふたたび蛋白石色のきらめきを放ちはじめた星のもとで、もはやこの星の光よりほか何も眼にすることができず、かたわらに憩うている道づれも、あたりに憩うている動物たちも見えなくなったとき、彼を星にひきつける力はいよいよ全体に、彼自身と生起する事象との双方の全体にそなわる内面の視覚となり、もはや彼自身とばかりではなく、大空や、星や、影や、動物や植物と結びあわせる力となり、重層化した内面の視覚にもとづく認識と自己認識における、プロティアとの二重の結びつきとなった。魂と動物と植物とがたがいにうつしあい、全体が全体のうちに、存在の根源のうちに影をうつし、彼みずからの姿もプロティアの暗い根源にうつされていた今このとき、彼女のうちに彼は子と母を見た、母の微笑のうちにのがれたわれとわが身を、父とまだ生まれぬ息子を見た。プロティアのうちにリュサニアスを彼は見た、そしてリュサニアスは彼自身だった。リュサニアスのうちに奴隷を彼は見た、そして奴隷は彼自身だった。プロティアの手から空へと舞いあがり、光の根源をそのまま引きさらって行った指環の形づくる輪の中に、始祖と末裔がともどもに閉じこめられているのを彼は見た、運命のかなたに溶けあう一切を、存在の層という層、分肢という分肢が光りかがやきながら溶けあっているのを彼は見た。存在の根源の統一、それはおよそこのうえなく彼に固有のものでありながら、しかも彼だけのものではなく、プロティアの魂の統一でもあったのだ、おお、なんというそのいみじさ、ことなった根から芽ばえ、ことなった幹からわかれ、ことなった動物の特性から生まれでてきたのに、この魂はしかも彼のもとにたどりつかねばならなかったのだ、おびただしい鏡の面を通りぬけ、層々とたたなわる鏡また鏡のあいだを縫ってたどりつき、彼自身の魂の鏡像となり、ふたたびその中にわれとわが姿をうつす、ゆたかに大らかに花ひらいた一切の存在の平衡。鏡という鏡の影に覆われ、われとわが身の鏡に姿をうつして彼は眠りに落ちた。だが、眠りに落ちてさえなお認識の営みはつづき、この魂の融合状態がとだえることなく持続するのを、プロティアが彼の自我の中に、この自我を構成する一切の要素の中におのが姿をうつしながらすべり入るのを彼は感じていた。感知可能な領域にも不可能な領域にもひとしく滲透するプロティア、彼の生の全体の中にすべり入る全体、突兀《とっこつ》たる岩のような骨の中に、根のように大地に密着した植物質の中に、その材質の心の中に、肉と皮膚の動物質の中にすべり入る生、プロティアが彼の自我、内奥にひそんで観照する彼の魂の部分となるのを彼は感じ、みずからのうちに彼女の眼がやすらい、彼女のうちにやすらう彼の眼と同様に、内部から見つめているのを感じた。彼の眠りは代々の父祖たちの系譜であり、同時にきたるべき後裔たちの系譜でもあった。すでに経てきた存在の系列と、その胚珠《はいしゅ》を彼がまだおのれのうちに秘めている存在の系列とが眠りの中でひとつになり、凝縮して眠りのうちなる自我となり、もはや名をもたぬプロティアとともに、彼の内部に溶け入っていたのだ——、眠りの内部に築かれた、一切の生成の鏡像、それは空間に属するものではなかったが、しかもふたたび空間に、めざめの生じるあたりに影を落としながらひろがったのだった。そのひろがりは白昼となり、白昼のさなかにめざめた彼の身のまわりには一切の存在の影像がつらなり、太陽は照りかえし、星のかがやきは頭上にあった。もっともそうはいっても、プロティアがもういない以上、ここにひろがる平衡は単一な形に化してはいたのだが。彼女をうしなったという気持ちはなかったが、しかも彼女は消えうせていた、第二の記憶の空間にとり残され、かぎりない忘却のうちに沈みながら、しかも忘れさられてはいないのだった。何ひとつ変化したものはなかった、なぜなら何ひとつうしなわれなかった、うしなわれえなかったのだから。そして彼自身を変化させることもなしに、プロティアは彼の一部分と化していた、とどまりはしなかったのに彼女はとどまっていた。沈黙の天体の歌はさらにひびきつづけた。今はひとりでさまよって行くこの庭からとりさられたのは、ただ微笑ばかりだった、ただ微笑だけが消えうせていた、というのも、微笑するのは静安ばかりなのだから、ほかに微笑するものは存在しないのだから。彼にさすらいをつづけさせたのは、おそらく不安の念か、あるいは少なくとも静安の欠如だったのだ。それともこのおちつきのなさは、ひょっとすると動物たちのせいだったのか？　彼は動物たちからおちつきのなさを受けついだのか？　いよいよおびただしく数を増して動物たちは彼のもとにつどい、彼のさすらいのあとにつきしたがった。四方八方からより集まってくる彼らの前足の、蹄の、足裏の歩みの音は耳には聞こえず、ただ耳に聞こえぬ足ぶみでしかなかったが、それにもかかわらず整然と足なみのそろった歩調だった、というよりさらに正確にいえば、何やら不気味に不安げな斉歩とひとつになった油断のなさだった。すべての動物たちに微妙に共通したこの油断のなさが、彼の用心深さとひとつになり、彼の歩みをも耳に聞こえぬ動物の斉歩のうちへと否応なしにまきこんでしまうのだった。そうして時がたてばたつほどに、彼の歩みはいよいよ動物のそれに近くなり、動物への変容をいよいよはげしく彼に強いた。下から、大地から、歩いて行く両足からこの変容の力はのぼってきた、前進する肉体の中へのぼってきた。いよいよ動物的な要素が彼をみたし、もはや自分が単に直立した動物にすぎないのではないかとさえ、彼には感じられた――、下から上まで、上から下まで完全な動物、たとえ食らいつこうとはしないにもせよ、かっとひらかれた巨大な口、たとえ野獣を引き裂こうとはしないにもせよ、鋭く尖《とが》った爪、たとえ突きかかろうとはしないにもせよ、羽毛に覆われた姿から突きでた鉤《かぎ》状の嘴《くちばし》、そしてみずからのうちに動物をになしいながら、内部からこの動物をながめながら、彼は動物たちの沈黙のことばを聞いた、彼らとともに、その語ることばのうちに、みずからのうちに、沈黙の天体の歌がなおもひびきつづけるのを聞いた。かぎりなく深い大地の暗黒のこだまに支えられた天体の歌、それは一切の動物性の暗い根源におちつきなくまどろみ、沈黙のことばを織りなす、被造物以前の、創造にいたる以前の存在との黙契だった。これまでの彼の認識が特性の認識だったとすれば、狼のような、狐のような、猫のような、鸚鵡《おうむ》のような、馬のような、鮫のような存在の認識だったとすれば、これにつけ加わって今明らかになったのは、まだ生まれず形づくられず、これからようやく生成するはずの特性のうちにある、なんの特性ももたぬ動物性だった。内部からながめると、かっと口をひらいた深淵の中に、動物以下の、動物の背後の基底が認識の前にさらけだされた、それはありとあらゆる被造物としての存在が根づく秘奥の場だった。あたり一面に、重すぎる、あるいは軽すぎる舌をあやつってなんとかことばを発しようと努力しているものたち、まだ生みだされていない焦りゆえに歯をむきだし、創造に参入するためにもがいているものたち、それは数かぎりもない多種多様な動物たちではあったが、しかも動物そのものの本体であり、そのおびただしさはさながら雨の滴のようにひとつひとつに分かれてはいたが、しかも一個の全体を形づくっていた、雨雲につつまれた水滴が、地に落ちる湿いとなっては、ふたたびもつれからまった根の世界から上昇して合体するようなものだった。眼に見えず透明なこの動物の全体性にこそ彼の認識はふさわしかった、透明のままに歩みを進めるおのが肉体の動物性によって、みずからがこの動物の全体性に帰属しているのを彼は知っていた。光は透明だったが、さらに透明なのは天の穹窿のかなたにある認識のかがやきだった。かがやきのうちなる認識、それは頭上に静止したあの星によって告知され、透明にただよう油断のなさとなってしたたり、動物たちさえその力にとらえられてしまったかのように思われるほどだった。行くえさだめず憩いも知らぬさすらいは、終日無辺の沃野のうちにとどまっていた、そして日没とともに不安の念はひときわたかまった。山や谷をこえて境界を知らぬあたりにまで到る、その広袤《こうぼう》の全域を通じて、庭はあわただしげな不安にみちあふれはじめた。そして太陽が沈み、赤く燃えかがやきながら低い地平に横たわったとき、そのとき、夜のおとずれは想像を絶した事象の生起をみちびきだした。突如として動物たちの歩みは目標をさだめ、突如として統一を獲得し、一切を包括する普遍性さえそなえるにいたったのだ。斜面という斜面から、森という森から、四方八方から彼らはたちあらわれ、河に沿うて大洋をめざして進みはじめた。魚たちさえ流れをくだり行き、不安もなく焦慮も知らぬただひとつの行進がそこにあった。とはいえこの行進はある強圧的な命令のもとにありはしたので、それというのも、動物たちの隊列がすぎさったそのすぐ後では河の両岸がひとつに閉じてしまい、大地は野放図にひろがる植物の根に盛りあげられ、一切の植物は思いもおよばぬ高さにまで成長し、枝という枝はからみあって鬱蒼たる藪と化してしまったのだった。大地はおびただしい根源の萌芽から濛々と蒸気をたちのぼらせ、その中にはもはや蠑《い》螈《もり》や蝦蟆のたぐいしか棲息することはできず、そして叢林は鳥たちにとってさえ密にすぎ、辛うじて最上端の梢に巣をかけることが可能なばかりだった。数多の畜群のうちのいかなる動物もこの行進から落伍することはなかった、一匹も死ぬものはなかった、彼らはただ姿を消したにすぎなかった、夜の海の中に、夜の瀛気の中に姿を消し、夜と昼の海につどう鱗に覆われたものたち、夜と昼の大気につどう羽毛に覆われたものたちの仲間に加わるのだった。そして彼、その行進をともにしていた彼、直立した動物、瞼をうしない、眠りをうしない、魚の眼と魚の心をそなえた彼は、海岸の沼沢地に立っていた、藻に覆われ、鱗に覆われ、蝦蟆のように、植物にからまれ、植物のように、彼はぬっくとそこに立ちはだかっていた。ただ天上の歌は依然として彼にうたいかけることをやめなかった、彼は聞きつづけ、歌はさらにつづいていた。つまり依然として彼は人間だったのだ、何ひとつ彼からうしなわれはしなかったのだ。大らかな旅人の感情はいささかも消えさることなく彼のうちにはたらきつづけ、東方の星は頭上にかがやきつづけていた。こうして彼は朝を待った、立ちはだかった怪物、しかしそれにもかかわらず朝を待ちうける人間なのだった。やがてふたたび朝がめぐってきた、太陽は湿気を帯びた霧の上に浮かんだ。濛々たる蒸気となって霧は広大無辺の緑の平面からたちのぼり、そしてこの緑はさながらあえぎつつ息づくただ一体の植物的存在のように、山よりも高く成長し、これまで庭があった所を覆いつくして伸びひろがっていた。その上方には灰色の味爽《まいそう》の光の中に虹彩《こうさい》をはなつ雲ひとつない大空が、下にひろがる緑の平面をうつしながら、たえずちらちらとふるえる鏡が、緑と同じようにあえぎつつ、しだいに濃くなる霧に覆われ、ついには雲となって低く垂れこめてくるのだった。蛋白石のような星のかがやきは灰色のうちに消えて行った。そのありさまはやがて雨が降るのではないかと思わせた。しかし雨は降らなかった、それでも鳥たちは地上すれすれに飛んでいた、雲のように群れつどうた鳥類、およびその他の鳥に似た生き物たち、それが声にならぬ叫びをあげて、じっとしたままこゆるぎひとつせぬ彼の頭のまわりを飛びちがい、ときには肩の上に舞いおりたりもするのだった。足のまわりには魚たちがひしめく中を踏みしめて、彼はなかば海水と溶けあった河口の水をわたり、岸に沿うて進んで行った。何かをさがしてはいたが、何をさがしているのか自分でもたしかにはわからなかった。プロティアでないことは明らかで、ことによると、彼女にむかえられて上陸した、あの海岸の上陸地点をさがしていたのかもしれなかった。しかし何ひとつ見いだすことはできなかった、かつてあった何ものにもふたたびめぐりあうことはできなかった。一様な緑の敷き物の中では、ほかの木々よりひときわ高くそびえたつ木など一本もなく、すべてひとしい高さに立ちならんでいた。どれほど持続しているのか時間の単位ではかることのできないこのさすらいのただなかで、彼はふたたび岸辺の近くに立ちどまっていた。今いるこの場所が、いわくいいがたいなんらかの理由によって彼を釘づけにしているのか、それとも何か説明のできぬ、ほとんど植物的な疲労が彼をおそったためか、それはどちらともいえなかった。彼の腕は翼のようで、その気になれば緑の梢をこえてはばたくこともできたろうが、しかし彼は動こうとしなかった。それはあたかも、やがておとずれる静止状態の予感のようだった。名づけようもないものが上に飛び、下に泳いでいた。何やら竜のような途方もない存在が鳥たちとともに飛び、魚たちとともに泳いでいた。その数は法外に増大し、その姿は法外に拡張し、上の世界は下の世界とまざりあい、たえず新たな魚の一群がはばたきながら水から舞いたち、たえず新たな鳥の一群が水に没し、どちらも竜の姿に身を変えながら、めまぐるしく鱗と羽毛とを交換しあっていたのだった。どちらにせよ卵から生まれた存在である、飛ぶものと泳ぐものとの区別はいよいようしなわれた。それはあたかも区別を知らぬ群《ぐん》の世界への回帰をひたすらにめざしているかのよう、巨大な緑の敷き物のうちにもはやひとつひとつの草や木がきわだつことを許さない、植物の世界の統一にも似た、区別を知らぬ統一のうちに入るのが彼らの願いであるかのようだった。たとえ彼らがまだ空を飛ぼうとも、水を泳ごうとも、あるいはすでに植物めいて海底にからみつこうとも、たとえその個々の特性は依然として維持されていようとも――あるいは羽毛に、あるいは鱗に、あるいは甲殻に、あるいは皮膚に覆われ、あるいは足を、あるいは蹴爪《けづめ》を、あるいは鰭《ひれ》を、あるいは嘴をそなえているにせよ――、彼らの眼には、眼ともいえぬ彼らの眼には蛇のようなまなざしが宿っていた、蜥蜴《とかげ》めいた顔にも蝦蟇めいた顔にも、一様に蛇のようなまなざしが宿っていた。この蛇の特性こそ彼らがひたすらにもとめて進み、そこに帰入した目標にほかならなかったのだが、それはさながら彼らすべてに固有の窮極の被造物性、たとえていえば彼らが共有する最後の特性にも似たものだった。植物的かつ動物的であり、根源的であり、創造以前のものかとさえ思われる窮極の特性の基底、さまざまな存在はこの基底から生の世界へと創造され、またこの基底のみが生と創造の世界における滞留をそれらの存在に保証するのだった。飛び、あるいは泳ぐ動物たちは、いよいよすきまもなく密集して団塊状になり、いよいよ怪物の影を多くまじえ、みずから怪物と化し、まだ生みだされぬ創造以前の力におびやかされ、そして空と海とはかぎりなく深く透明なその奥底にいたるまでそれらのものの姿にみたされていた。まさしくここにおいてこそ一切が合流するのだ、彼が立ちどまったほかならぬこの場所こそが、被造物の世界に生起する事象を四方から引きよせ凝集する、強力な中点なのだ、こういうことがいよいよ明らかになってきた。このときまた、海の水がわきでる源泉もありありと眼に見えるようになった、海の秘奥の根源、源泉のうちなる源泉が眼に見えた、そしてその泉の奥底には、虹のように七色にいろどられ、しかも氷のように透明な蛇が、時の円環を閉じたまま横たわっていた、中心の無のまわりにとぐろを巻いた蛇だった。それはみずからは変化することなく、その恒常性によって変化を惹きおこす力だった。この蛇の環に一切を閉じこめねばならぬとでもいうかのように、源泉は噴火口さながらに大きく口をひらいた、そしてその近くによるものはすべて、凝然たる硬直状態におちいった。泳ぐものも飛ぶものもすべて動きをうしない、無の中から放射され無を放射する、凝然たる蛇の緑の視線に射すくめられていた。そもそもこれらの存在はまだ動物だったのだろうか？　最後の変容のうちにあって、彼らは最後の実質さえもうしなわねばならなかったのではないか、のがれるすべもなく蛇の眼に吸いつくされねばならなかったのではないか？　同じように空も硬直していた、ただ一面にひろがった灰色の雲も凝固し、一滴の雨もそこから落ちそうにはなかった。その背後に太陽は、生気なく鈍い無形の光の点となって、凝固した軌道をえがいていた。そして彼、人間、どれほど創造以前の存在と同じきずなに結ばれようとも、依然として人間だった彼、卵から生まれでた動物と種子から発芽した植物との連帯の中に投ぜられ、そのどちらにも属していた彼、透明な羽毛を、鰭を、葉を、藻をみずからに装い、みずからのうちに秘めていた彼、その彼は硬直した事象のうちに閉じこめられ、期待ならぬ期待のうちに身じろぎひとつせず、無感覚のまま亡びて行く被造物にほかならなかったのだが、それにもかかわらず人間としての彼の眼はいささかも弁別力をうしなってはいなかった、雲のかなたに星が宿っていることを彼は知っていた。夜の薄明につつまれて、太陽の斑点は、赤みがかかった灰色の微光は、今や一日の下限に達し、そして星々は夜の強さにまで燃えあがると、最初はためらいがちながら、しだいに明るさを増してきらめく光によって、霧の幕を突き破り、やがてふたたびかがやかしい全容を現わした。もちろん上ばかりではなく下にもそれは現われたので、下の世界ではそれは第二の星空、鏡像の星空となり、黒い水底にも黒く湿った植物の敷き物にもきらめき、それらをただひとつの黒い鏡像、星をちりばめたただひとつの穹窿と化してしまうのだった。もはや植物の潮と海の潮とを区別するものは何もなかった、岸という岸をこえて海は植物界にながれこみ、植物は海にながれこみ、上の星空と下の星空とのあいだには空気と水の世界の動物たちが硬直したままただよっていた。下の穹窿は星のこだまだった――、すると上の穹窿は植物のこだまだったのか？　上の統一と下の統一、そのいずれもが二重の空に支えられ、二重の海に支えられ、合一してただひとつの、植物と星とを織りあわせた全体をなし、世界を包括しながらしかもみずからのうちに閉じこもり、その空間にはもはやいかなる個別化もありえず、許されず、すべてがその個体としての特性を放棄してしまったほどだった。鷲であれ蒼鷺であれ竜の鳥であれ、鮫であれ鯨であれ泳ぐ蜥蜴であれ、彼らはただ全体としてのみ存在し、動物からなるただ一枚の敷き物にすぎず、空間をみたすただひとつの存在にすぎなかった。そしてこの存在は今やいよいよ透明の度を増し、たなびく動物の霧と化し、ついにはおよそ眼にするすべもないもののうちに揮発し、星の世界のうちに溶け、植物の世界に吸いつくされてしまったのだ。動物界全体が夜に溶けこみ、動物めいた呼吸は消えうせ、心臓はもはや鼓動せず、そして氷の蛇は張り裂けた。時の蛇は張り裂けた。このときたちまち、もはや時の制御を受けることなく、夜は白日に移行し、時から解きはなたれてたちまち太陽は真昼の高さにのぼり、そのまわりには蛋白石の光をはなつ星々がひとつとして欠けることなく群がっていた。ほの白い月さえもそこには見え、東にはあの星が静止したまま、いやます明るさのうちにかがやいていた。上の世界はこのようなぐあいだったのだが、いっぽう下の鏡では、上に劣らず唐突に、これをかぎりとばかりの途方もない植物の成長がはじまっていた。それは根と茎によって大地に束縛されている、そのみずからの境遇から脱出しようとする戦いのよう、われとわが身をこえて植物性をうち砕こうとする試みのよう、この試みによって、法外な限度を知らぬ世界の中で、文字どおり動物的な個別性と運動とを獲得しようとするかのようだった。というのも、突然の光によってあたためられ、おのれのうちに吸収したすべての動物性によって駆りたてられもし、しかもおよそ動物には及びもつかぬあなたまかせのふしだらさでもって、緑はかぎりなく一体化したその根のもつれから伸びあがり、われとわが身をこえて生い茂ったのだから。始原のさまを思わせてはびこりひろがる存在の腐植土、たえまなく交替し、たえまなく新たにはじまるその発芽、その活動、たしかにまだ弓なりの茎に支えられ、蛇のようにうねる茎に抑えられていたものの、しかしそれはもはや木ではなく、もはや草ではなく、もはや花ではなく、ひきつりながらしかもなめらかに、渦巻をえがきながらしかも急角度に、およそ思いも及ばぬような恐ろしい荒々しさをもって、到達しがたい世界をめざして立ちのぼったのだ——、そして、植物に入りこんだこの動物性にゆり動かされながら、この光景を見ることが許された彼、見ることができた、というより見ないわけにはいかなかった彼、彼は植物の成長に関与していた、みずから植物と化していた、内部においても外部においても植物と化し、大地からのぼる漿《しょう》液に脈うち、根を張り、靭《じん》皮《ぴ》につつまれ、管状となり、木質と化し、樹皮に覆われ、葉を茂らせ、しかもなお人間にとどまっていた。人間の眼は依然として変わらぬままだった。特性という特性がつぎつぎにうしなわれようとも、実質という実質がつぎつぎに老化し、創造の世界から脱落しようとも、前を見ているかぎり眼は人間のものだった。ありとあらゆる変化を通じて、忘却のうちにありながらしかも忘れさられることなく、存在はそこにとどまっていた、第二の無限にゆだねられ、さらに活動をつづけて行く、うしなわれることのない星だった。彼は見る力をそなえた植物だった、しかし何ものへむかってても、動物界へむかってさえも彼は還帰しようとはしなかった。もはや時とはいえぬ時がながれ、一日には終りがなかった、ただひたすらにかぎりない一日、そして星座の転回は早からずおそからず、太陽の運行ははてしなく、四周の成長にもかぎりはなかった。一切をからめつくす永劫の植物の成長、彼も植物としてそれに関与していたのだが、その永劫のはてしなさゆえに、静止と運動はひとつに溶けあい、時から解きはなたれ、無差別のながれるような休息と化した。その永劫の溶けあいゆえに、突如として夜は――白日のはじまりと同じほど唐突に――星座の転回のさなかから、無限に動きつづけるその静止のさなかから現われた、それはもっともはるかな星の穹窿のかなたにひそんでいた根源の暗黒で、今や移り変わる光とは無関係に、それればかりか光という光のただひとつをも消すことなしに、存在の穹窿をあやめもわかぬ黒色でみたしたのだった。世界の深奥の暗黒が現われた。単なる光の喪失、あるいは単なる光の乏しさ、光の不在などとはおよそくらべものにならない、あの未生の暗黒、それはいかなる太陽の光力によっても、真昼の至上の力によってさえも滲透し、かがやかすことはできないのだ。いかにも太陽は、真昼のかがやきをいささかも弱めることなく、不変不動のさまで今もなお天頂にかかり、そのまわりにはすべての星がみちあふれきらめいてはいたのだが、その星も太陽ももろともに、かぎりなく深い夜の闇に縁どられていたのだ。太陽は夜の盾に埋もれた夜の形象だった。そして星とともどもに、太陽は上の暗黒から下の暗黒に姿をうつし、そこで形象は二重となった。下の世界の太陽、下の世界の天頂、それが中心にある源泉の深みにとらえられ、満々たるその深みに光をただよわせ、創造の水によってふたたびたかめられるのだった。みなぎりあふれる同時性のうちにながれさる、黒い潮にひたされたこだまだった。上にも星の面ざし、下にも星の面ざし、そして二重になった夜の穹窿の二倍の黒色の中に、波うつ植物の緑は蝦蟆のような青白い微光にまで、植物自体にそなわっている固有の光にまで色褪せ、その結果植物は、嵐のようにすさまじく成長し分岐し錯綜した、その最後の分枝にいたるまで、ほとんど透明な姿となって眼にうつるのだった。地中の根、水底の根もそれに劣らぬかがやきのうちに眼にうつり、茎や枝とともに、嵐のように生いでた一切とともにたちまちすさまじく蒼ざめた一体の組織を形づくり、そしてこの組織が夜の穹窿の四方へひろがって行くのだった。四方をめざして這いくねり、四方をめざして伸びひろがり、四方をめざしてからみまつわり、その方向のあまりなおびただしさゆえに無限の空間そのものにひとしく方向をうしない、おのがうちにとどまり懸垂する瀬気の叢林、それにもかかわらずこの叢林はなおも高みへとむかい、上方のかがやきによって眼に見える星々の輪郭によって方向をさだめられていた。眼に見えぬ大空の光芒の様相がこの輪郭の中にさながら原像のようにえがきこまれ、すべてのこだまはそこへはこばれて行くのだった。今は中心の泉も上と下とにむかって伸び、上と下とにむかってひろがり、流動する要素によってやしなわれ、それみずからにそなわる光にかがやかされながら透明になり、植物的になり、もはや深い竪坑ではなく、むしろ透明な一本の樹木、枝を分け、太陽のこだまを根の深みに宿し、成長する植物と星とのきわめがたいかがやきにからまれ、はたしてなお植物と星とのあいだに境界が存在するのかどうか、はっきりと見さだめることはとうてい不可能だった。いや、星と植物とはすでに原像の世界において合一しはじめていたのではなかったか、星のこだまと植物のこだまはたがいにからみあい、癒着しあい、溶解しあって、あの鏡の深みにまで達していたのではなかったか、上と下との蒼穹がその限界をこえてあふれあい、宇宙の球を形づくるあの深みにまで達していたのではなかったか。蒼穹に生起する事象は眼に見えかつ見えなかった、眼に見え、しかも認識することはできなかった——、しかし彼、見る者、一切のうちにある成長にとらえられ、植物に編みこまれ、動物に編みこまれていた彼、彼もまた蒼穹から蒼穹へとひろがり、万有のうちにみちてはひく星をわけて伸びていた。動物の根を張り、動物の茎を立て、動物の葉を茂らせて地上に立ちながら、同時に彼はかぎりなくはるかな星の世界にも立っていた。彼の足もとには根にからまれ七つの星をつらねて、西の空低く蛇の星座が横たわり、彼の心臓のあたりにはその形を型どって、二重の三和音をきらめかせながら（琴座の六つの星をたとえている）琴のしるしがかがやき、そして彼の頭ははかり知れぬほど高く、穹窿の絶頂にまで、東の星にまでそそり立っていた、もちろんそこに届いていたというのではないが、その約束の星にむかってそそり立っていた。その無限のかがやきが彼の道にたえずともなっていた約束の星、それが今はすぐ間近になった、いよいよ近くなってきた。もはや人間の面《おもて》はもたず、わずかに眼のみをそなえた木の梢、彼は頭上の星を仰ぎ、大空の面を仰いだ。この面には一切の被造物の表情が凝集し、変容し、人間の顔と動物の顔がひとつになっていた。彼は太陽をにない、太陽にむかい、透明にかがやく中心の深みをながめた。この深みは木のようにさし伸べた枝の中に大洋の潮をみたし、大洋のように震動しながら、未来の統一の用意のためとでもいうように、宇宙の球体をからめこんでいた。そして心臓はこの震動にとらえられ、大洋のうちに閉じこめられて、それとひとつに震動し、潮のようにみなぎりあふれるのだった。もはや心臓とはいえず、ただわずかに琴、琴となって、星からなるその絃《げん》に今こそ約束の音をひびかせようとするかのよう、まだ歌そのものではなかったが、しかもすでに歌の告知、歌の時、誕生と復活の時、期待ならぬ期待のうちに待たれた二重の方向をもった時、円環の閉ざす所に歌のわきおこる時、このとき万有の最後の呼息のうちに世界の総体がひびきでる——これは用意だった、はげしい緊張をはらんだ用意だった、しかし琴は鳴りひびきはしなかった、鳴ることはできなかったし、許されもしなかった、というのも、今ここで存在が、蒼穹から蒼穹へと大洋のように震動しながらひとつに結びあって形づくった、その統一は、植物の成長力にもとづく統一だったのだから。不動の植物の無言と不動の星の沈黙のもとにある統一、不動の万有の静寂、統一を成就する法外な力のはたらきさえ、この静寂を破ることはなかったのだ。このとき植物は最後の成長力をふりしぼって窮極の伸長をめざし、そこにこもる大地の力は青白くかがやき、緊張は青白く燃えたち、その緊張のうちに透明な梢は暗い穹窿のもっともはるかな高みの縁へと突き進んだ。無二無三に成長する力、その突進、それは一切を制圧し、星を制圧し、大空を制圧し、そのあまりの勢いゆえに大空さえ、この突進を、植物の力を防ごうとでもするかのように、最後の力をふるって燃えかがやき、太陽の命を受け太陽にむけられた空の面ざしの、最後の恍惚のかがやきと化するのだった。被造物の特性をそなえたこの面ざしから、かつてないほど純粋に、かつてなかったほど純粋に、大らかに、なごやかに、敬虔に、ふしぎなかがやきにひたされ、透きとおって、人間の相が光りでていたが、しかもそれは消えさるさだめを負い、屈伏するさだめを負い、成長する植物の突進によって決定的にうち負かされ、暗く蒼ざめた地下の根の吸引力によって吸いこまれてしまうのだった。瀬気の叢林に覆われて空の面ざしは消えうせ、星はひとつまたひとつと、その前にかざされたおのれの鏡像の中に消えうせ、双方の消滅をもって完了する婚姻をとりおこなった。それにもかかわらず、消滅のうちにありながらしかも消えうせることなく、すべての星の光はそのまま保たれていた、勝ち誇る植物にそなわった固有の光の中へ、ひとつとしてうしなわれることなく星の光はそそぎ入り、光という光をその反射光に転化し、この反射光を途方もなく増大する強度にまでふくれあがらせ、いよいよ濃密になりいよいよ増大し、ついには太陽さえもその鏡像に転化し、世界の竪坑の透明に燃えさかる大枝にからめられてしまうのだった。太陽さえも鏡像のうちに消えさり、その鏡像とともに、中心にそびえ立つ楡の木の火花を散らす枝の中に没してしまうのだった。一瞬のあいだ、太陽の顚落のほんの一瞬のあいだ、楡の枝は壮麗きわまりなく空いっぱいに伸びひろがり、蒼穹という蒼穹にまたがるその樹冠は、金色の太陽の実をたわわに実らせていたが、たちまち声もない吐息のように立ちのぼり星とその鏡像、太陽とそのこだまとともに消えさり、星にみちみち空をみたす植物の世界の一切をつつむ青白いかがやきの中に沈んで行った。植物はその限界に達し、伸展する成長は一切の空間を覆い、一切の空を覆い、星はことごとくその中に吸収され、わいてはあふれつつ生気をそそぎだしていた中心の泉は涸《か》れ、その形をうしなって冷ややかなかがやきと化していた。すでに絶頂はこえていた。そして植物の世界は、突進のためについやした法外な努力によって疲れはて、最後のきらめきをはなった後は息さえたえだえに、ほうと嘆息をもらしながら沈黙のうちに沈んで行った。青白いかがやきの茂みとなって植物は暗黒の中にかかっていた、闇を明るくすることはなかったが、ともかく闇の中でも眼にうつっていた。だが、成長力が涸渇すると同時にそのかがやきも尽きた、しだいにその明るさは闇に譲りわたされ、闇の第二の無限の中でかぎりなく揮発し放散するのだった。それは世界の竪坑とその枝が無限のうちに揮発したのと同じことで、生気をうしない視界から遠ざかりながら、植物のかがやきは闇のうちに衰え、闇のうちにしたたって行った。根源の闇が今なお存在しているものを支配し、闇とその沈黙に存在はゆだねられ、闇にのみ委託され、植物の呼吸がたえてしまったうえは、もはやいかなる植物のかがやきにも、いかなる星のかがやきにも分解されることはなかった。時の秤は不動のままにただよい、その平衡はそよともゆるがず、根源の沈黙に囲繞《いじょう》された無風の黒色のさなかに、内部も外部も息をひそめていた。無限の影につつまれて根源の夜の暗黒がゆれていたが、もちろんまだ無限のうちに帰入したわけではなく、窮極の夜でもなかった。感覚のとらえうる一切と同様、自己自身の対立物をみずからのうちに蔵することなく、完全にそれを排除してしまうには、この闇はまだあまりにも可視的だった。たとえ空の潮の干満が、たとえ心の干満が永遠にたえてしまったとしても、なおもこの闇からはひとすじの明るい光がこぼれでていた、ほとんどそれは、この闇がみずからのうちに植物と星の青白いかがやきを保存しており、しかもその双方の本質をひとつに結びあわせているかのようだった──植物も星も根源の石の世界では、暗黒をはらんだひとしい本質の基盤をもっているのだ──。今一度闇は後退し、空間を何か不安定な明るさにゆだねた。この明るさは昼を思わせたが昼ではなく、むしろ昼より以上のもの、存在の上に伸び、星の息吹きも、植物の息吹きも、動物の息吹きもそこにはかよわない、呼吸を剝奪された世界の昼だった。影を作らぬ世界の光のもとに、夜のようにくろぐろと不動の潮がひろがり、もはや太陽をうつすこともなかった。影を作らぬ光の中に、夜のように蒼ざめて、もはやその緑を回復することもないまま山のように高くそびえる根の森が、広大無辺な大地の野をかぎりなく覆いつつみ、そして枯れて行った。しかし彼、動物の特性をぬぎ捨て、植物の特性をぬぎ捨てた彼は、粘土と土と石で築かれ、山のように高くそびえる醜怪な異形の塔、手も足もない粘土の岩、畸型のままにそそり立つ石の巨人、しかも広大無辺な大地の盾にくらべては、大きさはないにひとしかった。彼の眼の前で、天の盾のもとに、あい対する大地の盾と同じく骨と角で作られた盾のもとに反りかえる、広大無辺な地の盾の平面、その骨質の岩根を彼は踏みこえて行った、というより押し動かされ、はこばれて行った、面貌をもたぬ石の存在なる彼は。それにもかかわらず、天の穹窿のかなたにある光が予感のうちに見えた、たしかに見えた、というのもあの朝の星、明星が、彼の頭にふれるなり、岩の額に埋もれて眼となったからなのだった。石に閉ざされ石によって盲目にされたふたつの眼の上にある第三の眼、盲《めし》いた両眼の上にあって明らかに見る眼、識別力をそなえた神聖な眼、しかもそれは人間の眼なのだった。蒼ざめた巨大な森はいよいよまばらになり、蛇のような枝のからまりはいよいよ力衰え、枯れて行く幹はいよいよ生気をうしない、かつてはそこからすさまじい勢いで成長した大地の中へ皺ばみ縮んで帰って行き、凋落の途中ですでに死んでいたのだった。このようにして透明な植物が、あますところなく枯れつきて大地に帰り、今は世界中にひろがる裸形の石よりほか何ひとつ残らず、木の根はその透明な繊維の最後のひとすじにいたるまで石に食いつくされてしまった、まさしくこのとき、闇はふたたび世界の空間におとずれ、ふたたび夜となった。呼吸を剝奪され呼吸をうしなった世界の夜、もはや夜ではなく夜より以上のものである怖るべき夜、とはいえ急激な恐怖に人を追いこむことはない、いよいよ濃くなる暗黒の法外な力。時の持続と無関係な場で、なんの変化もないままにこの夜は成就した、もちろんまだ窮極の夜ではなく、まだ見られ、感じられるものにとどまっていたのだが、しかも同時にすでにそれをこえ、夜と夜ならぬ畏怖とのかなたにあった。このことの経過するあいだに彼は感じた、保持にたえる確乎たる一切が溶解し、足もとの大地が陥没するのを、はかり知れぬ領域へ、忘却の中へ、忘却の無限、記憶ならぬ記憶のうちに滔々《とうとう》とながれる無限の中へと陥没するのを彼は感じた。この無限の潮は模像と原像を合一させ、滔々とながれながら大地の暗黒を流動する世界に還元するのだった——、大空の鏡と海の鏡に溶けあってただひとつの存在と化し、大地は光と化した。陥没して流動する光となった大地は、はかるすべもない永遠の一刻ののちに、無限から天の穹窿へとはこばれ、そして穹窿はふたたび光と化した。しかしこれはかつてあったものの想起ではなく、石と土は、かつて彼が踏みこえたもの、かつて彼の姿を形づくっていたものは忘却のうちに沈んだままだった。彼の巨大な無形の姿は、その透明さにおいて光と同様にとらえがたく、四周の流動する穹窿と同様にとらえがたい、およそ透明きわまりない影だった。彼は今はただ眼だけから、額の中央にある眼だけからなりたっていた。こうして彼はながれる鏡のあいだにただよい、ながれる上の世界の霧とながれる下の世界の潮とのあいだにただよった。霧の背後にひそんでいた永遠の光は水の上に反映し、統一を築き、統一をになっていた。やさしくやわらかな霧、やさしくやわらかな水、そのどちちもが光のやさしさに結ばれていた。そして彼には、かぎりなく大きな手がさながら雲のように彼を載せて、この二重にやさしい薄明の中を、この二重にやさしい存在の中をはこんで行くかのように思われた。その手のやわらかさは母のよう、その手の静かさは父のよう、それは彼を抱きしめていよいよ遠くへ遠くへと、永遠にはこびさって行くのだった。そして今、上と下とのやさしい統一をさらに濃密に溶けあわせようとでもいうかのように、上と下との潤いの最後の差別さえ抹消しようとでもいうかのように、雨が降りはじめた。最初はしとしと、しかししだいにはげしさを増し、ついには空間をつらぬくただ一本の水流となったが、すべてを覆いつつむそのやわらかさ、無限のひろがりをもつその暗黒のやさしさにはほとんどゆるやかといってもよい感じがあり、一面を覆いつくす水流のために、それがはたして下にながれ落ちているのか、それとも上にのぼって行くのか、もはや見さだめる手だてもなかった。闇は完成し、統一は完成した、その中には方向も、発端も終末もなかった。統一！終るときを知らぬ統一、闇が完全に成就したのち、今一度そこから光がこぼれてきた、そのときでさえ統一の破れることはなかった。なぜなら今、闇の中央に、さながら軽く叩いたかのように、そっと息を吹きかけでもしたかのように、天の穹窿の幕《とばり》が引きのけられていたのだから。壮麗なかがやきにみちみちて幕は突然ひらいていた、それは天球のうちにただひとつかがやく巨大な星のよう、彼の眼をうつすただひとつの眼、同時に上と下との世界であり、同時に内部と外部の空であり、同時に内と外との極限であり、統一の水晶をみずからのうちにつつんでいたが、その透明な水晶の中には一切の潤いが凝集しているのだった。このとき水晶の光輝は宇宙の全体となり、天と地の全体は水晶からはなたれる光芒につつまれ、無限に屈折し反射する光の中にもはやうしなわれることのない無限の姿を宿していた。なぜなら存在の総体はこの根源の光だったのだから、ただひとつの存在の光輝となってかがやく原光だったのだから。それは始めであり終りであり、ふたたび始めであり、星の面ざしは水晶の中に恍惚としていた。だが、この宇宙のどこに彼自身の面があったのか？——もろもろの天体からなる水晶の器がすでに彼をすくい入れてしまっていたのか、それとも彼は一切の内部と外部からしめだされて、無の中にとどまっていたのか？——もはやただようこともなく、もはやいかなる手にも支えられていない彼、彼はそもそもまだ存在していたのか？——おお、彼は存在していた、なぜなら彼は見ていたのだから、彼は存在していた、なぜなら彼は待っていたのだから。しかし恍惚感にあふれた彼の注視は、放射される光芒の中へ溶け入り、同時に水晶そのものとなり、そして彼の期待は——それは支える手へのあこがれ、その手が透明な万有の絃にふれ、万有の心を、この期待と期待のうちに待ちうける者の心を鳴りひびかせてくれればよいというあこがれだったのだが——、この期待ならぬ期待は、同時に水晶そのものの期待だった、みずからの成長を知る水晶の知覚だった。明らかな知覚のもとに、さらに完全な静寂へとたかまろうとする水晶の意志、まだひびきでぬ未来の天体の歌が、はやばやと返してよこしたこだま、灝気がはやばやと送りかえしたこだま、そのあまりのはげしさゆえに、これをかぎりと燃えたつ万有のただなか、これをかぎりと燃えあがる創造のただなかに、今一度光が闇に落ちこんだほどだった。しかしそのとき同時に、またしても闇はひらけ、光と闇は——落ちこむものとそれを受けるものとが——ひとつに結ばれて統一を形づくった。この統一はもはや水晶ではなく、ただきわめて暗い光芒、もはやなんらかの特性ではなく、水晶の特性でさえなく、ただ特性の消滅それ自体、かぎりない宇宙の深淵、一切の特性の誕生の場だった。星の中心が、円環の中心がひらかれていた、それはまなざしをもたぬ者のまなざしのためにひらかれた、一切を生みだす無だった——おお、見る力ある盲目。

コノトキ彼ハフリカエルコトヲ許サレタ、フリカエルヨウニトノ命令ガクダサレタ、ソコデ彼ハフリカエッタ。

ふたたび見ることができるようになった彼の眼の前に、ふたたび無はかぎりなく変容し、現在と過去の存在と化し、ふたたびかぎりなく展開して時の環となり、無限になったこの円環を今一度閉ざそうとしていた。かぎりない天の球体、ふたたび穹窿を形づくったかぎりない天の円蓋、無限の記憶のうちに七彩のアーチに縁どられたかぎりない世界の盾。ふたたび光と闇があり、昼と夜があり、夜々と日々があり、ふたたび無限は高さと幅と深さに応じて秩序づけられ、天の方角はうちひらけた四辺に応じて規定され、上と下の世界が、雲と海が生まれでた。そして海の中央にはふたたび陸がたかまった、緑なす世界の島、植物に覆われ動物に覆われた、移ろわぬもののさなかの変容だった。太陽は東にのぼり世界の球をめぐる旅路につき、そのあとを追うて夜は星がのぼり、北の極にまで層々とかさなった。星影ひとつないその極の中央には、かがやく北の十字の光につつまれて、正義の女神が天秤《てんびん》を手にして君臨していた。朝の光をあびて鷲と鷗《かもめ》は空の高みを遊弋《ゆうよく》し、島をめぐってただよい、海豚《いるか》は沈黙の天体の歌に耳かたむけようと浮かびでた。西からは一群の動物たちが、めぐる太陽と星を出迎えるために、出会いのために行進してきた、荒野の動物と牧場の動物が争いもせず平和のうちに結ばれて、獅子と牡牛と仔羊と乳房を張りきらせた牝山羊とが、すべて東にむかい、東方の牧人をもとめ、人間の面ざしをもとめて進んでいた。そして世界の盾の中央に、そのかぎりない深みにそれが見えた、かぎりなく人間的な存在と居住の中央にそれが見えた、これをかぎりの光景、しかもそれが見えたのはこれがはじめてだったのだ。争いなき平和、その平和のうちなる人間の面ざし、それは母の腕にいだかれた少年の姿、かなしげな微笑をたたえた愛のうちに母とひとつに結ばれた少年の姿だった。彼が見たのはこの面ざしだった、このように彼は少年を見、このように彼は母を見た、そしてふたりはこよないなつかしさを彼に感じさせた、ふたりの名を呼ぶことさえできそうだったが、もちろん名前を見つけだすわけにはいかなかった。だが、その面ざしよりも、見いだすことのできない名前よりもさらになつかしかったのは、子と母をひとつに結んでいる微笑だった。この微笑の中にはすでに無限の生起のことごとくの意味がふくまれているかのよう、意味深い掟がこの微笑の中に告知されているかのように思われた――ことばによって生みだされた人間の運命のやさしく怖るべき栄光、それは生誕の時においてすでにことばの意味であり、ことばの慰藉《いしゃ》であり、ことばの恩寵であり、ことばの取りなしであり、ことばの救済であり、ことばの掟を立てる力であり、ことばの復活であり、人間の営みという不適切な、しかも今はただひとつの適切な地上の形象の中に、今一度まざまざとうつしだされ、その中に永遠にわたって告知され保持され反復されるのだった。愛による認識のうちにことばは、心情のあこがれと思念のあこがれを受け入れ、巨大な連帯を形づくらせ、みずからにひそむ必然の力によって有効性の保証を獲得し、息子となることを願う客人のあこがれを受け入れ、その使命を成就させていた。このようにして、ことばの呼びかけに応じて大小の河川はさらさらとながれはじめ、やさしくどよめきながら波は岸辺にうちよせ、鋼のように青く軽やかに、南の空低く燃える火にゆり動かされて、海は滔々とみなぎりあふれていた。すべては同時性の深みにあっていちどきに眼にうつり、いちどきに耳に聞こえた、なぜなら、かつて背後に見捨てた無限をふりかえったとき、その無限を通して彼の眼には、今、ここの無限がうつったのだから。

彼は前とうしろを同時に見、前とうしろに同時に耳かたむけた、そして眼に見えぬ忘却の世界に沈みさったかつてのどよめきは、また立ちのぼって現在となり、ながれる同時性となり、その中には永遠の存在が、ありとある形象の原像が宿っていた。このとき戦慄が彼をおそった、巨大な戦慄、その窮極性ゆえにほとんど慈悲深くさえある戦慄、時の円環はすでに閉じ、終末は発端となったのだった。この形象は消えうせ、もろもろの形象は消えうせた、ただ、それらを眼に見えぬ世界に保存したまま、どよめきばかりがたえることなくつづいていた。無ははかり知れぬ知覚の不安のうちに眼に見えずかがやきながら、わきあがる中心の泉。無はむなしい空間をみたし、万有と化していた。

どよめきはたえることなくつづいていた。それがひびきをあげるのは光と闇とのまじわりあう所からで、光と闇のどちらもが、たかまりはじめたひびきに掻《か》きたてられ、波立っていた。今はじめて朗々とひびきはじめた音、それは歌より以上の、琴の絃のふるえより以上の、ありとある調べより以上の、ありとある声より以上のものだった、同時にこれら一切を兼ねあわせた音、無と万有のただなかから、諒解という諒解をこえた意志の疎通となってほとばしり、理解という理解をこえた意味となってほとばしり、一切の諒解と理解をこえた、まさしく純粋きわまりないことばとなってほとばしり、終末と発端をみちびき、力強く命令的で、恐怖を呼びおこしながら保護の手をさしのべ、やさしくしかも雷のようにとどろく、区別のことば、誓約のことば、純粋なことば——このようにどよめきはうちよせ、彼をこえて鳴りわたり、ふくらみあがり、いやが上にも強烈になり、そのあまりの力ゆえに、もはや何ものもこれに対抗することはできなかった。万有はことばの前に消えうせ、ことばの中に溶解し消滅し、しかもそこに保たれ維持されていた、永遠にわたって亡ぼされしかも新たに創造されていた、というのも何ひとつうしなわれることはなかったのだから、終末は発端につらなり、新たな誕生をむかえ、新たな誕生をみちびきだしていたのだから。ことばは万有の上にただよい、無の上にただよい、表現にたえるものとたえないものとのかなたにただよった、そして彼、ことばのどよめきにつつまれ、どよめきに閉じこめられていた彼は、ことばとともにただよっていた。だが、どよめきが彼をつつめばつつむほど、洋々たる潮のようなひびきの中に進み入り、ひびきにひたされればひたされるほど、ことばはいよいよ到達しがたく壮大になり、いよいよ重さを増ししかもただようようにほのかになった。ただよう海、ただよう火、海のように重く海のように軽く、しかもなおそれはことばだった。このことばを確保することはできなかった、確保することは許されなかった。とらえるすべも口にのぼせるすべもなかったそのことば、それは人間の言語のかなたにあった。

出典

ウェルギリウスの生涯と作品のための歴史的資料はさして浩瀚《こうかん》ではない。『ウェルギリウスの死』の執筆あたっては、いうまでもなくそれらの資料が参照された。それはおおむね周知の、ことさら参考書目にあげるまでもあるまいと思われる基本的な著作である。しかしそれに対して、ウェルギリウスの形姿にまといついたさまざまな中世伝説のうちのひとつを、ここに例示しておくことは、些少《さしょう》の興味を喚起しはすまいかと思われる。

プブリウス・ウェルギリウス・マロは質朴な両親の子として生まれた。とくに父については、陶工であったとする若干のいいつたえがある。しかし多くの伝承によれば、彼ははじめローマの飛脚業者マギウスなる者の奉公人であったが、その勤勉を買われてマギウスの婿になったのだという。義父が彼に農耕、土地経営、牧獣の管理を委ねたとき、彼は森林の購入と養蜂によってさらに財を積んだ。

彼（ウェルギリウス）は紀元前七〇年の十月十五日に、マントゥア近傍のアンデスという村に生まれた。

母のマイアは彼をみごもっていたとき、月桂樹の若枝を生んだ夢を見た。その枝は大地にふれて根づき、さまざまな花や実をつけた大木に成長したのだった。この夢を見た翌朝、夫とともに近隣の所有地を見まわりに出かけた際、彼女は突然産気づき、路傍に子を生みおとした。生まれた子は泣きもわめきもせず、いかにも柔和な顔をしていたので、その未来に幸運が待ちうけていることは一目で明らかだったという。それればかりではなく、さらに今ひとつの予兆が現われた。子どもが生まれた際のその地の風習にしたがって、誕生の場に植えられた白楊樹《はくよう》の枝は、またたくうちに根を張り、はるか以前に植えられたほかの白楊樹の高さにたちまち達してしまった。それゆえにこの木はウェルギリウスの木と名づけられ、懐胎中の、もしくは子を生んだばかりの女性たちの熱烈な崇敬の結果、聖樹とさえ仰がれるまでになった。女たちはこの木のもとで誓いを立て、誓いをはたしたのである。

七歳になるまでの幼時を彼はクレモナですごした。十七歳の年に彼は元服した。その同じ日に詩人ルクレティウスが世を去った。

ウェルギリウスはクレモナからメディオラニウム（ミラノ）へ、メディオラニウムからやがてネアポリス（ナポリ）へとおもむいた。この地で熱心にギリシャ＝ラテンの文学を学んだのち、彼は全精力を傾注して医学と数学の研究にむかった。

この領域での知識と経験において、だれひとり彼に比肩する者がいなくなったとき、彼はローマに行き、アウグストゥスの厩長《うまや》の知遇を得たのちに、馬がかかるさまざまな病気を治療した。数日後アウグストゥスはまるで馬丁に対する処遇のように、日当としてパンを彼に支給させた。

とかくするうちに、あるときクロトナの住民たちが、驚くほど美しい若駒を一頭皇帝に献上したことがあった。だれが見てもこの馬は、強健で、すばらしく速く走ることができるように思われた。この馬を見たときウェルギリウスは、厩長にむかって、それが病気の馬から生まれたのだということ、強健にも駿足にもならないだろうということを語った。彼の意見の正しさがやがて証明された。厩長がそのことをアウグストゥスに報告したとき、アウグストゥスは、ウェルギリウスの報酬を倍増するようにと命じた。

同じようにしてアウグストゥスがスペインから犬を献上されたとき、ウェルギリウスは犬の両親、その将来の勇気、足の速さを判定した。これを聞いたときアウグストゥスはふたたびウェルギリウスの報酬を倍加させた。

アウグストゥスは、自分がオクタウィウスの子であるのか、それともだれかほかの人間の子であるのかわからなかった、そしてウェルギリウスなら、犬や馬の特性やその両親のことがわかるのだから、このことも明らかにすることができるだろうと考えた。そこで彼は館の奥まった一室にウェルギリウスを呼び入れ、人払いをしたうえで、おまえはわたしがだれであるか知っているか、人びとを幸福にするためにわたしがどのような可能性をもっているか知っているか、とたずねた。

「わたくしは存じております」とマロは語った、「アウグストゥスさま、あなたがほとんど不死の神々にひとしい力をそなえておいでだということを、また、そうなさろうとお考えになりさえすれば、人を幸福にすることがおできになるということを」

「わたしは」と皇帝は答えた、「もしおまえが問いに正しく答えるなら、おまえを非常に幸福にしてやろうと思っているのだ」

「おお、わたくしに」とマロはいった、「ご下問に正しく答えることができますならば！」

そこでアウグストゥスがいった、「だれもが、わたしはオクタウィウス以外の男の息子だと思っているのだ」

マロは微笑しながら語った。「心にあることをつつみかくさず申しあげても罰をおくだしになることがないのでしたら、すぐお答えいたしましょう」

たとえどんなことをいわれても気を損じはしない、いやむしろ、腹蔵ないところを聞かせてもらうまではここから出て行かない、このように皇帝は誓った。

そこでマロは、アウグストゥスの眼をひたと見入りながらこう語った、「ほかの動物の場合でしたら、数学と哲学によって両親の特性をより容易に知ることができます。人間の場合にはこれらの学による認識は不可能です。けれどもあなたについては、わたくしはかなり真実らしく思われる推測をこころみることができます、それであなたのお父上が何であられたか、知ることもできるように思うのです」

緊張してアウグストゥスは、相手のことばを待ちうけていた。

しかし相手はいった、「わたくしの判断いたしますかぎりでは、あなたはパン屋の御子息です」

皇帝は驚いたが、すぐさま、どうしてそんなことがありえようかと考えこんだ。

ウェルギリウスはそのもの思いをさえぎってこういった。「どうしてわたくしがこのような判断に到達したか、お聞きください。最高の教養と経験を積んだ人間よりほかのなんぴとにも知らぬことをいくらかわたくしが予言いたしましたとき、世界の主なるあなたは、報酬としてくりかえしパンをわたくしにお与えになりました。これはパン屋とその子らのやりかたと申せましょう」

このことばは皇帝の心に叶《かな》った。「では今こそ」と彼は語った、「おまえはパン屋からではなく、宏量大度《こうりょうたいど》の王から贈り物を受けとることになるわけだ」

皇帝はウェルギリウスを非常に尊重し、彼をポルリオに推称した。

ウェルギリウスは堂々たる体格で、色は黒く、いかにも農家の出らしい容貌だったが、健康状態は変わりやすかった。多くの場合彼は頭痛、咽喉痛、胃痛に苦しんでいた。ときには血を吐くことさえあった。彼は非常に小食で、酒もほとんど飲まなかった。

彼は少年をなみなみならず愛したといわれる。しかし心やさしい人びとは、彼の少年への愛情は、アルキビアデスやプラトンへのソクラテスの愛情と同じだと考えている。だれにもまして彼が愛したのはケベスとアレクサンデルであった。アレクサンデルは『牧歌』ではアレクシスと呼ばれている。この少年たちはふたりともアシニウス・ポルリオから与えられたのだったが、そのどちらをも彼は無教養のまま去らせはしなかった。アレクサンデルは語学者となり、ケベスは詩人となった。

彼がプロティア・ヒエリアを愛したということも知られている。しかしアスコニウス・ペディアヌスは、後年彼自身が若い人びとにむかって、こう語るのを常としていたと主張している、すなわち、たしかに自分はウァリウスに、その女性との共同生活をすすめられたことがあるが、頑として拒否したのだ、と。

なおまた、彼がその日常生活において、ことば使いものの考えかたもきわめて謹直であったということも確実である。ネアポリスではもっぱら「パルテニアス」と呼ばれていたほどである。そして、ほんのたまにしかおとずれることのなかったローマで公衆の面前に姿を現わすような場合には、あとからついてくる人びとを避けてもよりの家へ逃げかくれるのを常とした。

アウグストゥスがある追放者の財産を彼に与えようとしたとき、彼はそれを受けとることを固辞した。友人たちの好意によって彼はほぼ一千万セステルスを貯え、ローマのエスクイリヌス丘上、マエケーナス（ポルリオ同様、ウェルギリウスのパトロン）の庭園にほど遠からぬあたりに一軒の家を所有していた。しかし多くの場合彼はカンパニアかシチリアに隠者のようにくらしていた。彼がアウグストゥスにする願いごとは何ひとつ却下されたことはなかった。

上述した彼の研究のうち、医学、とりわけ数学に、彼は精力をそそぎつづけた。

五十二歳の年、『アエネーイス』の完成を目前に控えていたとき、彼はギリシャと小アジアにおもむいて三年間作品の推敲に没頭しよう、それが完了したのちは心おきなく余生をもっぱら哲学の研究のみにささげよう、と決心した。しかしアテーナイへの旅路についたのち、東洋からローマへ帰還するアウグストゥスにめぐりあって、皇帝の扈従《こじゅう》からはなれまいと、それればかりかさらには皇帝とともに帰途につこうとさえ彼は決心したのだが、アテーナイ近隣の小市メガラをおとずれた際、はげしい暑熱のために急激な衰弱におちいり、しかも長い船旅によっていよいよ病状を悪化させ、ブルンディシウムに上陸したときはすでに危篤状態で、その後数日ならずして世を去ったのだった（執政官Cn・センティウスおよびQ・ルクレティウス治下の九月二十一日）。彼の骨はネアポリスに移され、プテオリ（海岸の町《カンパニア》）に通ずる街道のほとりにある墓窖《ぼこう》に葬られた。

イタリアを出発するに先だってウェルギリウスはウァリウスにむかって、もし自分の身に万一のことがあれば、『アエネーイス』を焼却してほしいと依頼した。しかしウァリウスはこの依頼をはげしく拒絶した。そこでウェルギリウスは命旦夕《たんせき》にせまったとき、みずから『アエネーイス』を焼却しようと、執拗に草稿を納めた櫃《ひつ》を要求した。しかしだれも櫃を彼にゆだねはしなかったので、その草稿についての明白な規定までには到らなかったものの、彼はみずからの著作をウァリウスとトゥッカに遺贈し、彼自身がすでに公刊した以外の一切の作品の公刊を禁ずるという条件を付した。しかしウァリウスはアウグストゥスの使嗾《しそう》にしたがって、わずかに表面的な校訂をほどこしたにすぎないウェルギリウスの著作を公刊した。

この伝説は、残念ながらもはや発見不可能なある十七世紀の『アエネーイス』の版本に由来している。その修道院風のラテン語は、疑いもなくそれが中世に源を発していることを示している。

『ウェルギリウスの死』はほぼ百個所にわたってウェルギリウスの作品からの引用を含んでいる。多くの場合それらの引用は物語の中にそのまま編みこまれているが、一見して明らかな引用として挿入されている部分もある。そのうち比較的重要なものを次にあげておく。

上巻228ページ　冥界への径を降るはたやすし、夜も昼も冥府の門は……

『アエネーイス』第六歌第一二六行—第一五二行

上巻260ページ　されどキコニアの女《おみな》らは、死せるものへの愛ゆえにしりぞけられし……

『農耕詩』第四歌第五二〇行—第五二七行

上巻282ページ　すばやき櫂の打撃にひき裂かれ、水脈《みお》引く船に、……

上巻322ページ　『アエネーイス』第八歌第六八九行―第六九〇行
四囲のものひとつとして精神《こころ》と眼とを誘《いざな》わざるはなし　地は往昔《そのかみ》の……

下巻15ページ　『アエネーイス』第八歌第三一〇行―第三六九行
乾ける海の砂《いさご》に身を投げ臥してわれらは肉体の疲れを医《いや》す、……

下巻42ページ　『アエネーイス』第三歌第五一〇―第五一一行
もはやわれはうたわじ、汝らが牧人にあらず……

下巻54ページ　『牧歌』第一歌
新しき世の大いなる秩序、今こそおこれ……

下巻61ページ　『牧歌』第四歌
眠りの門にはふたつの構えあり。そが正夢ならば……

下巻82ページ　『アエネーイス』第六歌第八九三行―第九〇一行
今日は汝、われよりのがるることを得じ、いずこへむかいて……

下巻101ページ　「牧歌」第三歌
かつてアポロがうたい、エウロータスが心楽しく聞き惚れしすべての……
『牧歌』第六歌

下巻125ページ　今は狼をして羊の前よりものがれ行かしめよ、いかつき檞《かしわ》に……

『牧歌』第八歌

下巻143ページ　アクティウムの磯辺をトロイアの競技もて飾る。……

『アエネーイス』第三歌第二八〇行

下巻147ページ　見よや盾の中央にはアクティウムの戦いありて　黄銅もてよそえるれ……

『アエネーイス』第八歌第六七五行—第六八八行

下巻159ページ　他の者たちは黄銅もてさらに生気にみてる像を作れかし　大理石より……

『アエネーイス』第六歌第八四七行—第八五三行

下巻203ページ　永劫の壮麗……

下巻246ページ　おお、暁《あけ》の明星はのぼる、わだつみの波にゆあみし……

『牧歌』第四歌

『アエネーイス』第八歌第五八九行—第五九一行

下巻247ページ　かがやく月の円球も、太陽の火も……

『アエネーイス』第六歌第七二五行—第七二七行

下巻287ページ　おんみ、歩みおそき月たちにつけ加わりし新たなる星よ、かしこ、……

下巻287ページ　天には雷《いかずち》をとよもすゼウス領《うしは》きたもう、されど地にありてはおんみ……
『農耕詩』第一歌第三二行—第三五行

下巻313ページ　見よやかしこに皇帝と　ユリウスの族《うから》のすべて　灝気の高き……
ホラティウス『カルミナ』第三巻第五歌からの引用

下巻349ページ　見よ、星はのぼり行く、カエサルのものなるアエネーアスの星……
『アエネーイス』第六歌第七八九行—第八〇〇行
『牧歌』第九歌

『牧歌』からの引用に際しては、まことに模範的というべきテーオドル・ヘッカーのドイツ語訳（ヘグナー、ライプチヒ、一九三二）が再三にわたって利用された。そのほかはすべて原典からの新訳である。『アエネーイス』からの比較的長大な引用の韻文訳はプリンストンのエーリヒ・カーラー博士の手になるものである。

訳者解説

ウェルギリウスをヨーロッパ詩の父祖と呼ぶことが、今日の文学読者にとって自明の常識となっているとはいいがたいだろう。いわんや、彼をヨーロッパの父と呼べば、その意味するところが何であるか、すんなり理解できる読者は非常に限られてくると思う。

そういった呼び方の当否はともかく、ウェルギリウス、この古代ローマの詩人が、そのような呼称を与えられることもある存在だということは、このブロッホの『ウェルギリウスの死』を読む時に、まず、念頭においておくのがよい事実である。

ヨーロッパ詩の父祖といえば、ホメーロスの名を第一に思い浮べるのが世界文学の常識にちがいない。ウェルギリウスの畢生《ひっせい》の大作『アエネーイス』は、ホメーロスの『イーリアス』を受け継いで、『イーリアス』では歌われていなかったトロイア戦争の結末を述べた上で、ギリシャ軍に攻略され猛火に包まれたトロイアから脱出し、新しい国土をもとめてさすらう英雄アエネーアスの冒険をこと細かに語っている。その冒険旅行の記述は、明らかにギリシャの英雄オデュッセウスの流離譚《りゅうりたん》をなぞっている。つまり『アエネーイス』は、『イーリアス』の後日談という性格と、同じくホメーロスの『オデュッセイア』の模作という性格を、併せ持っているのである。

模作よりも原作が尊ばれるのは当然のことだ。ウェルギリウスがたとえ古代ローマ第一の詩人であろうと、古代ギリシャ第一の詩人ホメーロスの前では、その影も薄くなって当然だ、と一応は考えられる。

だが、実のところ、そういう考え方はいつの時代にも通用していたわけではない。少なくとも近代（おおよそ十八世紀後半）以前には、模作者の方が原作者より重んぜられていたといってよい。なぜか。模作の方がむしろ直接の影響力を持っていたからだ。ヨーロッパ文明は古代ギリシャ・ローマ文明とキリスト教との融合によって成り立ったといわれ、もちろんその説の一般的な妥当性を疑ういわれはない。ただこの場合、古代ギリシャ・ローマと一口に呼ばれるものが、たしかに一つづきの連続体であるにはせよ、後続する時代の眼に直接映っていたのはあくまでローマの栄光であり、ギリシャはその背後に、おぼろな光背のようにかすんでいたにすぎない。何よりも、後続する時代の言語が、ローマの言葉、すなわちラテン語の俗化によって成立したということが決定的である。言葉は文明を支配する、というよりり、文明そのものである。ウェルギリウスの言葉は、ラテン語をそれぞれの流儀で継承した後代の文明にとって、古代文明そのもののかがやかしい顕現にほかならなかった。中世には、ウェルギリウスは、過去の最大の詩人というにとどまらず、現世と来世との消息に通じた、伝説的な強大な魔術師として仰がれることにさえなった。ダンテの『神曲』で、ウェルギリウスが地獄と煉獄の案内者となっているのは偶然ではない。

ウェルギリウスの栄光がかげりはじめたのは、模倣よりも独創を重んじ、伝統よりも個性を尊ぶ気風の典隆と時期を同じくする。その気風を近代といってもよいが、具体的には、ラテン語を祖語としない言語諸族、特にゲルマン系の民族の力が、この気風を推し進め、近代の支配的な精神たらしめたのである。旧勢力を打倒するために、新興勢力が、旧勢力がよりどころとしている権威よりもさらに古い権威を、みずからの神とあがめることは、新旧交代をめざす作戦の常道である。明治維新が王政復古の合言葉のもとに遂行されたのも、マルクスの革命理念が根抵に黄金時代への回帰の夢をひそめているのも、復古による革新という、一見逆説的な事態の真実が、正確に察知されていたからこそだろう。イギリス人やドイツ人が、ウェルギリウスよりもホメーロスを、といい、「ホメーロスの太陽はいつもわれらの上に輝いている」（シラー）と唱えた時、その古代ギリシャの再発見は、ラテン文明の支配への果敢な挑戦をも同時に意味していたにちがいない。

「ヨーロッパの父、ウェルギリウス」。この表題を持つドイツの哲学者テーオドル・ヘッカーのウェルギリウス研究が発表されたのは、一九三一年のことである。その表題は、近代の達成した革新の意味に対する、重大な疑問提起をあらわしている。ヘッカーはここで、ウェルギリウスはホメーロスを模倣したにすぎないではないかという意見に対し、たしかに彼は模倣した、しかし彼の場合、模倣は無能者の窮余の策ではない、むしろ模倣によって彼は、ホメーロスよりもさらに豊かな、精神的に高い作品を作りだしたのだ——あらましそのように反論している。個性の表現を何よりも優位におく近代の発想に対する、これは伝統主義の立場からの強力な反論である。ヘッカーはさらにいう。ウェルギリウスはキリスト教の成立以前にこの世を去っていて、その点ではたしかに古典古代の教養圏に属する人物である。しかし彼は、教義としてのキリスト教を知らぬにもかかわらず、いわば、「生れながらにキリスト者の魂」を抱いていた。ホメーロスの主人公オデュッセウスが、おのれの智謀と策略を駆使して、運命の陥穽《かんせい》を巧みにくぐり抜けて行ったとすれば、ウェルギリウスのアエネーアスは、巨大な運命の力にあくまでも従順にしたがい、その力の導きのままに、おのれの針路を見定めて行く敬虔な心の持主である。誇らかな人智への信頼の代りに、ウェルギリウスには、地上の存在のはかなさへの認識と、このはかない存在が、個を超えた大きな全体の秩序の中にすくい取られるべき必然への認識があった。涙にみちた苦しみの世は、永劫の喜びのうちに止揚されねばならぬという信念。その持主こそ、「生れながらにキリスト者の魂」なのである。

ヘッカーのこの意見を受けついで、T・S・エリオットは、一九四四年のウェルギリウス協会での講演『古典とは何か?』において、ウェルギリウスこそ、真に普遍性を備えた、古典の名に値する古典なのだと力説する。エリオットによれば、古典の条件はまず何よりも「成熟」である。成熟といえば、個人の資質なり才能なりが立派に一人前になったというほどのことが考えられるだろうが、エリオットがこの言葉を用いる時、問題は個人の次元にあるのではない。一つの文明が成熟し、文明の中の言語と文学が成熟した時はじめて、そこに属する文学者個人の心性も成熟し、普遍的な表現を獲得することができる。個の成熟は全体の成熟と切り離しては考えられない。そして個人の心性の成熟とは、全体の歴史を知ること、歴史意識と不可分である。ウェルギリウスは『アエネーイス』において、二つの偉大な文明がせめぎ合いながら、すべてを包摂する運命の力のもとで宥和《ゆうわ》にもたらされる消息を描いた。それを描かしめたのは彼の歴史意識だが、この場合、歴史意識とは、個を超えたより高い全体の運命におのれの意志をゆだねることにほかならない。運命への恭順を通じてローマ帝国の建設者となった英雄アエネーアスは、個を起えた全体としてのローマの象徴であり、それを描くことによってウェルギリウスは、他のいかなる詩人にも庶幾《しょき》しがたいヨーロッパ文明の中心に身をおき、唯一無二の古典の中心性を獲得することができた。というのも、「ローマ帝国とラテン語は任意の帝国でも言語でもなく、われわれとの関連において、唯一無二の運命を荷《にな》った帝国であり言語であるのだ。そして、この帝国とこの言語を意識と表現にもたらした、その詩人こそ、唯一無二の運命を荷った詩人にほかならないのである」

いうまでもなくこのような意見の背後には、全体の大きな調和と秩序の枠をはみだして、野方図な自己主張にのめりこむ個の行動(政治的には国家主義、文学的には伝統の軽視と個性の尊重)に対する、苦々しい批判の眼がある。現代においてウェルギリウスの名が呼びだされるのは、おおむねその種の批判、ヨーロッパを大きな文明の統一体として見ようとする反近代的な伝統主義の立場にもとづいていると考えてさしつかえない。

さて、そこでヘルマン・ブロッホの『ウェルギリウスの死』である。この作品は、ギリシャに旅したウェルギリウスが、ローマ皇帝アウグストゥスに連れ戻され、苦しい船旅の末に上陸したイタリア半島東南部の港町ブルンディシウム(現ブリンディシ)で生涯を終える、その上陸から死までの一昼夜、正確には最後の十八時間を扱っている。扱うといっても、見られる通り、外面的客観的な事実についてはほとんど即物的な報告の形で述べられてはいない。死に瀕した詩人の床に友たちが、さらには皇帝アウグストゥスが訪れて会話をかわす第三部を除いては、詩人自身の思念と幻覚が、はてしもない独白の形で紡ぎつづけられるばかりだといってもよい。

その思念の中心にあるのは「死」である。彼個人の肉体的な死にはとどまらない。もちろんそれをきっかけとしてではあるが、死に瀕した心がおのれの生涯をかえりみる時、その生涯の心血をそそいだ営み、すなわち言葉による表現の営みが、彼には、この上なくいかがわしい戯れとしかうつらなくなってくる。現実に対して真に力強い働きかけを果すことはなく、ただその表層を彩るにすぎない言葉のまやかし。それは美の仮象のもとで、魂を永劫の死に導いて行くまがまがしい誘惑でしかないと、肉体の死を間近にした熱病の幻覚が執拗にささやきかける。

言葉が認識の手段であるどころか、逆に、認識を阻害し、生の根抵への深い洞察を妨げる役割を持つ。そう考えるのは、古くからある文学への懐疑の定式だが、ブロッホがウェルギリウスに、自虐的なまでにこの考えをつきつめさせているについては、ホフマンスタールの『チャンドス卿の手紙』からの暗示が大きかったと考えられる。あでやかな言葉を思いのままに操って、かずかずの典雅な作品を書きつづっていたチャンドス卿が、ある日にわかに、言葉を用いて首尾一貫した表現にもたらす能力を喪失する。「精神」とか「魂」とか「肉体」とかいった抽象的な単語が、腐った茸《きのこ》のように口中で砕け散り、ひいては、言葉でもって示されるすべての判断が、真赤な嘘いつわりとしかきこえないようになる。

ブロッホは、このチャンドス卿の精神の状態を、言葉と物（実体）とが完全に齟齬《そご》をきたした末、もはや物に到達できない言葉への嘔気であり、認識を失うと同時に自己実現の可能性をも失った人間という存在への嘔気であると解釈している（『ホフマンスタールとその時代』）。それは一応妥当な解釈といってさしつかえないだろう。ただ、この『ホフマンスタールとその時代』という評論は、表題に明らかな通り、時代の相の中でホフマンスタールの文学の意味を探究することを主眼としていて、全体として、文学批評というより、時代批評乃《ない》至《し》文明批評の性格が強い。ホフマンスタールが生を享《う》けた十九世紀後半のヨーロッパは、世界史上でも最もあわれむべき時代であって、真正なものは何一つ存在せず、浅薄な合理主義に支えられたいつわりの装飾的な美が横行していた。一切の価値はことごとく空洞化し、価値の真空状態が生じていた。それがブロッホの状況判断であり、この絶望的な真空の中で、真空を克服し、自己の真実の運命を実現しようと悲劇的な努力をつづけたのが、ホフマンスタールだったというのである。

ホフマンスタールにそのような倫理志向、時代に対する責任感があったことは疑い得ないだろうが、ブロッホがいうほどに深刻かつ悲劇的であったかどうか。見方によっては、ホフマンスタールに仮託して、ブロッホ自身の、時代の中に生きる文学者としての使命感を表白したのだと考えられなくもない。

いずれにせよ、彼のウェルギリウスが、死の床で言葉のいつわりについて思い悩む、その背後には、作者自身のこうした時代認識がひそんでいる。肉体の死は魂の死に通じ、そして魂の死は、個人を超えた一つの文明の死につながる。ウェルギリウスの「死」とは、複合的な構造を持った規模の大きい死だといわなくてはならない。しかもその上、作者自身の生活における死の恐怖がそこにつけ加わる。

ここでこの作品の成立史を簡単に見ておくと、最初に書かれたのは、『ウェルギリウスの帰郷』と題する、十ページばかりのごく短い小品で、一九三七年にラジオ放送の朗読用に執筆されたものである。決定稿『ウェルギリウスの死』の前半部の雛型とでもいった作だが、一度書いたものにくり返し手を入れ、推敲して倦まないのが作家としてのブロッホの性癖、というよりほとんど悪癖で、この第一稿はその後、幾度か改稿されて行く。悪癖といったのは、改稿が、時には瑣末としか見えない語句の補訂に拘泥《こうでい》しすぎているると思われることも稀ではないからで、表題までも、「山の小説」「デメーテル」「誘惑者」などと転々とした大作の改訂の場合、特にその印象がいちじるしい。それはともかく、『ウェルギリウスの帰郷』の次に書かれた表題のない数十ページに及ぶ草稿は、ほぼ決定稿の全体の輪郭を示すものになっている。第三稿は『死の物語』という表題を持ち、これは大体決定稿の第一部と第二部に当る部分に改めて手を入れている。ただ注意すべきことは、ここではじめて表題に「死」という言葉があらわれており、またこの第三稿の最後の部分が、牢獄の中で書かれているということである。一九三七年に『ウェルギリウス』小説の稿を起した時、ヨーロッパ文明の危機は、すでにナチスの勃興という眼に見える形で、その不吉な相をブロッホの前に突きつけていたのだが、翌三八年、ナチス・ドイツがオーストリアを併合すると同時に、ユダヤ系のウィーンの文士であるブロッホは、たちまち逮捕拘禁され、強制収容所の死の恐怖にさらされる。その拘禁の日々に書きつがれたのが、『死の物語』の最後の部分なのである。

ジェイムズ・ジョイス、エドウィン・ミュアなど、イギリスの友人たちの尽力によって、やがて牢獄から解放されたブロッホは、まずイギリスに亡命し、その年の暮、イギリスからさらにアメリカに渡る。そしてこの亡命の地で、第四稿『ウェルギリウスの故郷への旅』が書き進められ、一九四五年、すなわちナチス壊滅の年、ついに決定稿（第五稿）『ウェルギリウスの死』が刊行されることになった。アメリカ亡命後は、財団の援助なども受けて、一応生活の不安はなしに作品の完成のためにいそしむことができたと見てよい。しかしそれにしても、一時にもせよ味わった死の脅威が、心の中から消え失せるわけはなかったのだ。決定稿の発表直後、オルダス・ハックスレにあてた手紙（一九四五年五月十日付）で、ブロッホは次のように書いている。

ウェルギリウスの主題はたまたまわたしを訪れたものですが、その仕事をつづけているあいだに、わたしは真実死によって、つまりナチスによっておびやかされたのでした。そしてその瞬間から、わたしはこの書物をただひたすら自分自身のために（一部は牢獄の中で）書きました。ある意味では、死に対する個人的な心の用意のつもりで、読者のことなど考えもせずに。それは、想像力の助けを借りて、おのれ自身をして能うかぎり身近に死を経験せしめるための企てでした。

作品が作者の自己救済の試みとなっているとは、ある種の傾向の文学についてしばしばいわれることで、また、それが文学の本来のあり方からしておかしいのではないかと、批判的な不審の眼を向けられることも珍しくはない。たしかに、文学が自慰のための悲しい玩具に堕しているかのような、特にわれわれの近代文学の世界に多く見られる光景は、みじめたらしくやるせない思いを誘うだけかもしれない。ブロッホの場合は、およそ尋常な生活の軌道では考えられぬ、ある極限的な状況におかれてのことではあるが、今引用した手紙の口吻《こうふん》などに、多少とも、そのやるせなさに類した印象があることは否めないだろう。

しかし、個人的・私的な動機が、私的な生活の領分へ作品を収斂させる代りに、逆に、それがなければ単なる絵空ごとに終りかねない作品を、内部から充実させ、活気づける力となり得るのは、文学の生理に恵まれた幸福である。『ウェルギリウスの死』は、題材から分類すれば、一応、歴史小説の部類に属すると見て不思議はない。一般的に歴史小説の問題を考えた場合、その第一の困難として指摘できるのは、遠い昔の出来事を、現代の人間がどのようにして捉えるかという問題である。過去がただ単なる過去、過ぎ去って戻らぬ時であるにすぎぬのなら、現代にとっては無縁な、したがって、小説の形で再現するにも値しない世界だということになろう。再現さるべきは、現在にまで生きている過去の姿でなければならい。しかしまた、過去が現在に生きていて、双方のあいだに本質的な差異が存在しないのだとしたら、何をことさら、煩わしい史料の検討などという手続きを踏んで作品を作るいわれがあるのか、という疑問が出され得る。

もちろん通例の歴史小説は、こんな簡単なディレンマに頭を悩ましたりはしない。それらはおおよそ、現在と本質的に異なるかどうかはともかく、少なくとも生活のさまざまな意匠は違う遠い昔の世界への、時間的エキゾチシズムとでもいうべき好奇心にもとづいて書かれている。古代ローマを舞台にした歴史小説は、『クォ・ヴァディス』とか『ベン・ハー』とか、よく知られた大作も少なくないが、それらがよく知られているのは、まさしく、現在とは違う過去の意匠のもの珍しい華やかさが眼を奪うからであって、意匠の図柄を楽しむのでなければ、全体は凡庸なメロドラマの退屈を催させるにとどまるだろう。歴史小説とは所詮そうしたものだと割り切ってしまえばそれまでの話だが、見た眼に華やかなだけの絵巻物ではない、力強い一級の文学をこの領分で求めることが、はたしていたずらな期待、木によじて魚をもとめるの愚に類する期待であるかどうか。

結局、そこで深い感動が呼びさまされるのは、作者自身の切実な思いが絵巻の中に滲透し、過去の姿に、ただ華やかな図柄という以上の奥行と生動感を与えている場合に限られよう。

もちろん、現在の作者の顔が浮び出すぎて、それと過去の図柄とのあいだに奇妙な違和を惹きおこすということもあり得る。過去がただ作者の告白乃至信条表明のためのダシに使われているといった観を呈することも。『ウェルギリウスの死』においても、そうした感じが絶無ではない、どころか、見方によっては濃厚にすぎる、とさえ見えるだろう。だが、ここでたとえウェルギリウスがブロッホの分身であるとしても、それは一方交通的な関係に終ってはいない。もしそういうならば、すぐつづけて、その裏返しの関係も成り立つのだ、ブロッホがウェルギリウスの分身でもあるのだ、といわなくてはならない。つまり作者が自己の認識を、ウェルギリウスという仮面を通じて表白したのだとして、しかしこの仮面は、それ自体が持っている実体的な重みのために、単なる仮面のままにとどまっていることができない。作者は仮面を利用しながら、その仮面の力によって逆に支えられてもいる。

この関係は、ブロッホが尊敬するジョイスの『ユリシーズ』の場合を連想させる。周知の通り『ユリシーズ』は、現代都市の平凡な住人の一日の生活記録を、ホメーロスの『オデュッセイア』の枠組に合わせて描こうとした小説である。古代の英雄の冒険談の枠を借りて、現代の小市民の生活を捉えようというのは、いうまでもなくまず、パロディーの効果をめざしてのことと考えられる。過去の偉大に対する現在の卑小、それが、過去の偉大のもじりという形で示されるだけ、一層対比的に強調され、笑止かつ悲惨な様相を一層あらわにさらけだすことになっているといえる。だが、それだけのことなら一ひねりした機智の戯れで果され得ることである。『ユリシーズ』が真に傑出した現代小説であるのは、パロディーの機能を最大限に生かし、深化しているからだといわねばならない。パロディーは原作を歪曲し、改変する。それは当然のことだが、改変された新しい表現に、原作の俤《おもかげ》が消しがたく宿り、双方が二重映しの形で重なって見えてくる時、パロディーの味わいは最も微妙になる。この重層的な構造において、『ユリシーズ』は、一見きわめて尖鋭な前衛的な現代の実験小説でありながら、古いヨーロッパ文学の栄誉ある伝統を顕示してもいる。過去の偉大に対比された現在の卑小が浮きぼりにされる、その反面では、この卑小が、ほかならぬ対比によって過去の偉大の輝きを分ち与えられてしまい、卑小なままに壮大であるかのようにさえ見えはじめるのである。

『ウェルギリウスの死』は『ユリシーズ』にくらべれば作品の構造ははるかに単純だし、またブロッホには、ジョイスがたっぷり持ち合わせていたようなグロテスクなユーモアや、奇想天外な空想の離れ業を試みる才能も欠けている。彼はやはり、ドイツ文学の「厳粛」な精神の一員である。したがって、『ウェルギリウスの死』にパロディーという言葉を冠するのがふさわしいとはいえない。しかしそれにもかかわらず、すぐれたパロディーにそなわっている徴妙な二重性の味わいが、この作品の奥行を深めていることは確実である。

ここではじめに述べた、現代におけるウェルギリウス評価の問題に戻る。ヘッカーやエリオットのように、古典の伝統に対するゆるぎない信頼を保持するにしては、ブロッホは文明の命脈について懐疑的でありすぎた。文明を信ずるためには、彼の投げこまれた環境があまりに苛烈だったということもあったろうし、また、ユダヤ人特有の、暗澹とした終末論的思考への傾きが、彼にも顕著にあらわれていたということも考え合わせていいだろう。いずれにせよ彼のウェルギリウスは、古代文明の精髄を一身に体得した幸福な詩人の顔ではなく、古い信仰の衰弱、古い政治形態の解体に起因する時代の不安定な動揺を敏感に感じ取りながら、その動揺の中ではげしくゆれている痛ましい魂の受苦の相を示している。しかしそれにもかかわらず、彼は、ヘッカーたちが見たものと別のものを見ていたわけではなかったのだ。ただ、彼らが生の相のもとに見たものを、ブロッホはいわば死の相のもとに見た。他の人が光の部分において見たものを、彼は影において見た。しかしいうまでもなく、光があってこそ影も生ずるのであり、生と死は対立しながらたがいに補い合う一つの総体である。この総体をブロッホはたしかに認識の触手によって探り当てていた。

ブロッホは『ウェルギリウスの死』のために、くり返し自作自注の文章をしたためていて、それは時としてうとましいほど偏執的に見える。作者が自分でそんなに勿体をつけないでも、読者は読者で勝手に読むから結構だ、と憎まれ口を叩きたくなるようなところがある。しかし善意に解釈すれば、いい気な自己宣伝というより、それほどまでに、自作の持つべき使命への責任感と、この作の表現上の難解さが一般に正しく理解されぬのではないかという懸念が大きかったのだと考えるべきかもしれない。それらの文章のうちに、次のような一節がある。

ウェルギリウスは宗教解体の時代に生きていた。古いローマの農民の信仰はもはや堅固な支えとはならず、アジアの影響は時とともにいよいよ広汎な地盤を蚕食し、無神論に傾いたさまざまな哲学が、解体の過程を推し進めた。ウェルギリウスほどにこの事態を痛切に意識していた人物は一人としていなかったといってよいが、まさしくそれ故に、彼は時代の最も卓越した精神と呼ばれる資格があるのだ。父祖の信仰をよみがえらせようとするアウグストゥスの（国政上の）努力を、たしかに彼は好意的に眺めてはいた。しかし時がたつにつれていよいよ明瞭になる予感が、彼に、新たなものの用意がなされつつあることを告げていた。ウェルギリウスをキリスト教精神の先駆者と見る中世の見方は完全に正しかった。それはダンテという同等の精神によって確証された。

一つの死は新たな生を準備し、終末は発端につながる。その循環の認識こそ、伝統意識の核心にほかならぬだろう。「終末は発端の前に発端は終末の後にあり」「わが発端のうちにはわが終末がある」とエリオットは歌った。この、時には教条的とすら見える伝統主義者の時間意識、歴史意識が、かなり陰鬱なペシミズムに染められているのと、いわば対比的に呼応して、ブロッホの死への偏執は、暗黒の中でかえってひときわ明るく見える、治癒力を持った生の時間の方向と、たえずひそかに呼応しているのだといってよい。個人的・私的な苦悩の契機が、個を超えた伝統の循環の中で宥和され、解消される。利用した仮面の力によって逆に支えられると先ほど書いたのは、結局そのことだが、そうなった時はむろん仮面は仮面ではあり得ない。ブロッホはウェルギリウスの力を借りることによって、みずから欲してか否かは知らず、この強大な魔術師の手の導くままに、深く暗い伝統の秘儀の場にたどりついてしまったかのようである。

そのことは、この作品の言葉の性質を考え合わせても、納得できることではないかと思う。

翻訳者には一方ならぬ苦労を強いたことだが、この作品の文章は、同じ岸辺に永遠に寄せては返す波のようなリズムの反復、どこに節目があるのか見定めがたいまま、さながら無窮動のようにきりもなく起伏しつづけるうねり、さらには、常識的には結びつかぬ単語と単語とを組み合わせた異様な複合語の行列、などによって際立った特徴を持っている。その印象は、一口にいって強引であり無体である。作者は内的抒情の音楽とか音楽的モチーフの流動とかをめざしたといっているが、この文章を練り上げるに際して実際に作者をつき動かしていたのは、音楽への愛というより、通例の文学＝言葉＝意味に対する根深い反感、乃至懐疑といったものではなかったか。作中のウェルギリウスが文学を疑うように、作者はこの文章を通じて、真の認識の表層をかすめるにすぎぬ文学言語への不信を表明したのではなかったか。

それにもかかわらず、この異様な文章は、解読不能な謎の記号に帰してしまっているのではない。もちろんそのことを作者が望むわけもなかったろうが、さりとて、作者が懸念、もしくは自負したほど、この文章は難解なわけでもない。つまりそれは、基本的に、全く独自な発想と語法によって組み立てられているわけではないのだ。意外に伝統的な修辞の側に寄り添っているのだ。同時代の文学者の中において眺めれば、ブロッホは、リルケやカフカやムシルよりも、ゲオルゲやホフマンスタールの側に近いのだ、ということもできよう。作者自身が認める通り、『ウェルギリウスの死』には、ウェルギリウスの作品からのおびただしい引用が、見え隠れしながら挿入されている。野心的な前衛作家なら、パロディーかパスティシュの効果を狙って行うことだろうし、ありふれた歴史小説家なら、作品の箔づけのために試みるであろうようなことだ。どの道、下手をすれば水と油の乖離を招きかねない。『ウェルギリウスの死』では、引用は至極自然な融合の印象を醸しだしている。さまざまな理由は考えられるが、煎じつめれば、それは、ブロッホの文章の呼吸が、ウェルギリウスの呼吸と、はるかに呼びかわしながら一つに結ばれたということではないか。凡庸な言葉と意味の境界を突破し、真に新しい言葉と意味を捉えようとする認識のための力業が、過去の力強い修辞とひそかな交感を達成したということではないか。肉体と魂の熱病から湧き出て、はてしもなくうねる苦しげな独白が、ついに肉体の死を迎えて、一挙に法外な宇宙解体と救済のヴィジョンになだれこむ、第四部「帰郷」の圧倒的な感銘は、まさしくこの交感の達成から生じているといわねばならないだろう。

この翻訳は、集英社刊の旧版（一九六六年）に多少の手を加えたものである。初訳の際、ライン出版社刊の単行本『ウェルギリウスの死』（一九五八年第二刷）を底本にしたが、このたびは、ズールカンプ出版社刊の注解つき『ウェルギリウスの死』（一九七六年）などを参照した。ただし手を加えたといっても、語句や表記の若干の訂正以上には多く出ることができなかった。十一年前の旧訳ではあるが、いささかの愛着と、あえていうなら、いささかの自負が、この仕事に対してなくもないのである。

本書は一九七七年十一月発行集英社版世界の文学『ブロッホ　ウェルギリウスの死』を復刻したものです。言葉遣い・表現など、一部あきらかに誤りと思われる箇所を除き、底本に忠実に製作しております。現在では不適切と思われる語句を含んでおりますが、作品発表当時の時代背景を鑑み、また訳者が故人であり、改変は困難なため、底本のまま掲載しております。なお、本文中の括弧付き二行の注釈も訳者が加えていたものです。

原題　Der Tod Des Vergil（Rhein Verlag 版 一九五八年二刷より翻訳）

著者紹介

ヘルマン・ブロッホ Hermann Broch

1886年ウィーンでユダヤ系の裕福な紡績業者の長男として生まれ、実業家としての道を歩むも一転、1927年に工場を売却し、その後ウィーン大学で聴講生として数学、哲学、心理学を学ぶ。1931年から1933年に長編小説『夢遊の人々』を発表。1938年にナチスに逮捕拘禁されるも、拘束中に『ウェルギリウスの死』の執筆を続ける。ジェイムズ・ジョイスなど外国作家たちの尽力で解放後イギリスを経て、アメリカへ渡る。1945年に『ウェルギリウスの死』、1950年に『罪なき人々』を発表。プリンストン大学で群衆心理学を研究し、論文を発表。ノーベル文学賞候補となるも、1951年死去。『誘惑者』は生前には発表されず、遺稿を整理する形で1953年に全集に収められる。

訳者紹介

川村二郎（かわむらじろう）

1928年生まれ、ドイツ文学者。東京大学文学部独文科を卒業、名古屋大学などを経て、東京都立大学教授に。大阪芸術大学などで教鞭を執る。ムージルやブロッホなどドイツ文学の翻訳を数多く発表する一方で、1984年に『内田百閒論』（1983年）で読売文学賞を受賞するなど、文芸評論家としても活動。1996年紫綬褒章受章。日本芸術院元会員。2008年に死去。

ウェルギリウスの死《し》　下
2024年 5月25日　初版第 1 刷発行

著　者　ヘルマン・ブロッホ
訳　者　川村 二郎
発行者　竹内 正明
発行所　合同会社あいんしゅりっと
〒270-1152 千葉県我孫子市寿 2 丁目 17 番 28 号
電話 04-7183-8159
https://einschritt.com

装　　丁　仁井谷伴子
印刷製本　モリモト印刷株式会社

ISBN 978-4-911290-01-9 C0097